# MEMORIA TOTAL



*David Baldacci*

Traducción de Paula Vicens

GRUPO ZETA

Barcelona • Madrid • Bogotá • Buenos Aires • Caracas • México D.F. • Miami • Montevideo • Santiago de Chile

Título original: *Memory Man*
Traducción: Paula Vicens
1.ª edición: marzo, 2016


Consejo de Ciento 425-427, 08009 Barcelona (España)
*www.edicionesb.com*

Printed in Spain
ISBN: 978-84-666-5851-5
DL B 1149-2016

Unigraf S.L.
Avda. Cámara de la Industria n.º 38
Pol. Ind. Arroyomolinos n.º 1
28938 - Móstoles, Madrid

*Para Tom y Patti Maciag:*
*id y pasadlo bien,*
*¡os lo habéis ganado!*

# 1

Amos Decker recordaría siempre las tres muertes violentas de un azul paralizador. Lo asaltaba cuando menos se lo esperaba, como un cuchillo con gancho para destripar de luz de color. Nunca se libraría. La vigilancia había sido larga e improductiva. De camino a casa, en coche, había esperado disfrutar de unas cuantas horas de sueño antes de volver a peinar las calles. Había enfilado el camino de la modesta casa de dos plantas de veinticinco años de antigüedad y que tardaría al menos la misma cantidad de años en pagar. El suelo estaba resbaladizo por la lluvia y, cuando apoyó el pie, la bota del cuarenta y ocho resbaló un poco antes de adherirse. Cerró la puerta del coche sin hacer ruido, seguro de que todos dormían a esa hora. Forcejeó con la puerta mosquitera de la cocina y entró. El silencio era de esperar, pero no el silencio mortal que reinaba dentro. Entonces no lo había notado y luego se preguntó por qué. Era uno de los numerosos errores que había cometido esa noche. Se había quedado en la cocina para llenar un vaso de agua del grifo, se lo bebió de un trago, lo dejó en el fregadero, se secó la barbilla y entró en la habitación de al lado. Dio un resbalón y en esta ocasión se cayó. Ya le había pasado otras veces porque el parqué era de espiguilla y resbaladizo. Esta vez, sin embargo, sería muy diferente por lo que estaba a punto de ver. Entraba bastante luz de la luna por la ventana delantera como para ver con claridad. Cuando alzó la mano, estaba de otro color. La tenía roja de sangre procedente de algún lugar. Se levantó para determinar de dónde. Descubrió la fuente en la habitación contigua. Johnny Sacks, su cuñado, un hombretón corpulento como él, estaba tendido en el suelo. Se le acercó y se arrodilló con la cara a escasos centímetros de la de Johnny. Le habían rebanado el cuello de oreja a oreja. No hacía falta que le buscara el pulso: no tendría, seguro. Casi toda su sangre estaba en el suelo. Tendría que haber cogido el teléfono y llamado a emergencias de inmediato. Lo sabía perfectamente. Sabía que no había que rondar por el escenario del crimen, y en eso se había convertido su casa gracias al muerto, a quien habían arrebatado la vida de manera violenta. Ahora era como un museo: no había que tocar nada. Su faceta profesional se lo pedía a gritos. Pero no había más que un cadáver. Miró de repente las escaleras y se quedó paralizado mentalmente, invadido por completo por el pánico, sintiendo en las entrañas que la vida acababa de arrebatárselo todo. Así que corrió, creando con las botas una pleamar en el charco de sangre con coágulos. Estaba destruyendo pruebas esenciales, estropeando completamente lo que tendría que haberse mantenido impoluto. En aquel momento le importaba un comino. Siguió la sangre de Johnny escaleras arriba, subiendo los escalones de tres en tres. Jadeaba y el corazón le latía tan rápido y lo notaba tan henchido que era increíble que no se le saliera del pecho. Tenía la mente paralizada, pero las piernas se le movían por su cuenta.

Llegó al pasillo, rebotó en una pared y luego en la opuesta al precipitarse hacia la primera puerta de la derecha. No sacó el arma, ni siquiera se le ocurrió pensar que el asesino podía seguir allí a la espera de que volviera a casa. Reventó la puerta con el hombro y miró desesperado a su alrededor. Nada. No, no era cierto. Se quedó paralizado en el umbral cuando la luz de la mesita de noche iluminó débilmente el pie desnudo que sobresalía del otro lado del colchón. Conocía aquel pie. Lo había sostenido, masacrado y besado de vez en cuando durante muchos años. Era largo y estrecho pero refinado, con el segundo dedo ligeramente más largo que el pulgar. Las venas del empeine, las durezas de la planta, las uñas pintadas con esmalte rojo, todo estaba como debía estar, exceptuando que no tendría que haber sobresalido del colchón a esa hora de la noche. Eso quería decir que el resto de su cuerpo estaba en el suelo y por qué lo estaba, a menos que... Se acercó a ese lado de la cama y miró hacia abajo. Cassandra Decker, Cassie para todo el mundo y, lo más importante, para él, lo miraba desde su posición en el suelo. Bueno, que lo miraba era un decir porque ya no podía ver. Avanzó a trompicones y se detuvo a su lado. Luego, despacio, se dejó caer de rodillas, apoyando los vaqueros en el charco de sangre que se había formado junto a ella. Era su sangre. Tenía el cuello limpio, sin ninguna herida. No era la fuente de la sangre. Lo era la frente, donde se veía un único agujero de bala. Sabía que no debía, pero con el brazo le levantó la cabeza del suelo y se la apoyó en el pecho. La larga melena oscura se esparció por encima de su brazo. El punto de la frente estaba ennegrecido y ampollado debido al calor de la bala. Una herida de contacto precedida por un beso de la boca del cañón que había durado apenas un segundo antes de que el proyectil acabara con su vida. ¿Estaba dormida? ¿Se había despertado? ¿Había sufrido el terror de ver a su asesino de pie frente a ella? Se preguntó todo eso mientras sostenía a su mujer por última vez. Decker la devolvió a la posición en que la había encontrado y miró aquella cara pálida y sin vida, con el punto ennegrecido en el centro de la frente que sería lo último que recordaría de ella, un punto final definitivo... del todo. Se levantó con las piernas entumecidas. Salió a duras penas del dormitorio y recorrió el pasillo hasta la otra habitación que había en el primer piso. No forzó la puerta. Ya no tenía prisa. Sabía lo que iba a encontrar. Lo que no sabía era el método que habría usado el asesino. Primero, un cuchillo; luego, una pistola. La niña no estaba en su habitación, por lo que tenía que estar en el baño contiguo. La luz del techo estaba encendida y era fuerte. Estaba claro que el asesino había querido que viera bien a esta última víctima. Allí estaba, sentada en el inodoro, sostenida por el ceñidor de la bata atado alrededor de la cisterna. De no ser así habría caído al suelo. Se le acercó. Los pies no le resbalaron. No había sangre. Su pequeña no tenía heridas visibles. Cuando se le acercó más, sin embargo, vio las marcas de ligaduras en el cuello, horribles y amoratadas como si alguien la hubiera quemado. El tipo quizás había usado el cinturón de la bata o quizá las manos. Decker no lo sabía ni le importaba. La muerte por estrangulación no era dolorosa. Era atroz y aterradora. Habría estado mirando hacia arriba, mirándolo mientras le estrujaba la vida. Molly habría cumplido diez años al cabo de tres días. Habían preparado una fiesta, invitado a los asistentes, comprado los regalos y encargado una tarta rellena de chocolate. Se había tomado un día libre para ayudar a Cassie, que trabajaba a jornada completa y lo hacía además casi todo porque el trabajo de él no era de los de nueve a cinco ni mucho menos. Habían bromeado sobre eso. ¿Qué sabía Amos de la vida real? ¿Sabía hacer la compra, pagar las facturas, llevar a Molly al médico? Habían llegado a la conclusión de que no sabía hacer nada de nada. No tenía ni idea. Se sentó en el suelo delante de su hija muerta y cruzó las piernas como le gustaba hacer a ella, con cada pie apoyado en el muslo de la pierna opuesta. Era flexible para ser corpulento. La posición del loto, pensó vagamente, o algo parecido. Ni siquiera sabía por qué pensaba aquello. Se dio cuenta de que estaba conmocionado. La niña tenía los ojos muy abiertos y lo miraba sin verlo, como su mamá. No volvería a verlo nunca. Decker se quedó allí sentado, balanceándose atrás y adelante, mirándola pero sin verla realmente; su niñita, tan seguro como que hay un cielo, tampoco veía a su papá. Ya está. No queda nada. No voy a quedarme solo. No puedo. Sacó la nueve milímetros compacta de la funda y la amartilló para asegurarse de que hubiera una bala en la recámara. La sujetó con ambas manos. Un arma de pequeño tamaño pero precisa, con suficiente poder de disuasión. Nunca había disparado a nadie con ella, no por falta de ganas. Estudió la mira del cañón. ¿Cuántas balas habría disparado en el campo de tiro de la Policía? ¿Mil, diez mil? Bueno, esta noche no podía fallar. Se metió el cañón en la boca, apuntando hacia arriba para que la bala le diera en el cerebro y acabar rápido. Puso el dedo en el seguro. Miró a Molly. Sintió vergüenza y se sacó la pistola de la boca y se la apoyó en la sien derecha. Cerró los ojos para no verla. De nuevo puso el índice en el seguro, luego en el gatillo, luego apretó lentamente hasta el punto sin retorno. No sentiría nada. Su cerebro habría muerto antes de comunicarle al resto del cuerpo que se había levantado la tapa de los sesos. Solo tenía que apretar el gatillo. Apriétalo, Amos. No tienes nada que perder porque no te queda nada. Ya no están.

Se han... ido. Se quedó allí con el arma contra la sien, preguntándose qué le diría a su familia cuando se reencontraran. ¿Lo siento? ¿Perdonadme? ¿Ojalá hubiera estado ahí para protegeros de quien os haya hecho esto? ¿Tendría que haber estado ahí para protegeros? Apretó con fuerza el arma, hundiendo tanto el metal en la sien que notó que la boca del cañón se le clavaba. Le salió una gota de sangre que le ensució el pelo canoso. Estaba seguro de que había encanecido más durante los últimos minutos. No trataba de reunir valor para hacerlo. Estaba buscando desesperadamente el justo equilibrio. Pero ¿puede haber equilibrio en quitarse la vida? Sosteniendo aún la pistola, sacó el móvil y llamó al 911, se identificó dando nombre y número de placa y en dos frases describió concisamente la masacre. Dejó el teléfono en el suelo. Abajo estaba Johnny. En el otro extremo del pasillo estaba Cassie. Allí, en el baño, estaba Molly. Y de repente, sin previo aviso, lo vio todo contorneado de espantoso azul. Los cuerpos, la casa, la noche entera. Aquella burbuja azul lo englobaba todo. Alzó la mirada al techo y maldijo a gritos con toda la rabia la sensación de pérdida que estaba sintiendo en aquel momento, e incluso los malditos colores. ¿Por qué no podía ser normal, por lo menos una vez, en su más completa desgracia? Agachó la cabeza y se quedó sentado en el suelo con el cañón de la pistola contra la cabeza y absolutamente nada en el resto de su ser. Estaba listo para morir, listo para reunirse con ellos. Sin embargo, por alguna razón que ni siquiera él conocía, Amos Decker no apretó el gatillo, y así fue como lo encontraron los agentes cuando llegaron al cabo de cuatro minutos.

# 2

El banco rojo de un parque.

El inquietante frío penetrante del otoño adentrándose en el invierno.

Amos Decker estaba sentado en aquel banco, esperando.

Un gorrión pasó volando por delante de él, evitando por poco un coche antes de cobrar altura a lomos de una corriente de aire y alejarse. Tomó nota de la marca, el modelo, el número de matrícula y la descripción física de todos los ocupantes antes de que hubiera pasado. El marido y la esposa en los asientos delanteros y un niño detrás, en una sillita de bebé. Otro al lado, de más edad, de unos diez años. Una pegatina en el parachoques trasero. Leyó lo que ponía. Mi hijo está en el cuadro de honor de la escuela primaria Thorncrest.

Felicidades, acabas de decirle a un psicópata exactamente dónde secuestrar a la lumbrera de tu hijo.

Luego un autobús se detuvo en un stop. Lo miró, observando todo como antes. Catorce pasajeros, la mayoría cansados y abatidos a pesar de que solo era mediodía. Uno estaba activo, un niño que no paraba al lado de su agotada madre, desplomada en el asiento con una pesada bolsa en el regazo. La conductora era novata con cara de estar en tensión. A pesar de que el vehículo tenía dirección asistida giró el volante y tomó la siguiente curva tan despacio que parecía que se le hubiera calado el motor.

Pasó un avión a tan baja altura que lo identificó, por los aletines, como un 737 de United de última generación. El número 737 destacaba configurando en su mente un hermoso batiburrillo. Liso, plateado, rápido como una bala. Cualquier cosa que tuviera un siete le producía el mismo efecto. Agradecía que la numeración de todos los aparatos de la Boeing empezara por siete. Pasaron dos jóvenes andando. Los observó y tomó nota. Uno era mayor, más corpulento, el alfa; el otro era el compinche, presente solo para bromear y avasallar. Luego vio a los cuatro niños que jugaban en el parque del otro lado de la calle. Edad, rango, número, orden jerárquico y categoría determinados antes de los seis años, como una manada de lobos.

Listo.

Luego una mujer con un perro. Un pastor alemán, no demasiado viejo pero con la cadera mal. Seguramente tenía displasia, algo común en esa raza. Hecho catalogado.

Un hombre hablando por el móvil. Traje de Zegna, con la G de Gucci en los zapatos impecables, un sello de oro con pedruscos en la mano izquierda, como los de la Super Bowl. Un reloj Zenith de cuatro mil dólares en la muñeca derecha. No era lo bastante alto ni corpulento para ser atleta profesional. Iba demasiado bien vestido para ser el típico traficante de drogas. Posiblemente era gestor de fondos de inversión de riesgo, un abogado sin escrúpulos o un promotor inmobiliario.

Su memoria lo registró.

En la acera opuesta sacaban a una anciana en silla de ruedas de una ambulancia. Tenía el lado izquierdo del cuerpo paralizado y parálisis facial. Una embolia. Documentado. Su cuidador tenía una leve escoliosis y pie zambo. Grabado.

Amos Decker registró todo aquello y más mientras clasificaba mentalmente todo lo que tenía a la vista, deduciendo de vez en cuando, especulando a veces, suponiendo otras. Nada de aquello tenía ninguna importancia. Simplemente lo hacía para matar el tiempo mientras esperaba. Como contar en colores, para pasar el tiempo nada más.

Había perdido la casa. Se la habían embargado. A duras penas conseguían pagar los plazos de la hipoteca con su salario y el de Cassie. Con el suyo únicamente, imposible. Había tratado de venderla, pero ¿quién quiere vivir en una casa tan sangrienta?

Había vivido en un piso varios meses. Luego en un motel. Luego, al cambiar su situación laboral, se había instalado en el sofá de un amigo. Cuando el amigo había empezado a ser menos amistoso, había optado por un refugio para indigentes. Cuando lo clausuraron por falta de financiación, tuvo que conformarse con un saco de dormir en el parque y posteriormente con una caja de cartón en un aparcamiento: el saco de dormir estaba destrozado y la Policía echó a los indigentes del parque.

Había tocado fondo. Hinchado, sucio, desgreñado, con la barba enmarañada, parecía que estuviera viviendo en alguna caverna tratando de conspirar con alienígenas. Y así era en buena medida hasta que se despertó en el aparcamiento de un Walmart una mañana con los ojos puestos en el logo del Georgia-Pacific de un lado de su caja de cartón ondulado y tuvo una epifanía que lo sacudió interiormente: Cassie y Molly estarían profundamente avergonzadas de aquello en lo que se había convertido.

Así que se lavó, hizo unas cuantas chapuzas, ahorró unos dólares, se mudó a una habitación de un Residence Inn y empezó de nuevo como investigador privado. Aceptó todos los casos que le llegaban, casi todos de poca monta y escasos beneficios, pero algo es algo y no necesitaba más.

Llevaba una vida sin sentido, verdaderamente sin sentido, como él mismo. Seguía con la barba enmarañada, el pelo bastante desgreñado y con sobrepeso, pero llevaba la ropa razonablemente limpia y a veces se duchaba más de dos veces por semana. Además, ya no vivía en una caja. Siempre había medido los progresos en centímetros, sobre todo porque no tenía metros de éxitos de los que jactarse.

Cerró los ojos para bloquear todo lo que acababa de ver en la calle, aunque siguió todo allí, como en una pantalla de cine, detrás de sus párpados. Seguiría ahí para siempre. A menudo deseaba olvidar lo que acababa de ver, pero se le grababa todo en la memoria con un rotulador permanente. Lo recuperaba cuando lo necesitaba o lo asaltaba sin que él se lo propusiera. Lo primero le servía, lo segundo era tremendamente frustrante.

Esa noche los agentes lo habían disuadido de que se pegara un tiro. Había pensado matarse muchas veces desde entonces. Tantas que, estando todavía en la Policía, había ido a terapia para superar aquel problemilla. Incluso se había puesto de pie en un círculo de potenciales suicidas.

Soy Amos Decker. Quiero matarme. Punto. Fin de la historia.

Abrió los ojos.

Quince meses, veintiún días, doce horas, catorce minutos. Porque, dado lo que era, las manecillas del reloj daban vueltas en la vanguardia de su mente. Ese era el tiempo transcurrido desde que había descubierto aquellos tres cadáveres en su casa, a su familia masacrada. Dentro de sesenta segundos habrían pasado quince minutos aparte del año, los meses y los días. Y así seguiría avanzando y avanzando el tiempo.

Se miró. Jugador de fútbol americano durante los cuatro años de facultad y luego profesional por un periodo de tiempo extraordinariamente corto. Había sido policía y luego detective privado, pero nada de aquello le había importado después de identificar oficialmente los cadáveres de su mujer, su cuñado y su hija. Le sobraban veinticinco kilos, seguramente más. Seguramente muchos más. Treinta y pico. Estaba hecho un tonel, con las rodillas atrofiadas. La tripa le colgaba, tenía los brazos y el pecho fofos y las piernas como dos morcillas. Ya no se veía los pies, y eso que los tenía muy grandes. Llevaba el pelo salpicado de gris, no demasiado limpio y bastante largo. Era perfecto para ocultar una mente que sin olvidar nada conseguía defraudarlo permanentemente. La barba era llamativa tanto por volumen como por su caótica apariencia, llena de rizos y mechones desordenados por todas partes como zarcillos tratando de agarrarse a algo. Se dijo, sin embargo, que lo favorecía en su campo de trabajo. Tenía que atrapar a la escoria, y la escoria, por naturaleza, no suele tener la pinta de la gente común. En realidad suele huir de parecérsele.

Se tocó la raída zona de los vaqueros y luego las rodillas, donde seguían viéndose las manchas de sangre. De su sangre. De la sangre de Cassie. Era morboso tenerlas todavía allí.

Quema los pantalones, Amos. La gente normal lo habría hecho. Pero yo no soy normal. No he sido normal desde que pisé ese campo y recibí ese golpe.

El golpe era lo único que no recordaba. Resultaba irónico,

puesto que había sido el catalizador de su incapacidad para olvidar cualquier otra cosa. Lo habían emitido incansablemente en los programas deportivos del momento e incluso los noticieros de ámbito nacional se habían visto impelidos a documentar para la audiencia la violencia de la que había sido objeto. Alguien le había dicho que habían subido el fragmento a YouTube hacía unos años y que acumulaba más de ocho millones de visitas. Pero él no lo había visto. No tenía por qué. Había estado allí. Lo había sentido. Con eso bastaba.

Además, para merecer tantísima atención no había hecho más que morirse en un campo de fútbol, no una vez sino dos.

Echó un vistazo furtivo a sus vaqueros, bastante avergonzado.

La barriga le sobresalía por encima de la cinturilla porque antes estaba mucho más delgado. Los había lavado, pero las manchas de sangre no salían. Los pantalones podrían y deberían haber sido una prueba del caso. Deja que los agentes se los lleven. Pero no lo habían hecho y él no se los había ofrecido. Se los quedó y seguía usándolos. Era un modo absurdo de recordarla, una estupidez, de hecho. Un modo espantosamente macabro de retenerla consigo, al igual que llevar sus cenizas en una fiambrera de Scooby-Doo. Aunque, por otro lado, él no estaba bien del todo. Aunque tenía un sitio para vivir, un trabajo y por lo general se las arreglaba, no estaba del todo bien. Nunca estaría bien, se mirara como se mirara.

Técnicamente hablando había sido sospechoso, porque el marido siempre lo es, pero por poco tiempo. La secuencia temporal de las muertes lo había descartado. Tenía coartada. Le daban igual las coartadas. Sabía que no les había tocado un pelo y le importaba un bledo lo que creyeran los demás.

El problema era que no habían arrestado a nadie por los asesinatos. No había habido ningún otro sospechoso, ninguna pista que pudieran seguir. Nada.

El barrio obrero en el que vivía era tranquilo, sus vecinos agradables, gente que ofrecía ayuda en caso necesario porque nadie nadaba allí en la abundancia y todo el mundo agradecía que le echaran una mano de vez en cuando, para arreglar un coche o un horno, o para clavar una tabla, para cocinar si una madre estaba enferma o cuidar de los niños en un sistema de transporte comunitario basado en la confianza y la necesidad.

Había unos cuantos tipos duros en el vecindario, por supuesto, pero no había detectado a ningún homicida. Eran casi todos moteros y fumetas.

Había buscado. No había hecho otra cosa que investigar los asesinatos, incluso cuando le habían comunicado oficialmente que no se inmiscuyera en la investigación, pero no aparecían pistas a pesar de su obsesión por no dejar títere con cabeza.

Había oportunidades y obstáculos en un crimen como aquel.

Las puertas estaban abiertas; la gente entraba y salía, así que el acceso no había sido ningún inconveniente. Por otra parte, las casas estaban pegadas, así que alguien debería haber oído algo, pero esa noche nadie había oído ruidos en el 4305 de la avenida Boston. ¿Cómo podían haber matado a tres personas de un modo tan silencioso? La muerte violenta conlleva ira, ¿no? Gritos, forcejeo. Algo. Por lo visto no. ¿Y el disparo? Como el susurro de un fantasma. Eso o todo el vecindario se había quedado sordo esa noche, y ciego, y mudo.

Meses después seguían sin tener nada, mucho después de que el rastro se hubiera enfriado y las probabilidades de resolver el caso y atrapar al asesino se hubieran reducido prácticamente a cero. Entonces había dejado la Policía, porque no podía seguir haciendo papeleo y trabajando en otros casos y traspasando el precinto de los escenarios de los crímenes. Si bien los altos mandos dijeron que lamentaban su marcha, nadie le pidió que se quedara. Lo cierto era que se estaba volviendo ingobernable y un motivo de conflictos. Era todo eso porque ya todo le daba lo mismo.

Bueno, todo menos una cosa.

Visitaba las tumbas con excesiva frecuencia. Estaban enterrados en las parcelas que había conseguido apresuradamente porque, ¿quién compra una parcela para un hombre y una mujer de apenas cuarenta años y una niña de diez?

Luego dejó de hacerlo porque no soportaba verlos yaciendo en la tierra. No los había vengado. No había hecho nada más que identificar sus cadáveres. Una mísera penitencia por haber permitido que su familia muriera. Seguro que Dios no estaba impresionado.

Que hubieran muerto tenía que deberse a algo que había hecho él. Había encerrado a mucha gente a lo largo de los años y algunas de esas personas ya habían sido puestas en libertad. Otras tenían amigos. Justo antes de los asesinatos del 4305 de la avenida Boston había contribuido a desmantelar una banda local de venta de metanfetamina que hacía todo lo posible para convertir a todos los habitantes de la zona metropolitana en adictos y, por tanto, en buenos clientes, ya fuesen jóvenes, viejos o de cualquier edad intermedia. Eran malos tipos, perversos, capaces de matarte. Era posible que se hubieran enterado de dónde vivía. No era difícil. No actuaba como un agente encubierto. Podían muy bien haberse vengado matando a su mujer y a su hija, y a su cuñado, que había elegido el momento menos oportuno para visitarlos desde las afueras. Sin embargo, no había la más mínima prueba contra esa banda, y sin pruebas no hay arrestos, ni juicio, ni sentencia, ni ejecución.

Por un error suyo, por su culpa, tal vez los había conducido hasta su familia, familia que ahora ya no tenía.

En la comunidad habían hecho una colecta para ayudarlo. Habían conseguido unos cuantos miles de dólares. Estaban intactos en una cuenta bancaria. Usar aquel dinero habría sido para él como traicionar a quienes había perdido, así que allí seguía el dinero, aunque desde luego podría haberlo gastado. Iba tirando a duras penas, pero con hacerlo a duras penas le bastaba, porque a duras penas seguía siendo una persona.

Se apoyó en el respaldo del banco de madera y se arrebujó con el abrigo. No estaba allí por casualidad.

Estaba allí por trabajo.

Volvió la cabeza hacia la izquierda y vio que había llegado el momento de ponerse manos a la obra.

Se levantó y siguió a las dos personas que estaba esperando.

# 3

El bar era más o menos como todos los bares en los que Decker había estado: oscuro, frío, con olor a humedad, lleno de humo, con la iluminación favorecedora para que cualquiera pareciera alguien conocido o a quien querías conocer; o, más bien, a quien deseabas olvidar. Donde cualquiera era amigo tuyo hasta que se convertía en tu enemigo y te partía un taco de billar en la cabeza. Donde se respiraba tranquilidad hasta que las cosas se torcían. Donde podías apurar lo que fuera que la vida te diera. Donde un millar de aspirantes a ser Billy Joel podían darte una serenata a altas horas de la madrugada.

Solo que yo podría beberme un millar de copas y no olvidar ni una sola puñetera cosa. Recordaría todos los detalles de las mil, incluso la forma de los cubitos de hielo.

Decker se sentó en un punto de la barra donde se veía reflejado en el enorme espejo de detrás de las hileras de Beam y Beef, Glen y Sapphire.

Pidió una caña y agarró la jarra con las gruesas manos, fijándose en el espejo. En el rincón de detrás, a la derecha. Allí se habían sentado los dos a los que había seguido hasta aquel local.

El hombre se acercaba a la cincuentena y le doblaba la edad a la chica. Iba de punta en blanco, con un terno de lana de raya diplomática, corbata amarilla con motas azules, similares a espermatozoides a punto de fertilizar el óvulo, y un pañuelo de bolsillo a juego. El pelo peinado hacia atrás le dejaba al descubierto las entradas y las arrugas de la frente, algo atractivo en un hombre pero no tanto en una mujer, aunque la vida siempre ha sido injusta en ese sentido. Llevaba unos impresionantes anillos de diamantes en los dedos, muy cuidados. Probablemente eran robados, o falsos, como él. Seguramente también llevaba las uñas de los pies bien cortadas. Había lustrado los zapatos, pero había pasado por alto los talones, que tenían marcas, mucho más a tono con la verdadera naturaleza de aquel hombre, que también tenía las suyas. Quería impresionar de entrada, no al irse, después de lo cual no volverías a ver a aquel capullo.

Ella tenía ojitos de cordero y poco seso. Era bonita pero de un modo vacuo y muy visto. Como al mirar una película en 3-D sin las gafas, le faltaba algo. La chica era tan fiel a su ceguera y tan inconsciente que le daban ganas a uno de marcharse y dejarla librada a su suerte.

Sin embargo, a Decker le pagaban para no hacerlo. De hecho, le pagaban para hacer precisamente lo contrario.

Iba vestida con una falda, una blusa y una chaqueta que seguramente costaban más que el coche que Decker tenía o el que había tenido. El banco también se lo había quedado, como suelen hacer los bancos.

Era de una familia de dinero, no una nueva rica. Estaba tan acostumbrada a la privilegiada vida que conllevaba su posición social que era incapaz de entender que alguien se esforzara tanto para quitarle cosas que ella daba por sentadas. Eso la convertía en una víctima potencial cada minuto de cada día.

En aquel preciso momento eso era: el tiburón y la estúpida. Decker lo veía como un seis, a su entender un número sucio. Ella era un cuatro, inocuo y sin interés.

Hicieron manitas y se besaron. Compartieron las bebidas: él un cóctel de whisky y ella un martini rojo.

Entendido.

Decker calentaba la cerveza y esperaba el momento. Los miraba con disimulo. Además de la etiqueta numérica, para él ella estaba perfilada de naranja y el tipo de morado, el color que asociaba con el cero, un dígito desagradable. Así que aquel individuo era para él en realidad dos números: el seis y el cero. Resultaba complicado, lo sabía, pero a él no le costaba porque lo tenía mentalmente tan claro como el reflejo de un espejo.

Y no los veía exactamente de esos colores. Tenía la percepción de esos colores al verlos. Era la mejor manera, la única manera que tenía de explicar aquella sensación. No había tomado clases de la materia y era una facultad suya de relativamente reciente adquisición. Hacía simplemente lo que podía. Al fin y al cabo, creía haber dejado atrás el mundo de las ceras Crayola, en la escuela infantil.

Aquellos dos seguían acaramelados, haciendo manitas, acariciándose con los pies, metiéndose mano. Era evidente que ella quería algo más. Él estaba poco dispuesto a dárselo, porque implicaba cruzar un límite. Apresurarse solo le traería disgustos y aquel tipo era bueno. No el mejor que había visto Decker, pero se le daba bien. Seguramente se ganaba bien la vida.

Para ser un cero morado.

Decker sabía que el tipo esperaba para hacerle una petición. Un préstamo para un negocio prometedor que no podía dejar pasar. Alguna tragedia ocurrida en su extensa familia requería solución financiera... No quería hacerlo. Se detestaba por ello, pero era su último recurso. Ella era su última oportunidad. No esperaba que lo entendiera ni que dijera que sí. Así planteadas las cosas, ¿qué otra respuesta podía darle que no fuese que sí, querido? Toma el doble, el triple incluso. Papá no lo echará de menos. No es más que dinero al fin y al cabo; su dinero.

Una hora y dos martinis rojos más tarde, se despidió de él. El beso que le dio al marcharse fue tierno y conmovedor, y él reaccionó de la manera adecuada hasta que la joven le dio la espalda y cambió de cara. Su expresión de ternura y amor recíprocos pasó a ser de triunfo y habríase dicho incluso que cruel. Al menos eso le pareció a Decker, a quien no le gustaba tratar con gente y prefería su propia compañía. Detestaba las charlas banales porque ya no les encontraba sentido. Sin embargo, formaban parte de su trabajo. Así pagaba las facturas. Se dijo que tenía que superarlo, al menos de momento, porque era hora de fichar.

Se llevó la cerveza a la mesa a tiempo para ponerle una manaza en el hombro al individuo y devolverlo al asiento que acababa de desocupar.

Se sentó frente a él y miró el cóctel de whisky intacto (los depredadores no beben cuando trabajan) antes de levantar su jarra para felicitarlo.

—Buen trabajo. Me gusta ver trabajar a un auténtico profesional.

El otro no dijo nada de entrada. Miró a Decker, valorando su aspecto descuidado. Le daba mala impresión.

—¿Le conozco? —le preguntó por fin, con sorna—. Porque no entiendo cómo puede ser.

Decker suspiró. Había esperado que dijera algo un poco original pero no iba a ser así.

—No, y no necesita conocerme. Lo único que debe hacer es mirar esto.

Sacó un sobre de papel Manila del bolsillo del abrigo y se lo alcanzó.

El otro dudó pero lo cogió.

Decker tomó un sorbo de cerveza.

—Ábralo —le dijo.

—¿Por qué debería hacerlo?

—Está bien, pues no lo abra. Ningún problema. —Fue a coger el sobre, pero el otro se lo impidió.

Lo abrió y sacó media docena de fotos.

—La primera norma de un estafador es no prestar atención a nada que no sea aquello que se está trabajando, y cuando le he dicho que era un profesional estaba siendo caritativo. —Dio unos golpecitos en la foto de arriba—. Ella no lleva ropa suficiente y usted tampoco. Por cierto, además, este acto en particular es ilegal en casi todos los estados al sur de la línea Mason-Dixon.

El otro lo miró con cautela.

—¿Cómo las ha conseguido?

Volvió a decepcionar a Decker con la pregunta.

—Ahora es simplemente un elemento de negociación. Estoy autorizado a darle cincuenta mil pavos. A cambio, dará este asunto por terminado y se dedicará a alguna otra, en otro estado.

El tipo sonrió y le devolvió las fotos.

—Si creía que eran un problema para mí, ¿por qué no se las ha enseñado a ella? ¿Por qué venir a ofrecerme una salida remunerada?

Decker suspiró de nuevo. Por tercera vez, lo había decepcionado. Aquel individuo no planteaba ningún desafío. Recogió las fotos y las devolvió al sobre.

—Me ha leído el pensamiento, Maestro. Exactamente como le dije al viejo de la chica. Gracias por corroborar la opinión que me había hecho de usted. La joven es muy religiosa, dicho sea de paso. Lo que le está haciendo a esta señora en la tercera foto es causa de divorcio, dejando aparte el hecho de que es su esposa. Que usted lo pase bien. —Se levantó para marcharse pero el otro lo agarró del brazo.

—Puedo hacerle daño.

Decker le dobló hacia atrás los dedos hasta hacerlo gemir. Entonces y solo entonces lo soltó.

—Estoy gordo —le dijo—, pero lo doblo en estatura y soy muchísimo más bestia. No me hace falta una cara bonita para hacer mi trabajo, pero a usted sí. Así que, si lo saco a la parte de atrás y se la machaco, ¿qué implicaría eso para su futura liquidez? ¿Entiende lo que le digo?

El otro se agarró la mano herida y palideció.

—Acepto el dinero.

—Estupendo. Llevo encima un cheque por veinticinco de los grandes.

—¡Ha dicho que eran cincuenta mil!

Eso era solo si aceptada el trato a la primera. No lo ha hecho. La consecuencia es que su remuneración se ha reducido a la mitad.

—Hijo de puta.

Decker se sentó y se sacó una hoja del bolsillo.

—Un billete de avión, solo de ida, para irse tan lejos de aquí como pueda sin dejar Estados Unidos. Sale dentro de tres horas. Una condición para que pueda cobrar el cheque es que vaya en él. Habrá alguien para comprobarlo, así que no haga ninguna estupidez.

—¿Dónde está el cheque?

Decker sacó otra hoja.

—Antes tiene que firmar esto. —Le tendió el papel.

El tipo lo leyó por encima.

—Pero esto...

—Esto garantiza que la señora no volverá a pensar en usted, a no ser con encono. Por tanto, incluso en el caso de que intentara volver por aquí le sería imposible.

El otro pensaba a toda velocidad en lo que le estaba sucediendo, en lo que significaba realmente.

—Entonces, ¿me chantajea con las fotos y con que estoy casado para que firme esto? Si no firmo, le enseñará las fotos a ella y le dirá que estoy casado. ¿Y confía en que eso bastará para que la deje?

—Es usted un genio.

—Tengo a otra docena como ella. —Resopló—. Y mucho más guapas. Quiere que me acueste con ella. Le he dado largas. Ya ha visto las fotos. En casa como solomillo. ¿Por qué iba a conformarme con una hamburguesa, aunque lleve fideicomiso? Es una tonta de mierda y si tiene un buen día solo está pasable, a pesar de todo el dinero de Papá.

—El señor Marks le ha visto venir de lejos, aunque su hija no lo haya hecho. Pero, por otra parte, Jenny ya se había dejado engañar por escoria como usted. Se merece algo mejor.

Decker no conocía a Jenny Marks y no podían importarle menos sus enredos amorosos. Había hecho aquel comentario porque necesitaba que el Maestro siguiera hablando, que desembuchara.

—¿Se merece algo mejor? Mierda, no sé ni por qué me he tomado la molestia con ella. Las tengo mejores que Jenny Marks sin mover un dedo y sin tener que oír su discurso infantil.

—Tonta de mierda, discurso infantil, ¿en serio? La señorita tiene una licenciatura.

Decker ya tenía de sobra, pero empezaba a disfrutar con aquello.

—De hecho, es más que una tonta de mierda. Es una completa subnormal.

Vale. Se acabó la diversión.

Decker cogió la hoja sin firmar y la metió en el sobre con las fotos antes de metérselo en el bolsillo del abrigo.

—¿Qué demonios hace?

Por respuesta, Decker sacó una grabadora digital diminuta y pulsó el *play*.

—Estoy seguro de que va a encantarle la descripción que ha hecho de ella —le dijo—. Por cierto, ¿qué tipo de hamburguesa? ¿De ternera, orgánica o de completa subnormal?

El tipo se había quedado de piedra.

Decker recogió la grabadora y le acercó el billete de avión de ida.

—Dejaremos que se quede esto. Asegúrese de que su culo va en ese avión. La próxima vez le mandarán a alguien más alto que yo y le partirá algo más que los dedos. Lo hará papilla.

—¿Me está diciendo que no me llevo ni un céntimo? —le preguntó lastimosamente.

Decker se levantó.

—Como ya le he dicho, es usted un verdadero genio.

# 4

Decker estaba sentado en la cama de su habitación del tamaño de una celda carcelaria. Para tratar con los clientes usaba la mesa del comedor del Residence Inn. La cuota mensual que pagaba incluía un bufé de desayuno. Estaban perdiendo dinero con él, indudablemente, debido a aquel trato. Se llevaba platos llenos de comida del bufé a su mesa. Podría haber usado una retroexcavadora en lugar de un tenedor.

Había recibido el cheque del enviado del señor Marks. Un colega de la Policía se lo había recomendado al ricachón para que se ocupara de aquel delicado asunto concerniente a su insulsa hija, que siempre se enamoraba del hombre inadecuado. No se había reunido con el viejo, solo con sus representantes. Así estaba bien; dudaba que Marks quisiera que le ensuciara su sofisticado mobiliario. Se habían encontrado en el comedor a la hora del desayuno. Dos jóvenes capullos con traje de mil dólares que no habían querido siquiera probar el café. Seguramente les iba más un expreso doble sacado de una de estas maquinitas relucientes manejadas por un camarero. Por la cara que ponían, dedujo que sabían perfectamente lo bien que les iba y lo mal que le iba a él. Se había puesto su mejor camisa para la reunión, es decir, la otra.

Papá Marks había autorizado subir hasta los cien mil para verse libre del albatros que rondaba el cuello de su nena. Después de tomarle la medida al timador, Decker les había dicho a los representantes que podía solucionarlo por mucho menos. Y eso había hecho. Lo había resuelto por el precio de un billete de avión solo de ida. Aunque Papá Millonetis podría haberle dado una bonificación de al menos un porcentaje del ahorro de seis cifras, se había ceñido a lo acordado y solo había cobrado su tarifa por hora, aunque considerablemente hinchada, por lo que había cobrado la que para él era una bonita suma. Sin embargo, cobrar un porcentaje habría estado bien. Seguramente así era como los ricos seguían siendo ricos; pero había valido la pena ver a un estafador estafado. Supuso que Jenny Marks estaría en el mismo barco al cabo de unos meses y volverían a llamarlo. A lo mejor debería pedirle a Papá Millonetis un anticipo.

Salió de su habitación para ir al comedor, contiguo al vestíbulo del hotel. Era temprano y allí no había nadie más que June, de ochenta años, que disfrutaba de sus años dorados llenando a paletadas una fuente de patatas fritas grasientas del bufé.

Llenó el plato y se sentó a la mesa de siempre a comer. Se estaba llevando a la boca el primer bocado cuando la vio entrar.

Ahora tendría unos cuarenta y dos, la misma edad que él. Parecía más vieja.

Su trabajo desgastaba. Lo había desgastado a él.

Bajó la vista y el tenedor y echó sal al plato cuatro veces, también a las tortitas. Tenía la esperanza de que un hombre de su considerable tamaño pudiera hacerse invisible detrás de un muro de proteínas y carbohidratos.

—Hola, Amos.

Por lo visto no.

Se tragó un bocado de huevo, gachas, beicon, patatas fritas y kétchup. Masticaba con la boca abierta, con la esperanza de que la visión la animara a darle la espalda y volver por donde había venido.

No tuvo tanta suerte.

Se sentó delante de él. La mesa era pequeña y ella también, pero él no; él era enorme y la ocupaba prácticamente toda.

—¿Cómo te va? —le preguntó.

Decker engulló otro bocado y apretó los labios.

No alzó la vista. ¿Para qué? No quería oír nada de lo que pudiera decirle.

—Puedo esperar, si es lo que quieres. Tengo todo el tiempo del mundo.

Por fin la miró. Estaba esquelética porque en lugar de comer y beber fumaba y mascaba chicle. Seguramente tenía más comida en el plato que lo que ella comía en un mes entero.

Tenía el pelo rubio muy claro y la piel arrugada y manchada; la nariz torcida, según algunos a consecuencia de un encontronazo con un borracho cuando era policía de proximidad, y la barbilla pequeña y puntiaguda, anulada por la boca descomunal en la que unos dientes manchados de nicotina acechaban como murciélagos colgados en una cueva.

No era guapa. No era su aspecto lo que la hacía memorable. Destacaba por el hecho de que había sido la primera mujer detective del Departamento de Policía de Burlington. Por lo que él sabía, seguía siendo la única. Además, había sido su compañera. Habían conseguido más arrestos con resultado de prisión que nadie en la historia del departamento. Algunos del cuerpo opinaban que era fantástico, otros que estaban muy pagados de sí mismos. Starsky y Hutch, los llamaba un competidor. Decker no había llegado a enterarse de quién se suponía que era él, si el rubio o el moreno.

—Hola, Mary Suzanne Lancaster —la saludó, sin poder evitarlo.

Ella sonrió, se inclinó hacia él y le palmeó el hombro.

Decker hizo una leve mueca y se apartó un poco, algo de lo que no pareció darse cuenta.

—Ni siquiera sabía que supieras mi segundo nombre.

Agotada su limitada cuota de charla, él miró la comida, Lancaster lo miró y cuando terminó la inspección reconoció para sí que todos los informes acerca de que Decker había tocado fondo eran ciertos.

—No te preguntaré cómo te ha ido, Amos. Ya veo que no demasiado bien.

—Al menos vivo aquí y no en una caja —repuso sin rodeos.

—Lo siento, no pretendía decir eso —dijo ella, desconcertada.

—¿Necesitas algo? Tengo un horario que cumplir.

Lancaster asintió.

—Claro. Bueno, he venido a hablar contigo.

—¿Con quién has hablado?

—¿Te refieres a cómo he sabido que estabas aquí?

Por el modo en que la miró, esa era evidentemente su pregunta.

—Por un amigo de un amigo.

—No pensaba que tuvieras tantos amigos. —No lo decía en broma, desde luego, y no sonreía.

Ella forzó una sonrisa para intentar romper el hielo, pero recuperó la seriedad porque seguramente se dio cuenta de que era una estupidez.

—Bueno, yo también soy detective y puedo enterarme de cosas. Además Burlington no es tan grande. Esto no es Nueva York, ni Los Ángeles.

Decker chasqueó los labios y se zampó otro bocado. Empezó a divagar mentalmente con números de colores y cosas que podría contar.

Ella pareció notar su ensimismamiento.

—Siento todo lo que te ha pasado. Tu pérdida ha sido enorme, Amos. No te merecías esto. Nadie se merece algo así.

Cuando la miró no había signo alguno de emoción en sus ojos. Con simpatía no conseguiría que le prestara atención. Nunca había buscado la simpatía, sobre todo porque no entendía aquella sensación en particular, al menos ya no. Podía ser cariñoso, lo había sido con su familia, pero la simpatía y su prima hermana, la todavía más irritante empatía, ya no formaban parte de su vida.

—También he venido a decirte una cosa —añadió rápidamente Mary, tal vez porque se dio cuenta de que volvía a perderlo.

Decker le dio un repaso de los pies a la cabeza.

—Has adelgazado —le dijo, sin poder evitarlo—. Has perdido unos dos kilos y medio que no podías permitirte perder. Además padeces un déficit de vitamina D.

—¿Cómo lo sabes?

—Caminabas con rigidez cuando te has acercado. El dolor de huesos es un síntoma clásico. Fuera hace frío, pero te suda la frente. —Se la señaló—. Otro síntoma clásico. Aparte de eso, has cruzado y descruzado las piernas cinco veces en el escaso tiempo que llevas sentada. Problemas de vejiga, otro síntoma.

Lancaster frunció el ceño; era una evaluación muy personal.

—Qué pasa, ¿has empezado a estudiar medicina o algo así? —le preguntó, enojada.

—Hace cuatro años leí un artículo en la sala de espera del dentista.

Ella se tocó la frente.

—Supongo que no tomo lo bastante el sol.

—Y fumas como un carretero, que no ayuda mucho. Toma un suplemento. La falta de vitamina D tiene malas consecuencias, y deja de fumar. Prueba los parches. —Le miró las manos y vio lo que ya había visto al sentarse ella—. La izquierda te tiembla.

Se la sujetó con la derecha, frotándosela inconscientemente.

—Creo que es por los nervios.

—Pero disparas con la izquierda. Tendrías que ir a que te echen un vistazo.

Ella se miró el pequeño bulto del lado derecho de la chaqueta y el cinturón, donde llevaba la pistola en su funda. Sonrió.

—¿Tienes más rollo de ese a lo Sherlock Holmes que soltarme? ¿Quieres mirarme las rodillas o echar un vistazo a las yemas de mis dedos? ¿Vas a decirme lo que he tomado para desayunar?

Decker tomó un buen sorbo de café.

—Solo que te echen un vistazo. Podría ser algo más que un simple temblor. Lo malo empieza en las manos y los ojos. Es un elemento de aviso, como un canario en una mina de carbón. Además, el mes que viene tienes la renovación del permiso de armas. Dudo que pases la prueba con esa mano.

Mary se puso seria.

—No lo había pensado. Lo haré. Gracias, Amos.

Él miró la comida. Inspiró profundamente. Ya estaba, bastaba esperar a que se marchara. Cerró los ojos. Se habría dormido allí mismo.

Ella jugaba distraída con un botón de la chaqueta, echándole un vistazo de vez en cuando, preparándose para lo que realmente había ido a hacer, a decirle.

—Hemos hecho un arresto, Amos. Un arresto relacionado con tu caso.

Amos Decker abrió los ojos y no volvió a cerrarlos.

# 5

Decker puso las manos sobre la mesa.

Lancaster se fijó en que cerraba los puños y se frotaba el índice con el pulgar con tanta fuerza que le dejaba marca.

—¿Cómo se llama? —preguntó, mirando el montón de huevos revueltos que quedaba en el plato.

—Sebastian Leopold. No es muy común, pero eso dice.

Decker volvió a cerrar los ojos y puso en marcha lo que daba en llamar su videocámara digital. Era una de las cosas buenas que tenía ser como era. Las imágenes pasaron tan rápido que era difícil distinguirlas, aunque él era capaz de verlas con todo detalle. Acabó su ejercicio mental sin haber dado con nada.

Abrió los ojos, cabeceando.

—Nunca había oído hablar de él. ¿Y tú?

—No, y, por otra parte, no es más que el nombre que nos ha dado. Podría no ser su verdadero nombre.

—Entonces, ¿no llevaba documento de identidad?

—No, ninguno. Tenía los bolsillos vacíos. Creo que es un indigente.

—¿Habéis comprobado sus huellas?

—Lo están haciendo. Todavía ninguna coincidencia.

—¿Cómo habéis dado con él?

—Ha sido fácil. Se ha presentado en la comisaría a las dos de la madrugada y se ha entregado. Ha sido nuestro arresto más fácil. Acabo de interrogarlo.

Decker la atravesó con la mirada.

—¿Después de dieciséis meses el tipo se entrega y confiesa un triple homicidio?

—Ya. Desde luego no es algo que pase todos los días.

—¿Por qué razón?

Lancaster parecía incómoda.

—He venido para ponerte al corriente, por cortesía, Amos. Es una investigación policial abierta. Ya conoces la rutina.

Decker se inclinó hacia ella, cubriendo casi por completo la mesa.

—¿Por qué razón? —insistió, al mismo volumen que si estuvieran mirándose desde la distancia a la que estaban antes sus escritorios de la comisaría.

Ella suspiró, se sacó un chicle del bolsillo, lo dobló por la mitad, se lo metió en la boca y lo mascó tres veces antes de responderle.

—Según Leopold, en una ocasión lo humillaste. Lo cabreaste.

—¿Cuándo y dónde?

—En el 7-Eleven, cosa de un mes antes... bueno, antes de que hiciera lo que hizo. El tío por lo visto te guardaba rencor. Entre tú y yo, me parece que está un poco ido.

—¿En qué 7-Eleven?

—¿Qué?

—¿En qué 7-Eleven?

—Ah, el que hay cerca de tu casa, creo.

—¿El de DeSalle con la Cuarenta?

—Ha dicho que te siguió hasta tu casa. Así se enteró de dónde vivías.

—¿Es un indigente y tiene coche? Porque yo nunca fui a ese 7-Eleven a pie.

—Ahora es un indigente. No sé lo que era en esa época. Simplemente se ha presentado en la comisaría, Amos. Hay un montón de cosas que todavía no sabemos.

—La foto policial... —No era una pregunta. Si lo habían arrestado, le habían tomado las huellas y lo habían fotografiado.

Lancaster cogió el móvil y volvió hacia él la pantalla con la cara de un individuo, bronceado y mugriento, desgreñado y con la barba descuidada. Bueno, en ese aspecto Leopold se parecía a Decker.

Este último cerró los ojos y puso nuevamente en funcionamiento su videocámara digital. Cuando terminó de pasar su grabación, tampoco había encontrado esta vez ninguna coincidencia.

—No lo había visto nunca.

—Bueno, es posible que ahora tenga un aspecto diferente.

Él negó con la cabeza.

—¿Edad?

—Es difícil saberlo y no nos la ha dicho. Puede que poco más de cuarenta, tal vez.

—¿Estatura?

—Más de un metro ochenta y cinco.

—¿Flaco o fofo?

—Flaco. Bastante nervudo, diría yo.

—Mi cuñado era tan alto como yo, albañil, capaz de levantar una furgoneta. ¿Cómo pudo Leopold imponerse a él en una lucha cuerpo a cuerpo?

—Eso forma parte de la investigación, Amos. No puedo decirlo.

Volvió a mirarla a los ojos, pero esta vez dejó que el silencio hablara por él.

La detective suspiró y mascó con rabia el chicle.

—Nos ha dicho que tu cuñado estaba sentado a la mesa de la cocina, borracho —dijo por fin—. Que no lo vio acercarse. Ha dicho que lo confundió contigo, de hecho. Al menos por la espalda.

—¿Creyó que me mataba cuando le rajó el cuello? No me parezco ni lo más mínimo a mi cuñado.

—Por la espalda, Amos. Te lo estoy diciendo: ese Leopold es un chiflado. Le falta un tornillo.

Decker cerró los ojos.

—¿Y luego ese chiflado al que le falta un tornillo subió al piso de arriba y le disparó a mi mujer y estranguló a mi hija? —Abrió los ojos cuando Lancaster se levantó—. Tengo más preguntas.

—Bueno, yo no tengo más respuestas. Puedo perder la placa por haber venido a decirte lo que acabo de decirte. Lo sabes perfectamente, Amos.

Él también se levantó. Era mucho más alto que ella, una masa humana de la que los críos salían huyendo nada más verlo.

—Tengo que ir a verlo.

—Imposible. —Lancaster ya se iba cuando vio el bulto en su cinturón.

—¿Vas armado? —le preguntó, incrédula.

Él no siguió su mirada.

—Devolví la pistola cuando dejé el cuerpo.

—No te he preguntado eso. Cualquiera puede comprar un arma. Te lo pregunto otra vez. ¿Vas armado?

—Si así fuera, no hay ninguna ley que lo prohiba.

—Que prohiba ir armado abiertamente —puntualizó ella—, pero sí que hay una ley que prohibe llevar un arma oculta si no eres agente de policía.

—No la llevo oculta. Tú la has visto, ¿no? Desde donde estás, sin haber tenido que acercarte.

—No es lo mismo, Amos, y lo sabes.

Decker le ofreció ambas muñecas.

—Pues espósame. Arréstame y méteme en la misma celda que a Sebastian Leopold. Quédate la pistola. No me hará falta.

Ella retrocedió un poco más.

—No te metas en esto. Déjanos hacer nuestro trabajo. Tenemos al tipo. Vamos a jugar limpio. En este estado hay pena de muerte. Pueden clavarle una aguja por lo que hizo.

—Sí, dentro de diez años, tal vez. Durante una década tendrá un techo, cama y tres comidas al día. Y si está loco y su abogado lleva bien el papeleo, pasará el resto de su vida en la sala de un psiquiátrico, leyendo, haciendo rompecabezas, yendo a terapia y con las medicinas gratis para no padecer. Dada su actual situación, no está nada mal. Y aceptaría el trato ahora mismo, de hecho.

—Ha confesado tres asesinatos, Amos.

—Déjame verlo.

Lancaster ya le había dado las espalda y caminaba deprisa, seguramente hacia el coche.

Se volvió de golpe y bufó.

—¡De nada, por cierto, capullo!

Se la quedó mirando hasta que salió del vestíbulo.

Volvió a sentarse a su mesa. La consideraba suya porque todos necesitamos un lugar que considerar nuestro. Ese era el suyo.

Esa mañana se había despertado sin ningún propósito en la vida aparte de sobrevivir hasta el día siguiente.

Eso había cambiado por completo.

# 6

Decker regresó a la habitación y se dispuso a usar el teléfono. No le gustaba tener que pagar un teléfono con acceso a Internet, pero era como tener una biblioteca al completo y un ejército de ayudantes de investigación por cuatro céntimos. Repasó las noticias. Seguro que no habían anunciado el arresto de Leopold, porque no encontró nada sobre él. Cuando realizó una búsqueda de su nombre, obtuvo unos cuantos resultados, pero de otros que se llamaban igual.

El tipo se había entregado y había confesado tres homicidios. Aunque alegara locura, se enfrentaba a pasar el resto de la vida en la cárcel. ¿Había sido realmente él? ¿Lo había hecho? La Policía no tardaría en averiguarlo. Decker sabía que se habían guardado muchos detalles sobre los crímenes que la gente desconocía. Interrogarían a Leopold, si ese era su verdadero nombre, y determinarían rápidamente si era quien buscaban o si mentía por alguna razón.

Si era el autor, ¿qué iba a hacer él? ¿Trataría de burlar el sistema judicial y lo mataría para acabar en prisión? Si no lo era, sin embargo... bueno, eso plantearía también algunas posibilidades.

De momento no podía hacer nada. Nada constructivo, al menos. Leopold sería procesado y acusado formalmente, o lo soltarían, dependiendo del resultado del interrogatorio. Si seguía entre rejas se celebraría un juicio, o puede que no, si el tipo alegaba, como muchos acusados, que era pobre y no tenía dinero para pagarse un abogado defensor decente, o que era culpable, o ambas cosas. Los ricos siempre peleaban, sobre todo si la prisión formaba parte de la ecuación. Tenían mucho que perder.

Pero la fiscalía tal vez quisiera una declaración de culpabilidad para aumentar su prestigio profesional. En tal caso, Decker estaría en la sala todos los días. No se perdería ni un minuto del juicio. Quería ver a aquel individuo, olerlo, estudiarlo.

Se acostó. Parecía dormido, pero no lo estaba ni mucho menos. Estaba recordando, pensando en cómo era antes y en qué se había convertido. Pensaba en eso a menudo, aunque no quisiera. A veces, casi siempre, no lo decidía él sino su cerebro, que, lo que resultaba bastante irónico, por lo visto pensaba por su cuenta.

Soy Amos Decker. Tengo cuarenta y dos años y parezco diez años más viejo (los días buenos, y no he tenido ninguno desde hace cuatrocientos setenta y cinco días), y me siento un siglo más viejo incluso. Fui policía y luego detective, pero ya no me pagan por ser ninguna de las dos cosas. Sufro hipertimesia, es decir, nunca olvido nada. No me refiero a usar técnicas de memoria con las que uno aprende a recordar mejor las cosas, como el orden de las cartas de una baraja, usando trucos asociativos. No, lo mío es que tengo un cerebro con acceso a lo que tenemos todos pero nunca usamos. No hay muchos hipertimésicos en el mundo, pueden contarse con los dedos de una mano, pero soy oficialmente uno de ellos.

Por lo visto, mis canales sensoriales también se han mezclado, de manera que cuento en colores y veo el tiempo en imágenes. Nos llaman sinéstetas. Cuento en colores y veo el tiempo y, algunas veces, asocio colores con personas u objetos.

Muchos sinéstetas son asimismo autistas o tienen síndrome de Asperger. Yo no, aunque ya no me gusta que me toquen. Tampoco acabo de entender las bromas, pero eso puede que sea porque no tengo intención de volver a reírme nunca más.

Antes era normal, al menos tan normal como son los seres humanos.

Ya no.

Sonó el teléfono. Miró la pantalla. No reconoció el nombre, pero eso no quería decir nada. Era investigador privado y había dado el teléfono en un montón de sitios. En aquel momento no quería centrarse en el trabajo pero, por otra parte, tampoco podía ignorar a los clientes que le pagaban. Si lo echaban de aquel antro por impago, se vería otra vez en una caja y se acercaba el invierno. A pesar de tener una buena capa adiposa para mantener el calor, siempre tendría un lecho firme de cartón en el que acostarse.

Respondió a la llamada.

—Decker.

—Señor Decker, soy Alexandra Jamison, del *News Leader*. ¿Puedo hacerle unas preguntas sobre los últimos acontecimientos relacionados con el caso en el que se vio envuelta su familia?

—¿De dónde ha sacado este número?

—Del amigo de un amigo.

—Es la segunda vez que oigo eso mismo hoy y no me gusta nada.

—Señor Decker, han pasado dieciséis meses. Algo habrá sentido al enterarse de que la Policía por fin ha efectuado un arresto.

—¿Cómo sabe eso?

—Sigo los pasos de la Policía. Tengo contactos, contactos de gira que me han dicho que tienen a un sospechoso bajo custodia. ¿Sabe algo más? Si lo sabe...

—Decker pulsó para cortar la llamada y la voz de la mujer cesó. El teléfono volvió a sonar de inmediato y lo apagó.

No le gustaba la prensa cuando era detective, aunque le era útil hasta cierto punto. Sin embargo, en su labor como investigador privado no le servía de nada. Así que no le sacarían ninguna noticia ni los ayudaría en nada referente al caso en el que «se había visto envuelta» su familia.

Salió del hotel, pilló un autobús en la esquina y luego otro que lo llevó hasta el centro. Había unos cuantos rascacielos entre un montón de edificios de baja y mediana altura, algunos en buen estado y otros no. El trazado de las calles era bueno, un apretado entramado de ángulos de noventa grados y vías rectas. No solía pasar mucho tiempo en el centro. Los delitos, los graves por lo menos, se producían en el norte o en los suburbios, pero la comisaría en la que había trabajado y donde estaban los calabozos estaba en pleno centro.

Se quedó en la calle, mirando desde la acera de enfrente el edificio en el que había entrado a diario durante tanto tiempo: la Comisaría Número 2. De hecho era la Comisaría Número 1, porque la antigua número 1 se había incendiado, pero nadie se había tomado la molestia de volver a numerarlas. Seguramente no entraba en el presupuesto.

Levaba el nombre de Walter James O'Malley, un jefe de comisaría de hacía unos cuarenta años. Se lo habían cargado en la puerta de un bar cuando llevaba a su querida del brazo, aunque eso no los había detenido a la hora de ponerle su nombre a un edificio, lo que probaba sin ningún género de duda que el adulterio no perjudica el legado de uno, aunque te cueste la vida.

Su antiguo lugar de trabajo estaba en el tercer piso. Vio la ventana a la que solía asomarse cuando no estaba mirando a Lancaster, que se sentaba justo enfrente de él en el atestado despacho. Nunca había estado tan cerca del presunto asesino de su familia. Aunque tal vez sí, cuando por lo visto había humillado al tipo en el 7-Eleven. Dio la espalda al edificio cuando vio a dos agentes de paisano y a otro de uniforme a los que conocía. Había cambiado mucho desde que había dejado el cuerpo, pero dudaba que se les escapara su presencia. Se metió en un callejón y se apoyó en un muro. Su ansiedad iba en aumento. El dolor de cabeza iba y venía. Se le cansaba el cerebro porque nunca paraba, ni siquiera mientras dormía. Era como si su subconsciente fuese en realidad su mente consciente. Para ser un hombre que jamás olvidaba nada le costaba mucho recordar cómo había sido y cómo había llegado a ser lo que era.

Cerró los ojos.

El «don» me fue concedido a los veintidós años. Era un jugador de fútbol universitario que iba para un equipo de la Liga Nacional de Fútbol por sus propios méritos nada más, con un golpe de hombro tremendo. Salí al campo para jugar el primer partido de la temporada después de desempatar durante la pretemporada y sobrevivir a la última criba. Estoy en el primer equipo. Mi trabajo es sencillo: sacrificar mi cuerpo para crear el caos y abrir huecos en el equipo contrario de modo que los compañeros puedan marcar. Corro por el campo y estoy a punto de crear el caos. Corro tanto que me moquea la nariz y babeo. Me pagan más de lo que he cobrado jamás. Deseo merecerlo. Estoy a punto de derribar a un jugador.

Y eso es todo lo que recuerdo. Dwayne LeCroix, un principiante salido de la Universidad Estatal de Louisiana, era quince centímetros más bajo y veinticinco kilos más flaco que yo, era por lo visto una fuerza que había que tener en cuenta, porque me tumbó en ese campo con un golpe que ni siquiera vi venir. El tipo me dejó KO, como dicen en la Liga Nacional. Al cabo de cuatro años estaba fuera de la liga con las dos rodillas sin cartílago, el hombro izquierdo destrozado, hueso contra hueso, y sin un céntimo en la cuenta corriente. Residía en una prisión de máxima seguridad de Shreveport para crímenes cometidos contra el prójimo y seguramente allí moriría algún día, ya fuese más pronto o más tarde. Aquel día, sin embargo, se alejó caminando, golpeándose el pecho y tan tranquilo, como una gallina por el heno, mientras yo permanecía tendido inconsciente en el campo. Después de aquel encontronazo nada volvió a ser lo mismo para mí.

Ni una sola puñetera cosa.

# 7

Decker abrió los ojos cuando oyó la conmoción al otro lado de la calle. Estaban forzando puertas; las ruedas de los coches rechinaban en el pavimento. Se oían sirenas. Había voces y ruido de metal contra metal, de botas pesadas en el cemento.

Salió del callejón y miró hacia la acera de enfrente mientras los coches patrulla, con las sirenas aullando, salían del garaje del sótano de la comisaría. Habían aparecido más oficiales y más agentes de paisano por la puerta principal de la comisaría y se dirigían a toda prisa hacia los coches sin distintivos y los coches de policía aparcados en la calle.

Siguió mirando mientras un voluminoso vehículo de los SWAT bajaba por el lateral de la comisaría y doblaba. El conductor apretó el acelerador y el rinoceronte metálico se alejó por la calle.

Decker se acercó un poco más a la calle para sumarse a los ciudadanos que habían salido por los resquicios de su vida para observar aquel perturbador espectáculo. Los escuchó para enterarse de si sabían lo que estaba pasando, pero todos parecían asombrados por lo que veían.

Se apresuró a cruzar la calle cuando vio a un hombre salir de la comisaría.

—¿Pete? —lo llamó.

El hombre vestía un traje con las mangas manchadas. De sesenta y pocos, muy cerca de la jubilación, iba un poco encorvado y llevaba el pelo gris peinado hacia atrás. Decker vio que Pete

Rourke había sacado su arma reglamentaria y comprobaba el cargador.

—¡Amos! ¿Qué te trae por aquí?

—Pasaba por el barrio. ¿Qué sucede?

Pete se puso pálido. Parecía a punto de desplomarse en la acera.

—Hay un psicópata en el Instituto Mansfield. Ha entrado armado como para el combate y se ha puesto a disparar. Hay un montón de muertos, Decker, en su mayoría chicos. Tengo que irme. —Se le escapó un breve sollozo—. Mierda, mi nieto va a ese instituto. Está en primero, no sé si...

Le dio la espalda y se acercó a trompicones a su coche, un Malibú de color claro, subió a él y se marchó quemando neumáticos.

Lo miró alejarse. ¿Un ejército de policías yendo a un instituto tiroteado? Al instituto Mansfield, el mismo al que él había asistido hacía como un millar de años.

Miró a su alrededor mientras el ruido de las sirenas se atenuaba. En la acera de enfrente la gente se dispersaba para volver a su dorada existencia. Muchos miraban el teléfono para comprobar si tenían alguna noticia. Decker hizo otro tanto, pero no tenía nada. Todo aquello acababa de suceder, sin embargo, los noticiarios podían retener la noticia hasta tener la siguiente filmación. Luego lo publicarían apresuradamente.

Hasta la siguiente noticia.

Decker miraba fijamente la puerta de la comisaría. Se preguntaba cuánto personal quedaría en el edificio. Seguramente habían permanecido allí unos cuantos agentes. Tenían a un prisionero importante en el calabozo. Tocó la pistola que abultaba en su cinturón. Iba a ser un inconveniente. Justo al otro lado de la puerta principal había un detector de metales. Miró a su alrededor y vio un contenedor próximo al edificio. Se acercó y alzó la tapa. Estaba lleno en una cuarta parte. No recogían la basura hasta el fin de semana, recordó. Había un trapo encima del montón de desperdicios. Sacó la pistola, la envolvió en él y la dejó en el contenedor.

Se miró la ropa. Otro inconveniente. Echó un vistazo y vio el escaparate. Había comprado unas cuantas cosas en aquella tienda. Hacía una eternidad de eso.

La tienda de tallas grandes de Grady.

Bueno, yo soy grueso y alto, ahora más grueso que alto.

Sacó la tarjeta de crédito. Tenía un límite bastante bajo, pero seguramente le bastaría.

Se dirigió hacia la tienda y la campanilla de la puerta tintineó cuando entró. Un hombre bien vestido y rechoncho se le acercó y luego, con la misma rapidez, retrocedió un paso.

—¿En qué puedo ayudarlo? —le preguntó desde una distancia prudente. Seguramente lo había tomado por un indigente que quería robarle.

Decker sacó la cartera y le enseñó la placa de detective privado. Lo hizo tan deprisa que pareció otra cosa. Echó un vistazo a la calle, en dirección a la comisaría, para reforzar su subterfugio. No sabía mentir con naturalidad y, desde el golpe en el campo de fútbol americano su capacidad para hacerlo se había visto drásticamente reducida, de manera que le costaba todavía más no decir siempre la verdad literal. Tendía instintivamente a la precisión y era reacio a aceptar su ausencia. En su época de policía solía moverse en el mundo del hampa y había tenido que falsear las cosas. Siendo detective y ahora investigador privado tenía que ser capaz de soltar trolas o le habría resultado imposible realizar su trabajo. Al final había encontrado un método que le funcionaba.

Voy a mentir de un modo impecable.

—Llevo trabajando demasiado tiempo en un caso —le dijo al vendedor—. Voy hecho un desastre. Para cazar ratas tienes que parecer una de ellas. Quiero volver a la civilización. ¿Me entiende?

El otro, que había seguido la mirada de Decker hasta la comisaría, asintió. Se relajó e incluso sonrió.

—No es usted el primero —le dijo para animarlo—. Tenemos un montón de clientes del Departamento de Policía de Burlington.

—Ya he comprado aquí otras veces —comentó Decker.

—Claro, me acuerdo de usted —mintió el hombre.

Decker compró rápido. Chaqueta talla cincuenta y cuatro extralarga; pantalones talla cuarenta y ocho, que aun así le quedaban ajustados (la tripa le rebosaba por encima de la cinturilla como les sucede a muchos obesos). Optó por prescindir del cinturón. Aquellos pantalones no se le caerían, eso seguro.

Por suerte tenía las piernas largas y consiguió un par con el dobladillo ya hecho que le sentaban bien. Una camisa enorme. La corbata, barata pero útil. Escogió unos zapatos de polipiel del número cuarenta y nueve. Le apretaban pero le daba igual.

—¿Tendría un cepillo y una máquina de afeitar eléctrica? —preguntó, mirándose en el espejo.

—En nuestra sección de artículos de aseo personal. Está ahí.

—¿Un maletín?

—En accesorios. Allí.

Lo pagó todo con cargo a la tarjeta de crédito. Cuando Decker se lo pidió, el dependiente incluyó un bloc de notas de los que usan los abogados y unos cuantos bolígrafos que tenía detrás del mostrador, en una caja de suministros de oficina.

—Siguen recortándonos el presupuesto —explicó Decker—. ¿Cómo vamos a proteger a la gente si no podemos permitirnos siquiera unos bolígrafos?

—Es una vergüenza —dijo el dependiente—. El mundo se está yendo al infierno. ¿Le interesa un alfiler de corbata o un pañuelo?

Decker se lo llevó todo al baño, se enjuagó en el lavabo, se puso el desodorante que había comprado, se rasuró casi toda la barba, dejándose únicamente una capa de vello en la barbilla, la mandíbula y el labio superior, se recortó el cabello y se lo peinó, se puso la ropa y los zapatos nuevos y metió los viejos en la bolsa de la tienda.

Salió con la bolsa y se dirigió hacia la comisaría.

La corbata se le clavaba y, a pesar del desodorante, se notaba ya los sobacos un poco transpirados, y eso que el aire era frío. Ya no tenía el aspecto de antes, sin embargo. Ni siquiera cuando era policía había parecido tan respetable.

Puso la bolsa de ropa con la pistola en el contenedor y subió las escaleras de la comisaría. Sabía que aquello era una estupidez, una locura. No hacía tanto que había dejado el cuerpo. Podían reconocerlo en cualquier momento, como le había pasado con Pete Rourke, pero no le importaba. No le importaba lo más mínimo. Era su ocasión, tal vez la única, y la aprovechaba.

Pasó el detector de metales. Había un agente joven en el vestíbulo de entrada. Decker no lo conocía y el chico no conocía a Decker.

Mejor que bien.

Se acercó al mostrador de información. Lo atendía una mujer de edad que no iba de uniforme. Seguramente era una civil.

Tener a un oficial de uniforme sentado en el mostrador de entrada no era un modo inteligente de usar los recursos.

Se le ocurrió lo que iba a decir y la miró desde su altura.

Ella echó atrás la cabeza y puso unos ojos como platos, quizá simplemente para verlo entero.

—¿Puedo ayudarlo? —le preguntó.

—¿Tienen un prisionero en el calabozo, un tal Sebastian Leopold?

La mujer parpadeó, confundida.

—No estoy segura de lo que...

—Quiero hablar con él.

—¿Y quién es us...?

—Necesita un abogado. Creo que no ha sido designado ninguno todavía para representarlo.

—No estoy segura...

—La Sexta Enmienda, derecho a un abogado. No se le puede negar. Me bastan unos minutos con él.

—Tengo que llamar por teléfono...

—Si tiene que hacerlo, hágalo, pero sé que en estos momentos las cosas están siendo bastante complicadas por aquí. Así que si no consigue que le respondan, con unos minutos con él tengo bastante. —Alzó el maletín para que lo viera y lo palmeó—. Falta poco para la lectura de cargos. Tiene que estar preparado para declarar. Tengo algunas ideas.

—Si es tan amable de sentarse.

Decker miró a su alrededor. El policía del detector de metales lo estaba mirando. Eso no era nada bueno.

Dándose cuenta de que podía haberse gastado un montón de dinero que no tenía en su atuendo para tener pinta de abogado, Decker se sentó en una silla atornillada a la pared y esperó.

La mujer cogió el teléfono y despacio, muy despacio, pulsó los números.

Números. Siempre números.

Le producían un efecto hipnótico, lo enviaban a lugares a los que no siempre quería ir.

Cerró los ojos y su mente empezó a zumbar, atrás... hacia el día, no, hacia el momento exacto en que su vida había cambiado para siempre.

# 8

La multitud enloquecía cada vez que emitían el choque por la pantalla gigante del estadio, lo que hacían repetidamente, según me contaron después. El casco salió volando a un metro y medio y rodó casi dos hasta acabar a los pies de un árbitro que lo recogió y miró dentro tal vez para ver si mi cabeza seguía allí. Creo que el cerebro me rebotó contra el cráneo varias veces, como un pájaro intentando entrar por una ventana hasta que se parte el cuello.

¡Sí!, clamaba la multitud, y gritaba de alegría cada vez que la pantalla reproducía las imágenes.

Luego me dijeron que dejaron de lanzar vítores porque no me levanté, porque no moví ni un solo músculo. Entonces alguien se dio cuenta de que había dejado de respirar y me estaba poniendo azul. Me dijeron que el entrenador alternaba entre golpearme el pecho como una prensadora e insuflarme aire por la boca. Luego me dijeron que había muerto en el campo dos veces, pero que en ambas ocasiones él me había hecho volver del más allá.

Me dijeron que me gritaba al oído: «Aguanta, noventa y cinco. ¡Aguanta, joder!» Yo era un verdadero don nadie, tanto es así que se sabía el número de mi jersey pero ignoraba cómo me llamaba. Mi identidad de jugador de fútbol profesional consistía en el nueve y el cinco que llevaba impresos en la pechera. Nueve y cinco. Violeta y marrón en mi cuenta mental. No le he asignado nunca un color a cada número. Mi cerebro lo ha hecho en mi lugar, sin mi permiso.

El encontronazo me cambió completamente porque en esencia rehízo mis conexiones cerebrales. Morí dos veces y volví a la vida siendo básicamente otra persona. Durante mucho tiempo creí que eso era lo más espantoso que me sucedería jamás, pero luego llegó esa noche con esos tres cadáveres azul neón y el bloqueo en el campo de fútbol americano pasó a ocupar un distante segundo lugar en la lista de mis aflicciones.

—Perdón, señor. ¿Señor?

Decker abrió los ojos y se encontró con una mujer mirándolo. No era la señora mayor de la mesa. Era mucho más joven, tal vez estuviera cerca de los treinta, y llevaba pantalones negros y una blusa celeste con los dos botones de arriba desabrochados. Tenía el cutis terso y parecía optimista y eficiente. Se dijo que tenía que ser muy nueva; no tendría aquel aspecto al cabo de un año, incluso podía ser que no lo tuviera al cabo de solo seis meses. Tratar con la escoria todo el día te envejece más que el sol.

Echó un vistazo a la cinta con la tarjeta de identificación que pendía sobre su cadera.

Salli Brimmer. Relaciones Públicas. Tenía que haberse incorporado después de su partida.

Él ahora tenía buena pinta. Miente como un bellaco, Amos. Puedes hacerlo. Tienes que hacerlo. Cada palabra cuenta, porque ellos irán con retraso en este asunto. Cada maldita palabra... Vamos.

—Sí, ¿señorita Brimmer?

Se levantó y le estrechó la mano.

La de ella quedó completamente cubierta por la suya. Decker esperó que no interpretara que tenía la palma sudada como una prueba de su engaño.

—Me han dicho que quiere ver a Sebastian Leopold.

—Así es. Tengo entendido que necesita asesoramiento legal.

—Lo tiene entendido ¿gracias a quién?

Decker luchó contra la ansiedad que lo estaba agobiando, puso a cámara rápida su videocámara digital, formuló la respuesta y pronunció las palabras.

—Tengo un contacto en el *News Leader*, Alex Jamison. ¿Ha oído hablar de ella?

—Sí, así es. Es buena. Seguramente lo sabe. ¿Es usted abogado?

Decker le dio una tarjeta de visita con la dirección de un despacho del extremo opuesto de la ciudad. Era de hecho la dirección de un bufete de abogados.

Ella la leyó y se la devolvió.

—Hemos tenido una emergencia —le dijo.

—Lo he oído. Pete Rourke me lo ha dicho cuando entraba. En el instituto Mansfield. Su nieto es alumno del centro. Espero que esté bien.

—¿Conoce a Pete?

—Nos conocemos desde siempre, señorita Brimmer.

Ella suspiró y miró a su alrededor.

—En realidad no me correspondería a mí tomar esta decisión.

—Puedo volver, pero... —añadió rápidamente, antes de que la joven pudiera reaccionar a su oferta—. Leopold tiene que ser procesado antes de que pasen cuarenta y ocho horas o de lo contrario habrá que soltarlo. Dudo que nadie quiera que eso suceda.

—No, nadie quiere, pero es que...

Las palabras adecuadas acudieron a su mente en un fogonazo. Fue como si las estuviera leyendo en un *teleprompter*. «Y si lo procesan en ausencia de un abogado o con la asistencia de un abogado mal preparado será una chapuza legal que puede volverse en contra del departamento. Sería como una patada en el culo, y perdón por la expresión. Estoy seguro de que tampoco quiere eso. Ningún ciudadano que respete la ley lo querría.»

Ella empezó a asentir a mitad de su discurso.

—¿Le bastan unos minutos?

—No necesito más.

Dudaba y Decker se lo notaba en los ojos.

No quería tener nada que ver con aquello, pero se veía forzada a tomar una decisión.

Cuanto más mentía, más ansiedad sentía. Inspiró profundamente, se tragó la bilis y exhaló.

—Un par de minutos —dijo—. Después me iré y él ya no podrá reclamar.

Decker decía realmente en serio esto último.

—¿Sabe de qué está acusado?

—Sí, de hecho lo sé muy bien. Sin embargo, a pesar de esos actos atroces, tiene derecho a que lo asista un abogado y, si es declarado culpable, pueden ponerle la inyección letal sin una queja de este servidor. Eso se lo prometo.

La verdad sin duda te hará libre, Amos.

Por fin había vencido sus dudas.

—Está bien, sígame.

Y Amos Decker la siguió.

# 9

Doblaron la esquina del pasillo y allí estaba, como una rata enjaulada, al menos en opinión de Decker. Pero eso no era suficiente. Tenía que estar seguro.

Brimmer lo miró y luego miró a Leopold.

—Aquí está. Puedo darle quince minutos como mucho.

—No necesito más.

Había un carcelero, un tipo al que, nuevamente, Decker no conocía. En sus diez años como detective, no se había mezclado mucho con los agentes de uniforme.

—Abra la puerta, por favor —le pidió Brimmer al carcelero.

El agente sacó las llaves, abrió la puerta y Decker entró en la celda y miró al hombre sentado como un gato en el camastro.

—Quince minutos, ¿vale? —dijo Brimmer.

Asintió pero sin mirarla. Oyó su taconeo alejándose. Esperó hasta que el carcelero hubo vuelto a su escritorio del fondo del pasillo antes de avanzar y centrarse en el prisionero.

Sebastian Leopold no era tan gordo como había pensado por la descripción de Lancaster.

O a lo mejor yo he conseguido engordar mucho más.

Le habían hecho poner un mono naranja de presidiario. Iba esposado de pies y manos, con la cadena que le rodeaba la cintura sujeta a la pared. Era una lástima, porque, de haber intentado atacarlo, habría podido matarlo en defensa propia.

Volvió la cabeza hacia Decker, que se preparó para que Leopold lo reconociera, pero no, no hubo reconocimiento alguno, un poco raro, puesto que por lo visto había humillado tanto a aquel tipo que se había vengado masacrando a su familia.

Tenía los ojos inyectados de sangre, las pupilas dilatadas. Decker supuso que los agentes le habrían hecho pasar un test de drogas, mear en un bote, soplar en el alcoholímetro y que le habrían tomado una muestra de ADN. El mono era de manga corta, así que se le veían los brazos. Llevaba dos delfines tatuados en el derecho. Era interesante. También tenía marcas de pinchazos y parecían relativamente recientes. ¿Se habría metido un chute antes de entrar en la comisaría tan campante y declararse culpable de un triple asesinato? Hace falta meterse algo para hacer algo así, pensó Decker.

Le faltaba un trozo de un dedo de la mano izquierda, amputado a la altura de la primera falange. Tenía las manos muy callosas y fuertes, había trabajado con ellas.

¿Son estas las manos que me arrebataron a Molly?

—Señor Leopold —dijo.

El otro siguió mirándolo sin verlo a él ni ver nada en realidad.

Al menos, eso le pareció a Decker.

Seguía sin reconocerlo, eso que con el aseo y el corte de barba y pelo se parecía mucho más al policía que había sido diecisiete meses antes, cuando supuestamente había humillado a Leopold en el 7-Eleven.

Observó atentamente la cara de aquel hombre y puso en marcha la videocámara digital. Los fotogramas fueron pasando a toda velocidad por su mente, retrocediendo hasta la época exacta en que por lo visto se había tropezado con él. La fecha surgió en su cabeza, como pegada a la parte posterior de sus globos oculares. Un mes antes de los asesinatos, había dicho Lancaster. Decker añadió otra semana a esa fecha para asegurarse. Su videocámara digital zumbó y las imágenes pasaron, hora a hora, minuto a minuto. Había estado tres veces en el 7-Eleven por aquellos días.

Sebastian Leopold, simplemente, no estaba allí.

Apagó la videocámara digital y se sentó en el asiento de obra de la pared.

—Señor Leopold —le dijo en voz baja—. ¿Me reconoce?

El otro parecía escucharlo pero sin oírlo realmente.

—¿Me reconoce?

Leopold sacudió la cabeza.

Movió las manos de un modo extraño frente a sí y Decker observó las formas que dibujaba en el aire con ellas.

—Necesita un abogado —le dijo, y palmeó la cartera.

Leopold dejó de mover las manos y asintió con la cabeza.

Decker sacó el bloc de notas y el bolígrafo.

—¿Puede decirme lo que pasó esa noche?

—¿Por qué?

De repente hablaba con cautela, algo que le sorprendió un poco. Había interrogado a muchos presos, a muchos acusados. La mayoría eran unos completos estúpidos que habían cometido delitos por motivos más estúpidos todavía. Sin embargo, algunos eran mucho más listos de lo que la gente creía. Tal vez Leopold era uno de esos.

—Necesita un abogado defensor. Ha confesado un triple asesinato.

—Soy culpable. Lo hice.

—Aun así necesita representación legal.

—¿Por qué?

—Porque así funciona el sistema legal. Por tanto, necesito conocer los hechos.

—Van a ejecutarme. —Lo dijo como un niño que confiesa el castigo que espera. El prisionero enjaulado se había transformado en un chiquillo.

Decker se preguntó si era un efecto de las drogas, que jugaban a la máquina del millón al margen de sus procesos mentales.

—¿Eso es lo que quiere?

—No depende de mí.

—Tiene razón. Depende sobre todo de un juez y de un jurado. Pero usted tiene voz en el asunto, así que, ¿quiere contarme lo que pasó? —Consultó la hora. Habían pasado cuatro minutos y en cualquier momento podía acercarse alguien que lo conociera. Se situó dando la espalda a la puerta de la celda.

—Los maté —dijo simplemente Leopold.

Tenía la mirada perdida y Decker buscaba cualquier atisbo de reconocimiento en sus ojos. Si lo veía, ¿qué haría? ¿Estrangularlo como había hecho él con su hija?

Leopold empezó de nuevo a mover las manos. Parecía un director de orquesta dirigiendo a unos músicos inexistentes. Lo observó un momento y luego volvió a centrarse en lo que importaba.

—¿Y por qué hizo eso?

—Ese tío me cabreó.

—¿Qué tío?

—El tío. El tío que vivía allí.

—¿Qué hizo para cabrearlo?

—Me cabreó, punto.

—Pero ¿por qué?

—No me trató con respeto.

—¿Trabajaba usted allí? ¿Era usted cliente del 7-Eleven de la calle DeSalle?

Leopold ignoró la pregunta.

—Bueno, lo pillé, ¿no?

—¿Cómo lo hizo?

—Maté a su familia.

—No, me refiero a cómo supo dónde vivía.

—Lo seguí.

—¿Cómo lo siguió?

Detectó una cautela en los ojos de Leopold que hasta ese momento no había visto.

—No tengo por qué contarle una mierda. ¿Es poli? ¿Intenta engañarme?

—Ha confesado, señor Leopold. No hay engaño posible. ¿Se da cuenta?

Leopold pestañeó y se frotó el cuello.

—Sí, supongo que sí.

—Y no, no soy poli. Así que lo siguió. ¿Cómo?

—¿Qué quiere decir con eso?

—En coche, a pie, en bicicleta.

—Yo no tengo ninguna jodida bici.

—¿En coche, entonces?

—Si no tengo bici, no tengo coche.

—Entonces, a pie.

Leopold asintió despacio y luego estudió con más atención a Decker, tal vez para ver su reacción.

Decker anotó algo en el bloc y se secó una gota de sudor de la frente, a pesar de que en la celda del sótano hacía frío. Si lo descubrían allí, podría ir a la cárcel. Además, no le gustaba conversar, así que cuanto más breve fuera, mejor. No obstante, tenía que hacerlo. Tal vez no tuviera otra oportunidad.

—Así que descubrió dónde vivía ese «tío» y planeó matar a su familia, pero esperó cosa de un mes. ¿Por qué?

—¿Quién dice que esperé un mes?

—Eso ha sido lo que le ha contado a la Policía.

Leopold se encogió, la rata escondiéndose en la grieta. Solo que allí no había donde meterse.

—Vale, está bien. Tuve que planearlo. Vigilé la casa, para estudiar el terreno, por así decirlo.

Decker echó un vistazo al tatuaje.

—¿Cuándo estuvo en la Armada?

En los ojos de Leopold hubo un breve destello.

—¿Quién dice que he estado?

Decker señaló el tatuaje.

—Dos delfines. Son propios de los marineros. Se lo hizo donde quedara cubierto por la manga del uniforme. Son las reglas.

Leopold se miró el tatuaje como si lo hubiera traicionado.

—No estoy en la Armada.

—Así que estudió el terreno y esa noche entró. Explíquemelo paso por paso.

Decker oyó un ruido y volvió la cabeza para echar un vistazo, pero no era más que el carcelero que paseaba por el pasillo. Se secó otra gota de sudor, esta vez de la mejilla.

—¿Que se lo explique paso a paso? —repitió Leopold como un loro.

—Desde el momento en que llegó hasta el momento en que se fue. Empiece por contarme cómo llegó a la casa.

—Andando.

—¿La dirección de la casa era...?

Leopold vaciló.

—Era una casa de dos plantas, amarilla, con un garaje abierto a un lado.

—¿Cómo entró?

—Por la puerta mosquitera de la cocina.

—¿Recuerda algún detalle de esa cocina?

—Era una puta cocina, tío, con fogones, lavaplatos, una mesa y sillas.

—¿Recuerda el color de las paredes?

—No.

Decker echó otro vistazo a la hora. Tenía que darse prisa. La ansiedad de estar allí crecía por momentos.

—¿A quién mató primero?

—Al tío. Creí que era el que me había humillado, pero supongo que no lo era.

—¿Cómo lo sabe?

—Por las fotos de los periódicos de después.

—Siga.

—Estaba sentado a la mesa de la cocina, bebiendo.

—¿Cómo lo sabe?

Leopold lo miró, evidentemente irritado.

—¿Por qué no hace más que preguntarme eso?

—Porque la Policía lo hará. El tribunal lo hará. El jurado querrá saber esas cosas.

—Mierda, he confesado.

—Aun así, puede que quieran ayudarlo.

Leopold pareció sorprendido.

—¿Por qué?

—Para mejorar su imagen. ¿Cómo sabe que había estado bebiendo?

—Había botellines de cerveza en la mesa.

—¿Cómo lo mató? Era mucho más corpulento que usted.

—Estaba borracho. Lo rajé con el cuchillo, aquí. —Se indicó el cuello.

—Lo encontraron en la habitación contigua.

—Sí, sí, es verdad, pero, verá, se arrastró hasta allí cuando ya lo había rajado, sangrando como un cerdo. Luego, ¡mierda!, ya no se movió más.

—¿Emitió algún sonido?

—Sí —dijo Leopold—, pero ninguno fuerte. —Volvió a señalarse el cuello—. Le hice el corte aquí. No podía gritar mucho.

—¿Recuerda qué ropa llevaba?

Leopold lo miró sin comprenderlo.

—Hace mucho tiempo. ¿Pantalones? ¿Una camisa?

—¿Qué hizo luego?

—Sabía que tenía familia, así que fui a matarla.

—Cuéntemelo punto por punto —dijo Dereck con calma, aunque estaba cualquier cosa menos tranquilo. El corazón le latía tan deprisa que notaba las pulsaciones en todo el cuerpo, como si tuviera un millar de corazoncitos bombeándole la sangre a toda presión.

Ya casi está, aguanta, Amos, aguanta.

—Subí la escalera. La primera habitación de, de...

—¿De la izquierda? —le sugirió Decker.

El otro lo señaló.

—Sí. La de la izquierda.

—¿Y?

—Y entré. Estaba en el baño... No, estaba en la cama. Eso es, en la cama. Una monada. Iba en camisón. Se le transparentaba todo. Joder, la puta era guapa.

Decker se agarró al borde de la silla, sin dejar de mirar a Leopold. Su esposa no había sido violada, era un hecho comprobado, pero había algo más.

—Entonces, ¿la luz estaba encendida? —le preguntó.

—¿Qué?

—Ha dicho que se le transparentaba el camisón. He supuesto que la luz estaba encendida.

Leopold pareció dudar.

—No, no creo que lo estuviera.

—¿Qué hizo entonces?

—Me quedé allí.

—¿Mientras ella seguía acostada?

Leopold lo miró con ira.

—Mierda, tío, ¿vas a dejar que lo cuente?

—Perdón. Adelante.

—Tenía una pistola. Le apoyé la boca del cañón en la frente y disparé.

—¿Qué tipo de pistola era?

—Una cuarenta y cinco. Smith and Wesson —le respondió sin dudarlo un segundo.

—¿Dónde la consiguió?

—Se la robé a un tipo.

—¿Ese tipo tenía nombre?

Leopold se limitó a encogerse de hombros.

—Siga.

Decker oyó puertas que se abrían y pasos apresurados en el piso de arriba. Por lo visto algunos agentes habían vuelto del instituto.

—Pues le disparé. No, un momento. Se despertó, creo. Se sentó, iba a gritar. Eso es. Y le disparé. Luego la puta se cayó de la cama.

—¿Al suelo? ¿Cayó toda ella al suelo?

Leopold lo miró con tiento.

—Puede que quedara en parte sobre la cama. Un pie o un brazo o algo.

—¿Y luego qué?

Era el momento decisivo. Eso no lo había publicado ningún periódico. La herida de la cabeza no era la única que le habían infligido a Cassie. Lo habían descubierto durante la autopsia. No la habían violado, pero le habían mutilado los genitales.

—Sabía que tenía una hija. Fui por el pasillo hasta su dormitorio. Estaba durmiendo.

—Entonces ya había terminado con la mujer. ¿No le hizo nada más?

Leopold le lanzó una mirada asesina.

—Ya le he dicho lo que hice. Le disparé. ¡Punto!

—Vale.

—Luego fui por el pasillo hasta donde estaba la cría.

—Un momento. ¿El disparo no la despertó?

Leopold volvía a estar confundido.

—Yo... No, no creo. Estaba dormida.

—¿Qué hizo entonces?

—La saqué de la cama.

—¿Por qué?

—Lo hice, eso es todo. No pensaba con demasiada claridad. La llevé al baño.

—Una vez más, ¿por qué? No pensaba con demasiada claridad...

—Así es. A lo mejor tenía que mear y no quería que se escapara.

—¿Orinó?

—No lo recuerdo.

—¿Y la niña no gritó al verlo?

—No. Estaba asustada, supongo. Y... y le dije que se estuviera callada.

—¿Y luego?

—Luego la estrangulé. Le rodeé el cuello con las manos y apreté hasta que...

Decker alzó una mano para que se callara. Apartó la cara un momento, cegado por el azul más brillante. El color era tan intenso que creyó que iba a vomitar. Era como si se estuviera asfixiando en azul zafiro.

—¡Eh, macho! ¿Se encuentra bien? —le preguntó Leopold, sinceramente preocupado.

Decker tenía la frente perlada de sudor.

—Vale, la mataste. ¿Y luego qué? —dijo, despacio.

Leopold volvió a vacilar.

—¿Hiciste algo con el cadáver? ¿Hiciste algo con la ropa que llevaba?

El otro chasqueó los dedos.

—Es verdad —dijo, con la cara radiante, como si acabara de dar con la solución en clase de álgebra—. La senté en el inodoro y la até, eh..., ¿cómo se llama eso...?

—¿Con el cinturón de la bata? —apuntó Decker.

—Eso es, la rodeé a ella y rodeé el inodoro con el cinturón de la bata.

—¿Por qué?

Leopold lo fulminó con la mirada.

—Porque..., porque eso fue lo que me pareció que debía hacer en aquel momento.

—¿Cómo se fue?
—Salí por donde había entrado.
—¿Tenía coche?
—No, ¡ya le he dicho que fui andando!
—¿Nadie lo vio?
—No que yo sepa.
—¿Qué hizo con el arma?
—La tiré a la basura.
—¿Dónde?
—No me acuerdo.
—¿Y con el cuchillo?
Leopold se encogió de hombros.
—Lo mismo.
—¿No contó a nadie lo que había hecho?
—Hasta ahora no.
—¿Por qué ahora?
Leopold se encogió nuevamente de hombros.
—¿Van a freírme?
—Inyección letal. Lo de freírse vendrá después.
—¿Eh?
—En el infierno.
—Ah, sí. —Leopold soltó una risita, como si creyera que Decker le estaba haciendo una broma—. Buena ocurrencia.
—¿Por qué lo ha confesado ahora? —insistió Decker.
—Me ha parecido tan buen momento como cualquier otro. No tenía otra cosa que hacer.
Decker advirtió que Leopold tenía un bulto en el cuello.
—¿Qué es ese bulto? ¿Está enfermo?
Leopold se lo tocó con cuidado.
—No me pasa nada —dijo.
—¿Se ha hecho un chequeo?
Leopold resopló.
—Sí, he ido a la Clínica Mayo en mi jet privado y he pagado en efectivo.
Sarcasmo, interesante.
—De haber sido marine tendría seguro médico —observó Decker.

Leopold asintió.

—BD. Baja por deshonor.

—Así que era marine.

—Sí —admitió Leopold.

Arriba el ruido iba en aumento. Decker consultó la hora. Faltaban dos minutos y Brimmer parecía de las que se presentaban justo a tiempo para acompañarlo a la salida.

—¿Ningún SPT? —preguntó.

—¿Ningún qué?

—Problema mental, depresión, a causa de haber entrado en combate.

—Nunca entré en combate.

—¿Entonces no es más que un hijo de puta enfermo que masacró a una familia porque alguien lo humilló? —dijo Decker, sin levantar la voz, con tranquilidad.

Leopold sonrió forzadamente.

—Supongo que sí. Tengo malas noticias, tío. Siempre lo he sido. Si mi madre viviera se lo diría. Soy un mierda. He estropeado todo lo que he tocado en esta vida. No le miento.

—Y cuando comprobemos su expediente militar encontraremos que cuando estuvo en la Armada se llamaba Sebastian Leopold.

Leopold asintió pero como ausente, como si no estuviera de acuerdo con la afirmación.

Decker se inclinó hacia él.

—Se lo preguntaré sin rodeos. ¿Es Sebastian Leopold su verdadero nombre?

—Uno de los que uso.

—¿Desde que nació o más recientemente?

—Desde que nací no.

—Pues ¿por qué lo usa, si no es el suyo?

—¿Qué es un nombre, tío? No es más que unas cuantas letras juntas.

Decker sacó el teléfono y enfocó a Leopold.

—Diga «patata». —Le tomó una foto y se lo guardó. Luego sacó un bolígrafo y una hoja de papel—. ¿Puede escribirme su nombre?

—¿Por qué?
—Es para mi expediente.
Leopold cogió el bolígrafo y escribió despacio su nombre.
Decker recogió ambas cosas y se levantó.
—Estaremos en contacto —dijo.
Se acercó a la puerta y llamó al carcelero.
—Si la memoria no me engaña, hay un baño por ahí, ¿verdad? —le dijo cuando le hubo abierto, señalando hacia el lado opuesto a aquel por el que había entrado.
El carcelero asintió.
—Sí. El de hombres es la primera puerta.
Decker metió el bloc y el bolígrafo en la cartera y se dirigió rápidamente por el pasillo hacia el baño. Su cambio de planes se había debido a los pasos que oía bajando las escaleras. Bajaba más de una persona, lo que significaba que Brimmer llevaba refuerzos. Lo que implicaba que sabían que pasaba algo.
Pasó por delante de la puerta del baño, giró a la izquierda y después a la derecha para continuar por otro pasillo. Estaba tan familiarizado con el plano de la comisaría como cualquiera.
Aquel pasillo daba a una puerta. La abrió y salió al muelle de carga. No había nadie allí, solo un camión aparcado con la puerta abatible abierta, de modo que se veía que el remolque estaba vacío.
Bajó un corto tramo de escalones y pisó el asfalto con sus zapatos nuevos que le apretaban. Giró hacia la izquierda por un callejón y al cabo de diez segundos salió a la calle principal. Giró otra vez a la derecha y luego a la izquierda en el siguiente cruce. Había un hotel y una parada de taxis.
—Vaya hacia el norte hasta donde pueda llevarme por cinco dólares —le dijo al primer taxista de la fila.
Se apeó del taxi poco después. Fue andando hasta una parada de autobús y después de dos transbordos estaba otra vez en el Residence Inn. En cuanto se bajó del autobús notó que había dos coches patrulla estacionados delante y un coche oficial del departamento que supo que no podía ser de un simple patrullero.
Bien, mierda.

# 10

Lo único bueno, supuso Decker, era que no había tenido ocasión de recuperar su arma de la basura, ni tampoco la ropa. Llegar armado a la situación que seguramente le esperaba no habría sido inteligente. Podía huir, pero eso era probablemente lo que esperaban que hiciera, y no le gustaba correr. Ya no estaba para esos trotes. Así que se aflojó la corbata, se desabrochó el botón superior de la camisa, suspiró aliviado cuando se liberó el cuello de aquel lazo con pretensiones y entró en el vestíbulo del Residence Inn. De inmediato lo rodearon cuatro agentes de policía.

Decker los estudió con calma.

—Con lo que está pasando en el Mansfield, no creía que fueran capaces de malgastar efectivos.

—Corta el rollo, Decker —dijo una voz familiar.

Miró hacia un lado.

—Hola, Mac.

—Para ti soy el capitán Miller.

—Ya no pertenezco al cuerpo.

—Ten un poco de respeto o acabarás en una celda antes de que haya terminado contigo.

MacKenzie Miller tenía casi sesenta años, estaba hinchado como una rana toro y tenía un color verdoso parecido al de ese anfibio. Era casi tan ancho como alto, como el propio Decker en miniatura. Llevaba traje, y cuando se le abrió el abrigo al cruzar el vestíbulo le vio los sempiternos tirantes que le sostenían los pantalones, a pesar que su notable cintura, como la de Decker, cumplía de por sí sobradamente aquella función.

—Y eso, ¿por qué motivo?

Miler lo miró condescendiente.

—¡Brimmer! —ladró.

Una avergonzada Sally Brimmer se acercó corriendo desde su posición, al lado de un ficus artificial con las hojas polvorientas.

—¿Es este el hombre, señorita Brimmer?

—Sin duda es él, señor —repuso ella rápidamente, achicando los ojos y lanzando a Decker una mirada venenosa.

—Gracias —dijo Miller con tono triunfal. Se volvió hacia Decker—. Has entrado en la comisaría cuando nos faltaban efectivos por culpa de la espantosa situación en el instituto Mansfield, aprovechándote de lo cual te has hecho pasar por abogado y has conseguido que te dejaran entrar en la celda de Sebastian Leopold.

—Bueno, es una versión de los hechos —dijo Decker.

—¡Es la única versión! —exclamó Brimmer.

—No, de hecho no —repuso con calma Decker.

Miller tendió las manos.

—Pues dame otra, Decker. Tendrá que ser buena.

—He entrado en la comisaría y solicitado ver a Sebastian Leopold. He dicho que necesitaba un abogado. En ningún momento he dicho que yo lo fuera.

—Me ha dado su tarjeta —puntualizó Brimmer.

La cabeza de Decker llevaba ya seis movimientos de adelanto. Era como si él jugara al ajedrez y los otros a las damas.

—Le he dado una tarjeta. Era de Harvey Watkins. Es miembro del Colegio de Abogados. Le he hecho algún que otro trabajo de investigación. Lleva casos penales. Y es bueno. He trabajado para él. No hay ninguna ley que lo prohiba.

—¡Pero usted se presentó como si fuera Watkins! —dijo Brimmer.

—Es posible que usted lo haya entendido así, pero yo no le he dado ningún documento de identidad que acreditara que era Harvey. Usted no me lo ha pedido tampoco en ningún momento. Me he limitado a darle su tarjeta cuando me ha preguntado si era abogado.

—Pero me ha dicho que conocía a Pete Rourke —dijo Brimmer, exasperada.

—Lo conozco. Trabajé años con él. Repito, no es ningún crimen decir la verdad.

—Pero usted... Usted... —Brimmer vaciló y miró a Miller en busca de ayuda, pero el capitán no apartó los ojos de Decker. Evidentemente, quería ver en qué acabaría aquello.

Decker prosiguió.

—Supongo que como llevaba traje, corbata y maletín me ha tomado por un abogado. Le he pedido entrevistarme con Leopold. Me ha dicho que tenía quince minutos. He usado los quince minutos que me ha asignado y he dejado a Leopold sentado en su celda. —Miró a los agentes que lo rodeaban—. Así que no estoy seguro de por qué ha venido la caballería.

Brimmer estaba anonadada, los agentes vacilaban y Miller aplaudió antes de señalar a los policías de uniforme.

—Vosotros, chicos, podéis iros. —Indicó con el pulgar a Brimmer—. Y llevaos a la señorita, ¿lo haréis?

—Capitán Miller —empezó a decir Brimmer, pero él la cortó con un gesto.

—Después, Brimmer. Vete con los compañeros.

El grupo se marchó dejando a Miller y a Decker frente a frente.

—¿Podemos hablar de esto? —dijo el primero.

—Tienes que dedicarte enteramente al Mansfield, Mac. Si quieres volver y arrestarme, aquí estaré.

Miller asintió y una sonrisa apreciativa le iluminó brevemente las facciones.

—¿Nos sentamos un rato? ¿Puedo tomarme una taza de café decente en este sitio?

Decker lo acompañó hasta su mesa del restaurante, llenó dos tazas de café de la cafetera adosada a una pared y volvió con ellas para sentarse frente a su antiguo jefe.

—¿Cómo están las cosas en el Mansfield? —le preguntó.

—Son catastróficas. Seguimos encontrando... cadáveres. El recuento de víctimas irá en aumento, es indudable.

—¿Qué hay del nieto de Pete?

Miller cabeceó.

—No lo sé, Amos. No tengo nombres aún. Un montón de hijos de policías van a ese instituto. Es el más grande que hay.

—¿Y el tirador?

Miller apretó la mandíbula.

—Ha escapado —respondió.

—¿Cómo?

—Todavía no lo sé. Todo está aún... en marcha.

—Normalmente se pegan un tiro ahí mismo.

—Esta vez no. Hay un tiroteo en alguna escuela del país cada semana. ¿Cuándo acabará esto, Amos? Tú eres un tipo inteligente. ¿Cuándo?

—No soy tan inteligente.

Miller asintió despacio tamborileando con los dedos en la superficie de melamina de la mesa. Se bebió el café de varios tragos rápidos.

—¿Por qué lo has hecho, Amos? —le dijo después de frotarse los labios—. ¿Por qué te las has arreglado para entrar a ver a ese hijo de puta?

—Quería verlo con mis propios ojos.

—Hay un montón de maneras para verlo sin hacer lo que has hecho.

—Brimmer podría haberse metido en un lío.

—Bueno, le has enseñado una lección muy valiosa. No confíes en nadie. —Echó un vistazo al traje y la corbata de Decker—. Tenía entendido que ibas de capa caída. ¿Estaba equivocado?

—Mucho más que eso. Había tocado fondo.

—Tú y Mary erais un gran equipo. Es una lástima.

—¿No lo es todo?

Miller estrujó la taza de papel.

—¿De qué has hablado con Leopold?

—He tomado notas, si quieres verlas.

Miller se aflojó la corbata.

—Prefiero oírlo de ti.

—Es un tipo raro.

—Si mató a tres personas a sangre fría, yo diría que es rarísimo. Espero que alguien de esa calaña sea considerado eso siempre, por jodido que llegue a estar el mundo.

—Sabe cosas acerca del crimen, pero nada que no pudiera haber leído en los periódicos. Eso o...

—¿O qué? —preguntó rápidamente Miller, con los ojos azules clavados en la cara de Decker.

—Que se lo dijera alguien que tuviera un conocimiento más detallado del crimen.

—¿Como la persona o las personas que realmente lo cometieron?

—¿Crees que Leopold es vuestro hombre?

—No sé si lo es o si no lo es. Lo único que sé es que se ha presentado esta mañana temprano en la comisaría y ha confesado.

—Estuvo en la Armada —dijo Decker—. Me he fijado en el tatuaje y ha acabado por admitir que fue marine. Seguramente Sebastian no es su verdadero nombre. Si comprobamos su expediente militar sabremos quién es. Tiene un bulto en el cuello. Parece que no le duele, pero podría ser debido a un cáncer. Duda acerca de algunos de los detalles más importantes de la escena.

—¿Por ejemplo?

—Por ejemplo, por lo visto no se acuerda de a qué lado del pasillo estaba la habitación principal. Le he sugerido que a la izquierda y me ha dicho que así era, cuando en realidad estaba a la derecha. Eso no habría tenido demasiada importancia, pero luego me ha dicho que disparó a Cassie mientras dormía y después ha cambiado su versión y me ha dicho que le disparó cuando se despertó. La herida era por contacto. No veo cómo puede ser si ella se despertó y gritó y tal vez luchó con él. Además, la encontraron en el suelo. Me parece que se ha acordado de eso y que ha cambiado la historia para que encajara. Tampoco ha mencionado qué más le hicieron.

Miller asintió. Evidentemente sabía a qué se estaba refiriendo Decker.

—Sigue.

—El tipo es un poco cauteloso, pero no es solo eso. Viene y va. No creo que tenga tan buena memoria. Además, es un drogadicto. Las marcas de pinchazos que tiene en el brazo son recientes.

—Sigue.

Decker había decidido no contarle todo lo que había descubierto ni lo que había pensado. Su intuición le decía que se lo guardara hasta ver por dónde iban los tiros.

—Me ha dicho que lo había humillado en el 7-Eleven de mi barrio. No me ha dicho si trabajaba allí o no. Aparentemente les había contado lo mismo a tus hombres. Lo del 7-Eleven. Ahora bien, a esa tienda yo solo iba en coche, nunca andando. Él no tenía coche, pero dice que me siguió hasta casa. ¿Cómo lo hizo, entonces? Aparte de eso, yo jamás había visto a ese tío. Me acordaría si alguien hubiese tenido un problema conmigo.

Miller rumió aquello mientras se pasaba una mano por la corbata y jugueteaba con el clip.

—Tú no olvidas nada jamás, ¿verdad?

Decker no le había contado a nadie nunca lo que le había pasado. Cuando le habían diagnosticado su síndrome lo habían mandado a una clínica de investigación de fuera de Chicago para que le hicieran más pruebas. Se había pasado meses reuniéndose allí con otras personas con habilidades parecidas, tanto hombres como mujeres. Habían asistido a sesiones de grupo juntos. Unos se habían adaptado mejor que otros. Algunos habían tenido muchos problemas para adaptarse a su condición. Algunos no habían llegado a adaptarse. Por lo que sabía, él era el único que no había nacido siendo así. Los demás del grupo llevaban mucho más tiempo conviviendo con el problema, lo que era positivo por una parte y negativo por otra, suponía.

—Todo el mundo olvida cosas —dijo.

—Comprobé tus puntuaciones. ¿Te lo había contado?

Decker negó con la cabeza.

—Sabía que eras deportista. Vi ese partido por televisión.

—¿En YouTube, quieres decir?

—No. Lo que digo es que estaba viendo el partido cuando te derribaron. Fue el encontronazo más duro que he visto en la vida. No sé cómo sobreviviste, Amos, de verdad que no.

—¿Por qué mirabas el partido?

—Eras un jugador tremendamente bueno del Mansfield, el mejor *quarterback* que habíamos tenido, un defensa excepcional. Eras rápido para tu estatura. Eras un jugador de instituto bueno y, por lo que yo sé, el único de la humilde Burlington que había jugado en la Liga Nacional. Así que miré el partido, sí. Habría ido al estadio a verlo de haber podido.

—Bueno, pues menos mal que lo viste, porque ese partido fue el único de la Liga Nacional que jugué.

—Comprobé tus puntuaciones en la Academia de Policía y tus pruebas para obtener el grado de detective.

—¿Por qué?

—Porque sentía curiosidad por ti, Amos. No creo que en el departamento no se dieran cuenta de tu tasa de éxitos como policía primero y luego como detective. Tenías algo más, algo de lo que los demás carecían.

—Mary es una buena policía.

—Lo es, sí. Es buena, pero no magnífica. Es buena, pero no perfecta. Sin embargo, tus puntuaciones en la academia y en los posteriores exámenes para ser detective eran perfectas. No te dejaste ni una sola pregunta. Me han dicho que ha sido la primera vez en la historia de todo el estado. Luego retrocedí hasta tu época del instituto. Eras un buen estudiante, pero de notables. Entonces tus puntuaciones no eran las mejores.

—El fútbol no me dejaba demasiado tiempo para estudiar.

Miller se frotó la barbilla, pensativo.

—Volvamos al asunto que nos ocupa. ¿Qué más sabes?

Decker notaba la migraña en la nuca. La iluminación de la sala era suave, pero en aquel momento le parecía una iluminación circense. El color azul, terriblemente eléctrico, empezaba a filtrarse por las esquinas de la vida con el objetivo de converger en su alma. Sentía que lo invadía todo.

—No creo que Leopold sea vuestro hombre —consiguió decir.

—Ya lo sabía antes de sentarme frente a ti.

—¿Cómo puede ser?

—Porque no lo has matado antes de salir de comisaría. Porque para eso has ido, ¿verdad? Para valorarlo, hacerle preguntas, sostenerle la mirada, leerle el pensamiento, ver si era el responsable. Si hubieras decidido que lo era, adiós, Leopold. —Repasó a Decker—. Bastante fácil. Jugador de fútbol, fuerte como un toro.

Puede que no estés en buena forma, pero sigues siendo un tipo corpulento. Leopold no habría tenido la más mínima oportunidad.

—No puedes arrestar a alguien por pensar en cometer un crimen.

—No, y a veces eso es más una maldición que una bendición.

—Entonces, ¿para qué el numerito con los agentes y Brimmer?

—Soy el capitán, pero también tengo jefes.

—Así que ha sido una visita para cubrirte las espaldas.

Miller se levantó y se ajustó la corbata, subiéndose el nudo hasta la nuez de Adán.

Decker alzó la vista hacia él. La migraña empezaba a golpearle ambos lados del cerebro. Entornó los párpados para evitar la luz tenue que para él era como la de un millón de bombillas incandescentes.

—¿Qué vas a hacer, pues?

—Contigo, nada. Leopold será encausado en base a su confesión. Después confirmaremos su historia o probaremos que es falsa. Tendré muy en cuenta todo lo que me has dicho. Al final de la investigación, o bien seguirá entre rejas, irá a juicio o se declarará culpable para conseguir una sentencia menor, o bien saldrá en libertad.

—¿Y si alguien ha conseguido que haga esto?

—Tendríamos una oportunidad. Estoy seguro de que ya lo habías pensado.

—¿Me dirás lo que decidas acerca de Leopold?

—Ya no perteneces al cuerpo. Ojalá no fuera así, pero así es.

—Fue la decisión que tuve que tomar entonces.

Miller se frotó la nariz y se abrochó la americana.

—Bueno, momentos distintos requieren distintas decisiones.

Ya se iba, pero se volvió. Lo señaló con el íncide.

—Lo de hoy ha sido un regalo, Amos. Solo tenías uno, así que no te queda ninguno. Recuérdalo, y olvídate hasta incluso de que Sebastian Leopold y tú vivís en el mismo planeta. Empecemos desde aquí. Si me la juegas en esto, ya no estaré de tu parte. Voy a crucificarte. Que tengas un buen día.

Amos Decker se quedó sentado un minuto antes de volver corriendo a su habitación, cerrar la puerta, correr las cortinas, tumbarse en la cama con la almohada encima de la cara para protegerse de la luz restante y sucumbir a la bestia que le devoraba la mente.

# 11

Las pesadas nubes consumían el frágil cielo hasta el punto de que no quedaba apenas luz, aunque el sol estaba alto, en alguna parte, menguado e inútil. Era algo similar a mirar una bombilla de cuarenta vatios con una gasa sobre los ojos. A Decker, tan influenciado por el color de todo, le parecía que en el mundo el único color que quedaba era el gris.

Tenía las manos en los bolsillos y lo sacudía el viento helado. Se había recuperado de la migraña, ido al Wendy's del barrio y tomado una cola para que el azúcar eliminara los últimos vestigios de su malestar —un baño de ácido para un metal manchado y sin brillo— y permitir que el sudor se le secara. Luego había vuelto en autobús al centro y recuperado el arma y la ropa del contenedor. Por suerte, no las habían descubierto. No podía permitirse perder su única muda de ropa de trabajo tanto como no podía permitirse perder su única pistola.

Y allí estaba ahora, vestido con la ropa vieja, apuntalado contra el violento viento y mirando fijamente el instituto Mansfield. Lo habían construido, así como otros miles de centros educativos del país, durante el auge de la construcción de la posguerra. El índice de natalidad se había disparado en 1946 y esos niños iban a necesitar ir al instituto llegado el momento. Eso le pasaba a un hombre cuando se pasaba cuatro años lejos de casa luchando en una guerra, que se ponía más que cachondo. Las esposas de los veteranos estadounidenses que regresaban seguramente se habían pasado todo un año sin dormir.

El Mansfield era un edificio de ladrillo de tres pisos. El tiempo no lo había tratado bien. Las ventanas estaban rotas o selladas. La argamasa se había desprendido de las juntas y manchado la fachada de pintadas sin sentido. El patio estaba lleno de manchurrones y hierbajos, el asfalto resquebrajado y las verjas de tela metálica retorcidas, con las puertas desencajadas y los goznes herrumbrosos. Aquel sitio parecía más un asilo estatal para enfermos mentales que un instituto.

Lo habían construido para ser la escuela de los hijos del personal militar de la base del Ejército contigua. La base había sido una de las principales fuentes de trabajo de Burlington y dar servicios a todos aquellos soldados era para la zona un estímulo económico. Luego el Pentágono había hecho recortes y la de Burlington había sido una de las primeras bases en cerrar. Ahora la difunta base estaba a un centenar de metros del instituto Mansfield, detrás de alambradas altas y muros de vegetación que había reclamado en parte los terrenos.

Burlington no se había recuperado nunca de la marcha de los soldados, y la posterior recesión económica había sido el último clavo para el ataúd de la ciudad. Ahora, como muchos otros institutos, el de Mansfield iba corto de presupuesto, estaba deteriorado, reinaba en él la falta de disciplina, los profesores no duraban mucho y el consumo de drogas y alcohol se había descontrolado. El número de alumnos se había reducido a la mitad y el de los que llegaban a graduarse disminuía tan rápido como volaban las aves migratorias hacia Florida antes de la llegada del invierno.

Incluso sin la base militar, Burlington había sido una próspera ciudad industrial, como miles de comunidades repartidas por el centro del país que fabricaban lo que Estados Unidos y el resto del mundo necesitaban. Ahora que todo se fabricaba en el extranjero, lo único que se producía allí era miseria. Había dos cadenas de supermercados. Por lo que Decker había visto, los dos alimentos más vendidos eran los envases Hamburger Helper de kilo y el refresco de naranja azucarado de barril. En los restaurantes de comida rápida también hacían negocio engordando a jóvenes y viejos hasta un punto increíble y vaticinando un aumento estratosférico de las estadísticas de casos de diabetes, cáncer, embolia e infarto.

¿No lo sufría en carne propia?

En Burlington, los pocos ricos que había vivían en comunidades cerradas del oeste de la ciudad y casi nunca salían de allí. El resto de la población vivía en los otros tres puntos cardinales. Los indigentes en la calle, en sacos de dormir destrozados, mantas viejas y apartamentos de cartón.

Exactamente igual que hacía yo.

Decker había ido al instituto Mansfield unos veinticinco años antes. Unos cuantos trofeos con su nombre seguían en la vitrina de cristal del gimnasio. Había sido un destacado atleta y practicado tres deportes. Simplemente era más alto, más rápido y más fuerte que todos los demás. Había sido popular, había salido con las chicas más deseadas, se había acostado con varias, le había ido bien en los estudios y todo el mundo daba por sentado que tendría una carrera profesional de éxito.

¡Qué equivocados estaban!

Había sido un buen jugador universitario, pero no fantástico, y luego el embudo se había estrechado todavía más. No lo habían cogido porque había centenares de candidatos mucho mejores que él. Se lo había tomado como una afrenta personal. Se había abierto camino en los Cleveland Browns partiéndose el culo en el campo de entrenamiento, sacrificando su cuerpo de maneras estúpidas que lo atormentaban a los cuarenta años, y siendo el último en dejar la sala de proyección. Tanto esfuerzo le había servido para que su carrera durara un solo partido de la temporada y le había cambiado para siempre el cerebro.

Al menos algo bueno había salido de aquello. Había conocido a Cassie cuando iba a rehabilitación por sus «otras» lesiones. Porque resultó que el encontronazo no solo le había confundido el cerebro. Los zapatos de fútbol se le habían clavado en el césped mientras Dwayne LeCroix lo derribaba. El resultado había sido la fractura del fémur derecho, la rotura del ligamento cruzado anterior de la rodilla izquierda y un esguince del ligamento lateral interno de la derecha. El paquete entero, le había dicho el cirujano. En fin, ya puestos...

Cassie era la joven fisioterapeuta que lo había atendido. Había trabajado muy duro para ponerse bien. La pierna y las rodillas habían terminado por curarse. Su cerebro era lo que era, pero ella había estado a su lado a cada paso, animándolo cuando le hacía falta e intimidándolo cuando con darle ánimos no bastaba para motivarlo.

Durante aquel tiempo él y Cassie se habían enamorado tan profundamente como a su entender era posible. Después de pasar una temporada en el instituto de las afueras de Chicago donde estudiaban a quienes poseían capacidades mentales extraordinarias, se habían comprometido y luego se habían casado y trasladado a su ciudad natal. Antes Decker había pensado mucho lo que haría en un futuro y había regresado con el firme propósito de entrar en la Academia de Policía. El trabajo académico era un paseo para él, con su recién mejorada e infalible memoria. Su capacidad física, a pesar del inconveniente de las lesiones, seguía siendo muy superior a la de casi todos sus compañeros de clase. Había superado el proceso, jurado el cargo y obtenido la placa y el arma. Al cabo de nueve años lo habían ascendido a detective. Durante prácticamente diez había investigado delitos importantes contra los ciudadanos decentes de Burlington, la mayoría cometidos también por ciudadanos de Burlington aunque no tan decentes, aparte de algún que otro forastero.

Querían tener muchos hijos, pero les había costado concebir uno. Se habían gastado un dinero que no tenían en especialistas hasta que por fin Cassie se había quedado embarazada. Y había nacido Molly. Iba a ser su única hija. El embarazo había estado a punto de acabar con la vida de Cassie y una complicación que había requerido cirugía la había incapacitado para volver a concebir.

Le habían puesto Molly por la madre de Decker, cuyos padres habían muerto en un accidente de coche cuando este estudiaba en la universidad, así que la niña no tenía abuelos paternos pero había llevado el nombre de su abuela. Había cargado con él hasta su prematura muerte a manos de, tal vez, Sebastian Leopold.

Echó atrás la cabeza para contemplar la fortaleza de ladrillo en que se había convertido el instituto Mansfield.

Había cinta policial por todas partes, tendida en ángulos extraños, como una telaraña amarilla malvada y terrorífica. Coches patrulla, camionetas de la Policía forense y camionetas negras sin ventanas preparadas para cargar las bolsas de cadáveres.

Decker estaba seguro de que los cuerpos seguían en el instituto. A excepción de los heridos, que requerían cuidados médicos, no sacabas nada del escenario de un crimen hasta que todo había sido repasado a fondo, fotografiado, medido y debidamente embolsado y analizado. A los muertos les daría igual el tiempo que pasaran tendidos en el suelo en medio de un charco de su propia sangre, sin vida por culpa de algún psicópata que había disparado sin control. Para siempre era para siempre, después de todo.

Si Decker hubiera seguido en el cuerpo habría estado dentro. Desde donde estaba, ya había visto a Mary Lancaster entrar y salir dos veces. Estaba ojerosa y parecía deprimida y asqueada. Miró hacia él en una ocasión, al parecer sin darse cuenta de su presencia. Decker sabía que tenía otras cosas en las que pensar. Seguramente se había olvidado de que un tal Sebastian Leopold estaba sentado en un calabozo, de que había confesado el asesinato de tres personas, dos de las cuales lo eran todo para él. En aquellos momentos Lancaster tenía un montón de cadáveres frescos con los que trabajar y a un asesino suelto, andando libremente por ahí, capaz de volver a matar, lo que no tenía punto de comparación con el criminal sentado tranquilamente en una celda.

Lo sucedido en el instituto había centrado el interés de los medios, por supuesto. La ciudad salía en los titulares de portada de todas las plataformas mediáticas. Los nombres de los fallecidos todavía no se habían divulgado. Decker lo había estado consultando en su teléfono. «A la espera de notificación de los familiares» era la frase clásica. Se había enterado por un amigo del cuerpo de que el nieto de Pete Rourke estaba bien, pero el hijo de un agente de proximidad no había tenido tanta suerte. El marido de una operadora del 911, Andy Jackson, profesor de inglés del Mansfield, estaba en el hospital en estado crítico por múltiples heridas de bala.

Se puso en marcha, eligiendo la ruta con cuidado mientras daba un largo rodeo por los patios del instituto, sin traspasar las barreras de la zona de investigación. Según Miller, el tirador había escapado. Toda la ciudad estaba indignada por aquellos acontecimientos. ¿No bastaba con haber perdido a sus seres queridos? ¿Debían soportar que el asesino anduviera libremente, a sus anchas, tal vez dispuesto a volver a matar? Lo ya de por sí horrible se volvía completamente insoportable. ¿Cómo había escapado aquel individuo? Era una ofensa personal y profesional para Decker que cualquier criminal pudiera largarse tranquilamente del Armagedón que él mismo había creado. Y luego estaba la razón compleja. Decker no podía hacer nada más con Leopold. Podía sentarse impotente y dedicarse a interminables e inútiles especulaciones o podía pensar en Mansfield, en quién había hecho aquello y en dónde estaba ahora esa persona. Se decidió por esto último.

Siguió andando hacia el campo de fútbol, donde había disfrutado algunos de sus momentos más gloriosos. Se había jugado más de la mitad de la temporada y el césped estaba estropeado. El partido previsto para aquel viernes no se jugaría. Puede que aquel año no volvieran a jugar ningún otro. Tal vez no se volviera a jugar nunca otro partido en aquel campo.

Subió a las gradas y se sentó cerca de la línea de las cincuenta yardas. Le costó lo suyo obligar a su cuerpo obeso a subir los escalones y se dijo por enésima vez que tenía que adelgazar y ponerse un poco en forma. Al paso que iba a los cuarenta y dos, quizá no llegara a los cincuenta y dos. Mierda, quizá no llegara a los cuarenta y tres.

Mientras miraba el campo repasó mentalmente prácticamente todos los partidos en los que había participado mientras era jugador del instituto. Debía haberlos tenido siempre en el cerebro, en alguna parte, pero había sido incapaz de excavar la materia gris para dar con ellos. Ahora lo hizo sin esfuerzo. La videocámara rebobinó hasta la fecha en que lo habían seleccionado y la película del partido empezó.

Era emocionante y a la vez un poco inquietante verse de jovencito corriendo entre otros chicos. Era capaz de lanzar la pelota a más de un kilómetro y medio de distancia con precisión. En la universidad había comprendido enseguida que no tenía el brazo lo bastante fuerte para realizar todos los lanzamientos que debía hacer un *quarterback*. Se había cambiado a defensa y descubierto que los muchachos de aquella posición eran más altos, más fuertes y más rápidos que él. Fue un descubrimiento duro para un chico acostumbrado al éxito sin tener que esforzarse. Podría haberse rendido, pero había preferido trabajar más que sus compañeros de equipo más dotados.

Al final, para nada. Sus días de jugador hacía mucho que habían terminado, su carrera como agente de la ley también se había ido por el retrete. Estaba sentado en la grada de aluminio con la hilera de bultos que garantizaban que a mitad del partido ya tendrías el culo hecho polvo, y allí sentado decidió que no podía planificar su vida más allá de la mañana siguiente. Sin embargo, tenía el resto del día para pensar y se puso a pensar qué maneras tenía un asesino de escapar de aquel lugar.

Había puertas por todo Mansfield, delante, detrás, a la izquierda y a la derecha. El edificio había sido levantado en una época en que la gente no entraba con un AK-47 y abría fuego, así que los constructores no se habían planteado siquiera esa posibilidad. Con el paso de los años, sin embargo, a medida que el número de tiroteos en centros docentes se multiplicaba, habían cerrado muchas de las puertas o solo podían abrirse desde dentro. Los visitantes tenían que acceder por la entrada principal e identificarse en administración. Se había hablado de instalar detectores de metales, pero el coste era prohibitivo para un sistema docente prácticamente arruinado. El centro tenía un mecanismo automático de alerta que enviaba correos electrónicos a los miembros de la comunidad escolar en caso de emergencia. Seguramente se había usado aquel día en la de lejos peor emergencia que había sufrido jamás la ciudad.

Fuera del círculo de coches patrulla y camionetas de los medios de comunicación estaban los familiares. Antes había pasado por su lado y visto en sus rostros tanto dolor como probablemente vería jamás en un ser humano.

Molly habría ido a Mansfield para cursar noveno. Él podría haber sido uno de los padres que esperaban allí fuera, dando golpecitos con los pies en el suelo, con las manos en los bolsillos y la cabeza gacha, murmurando algunas palabras entre las afligidas familias. Era espantoso y se le contrajo el estómago.

Metió la mano en el bolsillo para sacar la cartera. Dentro llevaba una foto descolorida de su hija el día de su noveno cumpleaños, que resultó ser el último que celebraría jamás. Trazó la forma de su pícara sonrisa y luego los rizos de su pelo. Tenía los ojos de su madre, color avellana y vivaces. Se acordaba, por supuesto, de en qué momento exacto se había tomado la fotografía y de lo que estaba haciendo él. Acababa de empezar el verano, así que preparaba una barbacoa en el patio trasero. Asaba dos de las cosas que más le gustaba comer a su hija: costillas de Kansas y mazorcas de maíz remojadas en agua sin quitarles las hojas.

Volvió a mirar el instituto y a preguntarse cómo lo había hecho el tirador. En primer lugar, para entrar armado. En segundo lugar, para cometer los asesinatos. En tercer lugar, para lograr marcharse. Ese era el quid de la cuestión, realmente. El tercer punto: la salida. Rodeado de tantas personas, muchas de ellas aún vivas, ¿cómo te has largado sin que nadie te viera?

—Daría cualquier cosa por saber lo que piensas.

Miró hacia abajo, hacia el sendero de grava que rodeaba el campo de fútbol, rodeado a su vez por una cerca de alambre alta hasta la cintura.

Mary Lancaster lo estaba mirando, con un cigarrillo en la mano derecha y la izquierda en la cadera, temblorosa. Subió despacio los escalones y se sentó a su lado. Si por la mañana estaba pálida e incómoda, ahora parecía agotada, incluso desorientada. Era increíble lo que la vida podía hacerte en menos de un día. Dio una calada. No dijo nada, se quedó mirando el campo desierto.

—Vaya mierda —comentó Decker en voz baja.

Ella asintió en silencio.

—¿Cuál es la situación?

—¿Quieres entrar y verlo por ti mismo?

Decker se volvió hacia ella, pero antes de que pudiera abrir la boca Lancaster dijo:

—He oído lo que has hecho con Leopold.

—No he dicho en ningún momento que habías venido a decírmelo.

—Creo que yo le habría pegado un tiro.

Decker sabía que Lancaster tenía una hija, Sandy, con síndrome de Down. Su marido, Earl, se dedicaba a la construcción, por lo que probablemente no tenía mucho trabajo. Subsistían principalmente gracias al sueldo de ella, que no era gran cosa pero al menos iba acompañado de una buena cobertura sanitaria.

—No crees que haya podido hacerlo él, ¿verdad? —le preguntó Mary.

—Tengo que saber muchas más cosas.

—Lo procesarán esta mañana —dijo ella—. Con la confesión podemos retenerlo. No van a pedir fianza porque no tiene dirección conocida ni lazos con la comunidad y, por consiguiente, existe un notable riesgo de fuga. Establecerán la fecha del juicio una vez tenga asignado un abogado.

—¿Un abogado de oficio?

—Eso parece. Bueno, ¿quieres ver el escenario del crimen en el Mansfield, entonces?

—No puedo entrar, Mary, ya lo sabes.

—Puedes si a Mac le parece bien. Como asesor del Departamento de Policía de Burlington. Asesor pagado. No te harás rico con esto, pero seguramente sacarás más de lo que ganas con tu curro de investigador privado.

—¿Ha dicho en serio que le parece bien?

Mary sacó el móvil.

—¿Quieres leer el correo electrónico o lo hago por ti? —Volvió la pantalla del teléfono hacia sí—. «Traed a Decker a Mansfield. A ver qué ve. Necesitamos ayuda y sentado sobre su culo gordo compadeciéndose de sí mismo u obsesionado con Leopold o haciendo de investigador privado para la escoria está perdiendo el tiempo.»

—Ya veo que sigue mi reciente carrera.

—Supongo. —Mary se levantó, dio una calada tan profunda que consumió casi todo el cigarrillo y tiró la colilla.

Decker la vio caer hasta la grava, arder un segundo y apagarse. Como todos aquellos muertos del instituto, pensó mientras se levantaba para bajar los escalones detrás de su antigua compañera.

# 12

No debería haber nunca tanto silencio en un instituto. Eso fue lo primero que pensó Decker al recorrer el vestíbulo con Lancaster. Su segundo pensamiento fue que aquel era el sitio más lúgubre en el que iba a estar. Pasó por delante de los retratos de los antiguos directores del Mansfield, incluido el que había dirigido el centro durante sus años de estudiante. Echó una ojeada a salas en las que había asistido a clase, a veces escuchando, a veces tomando apuntes y otras durmiendo mientras fingía escuchar o tomar apuntes.

Se olvidó del pasado cuando vio la pierna derecha en la intersección de dos pasillos, con la pantorrilla al aire, lo que le indicó que el cadáver era seguramente de una mujer.

Cuando doblaron la esquina, su deducción quedó confirmada. Estaba tendida en un suelo de linóleo tan viejo que bien podría haber sido de la época en que él andaba por esos pasillos. Ya habían tomado fotos y hecho mediciones. Los forenses ya recogían o estaban a punto de hacerlo, le había dicho Lancaster. La chica parecía estar posando, con una mano apartada del cuerpo, como si hubiera estado saludando a una amiga en el momento en que alguien le había robado violentamente el resto de su vida.

—Debbie Watson —dijo Lancaster cuando Decker la estaba mirando—. De último curso. Acababa de cumplir dieciocho. Les ha sido notificado a los padres.

Decker miró alrededor. Había trabajado veinte años en escenarios de crímenes, primero como agente y luego como detective. Tendría que haberle parecido lo más natural estar allí viendo cosas que había visto un millar de veces, pero no se lo parecía. Se sentía ajeno a todo aquello. Sentía como si todo el aire del instituto estuviera siendo succionado lejos de él.

Luchó denodadamente contra aquella inquietud interior.

—Pero no la han visto —dijo.

Mary negó con la cabeza.

—Ya conoces la rutina. Es el escenario de un crimen. Nadie entra, ni siquiera los padres. Además, ¿por qué iban a querer verla... así?

Decker se había puesto las fundas para los zapatos y los guantes que ella le había dado. Se arrodilló junto a Debbie Watson. Cuando lo hizo le dio vueltas la cabeza. Se aclaró la garganta y se concentró en el cadáver. Había recibido lo que parecía un disparo de perdigones en plena cara, por efecto del cual había dejado de tenerla. Miró la pared que tenía detrás. Estaba salpicada de pedacitos de la chica. Los libros estaban en el suelo, a su lado; una libreta se había empapado de sangre. Miró una hoja que por lo que parecía se había caído de un libro. Si aquellos garabatos eran de la joven habría sido una notable artista, pensó.

—¿Ya habéis determinado el orden de los disparos? —preguntó.

—Por lo que sabemos hasta el momento, puede haber sido la primera víctima.

—¿Por dónde entró el tirador?

—Por ahí. —Lo acompañó un poco más allá, hasta lo que reconoció como la parte trasera del instituto, e indicó las puertas—. Las mantienen cerradas durante la jornada escolar. —Señaló hacia la cámara de la esquina de una pared—. Gracias a esa cámara hemos visto bien su entrada.

—Descripción.

—Tengo la foto en mi portátil, en el centro de operaciones que hemos instalado en la biblioteca, pero era un tipo alto con ropa de camuflaje y la cara completamente cubierta por una máscara y una visera.

—Para más seguridad —comentó Decker—. Es metódico.

—Creemos que ha llegado por aquí, ha doblado la esquina, se ha encontrado con Debbie Watson y le ha disparado.

—¿No tendría que haber habido más gente en los pasillos?

—A esa hora de la mañana todo el mundo estaba en clase.

—Entonces, ¿por qué no lo estaba Debbie?

—Iba al despacho de la enfermera. Tenía dolor de barriga. Eso dice la profesora que le ha dado permiso para salir de clase.

Decker echó otro vistazo a su alrededor.

—Todos estaban en clase, así que, una de dos, el tirador ha tenido suerte o conocía los hábitos del centro.

—Eso también se me había ocurrido.

—¿Y después de cargarse a Debbie?

—Ha ido al gimnasio, ha matado a Joe Kramer, el profesor; luego ha vuelto sobre sus pasos y ha pasado junto al cadáver de Debbie para ir hacia la parte delantera del instituto. Los disparos ya habían alertado a todos, pero estaban más o menos atrapados en las clases. Ha disparado y matado a otro estudiante en una clase. Ha ido a otra y ha abierto fuego: otro muerto y un herido, un profesor.

—¿Andy Jackson, el profesor de inglés? Lo he oído en las noticias.

—Sí. Luego ha ido hasta el otro pasillo y se ha metido en una clase. Otra víctima. Otra clase del mismo pasillo, una sexta persona herida de muerte. Se ha dirigido al despacho de administración, donde ha disparado y matado al subdirector. Después ha disparado y matado a otro alumno de otra clase. En total tenemos ocho muertos, y Jackson está muy grave, así que el saldo podría incrementarse.

—Así que han sido seis alumnos y dos adultos.

—Sí, aparte del herido de gravedad.

—¿Has dicho que el tirador llevaba ropa de camuflaje, máscara y visera?

—Eso es.

—¿Qué más? ¿Qué clase de calzado?

—En la secuencia de vídeo se le ve de cintura para arriba. Ninguno de los que hemos interrogado se ha fijado en los zapatos.

Llevaba guantes. Las armas eran una escopeta y un arma corta. Los de balística siguen buscándolo y calculándolo todo. En las víctimas hay un montón de proyectiles. Cuando ha usado la pistola ha disparado varias veces contra sus víctimas.

—Para asegurarse de que estaban muertas —dijo Decker—. Si usas una escopeta no te hace falta preocuparte por eso.

—No, no te hace falta.

—Así que llevaba capucha además de visera de protección.

Mary asintió.

—Ocultarse era importante para él. Seguramente tenía miedo de que lo reconocieran. Has dicho que era un tipo alto. ¿De qué estatura?

Ella sacó el bloc de notas.

—En el vídeo sale delante de un cartel de la pared. Hemos hecho cálculos. Se trata de un tipo de alrededor de un metro noventa de estatura, muy ancho de espaldas, como tú. Fuerte. Indudablemente un hombre. Más de noventa kilos.

—¿Se ha paseado por todo el instituto y solo tenemos una toma de vídeo suya?

—Puede que supiera dónde están las cámaras y las haya evitado —dijo Lancaster—. A lo mejor vino para estudiar el terreno antes de la masacre.

—Pero en este caso no ha evitado la cámara —le contestó Decker.

—¿Por qué crees? ¿Por incoherencia, por error?

—Es demasiado pronto para saberlo, pero si lo ha hecho deliberadamente, tenemos que determinar por qué.

Lancaster tomó algunas notas.

—Dices que ha entrado en las clases.

Ella asintió.

—Pero que solo ha matado a una persona de cada clase antes de proseguir.

—Eso es. La excepción ha sido el profesor herido en una de ellas.

—¿Esas personas tenían algo en común?

—¿Crees que pueden haber sido objetivos concretos?

—Todavía no se puede descartar.

—Tendría que haber sabido en qué clase iban a estar a esa hora de la mañana.

—Y tendría que haberse enterado de alguna manera.

—Lo comprobaré, pero dudo que con todo el caos que se ha desatado el tipo fuera capaz de atenerse a una lista de objetivos.

—Puede que fuera una situación caótica para todos menos para él. Él empuñaba las armas.

—Aun así, Amos... —comentó ella sin convicción.

—¿Y la salida? —le preguntó, ignorando su comentario.

—Todavía no lo hemos descubierto.

La estudió.

—Cuando el tipo ha dejado de disparar, ¿cuánto tiempo había pasado?

—El marco temporal preliminar que hemos establecido es de diez minutos, tal vez un poco más.

Decker miró por la ventana. La fachada delantera del instituto estaba bastante alejada de la calle, en medio del terreno. En la acera de enfrente había viviendas.

—¿Nadie de ahí ha oído nada? Disparos, gritos...

—Seguimos sondeando. Puede haber usado silenciador.

—No con la escopeta. Lo que yo digo es: ¿cómo ha podido un tipo con ropa de camuflaje, capucha y máscara, que lleva al menos dos armas distintas, una de ellas de cañón largo, salir de aquí sin que nadie se haya fijado en él? Además, ¿cómo ha entrado sin que nadie lo viera?

Empezaba a faltarle el aire otra vez. Se le perló la frente de sudor. Apoyó la mano enguantada en la pared. Si Lancaster notaba su angustia no lo dijo.

—En el vídeo se le ve entrando por la parte trasera. Lo único que hay ahí detrás es la vieja base militar. Puede haberse colado sin ser visto. A lo mejor se ha escondido en el contenedor de ahí detrás y luego ha salido.

Decker se frotó la tripa.

—¿Te encuentras bien, Amos?

—Como fatal. ¿Habéis registrado el contenedor?

—Lo hemos registrado todo sin encontrar nada. Incluso hemos revisado la valla que rodea la base. No hay nada movido y la hierba es tan alta que habrían quedado marcas si alguien hubiese venido por allí.

—Así que recorrió el instituto desde la parte trasera hasta la delantera. Presumiblemente se marchó por ahí. ¿Cómo es que nadie lo vio? Hay casas al otro lado de la calle y coches que pasan en ambas direcciones.

—Bueno, las casas que dan directamente a la acera de enfrente no están habitadas por culpa de los desahucios. Además es un barrio obrero; no podía haber mucha gente en las otras casas a esa hora de la mañana, y el instituto está lo bastante alejado como para que no haya llegado hasta allí ningún ruido.

—Pero es de suponer que había tráfico en la calle y que los chicos y los profesores estaban asomados a las ventanas, gritando. Habría móviles llamando a emergencias, coches de policía. Yo estaba en la Comisaría Número 2 cuando los chicos han empezado a marcharse. ¿Cuánto se tarda en llegar desde allí hasta el instituto en coche? ¿Un cuarto de hora?

—Más o menos, sí.

—Y aunque nadie de fuera lo haya visto irse, había gente en las ventanas del centro, chicos utilizando la cámara de los teléfonos. Que yo recuerde, no hay ninguna salida de este edificio que no se vea desde alguna clase.

—Y lo sabes... ¿porque hacías novillos a menudo?

—Cada dos por tres.

—Bueno, ahí me has pillado. Yo fui al instituto del condado vecino. Es tu territorio, no el mío.

—Y eso todavía no cubre su entrada. ¿Cómo entró aquí sin que nadie lo viera? Aunque lo hiciera por detrás, hay ventanas en la parte posterior.

—Sí, pero el primer piso y el segundo no se usan.

—Pero algunas ventanas de la planta baja dan a la parte trasera del edificio.

Lancaster se limitó a asentir.

—¿Habéis registrado el centro?

—Lo están registrando.

—¿Y los profesores, el personal de administración y los alumnos?

—Han sido evacuados, por seguridad.

—¿Por seguridad? —dijo Decker, ignorando el dolor de cabeza y el de estómago.

—No estábamos seguros de si el tirador seguía aquí, Amos. La principal prioridad en estos casos es poner a salvo a los inocentes y asegurar la zona.

—Bueno, para decir lo obvio, si nadie lo ha visto marcharse, ¿cómo sabes que no os habéis llevado también al tirador a un lugar seguro?

—No se ha permitido a nadie abandonar la zona hasta que hemos tenido las descripciones del tirador. Las mujeres, evidentemente, no eran sospechosas. Todos los testigos dicen que era un hombre, y no hay ninguno en el edificio que encaje con su descripción.

—¿Ni siquiera algún alumno? Ahora hay chicos en edad de crecimiento bastante altos.

—Todos los alumnos altos tienen coartada. La mayoría son del equipo de fútbol y todo el mundo los conoce. Estaban en clase con otros treinta chicos y chicas. Ninguno puede haber sido el tirador. Había cuatro fuera de clase por varias razones, ninguno pasa del metro setenta y cinco ni pesa más de setenta kilos. Todos los testigos dicen que el tirador pasaba fácilmente de los noventa kilos, aparte de la estatura, y que estaba cachas, como un atleta.

—¿Qué hay de los chicos que han faltado a clase hoy?

—Seguimos haciendo averiguaciones. Puede que demos con algo, aunque me huelo que es alguien de fuera.

—¿Ninguno de los profesores es tan alto?

—El profesor de educación física lo era, pero está muerto. El subdirector también, y también está muerto. El resto miden entre un metro ochenta y poco y no llega al metro noventa. Además, ninguno es muy ancho de hombros, que digamos. El único profesor que sigue vivo y que se acerca al peso es el de química, pero tiene cincuenta y siete años y está a punto de tener un infarto.

—Entonces, ¿dónde ha ido ese tipo? ¿Ha venido en coche?

Lancaster cabeceó.

—No lo creo. Nadie ha visto llegar ni marcharse ningún vehículo dentro de esa franja horaria.

—Según tú, nadie ha visto llegar ni irse a nadie dentro de esa franja horaria, Mary.

—Es un problema, lo sé —admitió ella—. Mira, si el tipo sigue escondido en el edificio, lo cogeremos. Este sitio está cercado por la Policía. Nadie va a salir.

—¿Has dicho que lo están registrando?

—Hemos recorrido el centro centímetro a centímetro una vez evacuado. Nadie podría haber salido sin que lo viéramos, Amos.

—Entonces estás en un brete.

Mary agachó la cabeza, masticando chicle.

—¿Otra vez?

—Si resulta que aquí no hay nadie y nadie ha visto al tipo marcharse, entonces el tirador tiene que haber sido alguien del instituto, un profesor o un alumno o alguien de administración. ¿Habéis tenido en cuenta a los conserjes?

Ella asintió.

—Son viejos y tienen mucha tripa, pero ya veo por dónde vas.

—¿Puedo ver el vídeo del tipo?

La siguió hasta la biblioteca. En cuanto cruzaron las puertas dobles de madera, Decker vio que se había convertido en lo contrario a un santuario de silencio. El FBI ocupaba un rincón, la Policía estatal su lugar y Lancaster había sido relegada con su equipo al fondo a la izquierda.

Mary se acercó al chiringuito de sus colegas, pero Decker se quedó en la puerta de la biblioteca. Llevaba algún tiempo alejado de aquel mundo, pero de repente le parecía como si hubiera sido una eternidad. No le gustaba la gente. Le importaba un bledo entrar ahí y unirse a aquel nutrido grupo de investigadores, aunque tuvieran todos el mismo objetivo. En parte deseaba escabullirse para volver al Residence Inn, cerrar la puerta, cerrar los ojos y dejarse envolver por sus colores.

¿Para qué iba a servir él de todos modos? No había podido encontrar a los asesinos de su familia. ¿Cómo iba a tener la oportunidad de encontrar a este? Volvió la cabeza hacia la puerta. Todavía podía escapar.

—¡Amos!

Observó en silencio cómo el capitán Miller se le acercaba.

Aquella tarde iba de uniforme. Le tendió la mano y Decker se la estrechó de mala gana.

—Gracias por tu ayuda, Amos —le dijo Miller—. Nos será de utilidad.

Decker miró a los efectivos que había en la biblioteca.

—Me parece que tienes toda la ayuda que necesitas. —Trató de recuperar la mano, pero Miller no se la soltó ni apartó la vista de su antiguo detective.

—Las apariencias engañan. Y te quiero en esto. Quiero decir que tú ves cosas, Amos, tú ves cosas, y tenemos que atrapar a este tío. Tenemos que hacer esto bien. Tenemos que cerrar el caso. —Siguió con los ojos clavados en la cara de Decker hasta que este le devolvió la mirada—. Amos, necesitamos cerrarlo. Tú lo entiendes, sé que lo entiendes.

—Lo entiendo. Lo comprendo, aunque solo sea porque nunca se cerró el mío.

Miller le soltó la mano.

—¿Por qué no vas a reunirte con tu «compañera»? Es agradable veros otra vez juntos.

Decker no dijo nada. Se limitó a darle la espalda y acercarse a Lancaster, que lo estaba esperando.

Su oportunidad de huir se había esfumado. Estaba bastante seguro de que Miller sabía exactamente lo que estaba pensando cuando se había quedado de pie en la puerta, y de que el capitán le había cortado la retirada con contundencia.

Acomodó su corpachón al lado de Lancaster, que estaba sentada a una mesa del centro de la sala de mando de la Policía local, cubierta de punta a punta de portátiles. El suelo estaba lleno de enchufes múltiples USB conectados a alargadores, y había ordenadores, impresoras y escáneres enchufados.

Decker se fijó en que el personal iba de un lado para otro con expedientes, documentos y tabletas electrónicas, con cara de desesperación, sin hablar. Sabía que muchos de los agentes tenían hijos en el instituto. No necesitaban ningún incentivo añadido para atrapar al tirador. Cuando Miller lo había llamado por su nombre, varios agentes de paisano y un par de uniforme lo habían reconocido y le habían hecho un gesto de asentimiento o lo habían mirado con tristeza, pero nadie se había dirigido a él. No había dejado el departamento en las mejores circunstancias, aunque dudaba que nadie estuviera en su contra.

Ahí estaba, sin embargo, por lo que bien podía trabajar.

Miró a Lancaster.

—¿El vídeo?

Lancaster pulsó las teclas necesarias y al cabo de unos segundos Decker estaba mirando las poco claras imágenes.

—Ahí está el hijo de puta —dijo Mary.

Él miró la indicación de fecha y hora.

—Las ocho y cuarenta y uno. ¿A qué hora empiezan las clases?

—A las ocho y media. A esa hora todos tienen que estar en clase.

—Has dicho que ha entrado por la puerta trasera. Estas imágenes son de ahí, ¿no?

—Sí.

—¿No estaba cerrada con llave esa salida?

—Tendría que haberlo estado, pero tampoco cuesta mucho abrirla.

—¿Habéis encontrado signos de que hubieran forzado la entrada?

—No han cambiado esa puerta desde los años setenta, Amos. Está hecha un desastre. Es imposible saber si la han forzado o no. —Pulsó unas cuantas teclas más y enfocó el pasillo—. Hemos identificado esto como el pasillo de la purga... —Vaciló—. Perdón, ha sido una expresión desafortunada... Como el pasillo que va hasta la entrada que ya hemos identificado. Ya habría dado la vuelta y aquí es donde habría encontrado a Debbie Watson, digamos que un minuto más tarde.

—Así que el primer disparo fue a las ocho y cuarenta y dos o por ahí, concediendo que haya pasado un minuto entre la hora del vídeo y su encuentro con Watson.

—Seguramente. Y la gente recuerda los disparos de escopeta. De hecho, un montón de gente miró la hora cuando lo oyó. Así que las ocho y cuarenta y dos es una hora correcta para el primero.

—Vale.

Decker pensó qué pregunta formular a continuación. Tendría que habérsele ocurrido automáticamente, pero no. Estaba oxidado, no cabía duda. Miró a los veteranos investigadores expertos trabajando duro. Antes era uno de ellos. El hecho era que había abandonado su vida profesional en cuanto había encontrado muerta a su familia. En realidad, tenía que admitirlo, podía ser más un obstáculo que una ayuda.

Se volvió hacia Lancaster, que lo miraba con compasión.

—Es como montar en bici, Amos —le dijo, como si le leyera en la cara la desconfianza que tenía en sí mismo.

—Puede que no, Mary. Supongo que ya lo veré. Pero si no puedo soportar mi carga, no debería estar aquí.

Ella miró la pantalla.

—Vale, la cámara no tiene audio, así que no puedes oírlo, y no había cámara en el otro pasillo.

—¿Por qué no?

—¿Por qué va a ser? No hay dinero en el presupuesto. Tenemos suerte de que haya alguna cámara que funcione.

Decker reflexionó un momento.

—Pero las mantienen por su efecto disuasorio...

—Eso es, porque los alumnos no saben que no están operativas.

—¿Y nuestro hombre se las arregló para evitarlas todas menos esta?

—En realidad da igual que lo hiciera o no. Iba completamente cubierto, Amos. No hay manera de reconocer ningún rasgo suyo.

Decker asintió despacio. Se notaba de nuevo mentalmente lento. Volvió a mirar la imagen de la pantalla. Capucha y visera protectora. Además, la filmación reflejaba el brillo de la visera. Se acercó más, como un sabueso husmeando su presa.

—Ni siquiera se le ve la cara de frente. Sabía dónde estaba la cámara y la ha evitado, a pesar de ir cubierto.

—¿Lo consideras importante?

—En este momento de la investigación no hay nada que no lo sea.

Lancaster asintió.

—Creo que fue la segunda regla que me enseñaste.

—La primera fue que hay que sospechar de todo el mundo —añadió ausente Decker, con la mirada fija aún en el tirador.

Como ella no añadió nada, al final la miró.

—Es como montar en bici, Amos. No he conocido a nadie mejor que tú. Creo que todavía puedes serlo.

Decker apartó la cara. Su elogio no lo hacía sentir mejor porque su mente alterada ya tampoco respondía a los elogios.

—¿Puedes pasar el vídeo desde el principio, hasta que dobla la esquina?

Lancaster lo hizo y, luego, a petición de Decker, lo pasó tres veces más.

Finalmente, se sentó de nuevo, perdido en sus pensamientos, con la mirada fija en la pantalla.

Ella se lo quedó mirando.

—¿Te ha llamado la atención algo?

—He visto un montón de cosas que me han llamado la atención, pero ninguna más que un tipo vestido de esta guisa, armado, capaz por lo que parece de esfumarse en el aire.

—No creo en fantasmas ni en la magia.

—Yo tampoco, Mary, pero sé una cosa.

—¿Qué?

—Que este tipo no va a escaparse.

Ella siguió mirándolo, ahora con preocupación.

—¿Estás seguro de que no te refieres a Leopold?

Decker se encogió de hombros. Parecía estar mirando a algún lugar situado a un milla de kilómetros de distancia.

—En cierto modo, todos ellos son jodidos Leopolds.

## 13

Con la bendición del capitán Miller, Lancaster le había conseguido a Decker credenciales provisionales y una tarjeta de acceso. Había trabajado en bastantes escenarios de crímenes como para tener cuidado y no alterar ni deteriorar las posibles pruebas. Repasó los informes, estudió un poco más el vídeo, charló brevemente con sus conocidos del departamento y saludó con un gesto a los que no. Aunque estaba lejos de sentirse cómodo trabajando otra vez en la escena de un crimen, empezaba a notar que recuperaba algunas cosas. Su punto fuerte había sido siempre la capacidad de observación. Miraba a su alrededor y veía cosas, pero no como lo hacían la mayoría. Había conseguido condenas a partir de detalles que la mayoría pasaban por alto, incluso, significativamente, quienes habían cometido los delitos. Hasta el momento había observado un montón, y no todos ellos relacionados con los disparos.

Sobre todo había notado que el FBI se creía como de costumbre la divina garza, pavoneándose y abrumando a todos con sus recursos. Por otra parte, sin embargo, sabía que a la Policía no le venía mal la ayuda. Tenían el mismo objetivo. Atrapar al tipo que había hecho aquello.

Recuperó la rutina que había seguido en incontables investigaciones. Paseó, observó, hizo preguntas y leyó más informes. En sus andanzas recorrió todo el perímetro del instituto varias veces. Lo miró desde todos los puntos ventajosos. Después volvió a entrar en el instituto y miró por todas y cada una de las ventanas del edificio. Eran los momentos de más oscuridad previos al amanecer. Llevaba allí cuatro horas que le habían parecido diez minutos, porque realmente no había conseguido nada. Pero daba igual, los milagros y las epifanías se daban raramente en el curso de una investigación criminal. Si querías ver algo así tenías que encender la televisión. En el mundo real, los resultados se obtienen trabajando lenta y tenazmente, recopilando hechos y haciendo deducciones para llegar a conclusiones basadas en dichos hechos. Aunque un poco de suerte tampoco va mal.

Unos cuantos minutos antes de que amaneciera llamaron a los furgones para que empezaran a llevarse los cadáveres al depósito. Había un muelle de carga detrás del instituto. La Policía lo había ocultado con una lona sostenida por varas de acero. Los vehículos pasaban de uno en uno por una abertura de aquel muro. Decker sabía que detrás de la lona sacaban los cadáveres metidos en bolsas negras resistentes. Los cuerpos llevaban un nombre pero también un número. Ya no eran seres humanos. Eran piezas de una investigación criminal. Debbie Watson sería la Vict-1. Su cadáver había sido el punto de partida para la numeración del resto de las víctimas. Joe Kramer, el profesor de educación física, llevaba la etiqueta Vict-2. Y así sucesivamente, siguiendo toda la lista de muertos.

Decker se apoyó en la fachada, cerca del muelle de carga, estudiando la lona azul. Luego cerró los ojos porque equiparó aquel azul con la masacre de su familia. No le hacía falta ver los colores del mundo, ya tenía bastantes en la cabeza.

Vuelve a lo básico, Amos. Despacio y sin complicarte. Sabes cómo hacerlo. No hiciste otra cosa durante muchos años. Mary tiene razón. Puedes hacer esto.

Un motivo.

Todo empezaba por ahí, porque el motivo era simplemente otro modo de decir por qué harías algo así. ¿Por codicia, por celos, por venganza, porque te sentías despreciado, por locura? Siempre costaba descifrar esto último, porque, ¿cómo interpretas una mente trastornada?

Sin embargo, aquel tipo era metódico. Aquel tipo conocía el interior del instituto. Aquel tipo se había tomado muchas molestias para que no se le viera ni un pedacito de piel. Ni siquiera sabían si era blanco o negro, aunque la mayoría de los asesinos múltiples eran blancos, y hombres, y por su estatura y complexión, el tirador era definitivamente un hombre.

La visera era algo inusual. No era defensiva. No habría parado una bala. La llevaba para ocultarse.

Miró alejarse el último de los vehículos de transporte, con las luces encendidas pero sin hacer sonar la sirena. Los muertos no tienen prisa. El médico forense le haría la autopsia a cada cuerpo en busca de pruebas, aunque lo mejor que podían esperar era sacar balas. ¿Qué tipo de munición los había matado? Dudaba que el tirador le hubiera puesto un dedo encima a ninguna de sus víctimas. Si no tocas, no dejas rastro. Al menos algún día podrían asociar las balas a las armas utilizadas. Si estaban a nombre de alguien, serían capaces de trazar la cadena de titularidad de aquel espantoso suceso.

Volvió a la biblioteca, donde Lancaster estaba sentada repasando notas sobre el caso. Alzó la cabeza cuando se le acercó.

—Me sorprende que sigas aquí —le comentó, ahogando un bostezo.

—No tengo que estar en ninguna otra parte. —Se sentó a su lado.

—¿Has hecho tu recorrido normal?

Decker asintió.

—Pero no he visto nada.

—Ya lo verás, Amos. Date tiempo.

—¿Earl está con Sandy?

Mary asintió.

—Ya está acostumbrado. Últimamente hemos tenido un montón de noches largas. —Echó un vistazo a la habitación—. Pero ninguna como esta.

Decker asintió despacio. Se le habían acabado otra vez las ganas de charla.

—¿Ya habéis terminado con las declaraciones de los testigos?

—He pasado algunas al ordenador. No hay mucho en ellas, pero todavía no he hablado con el profesor herido. Posiblemente no lo superará, y si muere serán nueve víctimas en total.

—A Andy Jackson, ¿por qué le disparó?

—Los alumnos de la clase dicen que intentó detener al atacante.

—¿Cómo?

—Corrió a interponerse entre el tirador y los alumnos.

—¿Antes o después de que le disparara a uno?

—Después.

Decker se arrellanó y meditó acerca de aquello. Lancaster lo observaba.

—Un tipo muy valiente —comentó Mary.

Él no comentó su observación.

—Tengo que ver las declaraciones de los testigos —dijo abruptamente, con seguridad.

Lancaster notó su cambio de tono y se permitió sonreír levemente mientras se las sacaba.

Decker las leyó página por página. Cuando terminó de leerlas volvió a la segunda y luego a la décima página antes de dejar la libreta.

—¿Has encontrado algo? —le preguntó Lancaster, que había estado echándole algún que otro vistazo mientras seguía trabajando.

Decker se levantó.

—Vuelvo luego.

—¡Decker!

Pero para ser un hombre alto con bastante exceso de peso, se movía más rápido de lo esperado. A lo mejor le quedaba algo del jugador de fútbol desenvuelto que había sido. Cerró la puerta de la biblioteca y recorrió el pasillo.

Lancaster no lo había seguido. Había sido durante diez años su compañera, así que estaba acostumbrada a que hiciera eso. Alguna mosca le picaba y se iba sin decir una palabra, ni a ella ni a nadie. Volvió al trabajo.

Decker había avanzado diez pasos cuando se detuvo a mirar por una ventana que daba a la zona frontal de estacionamiento. Vio que se había puesto a llover. También vio muchas velas, aparentemente flotando. No eran velas, por supuesto. La lluvia las habría apagado. Eran luces de teléfonos móviles. Fuera había un grupo de gente celebrando una vigilia. Daba la impresión de que toda la ciudad de Burlington estaba allí reunida, y tal vez así fuera. Después de lo sucedido allí, tal vez así tendría que haber sido.

Habían celebrado una vigilia delante de su case la noche después de los asesinatos, en aquella ocasión con velas auténticas, aparte de un montón de flores, escritos y peluches. Eran muestras bienintencionadas de apoyo, amor, solidaridad, cariño. Estaba bien, pero aquel montón lo había puesto enfermo. Se había sentido desorientado y enojado más allá de la aflicción.

Se apartó de la ventana y siguió andando mientras la lluvia empezaba a repiquetear en el tejado del instituto.

Se imaginó los móviles dejando de brillar mientras los del grupo los guardaban precipitadamente. O a lo mejor los mantendrían bajo la lluvia. Los dejarían morir, como muestra de solidaridad con quienes habían perecido dentro de aquel edificio.

Se cruzó con un detective al que conocía. Hablaba con un hombre trajeado a quien había visto antes en la biblioteca. Era del FBI. El detective lo saludó con la cabeza.

—Me he enterado de que trabajas como asesor en el caso, Amos. Me alegro de verte.

Decker asintió indeciso, mirando al agente del FBI, que lo había mirado de la cabeza a los pies y sacado de él una impresión desfavorable, por la cara que ponía.

—Sí —fue todo lo que consiguió decir con la voz ronca antes de alejarse a toda prisa.

Después, sin embargo, descartó el incómodo encuentro, algo que su mente le permitía hacer con bastante facilidad. Era capaz de compartimentar las cosas hasta un punto asombroso. Le venía de no dar una mierda.

Y algo no tenía sentido. Por esa razón se había marchado de repente de la biblioteca.

La segunda página de las declaraciones de los testigos.

Melissa Dalton, de diecisiete años, alumna de tercero, estaba metiendo los libros en la taquilla. Era temprano, las siete y veintiocho minutos. Faltaba más de una hora para que empezaran las clases. Estaba allí para hacer un examen de recuperación que se había saltado porque había estado enferma.

Dalton sabía la hora exacta porque había mirado el reloj de pared situado encima de su taquilla, con miedo a llegar tarde. Tenía un historial de asistencia al instituto impecable, sin ni siquiera un retraso. Ella le daba mucha importancia a eso, porque sus padres le habían dicho que cuatro años de perfección merecerían un coche de segunda mano solo para ella cuando se graduara.

Así que eran las 7.28.

En aquel momento Melissa Dalton había oído algo. Se lo había dicho a Lancaster cuando esta la había interrogado.

Había oído algo una hora y dos minutos antes de que sonara el timbre. Tal vez doce minutos después de que sonara, o aproximadamente a las 8.42, Debbie Watson perdería la cara y la vida cuando el tirador doblara la esquina y la apuntara con la escopeta. Y todo porque tenía el estómago revuelto.

Pero ¿cómo había oído Melissa Dalton algo?

Pequeños detalles pueden llevar a grandes avances.

Siguió andando.

## 14

Decker se paró y miró a su alrededor. El gimnasio estaba en el último pasillo izquierdo de la planta baja. Seguían las aulas, luego la entrada trasera. Al otro lado del vestíbulo había más aulas, la conserjería y el muelle de carga trasero. El vestíbulo en sí iba de la parte delantera a la posterior del edificio, dividiendo la planta baja exactamente por la mitad, con tres pasillos a izquierda y derecha que salían de él como ramas rectas del tronco de un árbol.

Puesto que solo los pasillos centrales tenían salida por ambos extremos, eso implicaba que había cuatro puertas de entrada y salida situadas en los cuatro puntos cardinales.

Se dirigió hacia la entrada trasera y miró la cámara. Luego se fue colocando en diferentes puntos delante de la puerta y mirando la cámara cada vez.

Interesante.

Volvió sobre sus pasos y recorrió el vestíbulo hasta cerca de la entrada delantera. Luego giró a la izquierda por el pasillo donde estaban la cafetería, a la izquierda, y la biblioteca, a la derecha.

Allí estaba la taquilla de Melissa Dalton, enfrente de la cafetería. La miró. Justo detrás estaba la biblioteca en la que Lancaster trabajaba como una posesa.

Al otro lado, contigua a las aulas, se encontraba la enorme cafetería.

Decker recordaba de sus días de estudiante que había una zona de almacenamiento y preparación al fondo de la misma, con una puerta exterior que daba a un pequeño porche de cemento donde se amontonaban los suministros de alimentos.

Por tanto, de hecho, había seis puertas. Cuatro principales en los pasillos, una en el muelle de carga trasero y una allí, en la cafetería.

A las 7.28 Melissa Dalton había oído que una puerta se abría y se cerraba. No era la puerta interior de un aula, porque habría producido un sonido sibilante, según ella, como de válvula de vacío. Eso había dicho exactamente Dalton. Lancaster había tomado nota de que la chica le había dicho que le encantaban las ciencias y que en clase acababan de estudiar el vacío, motivo sin duda por el cual se acordaba tan bien de aquel término. Mary había añadido muchos signos de interrogación y un gran asterisco a esta afirmación. Sin duda tenía la intención de comprobarla más tarde. Decker no la culpaba por haber señalado de aquella manera el párrafo. No tenía sentido.

Eso por lo que respetaba a la segunda página de las declaraciones.

En la página diez había una pequeña perla. Precisamente por esa información de un colega estaba allí.

Las trabajadoras de la cafetería llegaban a las 8.45 en punto, ni antes ni después. Varias fuentes habían verificado que así lo habían hecho también el día anterior. Solo trabajaban allí mujeres. No había entre ellas ningún hombre de más de un metro noventa, más de noventa kilos de peso y ancho de espaldas.

Además, puesto que el tiroteo había empezado a las 8.42, ninguna de las trabajadoras de la cafetería había entrado todavía en el instituto. Cuatro estaban en el aparcamiento, saliendo del coche, y otra esperaba para acceder a él cuando se había desatado el infierno.

Decker entró en la cafetería y echó un vistazo. Se llevó instintivamente la mano a la culata de la pistola, que llevaba en la sobaquera, bajo la americana. Le quitó el seguro con el pulgar. Ya tenía una bala en la recámara. Las luces estaban apagadas. Encontró los interruptores y las encendió con el codo.

Recorrió la zona principal, pasando junto a las mesas con las sillas amontonadas encima. Al fondo de la sala estaban los calentadores de alimentos, de acero inoxidable y cristal, con todas las bandejas vacías. Todo estaba limpio, los platos en montones perfectos, todo a punto de ser usado, solo que no había alumnos hambrientos ni nadie preparado para servirles la comida.

Miraba el suelo mientras andaba, pero no había ninguna huella discernible. Cruzó a la zona trasera, donde estaban, contra la pared, los carritos que se usaban para llevar la comida desde allí al comedor para servirla. Vio cubos y fregonas y otro material de limpieza.

Nada de aquello le interesaba.

Lo que le interesó fue el congelador integrado del otro extremo del almacén.

Un sonido sibilante, de vacío. La puerta de un congelador cerrándose, o abriéndose.

Sacó la pistola. En realidad no esperaba encontrar al tirador con traje de camuflaje dentro del congelador. Tenían que haberlo buscado ahí detrás y seguro que habían abierto el congelador, pero había visto suficiente mierda en su vida para no descartar la posibilidad, y si daba algo por descontado en aquel punto de la investigación podía acabar saliendo también él del instituto dentro de una bolsa para cadáveres en la trasera de una furgoneta silenciosa.

Apuntó hacia la puerta, dio un paso de lado, cogió el tirador con la mano cubierta por la manga del abrigo, lo accionó y tiró fuerte.

La puerta se abrió sin esfuerzo; con un silbido, notó, porque se había roto el sello hermético. Se imaginó que a primera hora de la mañana habría resonado en el pasillo desierto y silencioso y llegado hasta Melissa Dalton. Bueno, hasta ahí su pequeño experimento, que parecía corroborar lo que había dicho la chica.

Retrocedió y se situó detrás de una mesa de trabajo. La bordeó hasta que pudo ver todo lo que había en el congelador. Solo contenía comida, pero ¿había estado vacío a las 7.28 de la mañana de la devastación?

Entró en el congelador y lo miró todo. Notó que la puerta tenía un mecanismo de seguridad que permitía abrirla a cualquiera que estuviera dentro. De ese modo no podías quedarte atrapado en su interior y morir congelado.

Luego se dio cuenta de una cosa, o más bien la notó.

Los congeladores tienen que estar muy fríos, bajo cero, de hecho. Aquel estaba como mucho fresco. Tal vez la temperatura era incluso inferior fuera.

Comprobó el termómetro. No era de extrañar: marcaba siete grados centígrados.

Abrió algunos recipientes y encontró lo que esperaba. La carne y otros productos perecederos se habían descongelado y empezaban a descomponerse. Tendrían que tirarlo todo.

Así que el tipo había subido la temperatura del congelador y lo había usado de escondite. Melissa Dalton había oído exactamente lo que le había parecido oír, un silbido, cuando el tirador había salido a las 7.28. Pero ¿por qué esconderse en el congelador? Y, para empezar, ¿cómo había entrado en el instituto? Seguramente el congelador estaba en uso durante el día, así que había tenido que entrar fuera de las horas de clase. Y tenía que haber sido la noche anterior al tiroteo o el personal de cocina lo habría descubierto al abrir la puerta del congelador en el momento de empezar su jornada.

Siguiente pregunta: ¿qué ganaba metiéndose ahí?

Y la madre de todas las preguntas: ¿cómo podía haber ido andando desde la cafetería, que estaba en la parte delantera del centro, hasta la parte trasera para empezar su masacre sin que nadie lo viera? Era como si se hubiera teletransportado desde una nave espacial.

Se fue planteando oleadas de nuevas preguntas a medida que cambiaba el abanico de sospechosos potenciales.

¿Y los visitantes? ¿Y los padres? ¿Y el personal de servicio externo? Lancaster no los había mencionado, aunque suponía que en el momento de los hechos habían retenido a cualquiera que estuviera en el centro para interrogarlo. Era la norma fundamental de una investigación criminal: nadie podía marcharse sin más. No obstante, había un lapso entre los disparos y el momento en que la Policía había bloqueado la entrada y la salida. El tirador había tenido que escapar durante ese lapso, pero ¿cómo lo había hecho sin que lo vieran?

Salió del congelador y lo cerró. Caminó unos pasos y miró hacia arriba. El congelador no tenía espacio encima para esconderse, pero... había algo.

Cogió una silla, la plantó en el centro de la habitación y se subió a ella. Era tan alto que se golpeó la cabeza contra el techo. Era un techo falso, de esos flotantes de placas ligeras que se apoyan en guías metálicas sujetas a medio metro del verdadero techo. Sabía que lo habían modernizado muchos años después de la construcción del instituto. Nadie instalaba techos flotantes en la década de los cuarenta.

Levantó una losa y se asomó por el hueco. Usando el móvil como linterna, iluminó el espacio circundante. Había un montón de porquería, cables eléctricos, tuberías del sistema contra incendios y conductos de ventilación. No había manera de que un individuo tan alto cupiera ahí arriba, y aunque hubiera conseguido meterse, las guías de sostén no habrían aguantado su peso.

Cambió de lugar la silla otras tres veces hasta que encontró algo. No arriba, en el suelo: un poco de polvo de una placa del techo. Miró en todos los lugares que ya había revisado. Había un poco de aquel polvo debajo de todos ellos porque había levantado las placas y lo había desplazado, pero no había tocado las placas de aquel punto.

Lo fotografió todo desde varios ángulos y luego colocó la silla y volvió a subirse a ella. Se cubrió la mano con la manga de la americana para no borrar las huellas existentes ni añadir ninguna al levantar la placa con cuidado. Asomó la cabeza al hueco y echó un vistazo. No había nada, ni tuberías ni cables ni conductos de ventilación. Allí había espacio suficiente para esconder algo, como la ropa de camuflaje y quizás incluso armas.

Revisó aquel espacio centímetro a centímetro y obtuvo su recompensa.

Enganchado en un soporte metálico había un hilo. Lo iluminó. Era beige. En otro había un borrón en el polvo y en un tercero una mancha que podía ser solo un residuo de aceite, posiblemente de la escopeta apoyada en él.

No tocó nada. Bajó al suelo y le mandó un mensaje de texto a Lancaster. El equipo forense tendría que bajar allí y procesarlo todo. Mientras los esperaba, fue hasta la puerta que daba al pequeño muelle de carga.

—Mierda.

Parecía cerrada, pero cuando la embistió con su corpachón se abrió de par en par, lo que le arrancó aquel improperio. Salió al pequeño muelle. Estaba rodeado por una valla de madera de algo más de un metro ochenta de altura. Era tan alto que pudo mirar por encima. Detrás había unos cuantos cubos de basura y un contenedor pequeño, así como cajones de madera amontonados en un rincón. Abrió la puerta de la valla y se asomó.

Dos plazas de aparcamiento, las dos vacías. Aparte de eso, una franja corta de asfalto agrietado y luego una valla metálica detrás de la cual había una hilera larga de arbustos de tres metros y otros matorrales que habían crecido pegados a ella. Se acercó deprisa a la valla. Se abrió paso entre los arbustos situados frente a la entrada de la cocina. En aquel punto la valla metálica estaba rota. La iluminó con el móvil. Estaba oxidada. Continuó entre los arbustos y salió al otro lado. Allí había un sendero que se internaba en el bosque que había habido siempre al lado del instituto.

Fácil entrar, fácil salir.

# 15

Lancaster mascaba chicle mientras el equipo de técnicos registraba la cafetería y la zona de la cocina. Fuera, equipos de la Policía y agentes del FBI seguían el rastro que Decker les había indicado.

Decker estaba apoyado en una pared de la cafetería, con las manos en los bolsillos, fijándose en todo lo que estaba pasando. Mary se le acercó.

—Ya habíamos mirado en el congelador —le dijo—, pero no revisamos el estado de la comida ni el indicador de temperatura. Fue un descuido. Estoy segura de que nos habríamos dado cuenta más tarde.

—Buscabais a un tirador, comprobabais que las habitaciones estuvieran despejadas, no estabais pendientes de si las hamburguesas se habían estropeado. Yo no tenía que preocuparme por nada de eso, me he limitado a husmear.

—Cierto, después de irte de la biblioteca sin decir nada. Te he llamado, lo sabes. Podría haber ido contigo, Amos.

Él notó su mirada de reproche y apartó la cara. No se le había ocurrido en aquel momento. Ella seguía en la Policía, así que si hubiera encontrado con Decker aquella nueva línea de investigación eso habría dado un impulso a su carrera. Tal como habían ido las cosas, se trataba del descubrimiento de Decker, algo que no ayudaba a Lancaster en absoluto.

—Yo... Yo no...

—Olvídalo —repuso ella abruptamente—. Hacías lo mismo cuando trabajábamos juntos oficialmente.

—¿Lo hacía?

—Supongo que no es más que una de tus peculiaridades. Aunque con esa memoria tan infalible que tienes creía que te acordarías de lo que hiciste. Al menos de lo que me hiciste a mí.

—Me siento un poco mal aquí, Mary.

Su irritación aumentó.

—No, me parece que estás recuperando tus capacidades sobrenaturales. Sabía que lo harías. Eso es lo importante.

—No me necesitas para resolver este caso. Tienes un montón de recursos.

—La cuestión es, Amos... —Agachó la cabeza un momento, mascando chicle. Luego lo miró y le dijo—: La verdad es que echo de menos trabajar contigo. Creo que hacíamos un buen equipo.

Decker asintió sin decir nada.

Fueron pasando los segundos y Lancaster se dio cuenta de que evidentemente no iba a hacer ningún comentario sobre lo que acababa de admitir, así que prosiguió.

—Lo que no entiendo es que, si estaba dentro, ¿cómo pudo grabarlo la cámara en la entrada trasera? No cuadra.

Decker se apartó de la pared.

—Te lo enseñaré.

La llevó a la parte trasera del instituto y señaló la cámara que había captado la imagen del pistolero.

—Comprueba el ángulo.

Ella miró el objetivo.

—Vale.

Quedándose a un lado del vestíbulo, Decker le dio la espalda a la puerta trasera. Luego se movió hacia su izquierda.

—En este punto es donde la cámara capta la imagen. Lo he visto en el vídeo. Esa hoja de la puerta que tengo detrás es la única que sale en el encuadre.

—Así que el tirador pudo haber hecho lo que acabas de hacer tú, acercarse desde un lado para ser captado por la cámara.

—Y conseguir que pareciera que había entrado por la puerta de atrás cuando en realidad no lo había hecho.

—¿Por qué está colocada así esa cámara?

—Bueno, pueden haberla movido.

Decker se acercó al aparato, estiró el brazo y la tocó.

—Yo llego, pero soy alto. Aunque alguien más bajo podría haberla cambiado de posición con un palo o una escoba o algo parecido. Seguramente nadie se habría dado cuenta. No hay alguien supervisando esto a todas horas, ¿a que no?

—Maldita sea. Esto se complica cada vez más.

—No. Esto se vuelve más y más premeditado, Mary.

—¿Quieres salir conmigo a fumar? —le preguntó ella.

La miró divertido.

—No fumo.

—Me ha parecido que este asunto podría incitarte a empezar.

—Puedo estar gordo o fumar. Las dos cosas no.

Volvieron a la cafetería.

Cuando llegaron Lancaster se metió otro chicle en la boca y se puso a mascar.

—El capitán Miller te llamará para abonarte los beneficios.

Decker la miró.

—¿Los beneficios?

Mary indicó la habitación en la que estaban.

—Por esto, Decker. Dios mío. Con lo inteligente que eres a veces resultas obtuso.

—He encontrado algo, ¿y qué? No es una verdadera pista que nos conduzca al tirador.

—Estaba escondido en el congelador y había subido la temperatura. Parece que escondió las armas y puede que la ropa de camuflaje en el doble techo. Por tanto, ya estaba dentro, por eso nadie lo vio entrar.

—Pero ¿habéis encontrado algún otro rastro?

—La mancha de aceite en el soporte del techo podría ser de un arma. El hilo que has encontrado parece de un tejido de camuflaje. El FBI lo está comprobando. Eso ya es algo.

Decker sacó la mano del bolsillo y acercó el índice al pulgar hasta que casi se tocaron.

—Esto es lo mucho que he encontrado. No hay motivo para alegrarse.

—Bueno, es más de lo que teníamos.

—He visto el panel de control. ¿Cuándo se activa el sistema de seguridad?

—Normalmente a las diez de la noche, pero había una función esa noche que duró hasta tarde. Vino un montón de gente, así que no activaron el sistema hasta medianoche, para que todo el mundo pudiera salir del edificio.

—¿No se registró actividad de la alarma?

Mary cabeceó.

—Nada. Lo primero que hicimos fue comprobarlo en la compañía de seguridad. En el registro no consta nada.

—Entonces el tirador tuvo que entrar antes de las doce. ¿Además de la obra hubo un refrigerio en la cafetería?

—No. Una amiga vino porque su hijo actuaba. Me dijo que todos se marcharon en cuanto acabó la función.

—Entonces entró antes de que se activara el sistema de alarma y se metió en su escondrijo.

—En tal caso, Amos, ¿por qué puso las armas en el doble techo? ¿Por qué no entró con ellas en el congelador?

—Das por supuesto que entró con ellas y que luego se metió en el escondite. ¿Y si trajo las armas en otro momento y las ocultó? El congelador no le habría servido. Alguien podría haberlas encontrado. El doble techo le habría ido de perlas para esconderlas ahí arriba.

Lancaster negó con la cabeza, tozuda.

—¿Por qué no hacerlo todo de una sola vez? Ya era bastante arriesgado entrar las armas y ocultarlas para luego colarse dentro otra vez y esconderse en el congelador. Volvía a correr el riesgo de que alguien lo viera.

—Estoy de acuerdo, pero si lo hizo, tiene que haber una explicación. Se me antoja que es un tipo metódico y concienzudo.

—Ya lo veo —dijo Lancaster.

Decker siguió rumiando, como si hablara consigo mismo.

—Las armas y la ropa primero, luego el tirador. Pudo haber entrado para la obra con cualquier otra persona o fingido hacerlo. El auditorio está en el otro extremo del pasillo de la cafetería. Entrando por la entrada principal, giras a la izquierda hacia el auditorio. A lo mejor el tipo dobló a la derecha y fue hacia la cafetería, o si la gente también accedió por la entrada posterior desde el aparcamiento que hay fuera, la derecha y la izquierda se habrían invertido. Se queda toda la noche y empieza su matanza a la mañana siguiente. Tienes que comprobar si alguien vio a un desconocido en el centro esa noche. —Tras una pausa, añadió—: Pero sigue habiendo el mismo impedimento.

—¿Cuál? —Lancaster se metió otro chicle en la boca después de envolver el masticado en un pañuelo de papel y tirarlo a la basura.

—Si según tu teoría Debbie Watson fue la primera víctima, la chica estaba en el pasillo, junto a la entrada trasera. Eso significa que nuestro hombre estuvo escondido toda la noche en el congelador, que tuvo que pasar por el pasillo entre la cafetería y la biblioteca, girar a la derecha por el vestíbulo, pasar otros dos pasillos a ambos lados, por delante de aulas y seguramente de gente, acabar primero con Watson y luego, en el otro extremo del pasillo, con Kramer, el profesor de educación física. Después vuelve sobre sus pasos y va acribillando gente mientras se dirige hacia la parte delantera del instituto. —La miró con escepticismo—. No resulta plausible. ¿Por qué no empezar a disparar en la parte delantera y abrirse paso hacia la posterior? Eso implicaría que Watson habría sido no la primera sino una de las últimas víctimas.

—¿Qué me dices de la hora que marca el vídeo?

—Ese es el verdadero inconveniente de todo este asunto. La hora nos indica que empezó a disparar en la parte trasera del edificio y que quería que lo viéramos en esa cámara por alguna razón. Ahora que sabemos que pudo haber estado escondido en la cafetería, las imágenes del vídeo parecen una maniobra de despiste. Eso significa que sabemos una cosa con seguridad, la hora que aparece en el vídeo, y que hemos prácticamente dilucidado otra, que el tirador estaba escondido en la cafetería. Si ambas son ciertas, nada tiene sentido. Dos y dos no son cinco.

—Empiezo a perderme, Amos.

—¿Tienes un plano del interior del edificio con el registro preliminar de los disparos?

Mary asintió.

—Vamos a echarle un vistazo. Puede que este individuo hiciera justo lo contrario de lo que creemos.

—Pero si tienes razón con lo que has encontrado y fue de la parte delantera a la trasera y otra vez a la delantera, tuvo que escapar por la zona exterior de almacén de la cafetería y luego por el sendero hacia el bosque. Es la salida más fácil. Todo encaja.

Decker inspiró y soltó el aire, mirando al techo.

—Y tal vez eso es exactamente lo que el hijo de puta nos quiere hacer creer.

# 16

Con la confianza en sí mismo para trabajar como detective en alza, Decker pasó otra hora repasando una y otra vez el registro preliminar del tiroteo. Estaba basado en los relatos de los testigos, que él sabía que no eran de fiar; en las pruebas forenses, no tan infalibles como parecía en la televisión; en intuiciones, que no eran más que eso, y, por último, en el sentido común, que tal vez fuese lo más acertado y útil de todo.

Lancaster apartó los ojos de la pantalla del portátil y se lo quedó mirando.

—¿Qué opinas?

Decker se acarició la barba recortada, con expresión ausente. Le protestaba la tripa. Fuera no había luz y había pasado mucho tiempo para él desde su última comida, aunque podía perderse unas cuantas, de hecho unos cuantos centenares. Estaba gordo como un oso polar y sería capaz de vivir de la grasa acumulada todo el invierno.

—Punto uno. Creo que salió de la cafetería.

—Vale.

—Punto dos. Creo que Debbie Watson fue la primera víctima.

—Pues volvemos a tu dilema. Dos y dos no son cinco. ¿Cómo hizo un tipo alto con ropa de camuflaje, capucha y visera protectora recorrer armado todo el instituto sin que lo vieran? ¿Dónde se fue después? No pudo desvanecerse sin más.

—¿No pudo haber dos tiradores? —inquirió Decker—. Uno que saliera del congelador y uno que entrara por detrás.

Ella negó con la cabeza.

—Imposible. Solo hubo un tirador. La misma descripción. A menos que creas que dos hombres idénticos hicieron esto juntos.

—Vale, un tirador. La pistola es fácil de esconder. La escopeta se puede llevar debajo de la pernera del pantalón.

—Pero la ropa... ¿Y la visera?

Decker reflexionó un momento sobre aquello.

—¿Quién dice que los metió en la cafetería?

—Encontramos el hilo en el techo.

—Eso no significa que lo tuviera todo metido ahí.

—Entonces, ¿lo llevaba encima por el pasillo? ¿Metido dónde? ¿Y las armas? Habría sido tan voluminoso que alguien lo habría notado. Sobre todo si era un desconocido. Además, ¿dónde se cambió?

—¿Estás segura de que no vieron a nadie por los pasillos a esa hora?

—Sí.

—¿A nadie? ¿En serio? ¿Con el movimiento que hay en un instituto?

—Todos estaban en clase, tanto los alumnos como los profesores. Los administrativos trabajaban. La mayoría no llevaban mucho en las oficinas. El profesor de educación física estaba en su despacho cuando le dispararon. Había un Egg McMuffin en su mesa a medio comer y una taza de café casi llena. Los conserjes estaban en conserjería repasando el horario del día.

—Pues si no había nadie en los pasillos, tampoco había nadie que pudiera ver a un intruso —comentó Decker, pero se corrigió de inmediato—. Solo que todas las puertas tienen un cristal. Tendría que haber pasado por delante de muchas.

—Exacto —convino Lancaster.

—¿No había visitas?

—Ninguna programada y nadie recuerda que viniera nadie. No digo que nadie se colara. Siempre cabe la posibilidad y, como tú dices, pudo haber entrado la noche antes durante la función. El centro estuvo abierto mientras duró la obra.

—Pero ¿por qué se escondería en el congelador? ¿Hay vigilancia de noche?

Lancaster negó con la cabeza.

—No, pero si entró durante la función escolar, no querría quedarse a la vista. Tal vez supiera que alguien entraría en la cafetería por algún motivo esa noche.

—Vale, eso tiene sentido. Pasemos a Debbie Watson. ¿Iba a la enfermería?

Mary asintió.

—Sí. Se había parado, por lo visto, para coger algo de su taquilla, que está justo al lado de donde la encontramos, con la puerta todavía abierta.

—¿Y la enfermería está en la sección de las oficinas?

Ella asintió de nuevo.

—La chica tendría que haber recorrido el pasillo principal de cabo a rabo.

—¿De qué aula salió para ir a la enfermería?

—De la de matemáticas. Es la 144.

—¿Está en el mismo pasillo que la conserjería?

—Eso es —dijo Lancaster—. Y la conserjería tiene un muelle de carga y, por lo tanto, una salida.

—Así que si tenemos razón y el tipo salió de la cafetería, parece que siguió esa ruta. Fue desde la parte delantera a la trasera de la planta baja. Tengo entendido que los dos pisos están desocupados. ¿Es así?

—Los registramos, claro, pero cada vez se matriculan menos alumnos en el Mansfield. Hay suficientes chicos para llenar la planta baja nada más. Les cuesta lo suyo encontrar jugadores para completar el equipo de fútbol. Usan los pisos de arriba como almacén y eso. Además, están clausurados y no se permite el acceso a ellos. Seguían así cuando los registramos, sin ningún signo de que hubiera entrado nadie.

—Entonces, por alguna razón, espera para empezar a disparar hasta que llega a la parte posterior del edificio. Entonces empieza a pegar tiros, recorre los pasillos, entra en las aulas y dispara a su paso. Llega a administración, mata al subdirector, escapa por el muelle de carga de la cafetería y se aleja por el sendero del bosque. ¿Te parece probable?

—¿Quieres decir que por qué no empezó a disparar en la

parte delantera y se abrió paso hasta la trasera para escapar por ahí?

Decker miraba fijamente el techo.

—Dejémonos de suposiciones y centrémonos en el motivo. Mansfield tiene su tasa de violencia. Bandas, drogas, agresiones. Los chicos maduran muy rápido.

—No te lo discuto.

—Por tanto, ¿estamos ante otro Columbine? ¿Se trata de un chico resentido? Tal vez ni siquiera de un alumno de este centro, sino de otro instituto o de algún graduado, o de un alumno que fue expulsado.

—Estamos creando una base de datos con toda esa información —dijo Lancaster—. El FBI nos está ayudando.

—¿Cuándo tendrán una respuesta?

Ella se frotó los ojos y miró la hora.

—No estoy segura. Mira, tengo que irme a casa, dormir un poco y cambiarme. Además tengo que darle un respiro a Earl. Últimamente Sandy no duerme demasiado bien.

Decker sabía que Sandy Lancaster era dulce, graciosa, alegre y que se entusiasmaba por todo y con todos, pero también que podía deprimirse y estar ansiosa por cosas relativamente triviales. En tales casos, no podía dormir, y eso significaba que en su casa no dormía nadie.

—¿Necesitas que te ayude con ella? —le preguntó.

Pareció sorprendida.

—¿Te estás ofreciendo para hacer de canguro?

—No sé. Era una simple pregunta —repuso, incómodo. No se había ocupado mucho de Molly mientras fue bebé. Era tan grandote y ella tan diminuta que le daba pavor romperla.

Mary sonrió.

—Estoy bien, Amos, pero gracias. Volveré esta misma mañana, dentro de unas horas. Podemos tomarnos una taza de café y repasarlo todo. ¿Te hace falta que te lleve al hotel?

—No. Voy a quedarme por aquí un rato.

—Ve adaptándote. Si quieres hablar, de lo que sea, llámame. —Recogió sus cosas y ya se iba cuando se paró a mirarlo—. Es como en los viejos tiempos.

Decker no dijo nada, pero le hizo un breve gesto de asentimiento que le arrancó una sonrisa. Le dio la espalda y se marchó.

Él se sentó en la biblioteca. Seguramente llevaba más tiempo ahí dentro que el que había pasado en su época de estudiante. No porque tuviera facilidad con los estudios, no, pero no era de los que se sientan a empollar. Eso había cambiado. Ahora devoraba prodigiosas cantidades de información. Ahora que no olvidaba nada, por lo visto nunca tenía bastante. Se preguntaba si su cerebro tenía un límite de capacidad. Si lo tenía, esperaba que fuera tan voluminoso como él. Observó a los agentes trajeados del FBI trabajando en una mesa del otro lado de la zona central de la biblioteca, todos ellos pulcros, jóvenes, muy profesionales, con la camisa almidonada y la corbata tan recta como la espalda. Unos cuantos lo miraban de vez en cuando, sin duda preguntándose qué hacía en su investigación un bicho raro gordo vestido como un indigente.

Bueno, al menos me he recortado la barba y el pelo. De no ser así, seguramente me habrían arrestado por parecer la versión obesa de Charlie Manson.

Y al momento siguiente ya se había olvidado del FBI. Ya no estaba de hecho en la biblioteca del Mansfield. Ya no estaba con el asesinato en masa que había tenido lugar allí. Era por algo que Lancaster había dicho. Volveré esta misma mañana, dentro de unas horas. Podemos tomarnos una taza de café y repasarlo todo.

Decker no estaría allí más tarde. Tenía que estar en otra parte. Estaré en la lectura de cargos.

Sebastian Leopold tomó forma en el pensamiento de Decker, que repasó cada segundo de su conversación, cada palabra, cada mirada, cada movimiento. Algo no encajaba, pero no sabía qué, a pesar de que casi siempre era capaz de determinarlo. Hechos huérfanos, le gustaba llamarlos. No había nadie que los reclamara como propios porque eran mentiras.

Con Leopold, por alguna razón, no, lo que era motivo de preocupación pero también de esperanza. ¿El motivo de la esperanza? La simple existencia de Leopold.

Hasta entonces Decker no había tenido nada para avanzar.

Ahora, gracias al prisionero, una capa se había levantado parcialmente y revelado irremediablemente lo que había debajo.

Salió de la biblioteca y del edificio.

Seguía lloviendo, más todavía si cabía. Todas las furgonetas con las bolsas de cadáveres se habían ido y con ellas la gente se había dispersado. Ya no quedaban velas encendidas, pero delante del centro había una montaña de flores, carteles escritos a mano y ositos de peluche, todo ello empapado, a pesar de lo cual la intención seguía siendo clara, seguía siendo poderosa.

Leyó unos cuantos carteles.

RIP, señor Kramer.

Te echamos de menos, Debbie.

Nunca te olvidaremos, Eddie.

Toda la ciudad sabía quiénes eran los muertos por una sencilla razón, aunque no se hubiera revelado oficialmente ningún nombre: aquellas personas no habían vuelto a casa.

El hombre con ropa de camuflaje se había encargado de ello. El hombre sin cara y con la habilidad de recorrer de un salto sin esfuerzo los pasillos del instituto, porque eso tenía que haber hecho, ir del punto A a la zona de la matanza.

Se sentó otra vez en la gradería, debajo de un saliente para no mojarse, aunque ya se había empapado.

A Sebastian Leopold iban a leerle los cargos al cabo de pocas horas. Él planeaba estar presente cuando lo hicieran. La lectura de cargos era aburrida, un paso legal mecánico. Sin embargo, había una información importante que Decker deseaba ver personalmente.

Permaneció sentado unos minutos y luego, cuando la lluvia amainó, se levantó y volvió al Residence Inn. Tardó un poco, porque no andaba tan rápido como antes, pero así tuvo tiempo para pensar y llegó a tiempo para desayunar. Se zampó la mitad del bufé, se echó un sueñecito de una hora, se duchó, se peinó, se puso la ropa de abogado y se marchó al juzgado para ver exactamente lo que respondería Sebastian Leopold a la pregunta más fundamental que ese día le haría el juez.

# 17

Lo normal habría sido que el juzgado estuviera de bote en bote en un caso como aquel: un triple homicidio con un autor confeso. Dos días antes habría sido la noticia principal de Burlington, tal vez de todo el estado.

Sin embargo, tras la matanza del Mansfield, a nadie le importaba un comino.

Bueno, a una persona sí.

Decker conocía el procedimiento porque había testificado en los juzgados innumerables veces durante el procesamiento de aquellos a quienes había ayudado a detener.

Pasó por el arco de seguridad, saludó con un gesto a un par de *sheriffs* del condado a los que conocía y consultó la lista de casos del juzgado que había en un tablón, junto a la mesa de información. Luego se dirigió a la sala donde al cabo de unos veinte minutos Sebastian Leopold haría su primera aparición desde que había entrado en la comisaría para entregarse.

Abrió la pesada puerta de roble y se sentó en el centro de la amplia sala. Era el único presente. No había alguacil, ni taquígrafo, ni abogados. Los periodistas cubrían la noticia del Mansfield, supuso. En parte hubiera preferido estar también allí, pero en parte, y era la de más peso, quería estar exactamente donde estaba.

Al cabo de un minuto entró en la sala la fiscal, una mujer de unos cuarenta y tantos. Lo pasó de largo y se sentó a la mesa de la fiscalía. Decker conocía a Sheila Lynch, pero ella no estableció contacto visual. Abrió el maletín, sacó un expediente y lo leyó. Decker le miraba la nuca, que llevaba al aire porque se había recogido el pelo en un moño apretado. Llevaba un traje chaqueta negro un poco sucio, las medias un poco rozadas en los talones y una peladura en la parte posterior del zapato derecho.

A las diez menos cinco volvió a abrirse la puerta por la que él había entrado. Volvió la cabeza. Lancaster lo saludó tímidamente con la mano. La seguía el capitán Miller, que ese día iba de uniforme.

Se le sentaron uno a cada lado.

—No sé en qué estaba pensando cuando te he dicho que nos veríamos allí. Estaba claro que estarías aquí —le dijo Mary.

—¿Y vosotros por qué no estáis en el Mansfield?

Fue Miller quien le respondió.

—Hemos estado allí desde las seis y media de la mañana. Ahora hemos venido aquí. Después, Lancaster volverá al instituto y yo aposentaré mi culo gordo detrás de mi mesa para lidiar con una mierda con la que no quiero lidiar.

—No me has respondido por qué habéis venido —insistió Decker.

—No, supongo que no.

Decker seguía mirándolo.

—No voy armado —dijo—. He pasado por el detector de metales de la entrada. No puedo dispararle.

—No lo he dudado ni por un instante —repuso Miller, quitándose una mota de la chaqueta azul marino—, pero este es un caso importante y aquí estamos.

—¿Habéis podido enteraros de la verdadera identidad de Leopold? ¿Estuvo en la Armada?

—Hemos pasado sus huellas por el IAFIS, la base de datos del FBI.* No hay coincidencias.

—Me dijo que había estado en la Armada. Lleva ese tatuaje, pero puede que no estuviera en nuestra Armada.

* Siglas correspondientes a Integrated Automated Fingerprint Identification System, el «sistema automático integrado de identificación de huellas digitales» del FBI. *(N. de la T.)*

—¿Un extranjero? —dijo Miller pensativo—. Eso lo explicaría.

—¿Crees que Sebastian Leopold es su verdadero nombre? —preguntó Lancaster.

—No —repuso Decker—, pero ya no estoy seguro.

—Bueno, podemos pedirle al FBI que haga una investigación internacional para nosotros —dijo Miller—. Ellos acceden a las bases de datos extranjeras con mucha más facilidad que nosotros.

Cuando dieron las diez, la puerta del fondo, la que daba al despacho del juez, se abrió, y el alguacil, un hombre grueso con el bigote retorcido, entró. Les dijo que se levantaran y eso hicieron los cuatro.

Decker oyó que se abría la puerta y se volvió. Entraba una joven que se sentó detrás. Llevaba una libreta en una mano y una grabadora digital en la otra.

La prensa. Toda la prensa que habría. Decker pensó que tenía que ser muy novata o habría estado cubriendo la noticia del Mansfield. Escarbó mentalmente en el montón de información de su cerebro hasta que sacó el nombre: Alex Jamison. Era la que lo había llamado para hablar de Leopold. Trabajaba para el *News Leader*. Le había colgado. Le volvió la espalda rápidamente, antes de que pudiera fijarse en él.

En aquel momento entró en la sala el juez Christian Abernathy con su toga negra. Era viejo y frágil, llevaba gafas y el pelo blanco, el poco que le quedaba, le crecía en mechones por toda la cabeza como algodones pegados al papel de seda rosa que parecía su cuero cabelludo.

Corría la apuesta entre los policías sobre lo que tardaría en estirar la pata en el estrado y caer al suelo de mármol. Decker recordaba que aquel hombre nunca le había puesto fácil a la Policía la condena de nadie, aunque tal vez así debía ser, se dijo.

Abernathy se sentó y ellos hicieron lo mismo.

Se abrió la puerta de la derecha. Sabía que el calabozo estaba ahí.

Salió Sebastian Leopold con el mono naranja intenso, esposado de manos y pies, con dos gorilas de uniforme, uno a cada lado. Miró la gran sala del tribunal, de techo alto, como si no supiera muy bien dónde estaba o qué hacía allí. Lo escoltaron hasta la mesa de la defensa, aunque no había nadie en ella.

Decker se inclinó hacia Miller.

—¿Y el abogado defensor?

Miller negó con la cabeza y dejó que le leyera los labios: «Al parecer no tiene.» No parecía contento, en absoluto.

Los agentes le quitaron los grilletes al acusado y se retiraron. El alguacil se levantó, cogió una lista de juicios, anunció el caso y leyó los cargos a los que Leopold se enfrentaba. Luego, una vez cumplido su deber, retrocedió con un movimiento mecánico, como el cuco de un reloj escondiéndose detrás de su puertecita.

Abernathy se colocó bien las gafas y miró a la fiscal.

—¿Señorita Lynch?

Lynch se levantó y tiró de los puños de la camisa.

—El señor Leopold ha sido acusado de tres asesinatos en primer grado, señoría —dijo—. No tiene domicilio y sus lazos con la comunidad son en apariencia inexistentes. Dada la gravedad de los cargos, pedimos que le sea denegada la fianza y que permanezca en la prisión del condado hasta el juicio.

Bueno, pensó Decker, era de esperar. No estaban dispuestos a dejarlo suelto.

Abernathy se volvió hacia Leopold y lo miró desde su posición elevada en el estrado. Luego se dirigió a Lynch.

—¿Dónde está la defensa del señor Leopold, señorita Lynch?

Lynch se aclaró la garganta antes de hablar.

—No podía permitirse un abogado y se le asignó uno de oficio. Sin embargo, el señor Leopold ha rehusado sus servicios; repetidamente, debo añadir.

Abernathy volvió a mirar al acusado.

—Señor Leopold, ¿entiende usted los cargos que se le imputan?

Leopold miró a su alrededor, como si se preguntara con quién estaba hablando el juez.

—Señor Leopold, ¿no quiere usted un abogado? —le preguntó Abernathy rápidamente.

Leopold se volvió hacia él y negó con la cabeza.

—No tengo dinero —dijo.

—Para eso están los abogados de oficio, señor Leopold —le espetó malhumorado el juez—. Son gratis. Puede dar gracias a la interpretación de nuestra Constitución por parte de la Corte Suprema por ello. Pospondré esta comparecencia hasta que se le proporcione un abogado para...

—Lo hice yo, señor —lo interrumpió Leopold.

Abernathy miró al acusado como si fuera un bicho levemente interesante en una acera.

—¿Cómo dice?

—Lo hice yo, así que no me hace falta ningún abogado.

—¿Está diciéndome que se confiesa culpable de tres homicidios en primer grado?

—Los maté yo; así que, sí, señor, supongo que soy culpable.

Abernathy hizo una pausa para limpiar las gafas, como si fuera a entender así lo que estaba pasando con más claridad.

—No es el momento para hacer suposiciones, señor Leopold —dijo después de subírselas al puente de la larga y torcida nariz—. Son unos cargos graves, de hecho los más graves que existen. ¿Es usted consciente de que no solo está en peligro su libertad, sino también su vida? Es un caso para el que hay pena capital.

—¿Se refiere a la pena de muerte?

El juez parecía a punto de sufrir un ictus.

—Sí. ¡Por supuesto que me refiero a la pena de muerte, señor Leopold!

—Bueno. Me declaro culpable porque lo hice, así que supongo que podemos ahorrarnos el juicio.

Abernathy miró a Lynch.

—Señorita Lynch, esta situación es reprobable —la amonestó.

—Juez Abernathy, hemos hecho todo lo posible. El señor Leopold ha ignorado todos los ruegos para...

El juez miró por encima del hombro de Lynch a Miller y le hizo una seña con la mano para que se acercara.

—Mierda —murmuró el jefe de policía.

Se levantó, pasó por delante de Decker y Lancaster y se acercó deprisa al estrado con Lynch.

Decker observó la acalorada discusión del capitán de policía, la fiscal y el juez. Bueno, de hecho quien más hablaba era Abernathy. Por lo visto el juez estaba bastante alterado y gesticuló dos veces señalando a Leopold.

Miller asintió y dijo algo. Lynch hizo lo mismo y ambos volvieron apresuradamente a sus asientos con cara de enojo.

Cuando Decker lo miró inquisitivamente, Miller cabeceó.

—Luego —le dijo.

—Voy a ordenar que lo devuelvan a su celda por ahora. Le será asignado un abogado de oficio para su defensa. Volverá a presentarse ante este tribunal para la lectura de cargos mañana por la mañana. —Fulminó con la mirada a Lynch—. Y que la evaluación psicológica esté lista sin demora, señorita Lynch. ¿Entendido?

Ella asintió, evitando mirarlo a los ojos.

—Agentes, por favor, llévense al acusado.

Dio un golpe de mazo. Los dos agentes se adelantaron inmediatamente, esposaron al confundido Leopold y se lo llevaron.

—Anuncie el siguiente caso, por favor —le dijo el juez al alguacil—. Confío en que tenga abogado. —Mientras decía esto último lanzó primero a Lynch y luego a Miller una mirada asesina.

Decker, Lancaster y Miller se levantaron y salieron cuando el segundo prisionero era conducido a la sala para su audiencia.

La periodista ya se había marchado.

Fuera, en el pasillo, Lynch se acercó ceñuda a Miller.

—No me gusta que me dejen con el culo al aire en los juzgados, Mac —le reprochó.

—No hemos podido obligarlo a aceptar un abogado, Sheila. Tú estabas al corriente. Lo sabes.

—Bueno, va a tener uno le guste o no, aunque solo sea para declararse culpable. —Miró a Lancaster y luego a Decker—. Hola, Amos. Supongo que no me sorprende verte aquí.

—Era de suponer —repuso Decker.

Lynch se volvió hacia Miller.

—Puesto que Abernathy ha ordenado una evaluación psicológica, no estoy segura de que sea capaz de declararse nada si el resultado de esa evaluación es el que creo que va a ser.

—Mentalmente incapaz —dijo Lancaster.

—¿Has visto a ese tipo? ¿No te parece que le falta un tornillo?

—A lo mejor hace dieciocho meses no le faltaba ninguno —dijo Decker.

—Si ahora no es legalmente competente para afrontar un juicio, eso da igual. —Les dio la espalda y se marchó corriendo, con el maletín golpeándole el muslo.

Decker se volvió hacia Miller.

—¿Y bien?

—Pues que Abernathy nos ha leído la cartilla. Estaba cabreado porque Leopold no tenía abogado de oficio, y con razón. ¿Un caso de pena de muerte sin un abogado? Se podría anular automáticamente contra todo lo que pasara a este nivel con una apelación. A Abernathy no le gusta que la corte de apelación anule sus sentencias. Por esto estaba cabreado. Me parece que cree que estábamos tratando de hacer que lo juzgara como culpable siendo inocente.

—Pero ¿por qué no tenía asignado un abogado de oficio? —le preguntó Decker.

—Como ha dicho Lynch, no quería ninguno. No ha cooperado en absoluto. Insistía en que lo había hecho él y en que por tanto no le hacía falta abogado. De no haber tenido las manos ocupadas con lo del Mansfield lo habríamos gestionado de otro modo. Básicamente hemos dejado caer la pelota.

Decker hundió las manos en los bolsillos y la barbilla contra el pecho.

—Entonces le asignáis un abogado, vuelve a la sala, se declara culpable, ¿y luego qué?

—Bueno, esperemos que su abogado lo convenza de declararse inocente. Podemos hablar de un trato y ver qué pasa. Pero también tenemos que ver el resultado de la evaluación psicológica. Si no es apto para ser juzgado, eso complicará las cosas.

—¿Y si no es culpable?

—¿Crees que lo es? —le preguntó Miller.

—Hablé una sola vez con él. No puedo decir de manera categórica lo que opino.

—Bueno, nada de esto va a pasar hoy mismo, tenemos tiempo. —Miller miró a Lancaster—. Será mejor que vuelvas al Mansfield. He oído que el FBI se está esforzando para quedarse con el caso.

—Y si quieren quedarse con él, ¿podemos impedirlo? —preguntó Lancaster.

—No vamos a entregárselo en bandeja a los federales como si fuéramos estúpidos, Mary —repuso Miller duramente. Miró a Decker—: ¿Serás capaz de seguir ayudándonos con este caso? Leopold seguirá donde está. Ese malparido del Mansfield, cuanto más tardemos más nos costará encontrarlo.

Decker miró a lo lejos. Debería haber sido fácil responderle, pero no lo era.

Miller lo estudió un momento.

—Bueno, ya me dirás algo. —Le dio la espalda y se marchó, dejándolo con Lancaster allí de pie, en el pasillo. La actividad en los juzgados se había intensificado y los pasillos se estaban llenando. Había madres llorando por sus hijos, que se habían metido en algún lío; corrillos de abogados, juntos como gallinas en una jaula; policías que iban y venían, y gente que ya tenía problemas o estaba a punto de tenerlos yendo de un lado para otro.

—¿A qué vienen tus dudas? Anoche dijiste que el tirador no iba a salirse con la suya —le espetó Lancaster.

Decker no le respondió de inmediato. Miraba a la periodista que estaba junto a la entrada de la sala. Era evidente que lo estaba esperando.

—¿Amos? —inquirió Lancaster.

Él miró a su antigua compañera.

—Iré al instituto más tarde.

—¿Eso significa que sigues en el caso?

—Más tarde —repitió Decker, y se encaminó hacia la salida posterior.

La periodista lo alcanzó a mitad del pasillo.

—Señor Decker. ¡Señor Decker!

Decker tenía intención de continuar andando, pero la mujer dejó claro que estaba dispuesta a seguirlo fuera del edificio, por la calle y hasta su próxima vida si hacía falta, así que se detuvo en la salida, se volvió y la miró. Su mente empezó automáticamente a recabar detalles y destilarlos para deducir un montón de cosas.

Le faltaba poco para cumplir treinta y era bonita, alta, delgada y morena, con una melenita corta. No llevaba las orejas perforadas ni siquiera para ponerse pendientes. Vio que llevaba unas letras tatuadas en la muñeca izquierda cuando se subió el puño. Iron Butterfly. Bien, no habían vuelto a reaparecer desde que ella había nacido.

Tenía los ojos de un azul soso que chocaba con su complexión y un incisivo mellado, las uñas muy mordidas. Se había roto el índice derecho y no se le había soldado bien, por lo que lo tenía un poco torcido en el centro. Además tenía los labios demasiado finos y agrietados. No olía a tabaco, ni a bebida ni a perfume.

La ropa que llevaba no era nueva ni estaba demasiado limpia, pero le sentaba bien por su estatura y su esbeltez. Tenía una mancha oscura en el dedo corazón, allí donde se apoyaba el bolígrafo. Así que no era de las que solo teclean en el ordenador. Usaba tinta.

Conservaba en la cara el maravilloso entusiasmo de la juventud aún no manchado por la vida. Estaba en la edad mejor para todo el mundo. Y era necesario pasar por lo que venía en los años posteriores. Si empezáramos todos siendo unos cínicos, el mundo sería una porquería.

—¿Señor Decker? Soy Alex Jamison, del *News Leader*.

—Le gusta *In-A-Gadda-Da-Vida*? Fue el mayor éxito de ventas de los Iron Butterfly. Treinta millones de copias vendidas. Uno de los cuarenta principales de todos los tiempos.

Había leído aquello tres años antes en un artículo de *Rolling Stone*, comiéndose un sándwich de mantequilla de cacahuete con mermelada y tomándose una taza de café en un restaurante del centro, cuando era testigo de un caso sobre una banda de asaltantes a los que Lancaster y él habían arrestado. Estaba en la página cuarenta y dos de la revista, en la parte inferior derecha. Veía mentalmente la página y la foto con tanta claridad como si la estuviera viendo en alta definición por la tele. Al principio aquella memoria fotográfica lo sacaba de quicio. Ahora la encontraba algo tan natural como el aire que respiraba.

Ella pareció sorprendida por su comentario hasta que se miró el tatuaje. Luego le sonrió.

—Mi madre me introdujo en sus primeros temas. Luego, la última vez que el grupo se rehízo, me volví una especie de obsesa. Tocaron con Jimmy Page y Led Zeppelin. Los perseguía la tragedia, me parece.

Decker no respondió nada porque no era por la música por lo que la chica estaba allí y él tenía que estar en otra parte. Ella pareció deducirlo por su silencio.

—He intentado llamarlo. No me gusta correr detrás de la gente en el juzgado —dijo ella, un poco a la defensiva.

Decker se limitó a mirarla. A su alrededor, la actividad iba en aumento. Como una colmena de abejas, nadie se fijaba en aquellos dos intrusos en su mundo de entresijos legales.

—Sebastian Leopold no tenía abogado —añadió Jamison.

—Cierto —repuso Decker—, pero lo tendrá.

—¿Qué opina de todo esto? —Le acercó la grabadora—. ¿Le importa?

—No tengo nada que decir.

—Estoy segura de que está pasando por un infierno. Quiero decir: ese tipo aparece de repente, como salido de la nada, y confiesa. Tiene que estar conmocionado.

—No lo estoy —dijo Decker, y se dispuso a marcharse.

—Pero algo sentirá. ¿Y qué le ha parecido ver cara a cara a Leopold en esa sala? Tiene que habérselo recordado todo.

Se volvió hacia ella.

—No me lo ha recordado todo.

—Pero yo creía... —Jamison estaba desconcertada.

—Porque nunca lo he olvidado. Ahora, debo irme.

Decker salió de los juzgados y Jamison no lo siguió.

## 18

Decker tomó el autobús a una manzana de los juzgados hasta unos ochocientos metros de su destino. Mientras iba por la acera el azul se intensificó en su cabeza hasta que le pareció que el mundo entero se había vuelto de ese color. Incluso el sol se había transformado en un enorme arándano, tan hinchado que parecía que fuera a estallar en cualquier momento.

Aquello lo mareó, pero siguió andando, más despacio, con la respiración más pesada. No estaba en buena forma, pero no era por eso.

La razón la tenía justo enfrente.

Cuando dobló la esquina y vio la casa se detuvo, apenas un momento. Si no seguía, sabía que volvería y se alejaría corriendo.

La casa todavía era propiedad del banco. Nadie había querido mudarse allí, ni siquiera a precio de ganga. Demonios, seguramente no la querrían ni regalada. Además, había un montón de casas vacías en Burlington. Era un sitio del que querías irte, no al que deseabas mudarte. Sabía que la puerta principal estaba cerrada con llave. La puerta del garaje que daba a la cocina siempre había sido fácil de forzar. Se preguntó si el asesino habría entrado por ahí. Según Leopold, aquella había sido su vía de entrada, si había que creerlo.

Abrió la puerta de la valla metálica del patio trasero. El azul se había limitado a los cadáveres en un primer momento, pero ahora toda la propiedad y cuanto había a su alrededor dentro de un radio de un kilómetro era de ese color. Había experimentado aquel fenómeno la tercera vez que había vuelto a la casa y desde entonces se había repetido siempre. Nunca sería capaz de explicar lo que era ver la hierba azul, los árboles azules, el enlucido azul de una casa que sabía que estaba pintada de amarillo. Hasta el cielo azul era distinto porque todo lo demás era del mismo color.

Miró el árbol de atrás con el columpio. Lo había instalado él porque Molly lo quería. Cuando era pequeña, Decker le daba impulso. A veces empujaba a Cassie y a Molly juntas. Era un entretenimiento barato para una pareja joven con poco dinero.

Las cuerdas estaban podridas y la plancha de madera con la que había fabricado el asiento, combada y astillada. El banco tendría a alguien que cortaba el césped, pero estaba lleno de malas hierbas.

Se volvió a mirar la parte trasera de la casa. La puerta daba a un pequeño lavadero. ¿Había sido por ahí por donde había entrado realmente el asesino?

Forzó la puerta con bastante facilidad. Por lo visto ninguna cerradura de la casa era demasiado buena, un hecho que, una vez más, le hizo sentir tremendamente culpable. ¿Un policía incapaz de asegurar su propio hogar?

Cerró la puerta y miró alrededor. Un tramo corto de escalones hasta la cocina donde su cuñado había estado tomándose una cerveza hasta que alguien le había rebanado el cuello de oreja a oreja.

Subió los escalones azules y entró en la cocina azul. Estaba polvorienta y había insectos muertos en el suelo y en la encimare. Se fijó en el sitio en el que solía estar la mesa.

Allí habían atacado a Johnny Sacks.

Hacía mucho que habían limpiado la sangre, pero Decker recordaba todas y cada una de las gotas, no rojas, ahora no, sino azules, con el color de la sangre en las venas a través de la piel solo que mil veces más intenso.

Pasó a la habitación contigua y subió la escalera. Los mismos escalones que había subido de tres en tres esa noche, rebotando en las paredes, sin saber quién podía haber estado allí haciendo daño a su familia.

El colchón y el somier no estaban en su dormitorio; eran pruebas del delito. Los tenían bajo custodia en un almacén de pruebas de la Policía de Burlington. Seguirían allí para siempre.

Sin embargo, vio claramente su pie desnudo encima de la cama. Cruzó el dormitorio y miró al suelo y vio a una Cassie azul neón en el suelo. Lo único que no era azul era la herida de bala que tenía en la cabeza. Incluso en la mente alterada de Decker sería siempre como había sido en realidad: negra e hinchada.

Salió de la habitación porque ya no resistía y le quedaban otras habitaciones por ver.

Abrió la puerta del baño y miró el inodoro donde había estado sentada su hija, con el cuerpo cruelmente sujeto por el cinturón de la bata para que no cayera al suelo.

Leopold no se lo había explicado. Simplemente lo había hecho, no sabía por qué realmente. Le había parecido bien, había dicho. El hombre al que nadie podía identificar. El hombre que quería declararse culpable y morir.

Miró el lugar donde se había sentado con las piernas cruzadas y la pistola, primero en la boca y luego contra la sien, delante de su hija muerta. Quería reunirse con ella, suponía, en la otra vida; pero no había apretado el gatillo. La Policía había llegado, lo había reconocido y lo había convencido para que soltara el arma. Era un milagro que no le hubieran disparado. A lo mejor habría sido mejor que lo hubieran hecho.

Salió al pasillo y fue hasta la puerta de al lado. La habitación de Molly. Solo había estado en ella unas cuantas veces desde que la habían limpiado después de su muerte.

Se paró al oír un ruido dentro, con la mano a medio camino del picaporte. Miró alrededor. Había dejado la pistola en su habitación del hotel porque iba a los juzgados. Escuchó un momento y se relajó. No eran pasos humanos lo que oía.

Un correteo, un golpeteo, pasitos.

Abrió la puerta y vio una rata metiéndose por un agujero de la pared.

Recordaba todos los muebles, dónde estaba cada peluche y cada libro, porque Molly era una lectora voraz.

Iba a entrar en la habitación pero se detuvo, en tensión. Había algo en ella que su perfecta memoria no recordaba, y por una buena razón, porque no estaba la última vez que había entrado allí.

En la pared, escrito con letras rojas.

Somos muy parecidos, Amos. Mucho. Como hermanos. ¿Tienes un hermano? Claro que no. Lo he comprobado. Hermanas, sí, pero no un hermano. Así que, ¿puedo serlo yo? No nos tenemos más que el uno al otro. Nos necesitamos.

Leyó aquel mensaje tres veces, tratando de desentrañar quién había escrito aquellas palabras, pero cuanto más las miraba, más confundido estaba. El individuo había vuelto a la casa. Había vuelto para escribirle aquel mensaje. No se trataba de una leve impresión en un 7-Eleven. Aquello era muy personal.

Como ponía el mensaje, Decker no tenía ningún hermano. Tenía dos hermanas que se habían mudado hacía muchos años. Una vivía en California con su marido, un militar, y sus cuatro hijos; la otra vivía en Alaska, no tenía hijos pero sí una vida próspera y feliz con su marido, un ejecutivo de una empresa petrolífera. Habían asistido al funeral y habían regresado a sus hogares. No había vuelto a hablar con ellas desde entonces. Era culpa suya. Ellas habían tratado de ponerse en contacto con él en más de una ocasión. Las había rechazado todas ellas.

A pesar de todo, tenía que asegurarse. Quien hubiera escrito aquel mensaje había hecho los deberes. Hermanas.

Se sacó el teléfono del bolsillo y les mandó un mensaje de texto a ambas. Esperó, esperó, esperó. Luego un aviso en el móvil. Su hermana de California estaba bien y contenta de tener noticias suyas.

Al cabo de dos minutos seguía inmóvil. En Alaska era más temprano. A lo mejor su hermana no se había levantado...

Otro aviso. Era un mensaje de texto de su hermana de Fairbanks. Estaba bien. Que lo llamara por favor cuando pudiera.

Marcó otro número y esperó la respuesta.

—Lancaster.

—Mary, tienes que ver una cosa. Y tiene que ser enseguida.

# 19

Lancaster había llegado. Luego lo había hecho el capitán Miller y después los agentes de uniforme.

Por último el equipo forense con sus bolsas de artilugios. Volvía a ser como aquella noche, solo que no estaba viendo a su hija muerta con una pistola apoyada en la sien.

Habían escrito el mensaje con un rotulador rojo. La tinta se secaba casi de inmediato y no había manera de saber cuánto tiempo llevaba allí. No podían descartar a Leopold, porque solo llevaba encerrado desde primera hora del día anterior.

Miller le había preguntado cómo era posible que el asesino supiera que él volvería a la casa, entraría en aquella habitación y leería el mensaje.

—Ya he estado aquí otras veces —admitió Decker.

—Y has entrado cada vez —dijo Lancaster.

—Todas no. No he... No siempre he sido capaz.

—¿Cuándo entraste por última vez en este dormitorio? —le preguntó Mary.

—Hace cuatro semanas y tres días, a esta misma hora.

—Al menos eso nos da un margen de tiempo con el que trabajar —comentó ella.

—Tal vez ese tipo te ha estado siguiendo y sabe que vienes aquí —dijo Miller—. Por eso te dejó este mensaje.

—Podemos peinar el barrio, a ver si alguien ha visto algo —propuso Lancaster.

—No vieron quién mató a tres personas —dijo Decker—, así que dudo mucho que hayan visto a quien haya hecho esto.

—A pesar de todo lo haremos —dijo Miller.

—¿Hermanos? —preguntó con curiosidad Lancaster mientras un fotógrafo de la Policía sacaba fotos del mensaje—. Deberíamos tener un loquero para analizar lo que tiene en la cabeza este tío.

—¿Crees que es obra de Leopold? —le preguntó Miller. Miraba la pintada como si fuera una inscripción en la puerta del infierno.

Decker no dijo nada, porque no tenía nada que decir. En su cabeza, las palabras eran de un rojo llameante, no muy alejado del fuego del infierno. Quien las hubiera escrito estaba siendo sincero con él, a su modo desquiciado al menos, o lo estaba manipulando.

Se marchó, ignorando a Lancaster, que lo llamaba.

No llegó a ver a Miller agarrarla del brazo. No oyó a su antiguo capitán decirle que lo dejara tranquilo. No escuchó la respuesta de Lancaster ni luego la orden directa de Miller para que Mary se retirara.

Ambos lo observaron por la ventana mientras se alejaba decidido por la acera. No tardó en doblar la esquina y desaparecer de su vista.

Decker no paró hasta que llegó al 7-Eleven de DeSalle con la Catorce. Fue la primera vez en su vida que no iba en coche hasta allí.

No había vehículos estacionados delante. Abrió la puerta, oyó la campanilla y dejó que se cerrara.

Había una mujer detrás del mostrador. Era baja pero parecía más alta por la elevación del suelo. Llevaba una melena lisa y morena hasta los hombros. Parecía latina. Vestía una blusa de manga larga beige y se le veía un tirante del sujetador. Tendría unos cincuenta años y los ojos empezaban a hundírsele en las cuencas como un estanque al secarse. Además tenía un gran lunar oscuro en la mejilla izquierda. Consultaba unas hojas y contaba los paquetes de cigarrillos que había en unas casillas.

Salió un hombre de un pasillo con una fregona que usó para

empujar un cubo lleno de agua jabonosa. Decker lo miró. Su entrenamiento como policía lo llevó a fijarse en determinados datos vitales. Era blanco, de treinta y tantos, algo más de un metro ochenta, muy flaco y nervudo, con los hombros estrechos. La camisa de manga corta dejaba al descubierto las venas de sus brazos. El pelo castaño rizado le caía en tirabuzones, como peladuras de manzana.

La mujer lo miró porque se había quedado parado en la puerta.

—¿En qué puedo ayudarlo? —le preguntó. No tenía acento.

Decker avanzó y se sacó el móvil del bolsillo. Pulsó un par de teclas y le enseñó la pantalla.

—¿Ha visto a este hombre alguna vez?

Ella miró la foto de Sebastian Leopold.

—¿Quién es? —le preguntó.

—Un tipo que puede haber trabajado aquí o rondado por aquí en algún momento.

La mujer negó con la cabeza.

—No lo recuerdo. ¿Por qué quiere saberlo?

Decker sacó la licencia de detective privado y se la enseñó brevemente.

—Trato de encontrarlo. Debe algún dinero. Le he seguido el rastro hasta aquí. ¿Qué me dice de su amigo? —Miró al hombre que, apoyado en la fregona, lo estudiaba con socarronería.

—Billy, ¿puedes mirar esta foto? —le dijo la mujer.

Billy dejó el cubo con la fregona apoyada en un expositor de caramelos, se secó las manos en los tejanos desteñidos y se acercó. Parecía contento de tener una excusa para dejar de fregar el suelo.

Miró la foto y negó con la cabeza.

—No. No lo tengo visto. Parece un tío raro. Está como ausente.

Decker bajó el teléfono.

—¿Desde cuándo trabajan aquí ustedes dos?

—Yo desde hace casi seis meses —dijo la mujer—. Billy llegó hace unas cuantas semanas.

Decker asintió. Desde hacía poco también, pues.

—¿Y la gente que trabajaba aquí antes?

Ella se encogió de hombros.

—No sé. Eran un mujer y un par de hombres. Aquí cambian mucho los empleados. La paga no es demasiado buena y son muchas horas. No estaría aquí si encontrara algo mejor, pero el mercado laboral es un asco —añadió sin rodeos.

Decker miró a Billy.

—¿Y usted?

Billy sonrió.

—Yo no sé nada de este sitio. Solo cojo el cheque, tío. Dinero para cervezas los fines de semana. Quiero pasármelo bien con las chicas. Para eso me hace falta pasta. —Se puso otra vez con la fregona.

—Siento que no hayamos podido ayudarlo —dijo la mujer.

—Así es este trabajo —dijo Decker—. Gracias.

Se marchó.

Su móvil sonó. Lo miró.

Lancaster.

Se lo guardó sin responder.

Volvió a sonar.

Volvió a mirarlo.

Lancaster.

Suspiró y apretó el botón para responder.

—¿Sí?

—¿Amos?

Decker se puso rígido. Lancaster parecía histérica y no era de las que se ponen histéricas.

—Mary, ¿qué pasa? ¿Ha habido otro tiroteo? —Se lo había estado temiendo desde el principio. El modo en que se había producido el ataque en el Mansfield lo inducía a creer que el tipo iba...

—No —dijo Mary sin aliento—. Pero ha pasado una... una cosa...

—¿Dónde estás? —la interrumpió.

—En el Mansfield.

—Entonces tiene que ver con el Mansfield. Has encontrado algo...

—¡Amos! —gritó ella—. Déjame terminar.

Decker se calló y esperó. Le parecía estar oyendo los latidos acelerados de su corazón a través del éter digital.

—Balística ha analizado la pistola usada en el Mansfield.

—¿Y qué...?

—Y han encontrado una coincidencia —dijo Mary.

Decker apretó el móvil.

—¿Una coincidencia? ¿Con qué?

—Con el arma que mató a tu mujer.

## 20

Una bala del 45, de punta hueca.

Una SJH para los de balística.

Era una pieza de artillería brutalmente eficiente. No exactamente una *dumdum*, una bala explosiva, así llamada por Dum-Dum, el lugar de la India donde un oficial del Ejército británico había inventado la bala que estallaba al impactar y actuaba como una bola de demolición dentro del cuerpo.

La innovación no es siempre algo bueno.

La 45 SJH había atravesado la parte frontal del cráneo de Cassie Decker y se le había alojado en el cerebro. Se la habían extraído durante la autopsia y la habían guardado como prueba de la investigación de su asesinato. Conservaba bastante bien la forma y las estrías que algún día se compararían con el arma que la había disparado. Bueno, no tenían el arma, pero tenían algo más.

Ahora sabían que la misma pistola que había disparado la bala que había acabado con la vida de Cassie Decker había terminado también con la de la mitad de las víctimas del Mansfield. La otra mitad habían sufrido la contundencia de la escopeta. El forense le había extraído la bala que coincidía con la de Cassie a Kramer, el profesor de educación física, y siguiendo el protocolo, la había pasado por la base de datos del departamento. La coincidencia había aparecido de inmediato.

Dada la magnitud del hallazgo, el FBI había sometido la bala a sus propios test y llegado a la misma conclusión.

Era la misma arma. La balística no engaña. Las marcas y las estrías de ambas balas coincidían a la perfección. Y eso no era todo. Habían recuperado el único casquillo de bala del dormitorio de los Decker y lo habían comparado con varios casquillos encontrados en el instituto. La depresión producida por el percutor en la parte posterior del casquillo era casi tan fiable como una huella digital y también coincidía en todos los casos.

Los asesinatos de la familia Decker y la masacre del Mansfield estaban indisolublemente ligados.

Decker se arrebujó con el abrigo mientras permanecía delante de la fachada oscura del instituto, soportando la lluvia que caía aguijoneándole el pelo y los hombros. El caso se había extendido desde el instituto Mansfield hasta su hogar en una tranquila calle. Entre ambos lugares había todo un océano de distancia. Nunca se le había ocurrido que hubiera una relación entre los dos crímenes. Ahora aquel hecho lo dominaba.

Cabía la posibilidad de que fueran diferentes asesinos. Desde el tiroteo en su casa, el asesino podía haber perdido el arma, haberla vendido o podían habérsela quitado. A menudo distintos criminales utilizaban una misma arma en distintos delitos. Sin embargo, Decker creía que había sido el mismo tirador en ambas ocasiones. Si así era, Leopold quedaba descartado. Por tanto, Leopold mentía. Aunque era posible que el verdadero asesino le hubiera relatado los hechos del caso Decker. Si lo había hecho, entonces Leopold era su mejor esperanza para encontrar a quien había asesinado a su familia, y a todos los demás.

A pesar de la reciente pintada en la pared del dormitorio, el caso estaba atascado por el lado de su familia. Por el del instituto Mansfield, al contrario, estaba al rojo vivo. Así que se centraría en el instituto. En el instituto y en Sebastian Leopold. Si Leopold sabía quién era el asesino de la familia Decker, entonces sabía también quién estaba detrás de los asesinatos del Mansfield.

Enseñó la credencial en el perímetro de seguridad y cruzó la entrada principal. El día anterior había sido incoherente y confuso para él en todos los sentidos. No sabía si todo aquello le incumbía. Se sentía alejado de todos y de todo lo que sucedía a su alrededor. Sin embargo, dada la posible relación con los asesinatos en su familia, supo que sí que le incumbía. Seguiría en el caso tanto como hiciera falta. Para sacarlo de él tendrían que usar dinamita.

No fue al centro de operaciones de la biblioteca sino a la cafetería, para mirar el congelador. Luego miró las losetas del techo.

Hilo de tela de camuflaje, posible aceite para engrasar un arma. A lo mejor todo eran pamplinas. Tal vez.

Se fijó en la puerta de salida. También una pista falsa, o eso creía ahora.

Salió de la cafetería y siguió por el pasillo de la biblioteca, dobló a la derecha por el vestíbulo que partía en dos la planta baja y contó los pasos hasta la parte posterior del edificio. Cada vez que llegaba a un pasillo estudiaba lo que había, primero a la izquierda, luego a la derecha. Aulas a ambos lados. En el último pasillo era donde había muerto Debbie Watson y donde, a la izquierda, había muerto Kramer, el profesor de educación física, mientras desayunaba un sándwich y un café.

Tenía delante la entrada trasera con la cámara. El ángulo de la cámara seguía intrigándolo. Había sido deliberado, y una acción deliberada es siempre por un motivo deliberado.

Luego miró el aula situada a la derecha del punto en el que Debbie había perdido la vida. En el cristal ponía que era la 141.

Trató de abrir la puerta pero estaba cerrada con llave. Sacó un llavero del bolsillo y la abrió. Entró y encendió las luces. Quedó sorprendido porque era un taller de carpintería. Cuando Decker iba al instituto asistían a clase de carpintería, pero creía que eso era cosa del pasado. Miró lo que había en los bancos de trabajo: sierras, ingletadoras, cepillos, taladros, canastos de herramientas, tornillos de banco para madera, estantes en las paredes con tubos de metal, tuercas, tornillos, madera, más herramientas eléctricas, alargadores, lámparas de trabajo, casi cualquier cosa que pudiera hacer falta para construir algo.

Al fondo de la sala había tres puertas. Abrió dos. Un almacén. Vio lo que le parecieron antiguos proyectos escolares: un batiburrillo de muebles sin terminar, metal doblado de varias formas, rejas protectoras, un pedazo de tejado, caballetes, contrachapado, pilas de madera, polvo a mansalva y nada de nada en definitiva.

La última puerta no cedió. Sacó otra vez el llavero y lo usó para abrirla. Se asomó dentro. Había un hervidor viejo desenchufado en un rincón del fondo, varios aparatos portátiles de aire acondicionado amontonados en el suelo, contra una pared de unos tres metros de altura.

Nuevamente, nada de nada. Cerró la puerta y volvió al taller de carpintería, apagó las luces y salió.

Pasillo abajo estaba el aula 144, de la que había salido Debbie Watson cuando le habían disparado.

Miró la taquilla abierta de la pared. Era la de Debbie. Estaba delante de su taquilla cuando la habían asesinado, seguramente cogiendo algo que quería llevarse a la enfermería.

Eso habría explicado que se parara allí, o tal vez no. Los adolescentes eran impredecibles. Podían estar fatal y pararse en la taquilla a coger un chicle o a examinarse la cara buscando puntos negros en el espejo que había dentro de la taquilla de Debbie. Se fijó en el tubo de crema contra las espinillas que estaba en el estante, junto a un paquetito empezado de pastillas para el aliento.

Las salpicaduras de sangre indicaban que estaba de pie delante de la taquilla cuando le habían disparado. Se había vuelto hacia el asaltante, porque había recibido el impacto del arma en plena cara.

Había fallecido a las 8.42.

Decker había llegado a la conclusión de que Watson había sido de hecho la primera víctima. Eso lo llevaba a preguntarse qué estuvo haciendo el tirador entre el sonido sibilante de las 7.28 en el pasillo frontal que había oído Melissa Dalton y el momento en que Debbie se había quedado sin rostro en el pasillo posterior, una hora y catorce minutos después.

Cerró los ojos y lo repasó todo.

*Para ir del frente del edificio a la parte posterior he tenido que dar sesenta y cuatro pasos y no he tardado ni dos minutos. El tirador sale en el vídeo a las 8.41, pero ¿cuándo salió de la cafetería? No hay modo de saberlo con seguridad. Y la pregunta más* importante de todas: ¿cómo fue de la parte delantera a la trasera sin que nadie lo viera? Encontraré la respuesta a eso. Daré con todas las respuestas. Si no, el caso no va a ninguna parte.

Al menos un metro noventa, ancho de hombros, más de noventa kilos. Decker había visto el vídeo del tirador y no ponía en duda aquellas estimaciones. Sin embargo, no había ningún hombre de esa estatura y ese peso en el instituto aparte del profesor de gimnasia fallecido y el subdirector, o de un puñado de alumnos del equipo de fútbol que estaban en clase con un centenar de coartadas. Y dos de los jugadores de esas características habían sido asesinados durante el tiroteo.

Era como si el tipo hubiera aparecido, perpetrado su matanza y luego se hubiera desvanecido. Dado que eso no era posible, Decker tenía que estar planteándose aquello de un modo equivocado.

Entró en el aula 144 y se sentó a la mesa del profesor. Inspeccionó la clase. Veintiún asientos libres en tres hileras paralelas hasta el fondo de la clase. Debbie Watson había ocupado uno de aquellos asientos. Los últimos momentos de su vida estaban bastante claros: un dolor de estómago; permiso para ir a la enfermería; una parada en la taquilla. Minutos después estaba muerta.

El suyo era el cuarto asiento de la tercera fila. La imaginó levantando la mano con aspecto de encontrarse mal, sintiéndose mal, pidiendo permiso para salir, saliendo para no volver a entrar jamás.

Se levantó y salió del aula. Se detuvo y se volvió. Estaba delante de la taquilla abierta de Debbie. El espejo de la cara interna de la puerta reflejaba su imagen. Por alguna razón, Decker no se reconoció. Aquel tipo grande, gordo y barbudo, empapado por la lluvia, tenía un aspecto endiablado.

Luego miró más allá de su reflejo y vio algo más en la taquilla de Debbie: un montón de libros de texto y libretas.

Se volvió hacia el aula 144 y otra vez hacia la taquilla.

En la vida se dan las coincidencias. Abundan las casualidades. El lugar equivocado, el momento equivocado. El resultado de siete mil millones de personas empujándose en un mismo planeta.

Sin embargo, en la Policía tenían una regla no escrita: no había coincidencias. Solo tenías que investigar más a fondo para demostrar que no había coincidencias.

Llamó a Lancaster. Estaba en la biblioteca.

—¿Has hablado con los padres de Debbie Watson?

—Sí.

—¿Te mencionaron si se encontraba mal cuando se marchó al instituto?

—No. Se lo pregunté. Su madre dijo que parecía estar bien. Supongo que pudo ser un virus repentino.

—¿Y con la profesora? Cuando Watson le pidió salir, ¿qué aspecto tenía?

Oyó cómo Mary consultaba su cuaderno pasando las páginas.

—Dijo que parecía estar bien, pero que levantó la mano, dijo que tenía náuseas y le pidió que la dejara salir.

—Le redactó una nota o...

—Las tienen impresas. Escribió el nombre de Debbie y se la dio.

—Entonces pasaron solo treinta segundos hasta que la chica salió del aula.

—Más o menos, supongo.

—¿A qué hora salió del aula?

—Según la profesora pocos minutos antes, tal vez cinco minutos antes de que se oyera el disparo.

—Eso es mucho tiempo. Su taquilla está a segundos del aula y he ido de la parte delantera a la trasera del edificio en menos de dos minutos.

—A lo mejor se entretuvo allí unos minutos. Puede que creyera que iba a vomitar y tratara de rehacerse. Mira, ¿por qué estamos...?

—Te lo explicaré luego. Puede que no tenga importancia.

Colgó y se guardó el móvil. Estaba a punto de tener una idea muy radical que podía destrozar a ciertas personas. No haría aquello a la ligera. Lo haría solo para llegar a la verdad.

Valía la pena cualquier cosa para llegar a la verdad, pero necesitaba algo concreto para seguir adelante con aquello.

La muerte le había llegado a Debbie a las 8.42, frente a esa puerta. Después nada. Su vida se había terminado. ¿Cómo había pasado? Debbie levanta la mano y le dan permiso para salir. Abandona el aula pero no va directamente a la enfermería. Va a la taquilla y la abre. Otro minuto consumido. Sin embargo, Lancaster había dicho que según la maestra habían pasado varios minutos, tal vez hasta cinco. ¿Qué había hecho Debbie todo aquel tiempo? A lo mejor se había entretenido o había tratado de rehacerse, como había dicho Lancaster. Pero quizás hubo algo más.

Volvió a mirar el contenido de la taquilla.

La Policía se había llevado la libreta ensangrentada y las otras cosas que estaban en el suelo, junto al cadáver de Watson, pero no se había llevado el contenido de la taquilla. No, eso no. Seguía todo allí y en buen estado, porque con el cuerpo lo había protegido del impacto.

Cogió el montón, volvió al aula 144 y se sentó. Abrió el primer libro y fue pasando las páginas. Repasó todos los libros de texto buscando notas al margen, anotaciones, bocetos, cualquier cosa.

Había revisado tres libretas de rayas y llegado a la página diecinueve de la cuarta cuando se detuvo. Debbie había dibujado algo en esa página. Era un esbozo bueno. La chica tenía talento. Pero a Decker le interesaba mucho más el tema del dibujo.

Era un hombre vestido de pies a cabeza con ropa de camuflaje, con un gran corazón al lado.

## 21

Decker se había duchado, cambiado, peinado con pulcritud y había adoptado su expresión más profesional. Creía que las personas sentadas frente a él no merecían menos.

Los padres de Debbie Watson lo miraban. El padre era un hombre pequeño y apocado de cuarenta y tantos años, con un bigotito sobre el fino labio superior. Tenía el brazo derecho atrofiado, con la mano deforme a la altura del codo. Parecía como si se le viniera encima un tren de mercancías.

La madre de Debbie era una fumadora empedernida. Delante de ella había un cenicero lleno de colillas. La capacidad de la nicotina para robarle oxígeno a la sangre le había marcado arrugas finas alrededor de la boca antes de tiempo y le había cincelado profundamente y de manera poco halagüeña un rostro que probablemente no había sido bonito ni en su juventud. Se le veían las venas de los brazos, morenos y manchados, seguramente de estar tumbada en verano en la hamaca que Decker había visto colgada entre dos árboles en el pequeño patio. A ella no parecía que se le viniera encima un tren de mercancías. Parecía que alguien le hubiera succionado el alma. Y el olor de licor le llegaba desde el otro lado de la mesa baja que los separaba.

Lancaster estaba sentada a su derecha en el sofá, como un gato en un alféizar, con cara seria y crispada, como desde que Decker le había enseñado el dibujo del hombre vestido de camuflaje del cuaderno de Debbie. De vez en cuando miraba con ansia el cigarrillo de Beth, como si esperara una invitación para sacar los suyos.

No habían enseñado el dibujo al FBI ni a nadie. Habían decidido guardarse aquello de momento. Decker había dicho, y Lancaster había estado de acuerdo, que antes de hacerlo público tenían que hablar con los padres. Si el dibujo no tenía nada que ver con los asesinatos, no querían que la familia de Debbie sufriera sin necesidad. En un mundo de veinticuatro horas diarias de noticias, podrían despedazar y machacar a la familia Watson hasta tal punto que por muchos hechos exculpatorios que fueran revelados posteriormente la verdad no conseguiría imponerse jamás al tsunami electrónico previo.

Decker había hecho muchos preámbulos antes de empezar con las preguntas. Había esperado a que los Watson estuvieran completamente preparados antes de enseñarles el dibujo. Cuando lo vieron, los dos recularon y se crisparon como si hubieran recibido una descarga eléctrica.

Distinguió sus siluetas blancas. Para él la muerte era azul, mientras que el blanco representaba la desesperación. Siempre que se miraba en el espejo, durante un año entero desde la muerte de su familia, se decía que era el hombre blanco más blanco del mundo.

—¿Se les ocurre alguna razón por la que Debbie dibujó esto? —les preguntó con suavidad. Indicó primero el hombre y luego el corazón—. ¿Salía con alguien? —añadió. El corazón indicaba tal posibilidad. Incluso en el siglo XXI, si una mujer dibuja un corazón junto a un hombre significa probablemente lo mismo que ha significado desde siempre.

George Watson negó con la cabeza. Le temblaba hasta el bigote. El brazo atrofiado le colgaba junto al torso.

Decker se preguntó cuántas burlas habría soportado aquel hombre por culpa de su poco común extremidad. Aquella deformidad seguramente había determinado toda su vida, simplemente porque a veces el mundo y la gente que lo habita puede ser muy cruel.

Beth Watson no cabeceó. Asintió ligeramente, y tanto Decker como Lancaster le prestaron atención inmediatamente.

—¿Quién era? —le preguntó Mary.

—Nunca lo supe —dijo Beth con la voz entrecortada—. Quiero decir que... Nunca trajo a casa a nadie que no conociéramos.

—Nos interesa cualquiera que trajera a casa —dijo Decker.

—No, me refiero a que eran unos niños. Ustedes dicen que ese hombre era alto. El periódico decía que de más de un metro noventa y noventa kilos o más. Debbie nunca trajo a casa a ningún chico más alto que su padre.

George se aclaró la garganta.

—Yo no llego a un metro setenta y cinco —dijo, apenado—. Di un estirón en décimo curso y ya no volví a dar otro. —Se quedó callado, con cara de perplejidad y un poco horrorizado por haber hecho un comentario trivial en aquellas circunstancias tan trágicas.

—Y todos eran chicos del instituto —dijo Beth—. De hecho, uno ha muerto también, como mi pobre Debbie.

—¿Quién? —le preguntó Lancaster, con el bolígrafo preparado para escribir en la libreta.

—Jimmy Schikel. Un chico agradable. Jugaba en el equipo de fútbol. Muy popular. Lo conocíamos desde hace años. Debbie y Jimmy fueron al colegio juntos. Llevó a Debbie al baile de graduación, pero solo eran amigos. —Ladeó la cabeza y dijo—: No pueden ni imaginar lo que es perder a una hija. —Cogió una servilleta de la mesa y se secó los ojos mientras su marido le acariciaba torpemente el hombro.

Oyendo a la mujer, Lancaster miró de soslayo a Decker, que en lugar de mirarla mantuvo los ojos fijos en Beth. Sabía exactamente lo que era perder a una hija y aquel hecho no importaba lo más mínimo en aquellas circunstancias. No podía haber conmiseración entre ellos a pesar de la aparente coincidencia de su pérdida, porque esa pérdida era el infierno particular y único de cada padre.

—¿Había alguien más? —dijo Decker—. Alguien a quien usted no conocía y que Debbie no trajo a casa. Se refería a eso, ¿verdad?

Beth arrugó la servilleta de papel y la tiró a la alfombra. Su marido la recogió y la dejó sobre la mesa. Ella lo miró con enfado y, al verlo, Decker se preguntó hasta qué punto iba mal el matrimonio. ¿Solo eran los pequeños roces que se van sumando con el tiempo y a los que la mayoría de los matrimonios sobreviven o era más que eso, lo bastante para que la pérdida de Debbie los llevara a la ruptura definitiva? Por otra parte, podía unirlos más. También había visto casos así.

—Publicaba cosas suyas en Internet, pero nunca hablaba abiertamente de él. A pesar de todo, detecté señales aquí y allá. Una madre simplemente nota estas cosas.

—Entonces, leyó usted lo que publicaba en la red.

—Tuve su contraseña una temporada. Cuando se enteró, la cambió. Nunca lo nombraba, pero tenía un apodo para él.

—¿Y era? —le preguntó Lancaster.

—Jesús.

—¿Cómo lo sabe? ¿Lo puso en una publicación de Internet?

—No. Lo vi en la pizarra de su dormitorio. Había escrito un poema sobre Jesús. Debbie no era religiosa. Me refiero a que no vamos a la iglesia ni nada de eso, así que no era el tema. Se refería a un chico. El poema... era un poco personal. Era sobre un chico, seguro. Cuando se lo pregunté, corrió a su habitación a borrarlo.

Decker y Lancaster intercambiaron una mirada.

—Pero ¿sabe si se refería al nombre bíblico o a uno hispano? —le preguntó él.

Beth se lo quedó mirando, desconcertada.

—Quiero decir si se refería a Jesucristo o a un nombre latino —aclaró él.

—Oh, vaya por Dios, no se me había ocurrido. Solo... Solo pensé que tenía una especie de obsesión divina con ese hombre. Pero no creo que mi Debbie estuviera saliendo con un mejicano —añadió ofendida. Se limpió la nariz y dio una calada—. Lo que digo es que las madres siempre sabemos esas cosas, aunque las hijas no crean que podamos saberlas. Seguro que Debbie creía que estábamos en las nubes. —Miró de reojo a su marido—. Y algunos lo están. Completamente en las nubes.

Su media naranja apartó la mano de su hombro y la dejó caer entre las piernas, como un perro con el rabo entre las patas. Podía vestir pantalones, pero estaba claro que quien llevaba los pantalones en la familia no era él.

Decker miró a Lancaster.

—¿Las publicaciones de Internet?

Ella asintió.

—Las tendremos todas.

—Así que nunca dijo nada acerca de ese hombre. ¿Nada de nada?

—Se lo pregunté, más de una vez. Pero no picó. —Tras una breve pausa, añadió—: Bueno, tuvo un lapsus y dijo que yo no lo entendería, que él era muy... maduro.

—Se refería a mayor. ¿No iba al instituto? —dijo Decker.

—Eso fue lo que deduje, sí. Quiero decir, ella estaba en el último curso. Seguro que no se refería a ninguno de sus compañeros de clase, y con los de tercero ni se molestaba. Debbie era guapa. Estaba completamente desarrollada. Muchos chicos la codiciaban. Traté de aconsejarla, pero las chicas no escuchan. Yo no escuché lo que mi madre trataba de decirme. Siempre me gustaron los chicos malos.

Su marido miró a los detectives casi disculpándose.

—Y se casó conmigo.

—Tuve que casarme contigo, George. Debbie estaba de camino. A mi madre por poco le da un infarto. Debbie era de lejos lo mejor que ha salido de nuestro matrimonio y ahora ya no la tengo siquiera a ella, así que no me queda nada.

Lancaster apartó la cara y George Watson se mordió el labio y decidió concentrarse en un antiguo cerco de humedad de la mesa.

Decker estudió a la pareja. A raíz de la tragedia todas las demás convenciones sociales de un matrimonio tienden a relajarse. Lo que jamás se había dicho surge de repente con facilidad, como si la presa que lo retenía se hubiera roto. Debbie había sido la presa y ahora su muerte la había roto.

—¿Por qué dibujó la ropa de camuflaje? —preguntó Lancaster. Miró a George—. ¿Usted caza? ¿Tiene en casa prendas de camuflaje?

Negó enérgicamente.

—No puedo dispararle a un animal. Ni siquiera tengo un arma.

—Supongo que en su estado le costará sostener bien un arma —dijo Decker.

George se miró el brazo deforme.

—Nací así. —Tras una pausa, añadió—: Hay muchas cosas que me cuesta hacer —añadió con resignación.

—Entonces la ropa de camuflaje puede ser una referencia a ese tal Jesús.

—Podría ser —repuso prudentemente George.

—Tiene que serlo —le espetó Beth—. Dibujó un corazón al lado. —Miró a Lancaster con complicidad, exasperada—. Los hombres no lo entienden, ¿verdad? Nunca han puesto un pie en una tienda de postales Hallmark.

—He visto el portátil en la encimera de la cocina. ¿Debbie usaba ese?

—No, tenía el suyo. Está en su habitación.

—¿Podemos echar un vistazo a su habitación ahora?

Beth los acompañó por el pasillo. Antes de marcharse dio una larga calada.

—Sea como sea, es imposible que mi nena tuviera algo que ver con una cosa así, dibujara o no a ese capullo. Es imposible. ¿Me han oído los dos?

—Alto y claro —repuso Decker, pero pensó que si Debbie estaba implicada ya había pagado el precio más alto. El estado no podía volver a matarla.

Beth tiró como si tal cosa la colilla al pasillo. Chisporroteó y se apagó en el descolorido corredor. Luego se marchó.

Abrieron la puerta y entraron en el dormitorio de Debbie. Decker se quedó en el centro del pequeño cuarto mirando a su alrededor.

—Haremos que los técnicos revisen todo su material de Internet, las fotos de su móvil, este ordenador, la nube, todo. Instagram, Twitter, Facebook, Tumblr, donde sea que los chicos se pavoneen en la red. Son espacios cambiantes, pero nuestros técnicos sabrán dónde buscar —dijo Lancaster.

Decker no le contestó. Se limitó a seguir mirando, asimilando la habitación, metiendo cada cosa en un nicho de su memoria y volviendo a sacarla si le parecía que otra tenía más importancia.

—Solo veo la típica habitación de adolescente. ¿Qué ves tú? —le preguntó al fin Mary.

—Lo mismo que tú. Dame un momento —le respondió sin mirarla.

Se paseó por el reducido espacio, echó un vistazo debajo de los montones de papeles, en el armario de la chica, se arrodilló para mirar debajo de la cama, repasó todo lo que había colgado en las paredes, incluidas las portadas de la revista *People*. Debbie también tenía pizarras en una pared, con partituras, fragmentos de poemas y mensajes dirigidos a sí misma: «Deb, levántate todos los días con algo que demostrar.»

—Una habitación con mucha actividad —comentó Lancaster, que se había apoyado en el borde del escritorio—. Llamaremos a los técnicos forenses para que lo embolsen todo.

Miró a Decker, evidentemente esperando que reaccionara a lo que acababa de decir, pero en lugar de hacerlo él salió del dormitorio.

—¡Decker!

—Ahora vuelvo —le gritó por encima del hombro.

Lo miró alejarse.

—De todos los compañeros que podría haber tenido me ha tocado un Rain Man tamaño gigante —murmuró luego.

Sacó un chicle del bolso, le quitó el envoltorio y se lo metió en la boca. Durante varios minutos estuvo paseándose por la habitación y luego se acercó al espejo de la puerta del armario. Se estudió en él y suspiró, con la resignación de quien sabe que su época de esplendor físico terminó hace mucho. Sacó sin pensarlo los cigarrillos, pero luego se arrepintió. La habitación de Debbie formaba parte de una investigación de asesinato. La ceniza y el humo podían echar a perder esa investigación.

Giró sobre sus talones cuando Decker volvió a entrar.

—¿Adónde has ido? —le preguntó.

—Tenía que hacer unas cuantas preguntas a los padres y quería echar un vistazo al resto de la casa.

—¿Y?

Él se acercó a la partitura escrita en la pizarra y la señaló.

—No la escribió Debbie.

Lancaster miró las notas.

—¿Cómo lo sabes?

—No tocaba ningún instrumento. Consulté su expediente escolar. Nunca formó parte de la banda. Se lo he preguntado a su madre. Nunca tocó un instrumento y no hay ninguno en la casa. Segundo punto: no hay partituras en esta habitación. Aunque no toques ningún instrumento, si compones tienes partituras o, lo más probable, papel pautado. Tercer punto: esta no es la escritura de Debbie.

Lancaster se acercó más a la pared y estudió las notas y las comparó con otras cosas escritas en la pizarra.

—Pero ¿cómo puedes estar seguro? —le preguntó—. Las partituras no son como la escritura normal. Las notas son símbolos, no letras.

—Porque Debbie es diestra. Quien escribió esto era zurdo. Aunque no sean letras puede deducirse por los movimientos circulares, las florituras y el flujo general de la grafía. —Cogió una tiza y escribió en otra parte de la pizarra algunas notas musicales—. Yo soy diestro. Mira la diferencia. —Le indicó unos borrones en la pizarra—. Aquí es donde la manga de esa persona emborronó la partitura. Si hubiera sido diestra estarían al otro lado, como en mi caso. —Señaló los borrones de su propia manga en los trazos de tiza—. Y Leopold es diestro.

—¿Cómo lo sabes?

—Firmó la hoja que le di cuando lo visité en su celda.

—Vale, pero puede que un amigo músico de la chica la escribiera.

Decker estaba negando con la cabeza.

—No.

—¿Por qué no? Alguno de sus amigos pudo escribir una melodía o algo aquí, llevado por la inspiración, para acompañar algo de lo que escribía Debbie.

—Porque estas notas no tienen pies ni cabeza. No podrías tocarlas con ningún instrumento que yo conozca. Desde la perspectiva de la composición musical es un galimatías.

—¿Cómo lo sabes? ¿Tú tocas?

Decker asintió.

—En el instituto tocaba la guitarra y la batería. Entiendo de partituras, no solo de marcadores deportivos.

Lancaster volvió a mirar la notación.

—Entonces, ¿esto qué es?

—Creo que es un código, y si estoy en lo cierto significa que Jesús estuvo en esta casa.

# 22

Decker y Lancaster habían sellado la habitación de Debbie y llamado al equipo forense, que había procesado la habitación y toda la casa meticulosamente. En Burlington no había habido un crimen como aquel y todos, desde el novato del equipo al oficial con más antigüedad del departamento, estaban dando lo mejor de sí.

Los Watson decían que no sabían nada de la partitura.

Decker era proclive a creerlos.

Cuando los técnicos forenses terminaron, Decker y Lancaster se sentaron otra vez con los Watson.

—Si ese hombre vino a esta casa para escribir la partitura en la pizarra, ¿pudo haberlo hecho sin que ustedes se enteraran? —les preguntó Decker.

—Bueno, teníamos que dormir —dijo Beth a la defensiva—, pero la casa no es tan grande y nuestra habitación está al lado de la de Debbie. George y yo tenemos el sueño ligero. No veo cómo podría haber metido a un hombre en su habitación sin que lo supiéramos.

—¿Y de día? —preguntó Lancaster.

—Soy ama de casa. George trabaja de nueve a cinco. Yo estoy en casa mucho más tiempo que Debby, en realidad.

—¿Recuerdan desde cuándo lleva esa partitura en la pizarra? —preguntó Decker.

—Hace dos semanas no estaba, eso puedo asegurárselo —repuso la mujer.

—¿Cómo lo sabe?

—Porque la limpié de arriba abajo. —Tras una pausa, añadió—: Tuvimos una discusión y... Bueno, ganó ella, así que se lo borré todo. —Se le escapó un sollozo—. Y ya no la veré nunca más.

—¿Acerca de qué discutieron? —le preguntó Decker, ignorando su angustia.

Necesitaba respuestas y las necesitaba enseguida. Que se dejara llevar por la aflicción más tarde.

Beth se controló.

—Debbie estaba en el último curso. Había pasado el examen de admisión pero no había pedido plaza en ninguna maldita facultad. Ponía la excusa de que costaba mucho dinero, y es verdad que no podíamos echarle una mano, pero yo le insistía en que hay subvenciones. ¿Qué iba a hacer sin un título universitario? ¿Iba a ser como yo? —Hizo otra pausa y su marido miró hacia otro lado—. Así que no conseguí imponerme y le borré la maldita pizarra. Borré todos los mensajes que tenía en ella acerca de cambiar el mundo y tener un propósito. ¡Gilipolleces! No hacía nada. No iba a ninguna parte. Así que los borré. Limpié la pizarra. Esperaba que le quedara claro. Supongo que no fue así. Supongo que ya nunca lo entenderá. Ahora ya no. ¡Oh, mierda, mi pequeña! Mi pequeña.

Beth se deshizo en lágrimas y empezó a retorcerse en el sofá, de un modo incontrolable. Con la ayuda de Decker, su marido consiguió llevársela al dormitorio y acostarla. Decker la oyó llamar a su hija muerta todo el camino de vuelta por el pasillo cuando se reunió nuevamente con Lancaster.

George Watson regresó al cabo de un rato.

—Creo que por ahora basta, si les parece bien —les dijo.

—¿Han estado de viaje usted y su mujer recientemente? —le preguntó Decker.

George lo miró un poco sorprendido.

—¿Cómo lo sabe?

—Ese hombre vino y escribió lo que escribió. Si hubieran estado en casa seguramente lo habrían visto y él no habría querido correr ese riesgo, así que en algún momento ustedes estuvieron fuera.

—Hace una semana fuimos en coche a Indiana para estar con

la hermana de Beth. Estaba enferma. Pasamos allí dos días y luego volvimos.

—Y Debbie se quedó aquí.

—Sí, no podía faltar a clase.

—Seguramente vino entonces —dijo Decker.

George temblaba y se abrazó.

—¿De verdad cree que ese animal estuvo en casa, en la habitación de nuestra hija?

Decker le echó un vistazo al hombre del brazo deforme.

—Creo que es muy posible, sí.

Lancaster lo fulminó con la mirada.

—Bueno —intervino rápidamente—, gracias por su ayuda, señor Watson. Nos vamos ya. Lamentamos mucho su pérdida.

George los acompañó hasta la puerta.

—Debbie no habría ayudado a nadie a matar a alguien del Mansfield —comentó al abrirla—. Eran sus amigos.

—Lo comprendo —dijo Decker—. Espero que se demuestre que está usted en lo cierto.

George parpadeó varias veces, como si nunca se le hubiera pasado por la cabeza que pudiera estar equivocado. Les cerró la puerta.

Decker y Lancaster se alejaron por la acera.

—Tu trato es tan magnífico como siempre —le comentó ella con sarcasmo.

—No estoy aquí para ser su amigo y sostenerles la mano, Mary. Estoy aquí para pillar al que mató a su hija.

—Vale, vale. He recibido un correo electrónico de los forenses. No han encontrado nada relevante en el móvil de Debbie ni en su portátil. No hay fotos, ni correos, ni escritos, ni mensajes de voz. Tampoco hay publicaciones en ninguna red social que se les haya ocurrido o a la que Debbie tuviera acceso. Su madre dice haber visto algunas en las que aludía a ese hombre, pero la chica pudo haberlas borrado. Aunque es posible que nuestros chicos todavía puedan sacar algo a la luz.

—Ese tipo no le habría permitido a Debbie sacarle fotos. Tampoco que dejara rastros electrónicos. Demasiado fácil. Puede que nuestro hombre ni siquiera tenga acceso a Internet.

—¿Cómo lo sabes?

—Imagino que es un tipo poco convencional, sin lazos, un solitario que va de un lugar a otro.

—¿En qué te basas? ¿En algo que has visto?

—No, es una corazonada. Sin embargo, hay una cosa que me tiene desconcertado.

—¿Solo una? Pues tienes suerte —dijo Mary con una sonrisa forzada—. Yo tengo una lista de seis páginas.

Decker siguió hablando como si no la hubiera oído.

—¿Por qué Debbie? ¿Por qué la escogió precisamente a ella para colaborar con él?

—¿Colaborar con él? ¿Qué hizo exactamente la chica? Yo creía que solo era su novia.

—Le proporcionó algo que necesitaba.

—¿Algo que necesitaba? ¿En el instituto? ¿Te refieres a las armas? Es imposible que le trajera una pistola y una escopeta.

—No necesariamente las armas, no.

—Pero ¿por qué iba a necesitar que ella le trajera algo?

—Eso es lo que me tiene intrigado. ¿Por qué ella y por qué verse en el instituto aquel día?

—Uf, Decker. No te sigo. ¿Se vieron?

—Fingió encontrarse mal. Salió del aula, se reunió con él, probablemente le entregó algo y él la mató. Pero hay un margen de tiempo que de momento no puedo explicar.

Mary le hizo otra pregunta, pero Decker no la escuchaba. Estaba mirando la calle, hacia su izquierda. Estaba oscuro, el aire nocturno era frío y se les condensaba el aliento. No parecía haber nada bueno en aquella oscuridad, pero para él se había llenado repentinamente de treses, el número que menos le gustaba.

La primera vez que le había pasado era un policía novato. Por suerte estaba de servicio solo, sentado en el coche patrulla tomándose un café, cuando había notado un movimiento en la oscuridad. Al principio había creído que era alguien que trataba de esconderse de él. En aquella época en Burlington había un grave problema de bandas, los miembros de las cuales eran en su mayoría jóvenes sin trabajo ni esperanza, con demasiada testosterona y acceso a demasiadas armas.

Tiró el café por la ventana, cogió la pistola con una mano y la radio con la otra. Estaba a punto de bajarse del vehículo y hacerle una advertencia a quien fuera que estuviese allí. Entonces fue cuando vio con claridad los números, unos treses enormes.

Era como si se hubiera transportado repentinamente a una novela de ciencia ficción. Creyó que se estaba volviendo loco, pero algo encajó en su cerebro. Recordó a uno de los médicos del instituto de las afueras de Chicago en el que había estado después de la lesión, cuando habían empezado a pasarle cosas raras. Aquel médico le había dicho: «Amos, tú cada día puedes experimentar cosas nuevas. El cerebro nunca se detiene, es incansable. Se está configurando y reconfigurando constantemente. Lo que trato de decirte es que lo que te ha pasado hasta ahora puede que no sea el único cambio que tu mente va a experimentar. Mañana, el mes que viene, el año que viene, dentro de una década, puedes despertarte y descubrir que hace algo más. No tenemos modo alguno de predecirlo, por desgracia, y puede ser aterrador cuando sucede, pero tienes que saber que es tu mente, que todo está en tu cabeza, que no es real.»

Al recordar aquello, Decker se enfrentó al ejército de números. Su temor inicial había desaparecido, sustituido sin embargo por otro. ¿Qué más iba a pasarle al día siguiente?

Había terminado el turno, se había ido a casa, se había acostado y llorado bajito para no despertar a Cassie. Por la mañana le había contado lo sucedido. Ella, como era de esperar, había sido comprensiva y le había dado ánimos.

Y Decker, como era de esperar, se había mostrado optimista y le había quitado importancia, como si fuera algo gracioso. Pero no lo era. No tenía ninguna gracia. Llevaba tiempo sin ver treses. De hecho, no los había visto salir de la oscuridad desde que Cassie y Molly habían muerto. Pero habían vuelto.

Maravilloso.

Además los treses tenían un añadido, tres cuchillos cada uno. No, no tenía la más mínima gracia.

—Házmelo saber si descifran el código —dijo, mientras los treses salían a la carga, con los cuchillos en ristre.

Dobló hacia la derecha y se alejó por la calle.

—¿No quieres que te lleve en coche? —le preguntó Lancaster.

Decker siguió andando, con las manos hundidas en los bolsillos del abrigo.

No necesitaba que lo llevaran en coche, necesitaba pensar.

Se miraba los pies para evitar mirar las legiones de números que salían de la oscuridad y se le acercaban.

¿Qué tenía Debbie Watson que el tirador pudiera necesitar? ¿Armas? No. ¿Ropa de camuflaje? Tal vez, pero ¿por qué no podía conseguirla por su cuenta? Para eso no la necesitaba.

El corazón del dibujo. Estaba enamorada. Se había encaprichado de aquel individuo. Habría hecho cualquier cosa por él, pero ¿sacrificar a sus compañeros de clase? No había armas en el dibujo. ¿Desconocía Debbie el verdadero plan? En tal caso, ¿por qué había salido de clase para reunirse con él?

Alzó la cabeza y vio los treses sobrevolándolo, así que miró al suelo otra vez.

Antes, cuando hacía vigilancias o tenía turno de noche, usaba unas gafas especiales que teñían la oscuridad de dorado. Para él el dorado era un cielo lleno de gansos, sin ningún tres que lo molestara. Había perdido hacía mucho aquellas gafas. Ahora los treses habían reaparecido, e iban armados. Tendría que conseguir otras.

Dejó de andar, se apoyó en el tronco de un árbol y cerró los ojos. Puso en marcha su videocámara mental y revisó cuanto había visto en casa de los Watson. La cinta pasó por su cabeza y luego fue pasando los fotogramas más despacio. Después detuvo la videocámara en una serie de imágenes que contempló como si fueran figuritas en la repisa de una chimenea. De hecho, el símil era bastante literal.

Estaban en la repisa de la chimenea.

Dio media vuelta y regresó a casa de los Watson. Llamó a la puerta y acudió George.

—¿Ha olvidado algo? —le preguntó. Parecía un poco molesto.

—Las fotografías de la repisa de la chimenea. Antes las he mirado. ¿Puede guiarme por ellas?

—Las fotos de la chimenea... —dijo George, perplejo—. ¿Guiarlo por ellas?

Decker entró en la casa, obligando al otro, mucho menos corpulento, a apartarse.

—Supongo que son de familiares.

—Sí. Pero ¿qué tiene eso que ver?

—He trabajado casos el tiempo suficiente para saber que la única cosa que se te pasa es la que al final encierra la respuesta que necesitabas. No podemos pasar nada por alto, señor Watson, estoy seguro de que lo entiende, para encontrar a quien sea que haya matado a Debbie y al resto.

¿Qué podía replicar George a eso? Asintió despacio, aunque seguía pareciendo poco convencido.

—De acuerdo, claro, sígame.

Acompañó a Decker a la salita de estar y hasta la repisa de la vieja chimenea de ladrillo cuyo enlucido se estaba desconchando.

—¿Por dónde quiere que empecemos?

Decker señaló la fotografía que había más a la izquierda.

—Por él.

—Bien. Era mi suegro, ETD Knolls. Murió hace unos dos años de un infarto.

—¿Cómo se ganaba la vida?

—¡Qué demonios tiene que ver eso con...!

—Simplemente dígame cómo se la ganaba —lo interrumpió Decker. Miró amenazadoramente al hombre más pequeño. Era como un oso contra una ardilla, exactamente como quería que Watson lo viera.

George retrocedió un paso, cambió de actitud y miró la foto.

—Era camionero. Una dieta inadecuada, nada de ejercicio. Era tan grande como una casa cuando cayó fulminado en el patio delantero al recoger el periódico. Antes de tocar el césped ya estaba muerto. —Miraba la corpulencia de Decker mientras lo decía—. No hizo más que eso, conducir un camión cruzando el Medio Oeste hasta Tejas y de vuelta.

—¿Él y Debbie estaban muy unidos?

Watson se acarició tímidamente el brazo deforme.

—No, de hecho no. Nos veíamos en vacaciones pero, a decir verdad, no nos llevábamos muy bien. Mi suegra nunca me tuvo cariño.

—¿Y el hombre que está a su lado? Esta fotografía parece bastante antigua.

—Es mi abuelo, Simon Watson. Murió hace... Oh, más de seis años. La foto es de cuando era joven.

—Entonces, es el bisabuelo de Debbie —dijo Decker, a lo que Watson asintió.

—Vivió hasta los noventa y pico. Fumaba, bebía y le importaba un comino, como le gustaba decir.

—Pero si murió hace solo seis años, Debbie lo conoció.

—¡Oh, sí! De hecho vivió con nosotros los últimos cinco años.

—¿Pasaba tiempo con él, entonces?

—Claro que sí. Debbie todavía era una niña entonces y la vida del abuelo había sido muy interesante. Luchó en la Segunda Guerra Mundial y en la de Corea. Luego se licenció y empezó a trabajar para el Departamento de Defensa, como civil.

—¿Haciendo qué?

—Bueno, trabajó en la base militar de aquí cuando la abrieron.

—¿La que hay al lado del instituto Mansfield? ¿La base McDonald del Ejército?

—Eso es.

—¿Qué hacía allí?

—Tenía varios trabajos. Tenía preparación en ingeniería y construcción, así que trabajaba en las instalaciones de la planta.

—¿Sabe en qué fechas?

—Vamos, hombre, ¿qué tiene eso que ver con el caso?

—Solo busco pistas, señor Watson. ¿En qué época?

—No puedo decírselo con seguridad. —Hizo una pausa, pensando—. Dejó el Ejército en los años sesenta. Llegó a la base McDonald probablemente en 1968 o 1969. Recuerdo haberlo relacionado con la llegada de los astronautas a la Luna. Trabajó allí hasta que se jubiló, al cabo de unos veinte años.

—Y la base se clausuró hace ocho años.

—Así es, sí.

—No era una pregunta, señor Watson. Se clausuró hace ocho años, un lunes. Caía aguanieve ese día.

Watson lo miró de un modo raro y tosió.

—Si usted lo dice. Yo no me acuerdo de lo que hice la semana pasada. En cualquier caso, el Pentágono hizo ajustes y Burlington salió perdiendo. He oído que la mayoría de las operaciones se trasladaron al este, puede que a Virginia. Más cerca del Tío Sam y sus dólares del distrito de Columbia.

—Entonces, es de suponer que Simon hablaba de su trabajo en la base con usted. ¿Y con Debbie?

—¡Oh, sí! Quiero decir que hablaba de las cosas de las que podía hablar. Algunas eran clasificadas, podría decirse.

—¿Clasificadas?

George suavizó la expresión y sonrió.

—Bueno, no creo que fabricaran armas nucleares ni nada parecido, pero los militares siempre tienen secretos.

—¿De qué les hablaba Simon, entonces? ¿De qué cosas de la base?

—De su historia. De la gente que había conocido. Del trabajo que hacía, en parte. Estuvieron ampliando la base durante años. Construyendo y construyendo y construyendo. Todos los que trabajaban allí llevaban a sus hijos al instituto Mansfield. Su hijo, mi padre, fue al instituto. Yo también. Mi mujer igual.

—¿Debbie le mencionó alguna vez algunas de las cosas de las que hablaba con su bisabuelo?

—No que yo recuerde. A medida que Debbie iba creciendo iba pasando menos tiempo con él. Los viejos y los jóvenes son como el agua y el aceite. Los abuelos no son divertidos, supongo. —Miró al suelo—. Y supongo que yo tampoco.

—Vale. Hábleme de las otras fotografías.

Media hora después, Decker iba andando otra vez por la calle, en la oscuridad.

El hombre vestido de camuflaje había ido a casa de los Watson y escrito algo en código en aquella pared, disfrazándolo de partitura. De eso estaba seguro. No sabía lo que ponía el mensaje ni sabía lo que el hombre había querido de Debbie. Pero, de todos los alumnos del Mansfield, ¿por qué aliarse con ella? Tenía que haber una razón. Una razón de peso.

Sonó su teléfono. Era Lancaster.

—El FBI cree haber descifrado el código. Es un tipo de cifrado de sustitución, bastante sencillo, de hecho. Bueno, de hecho, están seguros de que lo han descifrado.

—¿Cómo pueden estar seguros de eso?

—Por lo que dice el mensaje.

—No me tengas en ascuas, Mary. ¿Qué dice?

La oyó suspirar largamente, con aprensión.

—Dice: «Buen trabajo, Amos, pero al final no te llevará a donde quieres ir, hermano.»

## 23

No soy un «*savant* de nacimiento».

Más exactamente, soy un *savant* tardío.

Decker estaba acostado en la cama de su hogar de una sola habitación del Residence Inn. No dormía, no podía dormir.

Orlando Serrell.

Orlando Serrell también era un *savant* tardío. Le habían dado un golpe en la cabeza con una pelota de béisbol cuando tenía diez años. Desde entonces, había empezado a tener capacidades extraordinarias para calcular fechas, recordar con precisión el tiempo que hacía un día determinado o recordar de manera fotográfica dónde estaba y qué hacía un día concreto.

Daniel Tammet.

Daniel Tammet había sufrido una serie de ataques epilépticos siendo muy pequeño. Había salido de aquella experiencia casi fatal con una de las más grandes mentes del siglo, siendo capaz de recitar veintidós mil decimales del número pi o de aprender un idioma en una semana. Le habían diagnosticado síndrome de Asperger y también veía los números y otras cosas de colores, como él.

Decker había estudiado todo lo que había podido encontrar sobre *savants* que no habían nacido con sus habilidades, sino que las habían adquirido a raíz de algún suceso, ya fuese una lesión, como en el caso de Serrel, o una patología previa, como en el de Tammet.

No había muchos *savants* en el mundo, y Decker no había estado en absoluto preparado para unirse a sus filas. Cuando LeCroix lo había derribado en aquel campo de fútbol, la conclusión de los médicos que lo habían examinado había sido que la lesión le había hecho dos cosas a su cerebro.

La primera: le había abierto canales mentales, como al desatascar un desagüe, que permitían un flujo de la información mucho más eficiente. La segunda: que había hecho confluir circuitos neuronales, lo cual le daba la capacidad de ver los números en color.

Pero aquello no eran más que especulaciones. Decker había empezado a creer que los médicos actuales sabían sobre el verdadero funcionamiento del cerebro poco más que los de hacía un siglo.

Se había despertado en el hospital, después del golpe, y visto el monitor de sus constantes vitales, con todos aquellos números cambiantes en la pantalla. Había visto sus pulsaciones, 95, el mismo número que el de su camiseta de fútbol, con el nueve de color violeta y el cinco de color marrón. Antes de la lesión ni siquiera sabía qué color era el violeta. Y los números habían crecido en su cabeza, altos y grandes. Los veía con todo detalle. Era como si estuvieran vivos.

Recordaba que se había sentado en la cama, sudoroso. Creía que se estaba volviendo loco. Había pulsado el timbre de la enfermera. Habían llamado a un médico al que Decker había contado, tartamudeando, lo que experimentaba. Habían convocado a los especialistas. Muchos meses después, tras su prolongada estancia en la clínica de investigación de las afueras de Chicago, el consenso fue que era un *savant* tardío con hipertimesia y sinestesia. La lesión sufrida en el campo había acabado definitivamente con su carrera como futbolista, pero le había proporcionado una de las mentes más excepcionales del mundo. Tantos años después recordaba el nombre y los antecedentes de cada médico, enfermera, científico, técnico u otro profesional que lo hubiera atendido, y habían sido más de un centenar.

Podría haber salido en revistas científicas y concitado la atención de los medios porque las posibilidades de que sucediera lo que le había sucedido a él eran aproximadamente de una entre mil millones. Sin embargo, no lo había permitido. No se consideraba un prodigio. Se veía como un bicho raro. Durante veintidós años había sido un tipo de persona. En cuestión de minutos se había convertido en alguien completamente distinto. Se moriría siendo esa otra persona. Era como si un desconocido se hubiera introducido en su cuerpo y lo dominara, y él no podía hacer nada para expulsarlo. Un okupa vivirá en mi mente de por vida, y da la casualidad de que soy yo.

Cada acción tenía una reacción equivalente y opuesta. Bueno, en su caso el sociable y travieso pero resuelto joven futbolista se había vuelto introvertido, retraído y socialmente torpe.

Estaba desconectado de muchas de las cosas en las que los humanos invierten una ingente cantidad de tiempo: las conversaciones triviales, las mentiras piadosas, el desahogo emocional, los chismes. No entendía la empatía ni la simpatía. Los sentimientos de los demás le daban igual. Era como si su dolor y su tristeza le rebotaran en aquel nuevo cerebro mejorado, sin hacer mella en él jamás. La lesión lo había hecho mucho más inteligente, pero le había robado lo que nos hace humanos, como si aquel fuera el pago exigido.

No había tenido más remedio que aceptarlo.

Ni siquiera le importaban ya los deportes. No había vuelto a ver un partido de fútbol desde que se había lesionado.

Casarse con Cassie había sido su salvación. Ella conocía su secreto, compartía sus preocupaciones. Sin ella, Decker dudaba que hubiera podido dar un giro a su vida, empezar una nueva carrera como policía y ascender a detective, enfocar hacia la búsqueda de la justicia su mente mejorada. Y aunque no había sido nunca capaz de ser tan afectuoso con Cassie como antes de la lesión, le tenía mucho cariño, muchísimo. Habría hecho cualquier cosa por ella. Incluso se reían de que fuera más capaz de conectar como una máquina que como un ser humano. Sin embargo, Decker sabía que los dos deseaban que fuera capaz de hacerlo.

Cuando abrazaba a su hija, era incapaz de pensar en otra cosa que no fuera ella, como si su mente monstruosa quedara hechizada por su personita. Le gustaba abrazar al grandullón de su papa: un oso y su osezno. Él le alborotaba el pelo y le acariciaba la mejilla y, aunque el recuerdo era borroso, como la imagen de un viejo televisor con una percha por antena, recordaba en esos momentos, mejor que nunca, cómo solía ser antes.

Pero solo con ellas dos.

Ahora estaba solo.

No sería más que una máquina, para siempre.

Y un malparido se burlaba de él. Un monstruo enfermo que había asesinado a su familia y luego había puesto los ojos en el instituto Mansfield.

Si la pintada de la pared de su casa no lo había convencido, el mensaje en código había despejado todas sus dudas.

Los dos tiradores eran una misma persona.

Y su familia había muerto por su culpa. Siempre había sabido que era posible, incluso probable, pero un resquicio de incertidumbre había sido positivo, porque le permitía creer que cabía la posibilidad de que no hubiera sido él el causante de su asesinato.

Ahora la incertidumbre había desaparecido por completo y, con la absoluta claridad, había llegado la terrible y desmoralizadora resignación. La culpabilidad lo había golpeado con más contundencia que Dwayne LeCroix.

A las cinco de la mañana se levantó, se vistió, se puso el traje y se paró delante del espejito de un baño en el que casi no cabía. En el reflejo vio luces y colores, números que se desplazaban por el cristal del espejo. Cerró los ojos pero la imagen no cambió. No estaba en el espejo, sino en su cabeza.

Se dice que los *savants*, en particular los Asperger, tienen un campo de interés muy reducido: los números, la historia, un determinado campo científico o los idiomas. Decker no sabía cuál era su limitado campo de interés. No sabía si el golpe de LeCroix lo había convertido en Asperger, ni siquiera si tal cosa era posible. Además, nunca le habían diagnosticado oficialmente el síndrome.

Lo único que sabía era que nunca olvidaba nada. Su mente asociaba colores con cosas que nada tenían que ver con ellos. Recordaba en qué día de la semana caía determinada fecha de los últimos cien años. Su mente era un rompecabezas resuelto pero en cierto sentido todavía mezclado, porque no lo entendía en absoluto. Era en quien se había convertido, simplemente eso, y le daba un miedo de muerte desde el primer día.

Sin embargo, estando con Cassie, lo había soportado. Sin ella y sin Molly, que le habían dado algo en lo que pensar más allá de su propia vida, Amos Decker se había vuelto otra vez un bicho raro. Como Jekyll y Hyde. Solo que Jekyll se había marchado para no volver. Llenó el plato hasta el borde y se sentó en su mesa-oficina mirando el montón de comida sin comer un solo bocado.

June, la camarera del bufé, corrió hacia él.

—Amos, ¿se encuentra bien? —le preguntó la anciana, preocupada.

Él siempre devoraba la comida.

Viendo que no le respondía nada, alzó la cafetera.

—¿Le sirvo una taza? Con una taza de café se resuelven muchos problemas.

Interpretó su silencio como una afirmación y le llenó una taza de café humeante, se la dejó en la mesa y se marchó.

Decker no le había contestado porque no se había dado cuenta siquiera de su presencia. Su mente estaba muy lejos del restaurante del Residence Inn.

No necesitaba consultar la hora. Eran las 6.23. Una parte de su cerebro mantenía aquel reloj interno en hora, mucho más exacto que cualquiera que pudiera comprarse.

A las diez en punto le leerían los cargos a Sebastian Leopold, esta vez con su abogado presente. Decker tenía previsto asistir.

Fue andando. Prefería andar, incluso en la oscuridad. El ejército de tres lo seguía, así que mantuvo la cabeza gacha.

Según había leído, a otros *savants* los consuelan los mares y los cielos de números que los rodean. Para él, los números eran el medio para lograr un fin. No lo hacían feliz, quizá porque había experimentado la felicidad de ser un esposo y un padre. Los números no podían darle lo mismo, aunque fuese un *savant*.

Se sentó en un banco de la acera, delante de los juzgados, y observó el recorrido del sol por el cielo. Rompió el alba y causó estragos en la negrura, esparciendo sus zarcillos rojos, dorados y rosa, en la mente de Decker una serie de números relacionados.

A las 9.45 vio la furgoneta policial detenerse en el callejón lateral de los juzgados. El transporte de la cárcel había llegado.

Se preguntó a cuántos otros acusados habrían trasladado con Leopold o si el supuesto triple homicida había llegado solo.

Se puso de pie y cruzó despacio la calle hasta la entrada. Pocos minutos después estaba sentado en la segunda fila. Vio al abogado de oficio en la mesa de la defensa, leyendo el expediente. Tendría cuarenta y pocos años y ya algunas canas. En el bolsillo de la pechera del traje marrón de buen corte llevaba un pañuelo de colores vivos. Parecía un hombre seguro y con experiencia. Decker dudaba que nadie quisiera a un novato en aquel caso.

El mismo alguacil permanecía de pie al lado de la puerta que daba al despacho del juez, hablando con Sheila Lynch, que por lo visto llevaba el mismo traje chaqueta que el día anterior.

Decker oyó que se abría la puerta de la sala y se volvió a mirar. No eran Lancaster ni Miller.

Era Alex Jamison, la periodista. Lo vio, le hizo un gesto de asentimiento, sonrió y se sentó al fondo.

Decker le volvió la espalda sin haberle devuelto el saludo.

El alguacil había entrado en el despacho del juez. Lynch se había acercado a la mesa de la defensa y estaba intercambiando unas palabras con el abogado de oficio. Luego se sentó.

Abrieron la puerta por la que hacían entrar a los acusados y allí estaba Sebastian Leopold, con el mismo aspecto que el día anterior.

Los agentes lo llevaron hasta su abogado, le quitaron las esposas y se retiraron.

El alguacil abrió la puerta, anunció al juez y todo el mundo se levantó. Entonces Abernathy entró y se sentó en el estrado.

Echó un vistazo a la sala y sonrió satisfecho al ver al abogado sentado junto a Leopold.

Luego miró a Lynch.

—¿Han terminado la evaluación psicológica?

Así era, le respondió Lynch, y Leopold estaba en condiciones de ser juzgado.

Aquello fue una sorpresa para Decker.

—Señor Leopold, ¿cómo se declara?

El abogado agarró al cliente del brazo y se levantaron ambos.

—Me declaro no culpable —dijo Leopold con firmeza.

Decker escuchó su afirmación pero no fue capaz de procesarla.

—Señoría —dijo el abogado—, el estado no tiene prueba alguna de su implicación en los tres asesinatos.

Lynch saltó de la silla.

—Aparte de su confesión, querrá decir.

—Una confesión de la que ahora se retracta —repuso el abogado de oficio con suavidad—. El señor Leopold es bipolar y dejó de tomar la medicación, lo que le provocó un desafortunado sufrimiento emocional. Ahora vuelve a estar medicado y ha recuperado la cordura, de ahí que haya pasado el examen psicológico. —Alzó unos papeles grapados—. Y luego está esto. ¿Tengo permiso para acercarme al estrado?

Abernathy le indicó por señas que lo hiciera. Lynch se apresuró a seguir al abogado de la parte contraria.

—Esto es un informe de detención completo, con fotos y huellas, que demuestra de manera concluyente que el señor Leopold estaba en prisión en Cranston, a dos ciudades de distancia de aquí, la noche que se cometieron los asesinatos en cuestión —dijo el defensor en voz lo bastante alta para que Decker lo oyera—. También tengo una copia del informe de detención del señor Leopold en Burlington. Los han evaluado de manera independiente y tanto la foto como las huellas coinciden exactamente. No cabe duda de que es él, como estoy seguro de que la señorita Lynch reconocerá.

—Señoría —repuso furiosa la fiscal—. La defensa no ha compartido conmigo esta información.

Abernathy la miró desdeñoso.

—Puede conseguir un informe de detención con más facilidad que el abogado defensor, señorita Lynch. Si él lo ha encontrado, también podría haberlo hecho usted.

Lynch se ruborizó.

—¿Por qué motivo lo arrestaron? —dijo en tono mordaz.

—Por vagabundeo —dijo el defensor—. Lo soltaron a la mañana siguiente. Cranston está a ciento doce kilómetros de aquí y el señor Leopold no dispone de ningún medio de transporte. Además, según el informe de la Policía el señor Leopold fue arrestado a las seis de la tarde y puesto en libertad a las nueve de la mañana. Así que no pudo haber cometido unos asesinatos que se produjeron a eso de medianoche. —Le entregó los documentos a Lynch, que los leyó, con el ánimo y la confianza por los suelos cuando llegó al final de la última página.

—Pudo haber tenido un cómplice —dijo sin demasiada confianza.

—Bueno, si puede probarlo, mejor para usted —dijo el abogado defensor—, pero de momento no ha probado nada. Mi cliente dejó de tomar la medicación y mintió involuntariamente acerca de que había cometido un crimen que no pudo haber cometido. Todo su caso se reduce a eso, en resumidas cuentas, lo que significa que no tiene caso.

—Podemos acusarlo de hacer perder el tiempo a la Policía, por obstrucción a la justicia.

—Como ya he dicho, no se medicaba. No tenía la voluntad necesaria para eso tampoco.

—Creo que... —empezó Lynch.

—¿No tiene ninguna prueba aparte de la confesión de la que ahora se retracta el acusado que relacione a este con los crímenes que se le imputan? —la interrumpió Abernathy.

—Señoría —dijo Lynch, evidentemente aturullada—: el acusado se entregó a la Policía y confesó el crimen, así que no hemos tratado de construir un caso forense contra él.

—¿Firmó la confesión?

—Sí.

—¿Aportó detalles que solo el verdadero autor de ese crimen podía conocer?

Había vuelto a pillar a Lynch con la guardia baja.

—Yo... No lo creo, no. Estoy segura de que iban a interrogarlo más a fondo, pero...

Abernathy volvió a interrumpirla.

—Así que con la confesión no tiene ninguna prueba.

—No —tuvo que admitir la fiscal, reprimiendo la rabia.

—Y ahora sabemos con certeza que el señor Leopold estaba a ciento doce kilómetros de aquí, en la cárcel, cuando se cometieron los crímenes.

—Sí, lo sabemos —repuso el abogado de oficio, esforzándose por reprimir la sonrisa.

—Por favor, retírense —les dijo Abernathy afablemente.

Los letrados volvieron a sus respectivas mesas.

El juez los miró desde el estrado.

—Los cargos contra el acusado Sebastian Leopold quedan desestimados. Señor Leopold, puede marcharse libremente. Y no vuelva a dejar de tomar la medicación —concluyó, dando un golpe de maza.

El defensor se volvió hacia Leopold para estrecharle la mano, pero Leopold estaba mirando la sala como si no estuviera seguro todavía de dónde se encontraba. Cuando puso los ojos en Decker, esbozó una sonrisa y lo saludó con un gesto tímido.

Decker no sonrió ni le devolvió el saludo mientras los agentes escoltaban a Leopold fuera de la habitación.

Mientras Abernathy se metía en su despacho, observó cómo Lynch y el abogado de oficio intercambiaban unas palabras con dureza. Luego se levantó y salió de la sala.

Alex Jamison fue tras él.

—¿Lo ha saludado Leopold, señor Decker? —le preguntó con curiosidad y en un tono que denotaba cierta sospecha.

—No sé lo que ha hecho.

—¿Se habían visto antes?

Decker siguió andando.

—A la gente le gustaría oír su versión de la historia —le gritó ella a su espalda.

Decker dio media vuelta y regresó a su lado.

—¿Mi versión de qué historia?

—Conoce a Leopold, porque me ha parecido que lo ha mirado, le ha sonreído y lo ha saludado. No había nadie más sentado en la sala.

—No lo conozco.

—Pero habían hablado los dos, ¿verdad? ¿En la celda?

Decker ató cabos de inmediato.

Brimmer. Era su manera de devolverle el golpe por habérsela jugado. Le había filtrado su reunión con Leopold a Jamison.

—¿Por qué se vio con el hombre acusado de haber matado a su familia?

Decker le dio la espalda y se alejó. Y esta vez siguió andando.

# 24

Decker había tomado el autobús directamente hasta allí porque no quería perder al hombre.

Mientras esperaba, había observado a la gente que pasaba andando o en coche.

Burlington tenía aspecto de estar mortalmente herida, como si un mal la hubiera invadido y le hubiera robado sus posesiones más valiosas; que era exactamente lo que había sucedido.

Al cabo de veinte minutos Decker se puso un poco rígido cuando la puerta se abrió y Leopold salió vestido con la misma ropa con la que había entrado, libre del mono rojo y de las esposas tanto como de los cargos por asesinato.

Miró a su alrededor brevemente, como para orientarse en el barrio. Luego dobló a la derecha y se dirigió a pie hacia el norte.

Decker esperó veinte segundos antes de seguirlo, pero desde la acera de enfrente. Se mantuvo a la misma altura que Leopold, mirando al frente pero también a Leopold con el rabillo del ojo.

Un cuarto de hora después habían llegado a una zona de Burlington que Decker conocía muy bien: de mala muerte, con mala reputación y conocida por albergar un montón de criminales.

A la derecha había un tugurio. Leopold bajó el corto tramo de escalones poco firmes de ladrillo y entró.

Decker echó un vistazo a ambos lados antes de cruzar la calle y seguirlo. Había estado en aquel bar durante un par de vigilancias, hacía años, y siempre se había marchado de él con las manos vacías.

Tal vez a la tercera fuera la vencida.

Leopold estaba sentado en el centro de la barra. El local era oscuro y deprimente, con las luces tenues. Sabía que eso era fundamentalmente porque estaba asqueroso y el propietario lo consideraba malo para el negocio. Decker dudaba que a los parroquianos les importara, sin embargo. Las veces que había estado allí estaban todos borrachos o drogados o ambas cosas.

Ocupó una mesa del fondo, con un tabique que le llegaba hasta el pecho y le permitía mirar por encima pero le proporcionaba cierta intimidad. No pasaba desapercibido con facilidad, y aunque solo había hablado con Leopold una vez, suponía que lo recordaría. Lo había reconocido en la sala del juzgado, por lo que parecía.

Aunque no era cierto. Se habían visto dos veces, según Leopold.

Cuando lo ofendí en el 7-Eleven. ¿Por qué no lo recuerdo entonces si no se me olvida nada?

Leopold pidió una copa y cuando el camarero se la sirvió miró el vaso largamente antes de llevárselo a los labios y tomar un sorbito. Luego lo dejó exactamente en el mismo lugar. Lo desplazó un poco, aparentemente para que el culo del vaso coincidiera con el cerco de agua de la barra.

Decker tomó buena nota de ello. Posible TOC, trastorno obsesivo compulsivo.

Durante su encuentro previo, Decker se había fijado en que no paraba de mover las manos. ¿Estaba un poco ido? Según el abogado de oficio era bipolar, pero volvía a medicarse. A lo mejor podrían tener por fin una conversación sensata.

Se le acercó una camarera. Era alta y delgada, con una melena de rizos rubios teñidos que casi le tapaba toda la cara. Le llegó el olor del tinte, dulzón y un poco nauseabundo. Pidió una cerveza, que la mujer le sirvió al cabo de un minuto.

Tomó un sorbo, se secó los labios y esperó. Detrás de la barra no había ningún espejo, así que era imposible que Leopold viera lo que tenía detrás a menos que se volviera.

Pasaron veinte minutos sin que nadie se acercara a Leopold. El tipo había tomado exactamente otros dos sorbos de su copa y la miraba como si no supiera cómo había llegado hasta allí.

Decker dejó dos dólares en la mesa, cogió la cerveza y se sentó a su lado en la barra.

Leopold no lo miró. Seguía con los ojos clavados en la copa.

—¿Es agradable que lo hayan soltado? —preguntó Decker—. ¿Lo está celebrando?

Leopold lo miró.

—Usted estaba en la sala del juzgado. Lo he visto.

—También estuve en su celda.

Leopold asintió, pero no parecía haber asimilado esto último. Murmuró algo que Decker no entendió.

Lo miró de la cabeza a los pies. Lo habían aseado para sus dos apariciones en los juzgados y le habían lavado la ropa, seguramente porque los agentes no soportaban la peste.

—En la celda —dijo Leopold en voz más alta—. Es verdad. Estuvimos hablando.

—Sí. ¿Por eso se ha retractado?

Leopold se alarmó.

—¿Que he hecho qué?

—Echarse atrás, retractarse de su confesión.

Leopold cogió el vaso y tomó otro sorbo.

—De hecho no bebo, pero es bueno.

—Como he dicho, lo está celebrando.

—¿Tengo algo que celebrar? —preguntó Leopold con curiosidad.

—Que no lo hayan acusado de un triple homicidio —respondió Decker—. Que no lo hayan metido en la cárcel. Son dos motivos de celebración, ¿no le parece?

Leopold se encogió de hombros.

—Me daban de comer. Tenía una cama.

—¿Por eso confesó los asesinatos? ¿Para tener una cama y tres comidas calientes?

Leopold se encogió nuevamente de hombros.

—Así que estaba encerrado en Cranston la noche de los asesinatos —dijo Decker.

—Supongo que sí. Hace mucho tiempo de eso. No me acuerdo. He olvidado un montón de cosas.

—Como su verdadero nombre.

Leopold lo miró, pero no parecía haber comprendido lo que le había dicho.

—Bueno, el juez no lo hubiera soltado de haber tenido alguna duda —añadió Decker—. La huella y la foto de ese informe de detención eran las suyas, seguro.

—El abogado estaba muy contento —dijo Leopold, mirando fijamente la copa.

—¿Cómo se enteró de esos asesinatos? —le preguntó Decker.

—Yo... Yo maté a esas personas, ¿verdad? —dijo Leopold sin ninguna convicción o parecía incluso que sin entender nada.

El camarero, un cincuentón con tanta tripa como Decker pero más bajo, apartó los ojos del vaso que estaba secando y miró largamente a Leopold. Luego volvió a lo suyo.

—Eso no es lo que le ha dicho al juez esta mañana —apuntó Decker—. Le ha dicho exactamente lo contrario. ¿Le ha dicho el abogado que dijera eso?

—Me ha dicho que no hablara de esto con nadie.

Decker se lo quedó mirando intrigado.

¿Una chispa de lucidez, de instinto de conservación, en un mar de locura? ¿Eran los medicamentos los que hablaban por él?

—Bueno —dijo—, pues supongo que no debería hacerlo, a menos que quiera. Aunque no veo qué problema podría causarle. La Policía ha cerrado el caso. Usted estaba en la cárcel en el momento de los asesinatos. El juez ha sobreseído el caso sin efecto de cosa juzgada, pero no pueden volver a presentar cargos contra usted a menos que encuentren alguna prueba que lo vincule con el crimen. Ahora bien, puede que salgan a buscar algo, que encuentren un cómplice que cometiera los asesinatos en su nombre por alguna razón, incluso que se invente algo.

—¿Podrían hacer eso? —preguntó Leopold con asombro infantil.

—Claro. Lo hacen continuamente. Si lo consideran un mal tipo harán lo que sea para echarle el guante y apartarlo de las calles. Han jurado proteger y defender a los ciudadanos. Lo entiende, ¿verdad?

Leopold se inclinó a tomar otro sorbo sin levantar el vaso, como bebe un perro del cuenco.

—¿Es usted, Sebastian? —preguntó Decker.

—¿Soy quién?

—¿Un mal hombre al que deben sacar de la circulación?

—No lo sé.

Decker se estaba cabreando. Lo que le había pasado a su cerebro había modificado las funciones cerebrales y le había conectado otros circuitos, pero también le había quitado la capacidad para hacer frente al engaño y a los comportamientos esquivos. Le gustaban las vías directas: de A a B, del punto 1 al punto 2. No le gustaba dar rodeos que no servían más que para sacarlo de quicio. En su época de policía aquello había sido tanto un inconveniente como una bendición.

—Usted dijo que mató a esas personas. Me lo dijo a mí. Se lo dijo a la Policía. Pero esta mañana ha dicho que no lo hizo. Sentado en este bar dice que probablemente lo hizo, a pesar de que estaba encerrado a dos ciudades de distancia y no pudo haber estado en la casa. Entiende mi confusión, ¿verdad? Y la de la Policía. ¿Cuál es la verdad? Eso es lo que debemos determinar.

Leopold se volvió hacia él. Por primera vez parecía estar viendo realmente a Decker.

—¿A usted qué le importa?

Si Decker había ofendido a aquel tipo en el 7-Eleven hacía diecisiete meses, no había cambiado tanto desde entonces como para que Leopold no lo reconociera. Por lo tanto, o era inocente o el capullo estaba mintiendo. Sin embargo, Decker no tenía nada que le indicara cuál de las dos opciones era la cierta.

—Me interesa el caso. Nunca creí que iban a efectuar un arresto después de tanto tiempo.

—Era un caso sin resolver.

Aquello le llamó la atención a Decker.

—¿Sabe lo que son los casos sin resolver?

—Me gusta el programa de televisión. Lo veo a veces en el refugio.

—¿En el refugio para indigentes?

Leopold asintió y dijo:

—Soy un indigente, así que a alguna parte tengo que ir. A veces duermo en la calle. Casi siempre duermo en la calle —añadió con cansancio.

—¿Por qué?

—Es más seguro. En el refugio hay tipos... desagradables.

—¿Fue por eso por lo que le interesaron estos asesinatos, porque eran un caso sin resolver?

—Supongo que sí.

—Pero ¿por qué precisamente este caso? No es el único sin resolver. ¿Alguien le habló de él?

Leopold asentía. Miró la copa y tomó otro sorbo sin usar las manos.

—¿Qué ha pedido? —le preguntó Decker, echando un vistazo a la bebida y reprimiendo el desagrado que le producía la manera que tenía el otro de tomarla.

Leopold sonrió.

—Un kamikaze. Me gustan.

—Ha dicho que no bebe.

—No lo hago porque nunca tengo un céntimo, pero he encontrado un billete de cinco dólares que no sabía que tenía. Cuando bebo, pido un kamikaze porque me gustan.

—La bebida, no los pilotos suicidas japoneses, ¿verdad?

Leopold se encogió de hombros sin comprometerse.

—De niño quería ser aviador.

—Pero de los que hacen caer el avión a propósito, no, supongo.

—No, no de esos.

—¿Habló con alguien? ¿Alguien le habló de este caso? Tal vez se entusiasmó, así que decidió utilizarlo para conseguir una cama caliente y tres comidas al día. ¿Es eso lo que alguien le dijo que podía conseguir con una confesión, comida y cama?

—¿Quién iba a decírmelo?

Decker se terminó la copa y dejó de golpe el vaso en la barra, con tanta brusquedad que Leopold se sobresaltó, que era precisamente lo que pretendía. Quería que aquel taimado hijo de puta espabilara.

—No lo sé, Leopold, por eso se lo pregunto. ¿Cómo se llamaba esa persona?

—Tengo que irme.

Fue a levantarse, pero Decker le puso una mano en el hombro y lo mantuvo sentado en el taburete.

—Hablando de comer caliente tres veces al día, ¿qué tal si comemos algo? Parece tener hambre. Los polis no le han dado de comer, ¿verdad?

—¿Cómo lo sabe?

—Ha confesado un asesinato. Estaban cabreados. No le han dado nada. Deje que le pida algo de comer y a ver si se le ocurre algo.

—De verdad que tengo que irme.

—Irse, ¿adónde? ¿Lo espera alguien? ¿Lo acompaño?

—¿Por qué quiere hacerlo?

—No tengo que ir a ninguna parte y usted me parece un tipo interesante. Me gusta la gente interesante. En esta ciudad no abunda.

—Esta ciudad está llena de cretinos.

—¿De cretinos? Sí que está llena de cretinos, tiene razón. ¿Alguno en particular que se haya metido con usted?

Leopold se levantó y esta vez Decker se lo permitió. El camarero lo estaba mirando. Lo último que necesitaba era que le echara encima a la Policía.

—Ya nos veremos, pues —dijo.

Cuenta con ello.

Leopold salió del bar y Decker esperó quince segundos para ir tras él. Lo seguiría hasta donde fuera que considerara su casa.

El único problema fue que cuando salió a la calle Sebastian Leopold había desaparecido.

## 25

Decker recorrió la calle un centenar de metros en ambas direcciones. Había un callejón cerca del bar, pero no tenía salida ni puertas aparte de la entrada del bar y la lateral de la farmacia contigua, cerrada a cal y canto. No había otras bocacalles a las que Leopold pudiera haber llegado en quince segundos aunque hubiera ido corriendo a toda velocidad.

Decker se asomó al bar por si Leopold había dado la vuelta y se había metido por la puerta del callejón, pero no.

Leopold tampoco estaba en las tiendas abiertas cercanas y en ellas nadie recordaba haberlo visto pasar ni había en la calle posibles testigos.

Solo cabía una explicación: alguien lo había recogido en coche y se habían marchado. Aquella recogida, por absurdo que pareciera, tenía que haber sido acordada de antemano. Por supuesto, eso acrecentó las sospechas de Decker acerca de aquel tipo, y el hecho de que hubiera conseguido despistarlo lo molestó por partida doble.

Como no tenía nada que hacer allí, se marchó al instituto Mansfield.

Los dolientes habían sido reemplazados por dos grupos de manifestantes apostados al otro lado de la cinta amarilla de la Policía, uno a favor de las armas y el otro en el bando opuesto del debate. Cantaban y gritaban y, de vez en cuando, se peleaban.

¡Más armas! ¡Fuera las armas! ¡La Segunda Enmienda! ¡Las

armas matan! ¡No, es la gente la que mata! ¡Cuándo acabarán las matanzas! ¡Al infierno!

Decker evitó ambos grupos y usó la credencial para entrar en el perímetro asegurado. Se encontró con Lancaster en el centro de operaciones de la biblioteca.

Cuando le contó lo sucedido en la lectura de cargos, se quedó patidifusa.

—¿Se ha ido tan campante?

Decker asintió.

—Mac se va a cabrear mucho, y yo esperaba más de Sheila Lynch. Parece que el abogado defensor la ha pillado desprevenida.

—Él solo hacía su trabajo. La verdad y la justicia no tienen nada que ver. De hecho, seguramente Abernathy ha tomado la decisión correcta. Habiéndose retractado de la confesión, no había ninguna prueba para retenerlo. Y el juez ya se la tenía jurada a la fiscalía. Seguro que no veía el momento de dejar caer el mazo, y eso ha hecho. No es la primera vez que lo vemos.

Decker había participado en tantos juicios a lo largo de los años que se consideraba un abogado en todos los aspectos menos en la piel de cordero y la tarjeta del bar.

—Me alegro de que te lo tomes con tanta serenidad, Amos —le dijo Mary, con manifiesta frialdad.

—¿Cómo quieres que me lo tome? —le replicó él sin ninguna delicadeza—. Si no me volvería loco y ¿qué conseguiríamos?

Lancaster apartó la cara, mascando chicle.

—Olvídalo —dijo—. Tengo un día de mierda.

Decker no le contó que había seguido hasta el bar y luego perdido a Leopold. No le pareció que fuera a aportar nada y se sentía idiota por haberse dejado despistar de aquella manera. Incluso teniendo el cerebro alterado, ¿quién quiere parecer un idiota?

—Los del FBI están nerviosos —comentó. Los agentes trajeados iban de un lado para otro con más energía incluso de la normal.

—Un asesinato múltiple, casos relacionados, lo que encontraste de Debbie Watson. Definitivamente las apuestas han subido. —Mary jugueteó con unos papeles que tenía delante—. Y quieren hablar contigo, Amos. El FBI, quiero decir.

Aquello lo sorprendió un poco.

—¿Y eso por qué?

—Sobre todo porque has sido tú quien ha descubierto las pistas, pero además está claro que el asesino tiene un asunto personal contigo. El mensaje en tu antigua casa iba dirigido a ti. La nota cifrada de casa de Debbie también. Así que el FBI quiere hacerte unas preguntas básicamente para tratar de encontrar pistas sobre quién puede estar vengándose de ti.

—¿Y cuándo quieren hacérmelas?

—Ahora mismo estaría bien, de hecho.

Decker miró al cuarentón cuadrado de hombros y alto como una torre que estaba de pie a su lado. Iba impecable, de traje, con un pañuelo de bolsillo amarillo a juego con la corbata, afeitado y preparado. Por lo visto era el jefe del grupo, a juzgar por el ansia con que los otros lo miraban. Era la primera vez que lo veía. Seguramente acababa de llegar al escenario del crimen, tal vez desde Washington.

Habían traído un arma pesada para un caso de peso que acaparaba la atención de todo el país. Así hacían las cosas los federales, dejaban los casos sin importancia a la Policía local y se quedaban para sí la gloria de los que tenían repercusión nacional.

El agente le tendió la mano, sonriente, enseñando la pequeña separación que tenía entre los incisivos superiores, muy blancos.

—Agente especial Ross Bogar. Llego un poco tarde a la fiesta. Tenía algunas cosas que terminar en Washington. Señor Decker, vamos a un lugar tranquilo para hablar de unas cuantas cosas, si no le sabe mal.

—¿Acaso importa?

—Tenemos todos el mismo objetivo. Sé que fue policía y después detective. Sabe cómo va esto, nada tiene demasiada poca importancia. Nada es demasiado complicado para darle un seguimiento. ¿Vamos? Indicó la puerta del fondo de la biblioteca que, según Decker había descubierto, daba a una habitación que servía de aula de lectura para los estudiantes de inglés como segunda lengua.

Se levantó y lo siguió. Otro agente se les unió, una mujer a la que ya tenía vista. Era rubia, de unos treinta años, con las pantorrillas desarrolladas y una barbilla prominente como una losa de piedra. Llevaba una grabadora en una mano, bloc y bolígrafo en la otra y, en la cadera, la placa del FBI.

—La agente especial Lafferty nos acompañará —dijo Bogart.

—En tal caso, ¿qué tal si la detective Lancaster también nos acompaña? —sugirió Decker—. Ella forma parte de esta investigación tanto como yo.

—Tal vez luego —dijo Bogart con una sonrisa, abriendo la puerta. Encendió la luz.

Se sentaron alrededor de una mesa pequeña, Decker a un lado y los dos agentes al otro. Lafferty puso en marcha la grabadora y abrió el cuaderno, preparada para anotar todo lo que se dijera en la habitación.

—¿Todavía toman notas taquigráficas, con la tecnología que hay hoy en día? —preguntó Decker, mirándola—. Yo diría que una grabadora es ciento por ciento de fiar, mientras que en las anotaciones, en lugar de lo que se dice realmente, puede haber interpretaciones y matices de los que tal vez ni siquiera es usted consciente. No es más que una idea.

La mujer no supo qué responder, por lo visto, así que miró a su jefe.

—Empecemos por el principio, si quiere —dijo Bogart—. Eso me ayudará a ponerme al día.

—¿Por qué no deja que le haga un resumen y así no perderemos el tiempo? —Sin esperar a que Bogart le respondiera, Decker siguió hablando—. Asesinaron a mi familia hace dieciséis meses. El caso está sin resolver.

A continuación contó a los agentes del FBI que Sebastian Leopold se había confesado autor del crimen, que lo habían detenido, que se había retractado y lo habían puesto en libertad porque no tenían pruebas para retenerlo.

—Como saben, balística ha relacionado ese caso con el que nos ocupa.

—¿Y está usted seguro de que no puede haber sido el tirador del instituto? —le preguntó Bogart.

—Imposible. Estaba encerrado a la hora del tiroteo, horas antes de que el tipo empezara la carnicería.

—Dedujo dónde pudo haberse escondido —dijo Bogart—. En la cafetería. En la despensa.

—Relacioné las declaraciones de algunos testigos e hice una suposición razonable.

—Luego encontró el cuaderno en el casillero de Debbie Watson con el dibujo del tirador.

—Otra suposición razonable.

Bogart prosiguió como si no lo hubiera oído.

—Después fue a casa de los Watson y descubrió el mensaje cifrado oculto en la partitura. Y está el mensaje, o la burla, más bien, que alguien dejó previamente en la pared de su antigua casa, donde fue asesinada su familia. También lo encontró usted. —Hizo una breve pausa antes de añadir—: ¿No va a decirme que es «otra suposición razonable»?

—Me parece que ya no hace falta, puesto que lo ha dicho usted por mí.

—Se toma todo esto con bastante ligereza. ¿Puedo preguntarle por qué?

—No me lo tomo con ligereza. Por eso trabajo en el caso aunque ya no pertenezco al cuerpo de Policía.

Bogart miró un expediente que tenía delante.

—De hecho, en los casos, en plural, ¿no? Con dieciséis meses de separación.

—Para ser exactos, dieciséis meses, dos días, doce horas y seis minutos.

—¿Y cómo lo sabe con tanta exactitud? Ni siquiera ha mirado el reloj.

—Hay uno en la pared, detrás de usted.

Bogart no se volvió a mirarlo, pero Lafferty sí, y anotó algo.

A Decker no le había hecho falta mirarlo. Tenía su cronómetro interno que llevaba la cuenta sin el más mínimo margen de error. Era mejor que un Rolex y mucho más barato.

—Aun así —dijo Bogart—. ¿Lleva la cuenta al minuto?

—Al segundo, por si le interesa —repuso Decker con tranquilidad—. Y si se está preguntando dónde estaba durante el tiroteo del instituto, estaba en la Comisaría Número 2.

Bogart frunció el ceño y lo miró, desconcertado.

—Para empezar, ¿por qué me da una coartada? ¿Le parece que es sospechoso?

—Si lo piensa con detenimiento, todo el mundo lo es hasta cierto punto. —Decker observó a Lafferty anotando lo que acababa de decir, palabra por palabra.

—¿Está siendo hostil a propósito, señor Decker? —le preguntó Bogart educadamente.

—No, soy así por naturaleza. Pregúnteselo a cualquiera que me conozca. No tengo filtros. Los perdí hace años y no he vuelto a recuperarlos.

—Tiene un récord espectacular en la Policía. Suyo y de su compañera.

—De mi antigua compañera —lo corrigió Decker, porque necesitaba precisión en todo, sobre todo en aquellos momentos.

—De su antigua compañera —le concedió Bogart—. Pero por lo que dicen, de los dos parece que usted era quien llevaba la voz cantante. No diré que era usted el cerebro, porque no quiero minimizar las contribuciones de la detective Lancaster a sus casos.

—Me alegro de oírlo —dijo Decker—, porque Mary es una buena detective y trabaja como una mula. —Miró a Lafferty—. Y si usted trabaja duro también llegará a ser algo más que la que toma notas para su jefe. Estoy seguro de que está capacitada si le dan la oportunidad de demostrarlo.

Lafferty se ruborizó y dejó el bolígrafo.

Bogart se inclinó hacia él.

—Esta persona tiene algo contra usted por lo que parece. ¿Alguna idea de lo que puede ser?

—Si la tuviera ya la habría puesto en conocimiento del Departamento de Policía de Burlington.

—Estamos todos juntos en esto —dijo Bogart, que ya no sonreía educadamente.

—Me alegro de que opine así.

—Entonces, ¿no se le ocurre nada?

—Cuando hablé con Leopold, dijo que lo había humillado en el 7-Eleven. Eso fue cosa de un mes antes del asesinato de mi familia. Pero yo nunca humillé a nadie allí y, si alguien tuvo un problema conmigo, lo recordaría.

—¿Me está diciendo que tiene una memoria infalible?

—Le digo que recordaría si alguien tuvo un problema conmigo.

—Pero hace mucho tiempo, podría haberlo olvidado. Además, podría haber sido algo sin importancia, aparentemente inocuo, que no hubiese usted caído en la cuenta. A todos se nos pasan algunas cosas y los recuerdos son falibles de por sí.

—¿Cuándo nació usted?

—¿Qué? —preguntó Bogart abruptamente.

—Dígame cuándo nació, en qué día, mes y año.

Bogart miró a Lafferty.

—El dos de junio de 1968 —dijo.

—En tal caso nació un domingo —dijo Decker después de parpadear cinco veces.

Bogart se reclinó en el asiento.

—Así es. Desde luego, yo entonces no lo sabía. ¿Cómo lo ha sabido? ¿Ha consultado mi expediente personal?

—No tengo acceso a ese expediente y, hasta hace cinco minutos no sabía siquiera que existiera usted. Si quiere más pruebas puedo hacer lo mismo con la fecha de nacimiento de su colega.

—¿Adónde quiere ir a parar?

—A que si hubiera insultado a alguien en el 7-Eleven me acordaría, hubieran pasado diecisiete meses o diecisiete años.

—Entonces, ¿cree que Leopold mentía?

—Creo que Sebastian Leopold no es lo que quiere que creamos que es.

—¿Y qué es lo que quiere que creamos que es?

—Un indigente bastante trastornado mentalmente.

—¿Me está diciendo que no es indigente ni está trastornado?

—Estoy diciendo que me parece un tipo peligroso.

—Pero ha dicho que no pudo ser el tirador del instituto. ¿Cree que mató a su familia?

—Personalmente no pudo haberlo hecho. También tiene una coartada. Sin embargo, pienso si no estuvo involucrado de alguna manera.

—¿Por qué?

—Porque se confesó autor de los asesinatos y ahora ha desaparecido. Uno no hace ninguna de las dos cosas porque sí.

—Así que le parece que está involucrado. ¿Y ha desaparecido?

—No tengo pruebas. Además, aunque lo encontremos no podremos acusarlo con lo que tenemos, que es básicamente nada.

—¿Por qué cree entonces que está involucrado? —La pregunta vino esta vez de la agente Lafferty.

Bogart se volvió hacia ella sorprendido de que hubiera abierto la boca.

Decker la miró a los ojos.

—Porque es un hombre incomprensible y no me gusta la gente incomprensible.

## 26

Decker dejó a Bogart y a Lafferty en la salita de lectura y cruzó el pasillo hasta la cafetería. Allí había empezado todo y parecía que el viejo suelo de damero de linóleo seguía llamándolo, tal vez como una sirena con su canto lleva un marinero a su perdición.

Recorrió el perímetro, miró dentro del congelador, dobló la esquina y revisó la zona de la cocina, luego la puerta que daba al muelle de carga que daba a su vez al bosque. Al principio habían pensado que el tirador había escapado por ahí. Bueno, muchos todavía lo pensaban, por eso el equipo forense había estado peinando todo el sendero y los alrededores desde que Decker había descubierto lo que tenía en la cafetería.

Sin embargo, él ya no lo creía.

Volvió a entrar y se acomodó en una de las sillas que usaban los alumnos. El trasero le sobresalía por ambos lados y casi le parecía oír el gemido de las patas larguiruchas soportando un peso como el suyo, inusual en un instituto.

¿Por qué se había metido el tirador en la cafetería? Estaba lejos de donde había empezado la matanza. Era el punto más alejado a excepción de las oficinas y la biblioteca, lugares en los que había alguien a esa hora de la mañana.

7.28: Melissa Dalton oyó un sonido sibilante cuando se abrió la puerta del congelador.

8.41: La cámara de vídeo graba al hombre vestido de camuflaje.

8.42: Debbie Watson pierde la cara y la vida.

Básicamente una hora y trece minutos en paradero desconocido.

¿Qué le había llevado tanto tiempo? ¿Ya iba vestido de camuflaje y armado? ¿Por qué había esperado? ¿Había esperado? A lo mejor estaba haciendo algo. A lo mejor estaba haciendo algo vital para su plan que le llevó tiempo.

Decker se quedó allí sentado varios minutos, rumiando acerca de aquello.

No habían visto a nadie andando de la cafetería al alejado pasillo donde Debbie Watson había muerto. Habían identificado e interrogado a dos personas, los dos profesores, que seguramente habrían visto a alguien que hubiera recorrido esa ruta a esa hora. No era completamente seguro, porque un minuto fuera aquí o allá o una cabeza volviéndose hacia la derecha en lugar de hacia la izquierda y habría habido un punto ciego. Sin embargo, si el asesino había salido de la cafetería, tenía que haber llegado al otro lado del instituto sin que lo vieran, punto A. Lo había hecho. Ese era el punto B. El punto C sería cómo lo había hecho. El punto C era el que Decker necesitaba desesperadamente comprender.

Entonces algo fluyó en la parte posterior de su cabeza, pasó por el meticuloso filtro en que se había convertido su mente a consecuencia de un golpe infernal de un chico de Bayou y el chorlito salió por el otro lado reconvertido en algo.

Decker se levantó y salió a toda prisa. Se acercó corriendo a la placa del instituto y leyó la fecha: 1946.

Ya lo sabía, pero viendo los números su confianza en la teoría que estaba construyendo se reafirmó. Destellaron colores en su mente cuando vio algunos de los números, pero en aquel momento los colores no le interesaban.

1946.

Un año después del final de la Segunda Guerra Mundial.

Y otra había empezado casi inmediatamente.

La guerra fría.

Las amenazas de guerra nuclear. El Armagedón. Los críos metidos debajo de los pupitres como parte del protocolo en caso de que una bomba de hidrógeno se aproximara. Como si un escudo de dos centímetros de contrachapado fuera a protegerlos del equivalente de un millón de toneladas de TNT.

Decker volvió a la cafetería pasando por delante de varios agentes del FBI que lo miraron con recelo. No los saludó. Apenas notó su presencia. Estaba siguiendo un rastro. Había levantado paredes mentales para organizarlo todo y conducirlo a esa línea de investigación capaz de resolver la incógnita que parecía irresoluble.

Se quedó de pie en el centro de la habitación, mirando hacia los cuatro costados y luego bajó la vista. Entró en la cocina e hizo lo mismo. Luego lo repitió en el muelle de carga.

No vio nada ni remotamente parecido a lo que buscaba. El problema era que no sabía lo suficiente. Ese era siempre el maldito problema del trabajo policial.

No sé lo bastante. El hombre incapaz de olvidar nada no sabe lo suficiente. ¿No tiene gracia?

Pero si Decker no sabía lo bastante, tal vez el tirador tampoco. A lo mejor había tenido que recurrir a alguien que supiera lo necesario.

O que conociera a alguien que lo supiera.

Esta teoría, puesta en práctica, podría responder a varias preguntas.

El instituto era un edificio, una instalación. Podían hacerle cambios. Indudablemente habían hecho cambios en él a lo largo de las décadas. El doble techo que tenía sobre la cabeza no existía en 1946. ¿Qué más habrían añadido o suprimido? ¿Qué más habrían tapado por innecesario y olvidado luego?

Decker se coló en la biblioteca y le hizo señas a Lancaster para que se reuniera con él. Mary terminó una llamada telefónica y fue hacia la entrada donde la esperaba. Se daba perfecta cuenta de que el agente especial Bogart y la agente especial anotadora Lafferty lo observaban desde un rincón.

Le habló a Lancaster en voz baja, tranquilamente, como si estuvieran simplemente de palique. Luego se marcharon juntos.

—¿De verdad lo crees posible? Es que nunca he oído nada parecido —le dijo Mary una vez fuera, en el pasillo.

—Que no lo hayas oído no significa que no sea cierto.

—Este era tu instituto. ¿Oíste alguna vez algo así?

—No. Pero, por otra parte, tampoco se me ocurrió preguntarlo, y puede haber sido hace mucho, seguramente fue hace mucho.

—¿Quién puede saberlo a ciencia cierta? Por lo que dices, lo instalaron hace sesenta años y nunca se ha usado siquiera. Todos los que conocían su existencia estarán muertos o casi.

—¿Qué me dices de los alumnos de esa época?

—Bueno, también tienen que ser bastante viejos, y casi seguro que los profesores ya no viven.

—Tiene que haber algún modo, Mary. Guardarían documentos...

Habían salido a la calle y Decker dejó la frase en suspenso cuando miró hacia la izquierda, hacia la antigua base militar.

—El Ejército debe tener constancia —sentenció.

—¡El Ejército! ¿Por qué?

—La base lleva aquí, ¿desde cuándo? ¿Desde los años treinta?

—Eso es. Mi abuelo trabajaba en ella, como medio Burlington. La ampliaron mucho durante la Segunda Guerra Mundial, como el resto de las instalaciones militares del país.

—Por tanto, ya estaba aquí antes de que se construyera el instituto. Muchos padres trabajaban en la base y mandaban a sus hijos al Mansfield.

Lancaster entendió por dónde iban los tiros.

—¿Crees que podrían haberlo empezado?

—¿Y si el bisabuelo de Debbie Watson, que trabajaba en la base a finales de los años sesenta, lo sabía todo y se lo contó a la pequeña cuando fue a vivir con ellos?

—¿Te parece que pudo contárselo al tirador?

—No se me ocurre ninguna otra razón por la que pudiera necesitarla.

—Pero ¿cómo se enteró de que Debbie tenía conocimiento de una cosa así?

—Pudo enterarse de muchas maneras. Eso no importa. Si tengo razón, sabremos cómo llegó el tirador desde la cafetería a la parte posterior del edificio sin que lo viera nadie. Y si determinamos eso, seremos capaces de retroceder hasta el punto de donde vino ese hijo de puta.

Fueron deprisa hasta el coche de Lancaster.

El agente especial Bogart los miraba por la ventana, y el de Washington no parecía contento. A su lado, la agente especial Lafferty tomaba notas como una posesa.

# 27

George Watson les abrió la puerta. Iba desaliñado y tenía un golpe morado y amarillento en la mejilla derecha.

—¿Se encuentra bien? —le preguntó Lancaster.

Watson se apoyó en la jamba, más para no caerse que por otra cosa.

—Estoy bi... bien. Mi... Mi mujer me deja, pero estoy bi... bien. Mierda, ¿por qué no ib... iba a estarlo?

Decker avanzó un paso y bufó mientras Lancaster le sostenía la mirada a Watson. Luego la miró y asintió de manera casi imperceptible. Habían seguido la misma rutina cuando eran compañeros. Un gesto de asentimiento, borracho; sacudir la cabeza, sobrio o casi. De hecho, no les habría hecho falta someterlo al test del aliento. El tipo farfullaba, era incapaz de mantenerse en pie sin apoyarse en la pared y tenía la mirada turbia; con eso bastaba.

—¿Su mujer está en casa? —le preguntó Decker.

George señaló hacia el interior.

—Haciendo las ma... maletas. ¡La hija de... pu... puta!

—Están pasando una muy mala temporada los dos —comentó Decker.

—He per... perdido a mi niña y... y ahora a mi mujer. Pero ¿sabe qué?

—No, señor, ¿qué? —le preguntó Decker.

—¡Que se jodan! —Agitó el brazo deforme—. ¡Que se jodan!

—Debería acostarse, señor —le dijo Lancaster—, y dejar de beber.

George puso cara de ofendido.

—Yo... yo... no he bebido. —Soltó un eructo. Parecía a punto de vomitar.

—Me alegro. En cualquier caso, tiene que dormirla.

Decker lo agarró del brazo bueno, lo acompañó al dormitorio y hasta la cama.

—Descanse un rato mientras hablamos con su mujer.

—No es mi... mi... mu... mujer. Ya no. ¡Pu... puta! —dijo George, dejándose caer en la cama. Cerró los ojos y ya solo se le oía respirar.

Decker y Lancaster fueron por el pasillo hasta una puerta detrás de la cual oyeron ruido.

Decker llamó.

—¿Señora Watson?

Algo cayó al suelo.

—¿Quién hay ahí? —gritó Beth Watson.

—La Policía —repuso Lancaster.

—¿Ese hijo de puta ha llamado a la Policía? —chilló Beth—. ¿Solo porque le he pegado? Bueno, él me ha pegado primero, ese manco gilipollas.

—No es por eso. Se trata de su hija.

La puerta se abrió y Beth Watson apareció en ropa interior, con zapatos de tacón. De aquella guisa su piel pálida parecía más pálida aún. Tenía la carne de los brazos fofa, una mejilla roja e hinchada. Decker no tuvo que acercarse para olfatear su estado de ebriedad, aunque por lo visto era capaz de estar borracha, mantenerse erguida y hablar con coherencia a la vez.

Al menos ella esperaba ser coherente.

—¿Qué pasa con ella? —les preguntó.

—La última vez que estuvimos aquí le pregunté a su marido por su abuelo.

Arqueó las cejas, desconcertada.

—¿Por Simon? ¿Por qué?

—¿Trabajó en la base McDonald del Ejército antes de jubilarse?

—Así es. ¿Y qué? Hace años que murió.

—Pero vivía aquí, con usted y su marido, y con Debbie.

—Sí, pero vuelvo a repetírselo, ¿y qué?

A diferencia de su marido, Beth no necesitaba apoyarse en la jamba de la puerta para no caerse. Era evidente que soportaba la bebida mejor que él. A lo mejor estaba más acostumbrada, pensó Decker.

—¿Le habló alguna vez de su trabajo allí? —le preguntó.

—Tenía esa edad en la que de lo único que se habla es del pasado. De la Segunda Guerra Mundial, de la guerra de Corea, del trabajo para el Gobierno, bla, bla, bla... Día y noche. Te ponía enferma. ¿Quién demonios quiere vivir en el pasado?

Pasó junto a Decker y gritó hacia el pasillo.

—¿Quién demonios quiere vivir en el pasado, George? ¡Yo no! ¡Ahora me importa el futuro! ¡Mi futuro! Al pasado, que le den. ¡A ti, que te den, tullido sin cojones!

Decker se sirvió de su enorme brazo para devolverla con suavidad a la habitación.

—¿Alguna vez le mencionó alguno de los trabajos que había hecho en el Mansfield? —le preguntó.

Los ojos parecieron a punto de salírsele de las órbitas.

—¿En el Mansfield? No trabajaba en el Mansfield. Estaba en la base militar.

—Cierto, pero la base y el instituto están pegados.

La mujer cogió un paquete de cigarrillos de la mesita de noche y encendió uno. Exhaló el humo y miró a Decker.

—No entiendo qué tiene que ver eso.

—El instituto se construyó al principio de la guerra fría, poco después de que acabara la Segunda Guerra Mundial. En este país la gente se construía un refugio antiaéreo en el patio trasero. También los construían en los edificios, incluso en los centros escolares. Había refugios para protegerse de las bombas debajo de ellos.

El destello de un recuerdo en los ojos de la mujer.

—Un momento. Hace mucho, Simon dijo algo sobre... sobre un no sé qué en el Mansfield. No lo construyeron al mismo tiempo que el edificio. Se lo añadieron. Se me había olvidado por completo.

—¿De qué clase de no sé qué estamos hablando exactamente? —le preguntó Lancaster.

Beth señaló a Decker.

—De lo que él ha dicho. Un lugar seguro bajo el instituto por si los rusos nos atacaban.

—Los soviéticos —la corrigió Decker—. No es exactamente lo mismo, aunque se acerca bastante. ¿Le contó algo más de él, por ejemplo dónde estaba?

—No, eso no. Nunca lo usaron, por lo visto. Y luego lo sellaron o algo, porque no querían que nadie se colara ahí abajo. Ya sabe, los adolescentes están de hormonas hasta las cejas. Imaginen lo que harían allí abajo. —Tras una pausa, añadió en voz baja—: Orgías. —Soltó una risita y un hipo—. Si yo hubiera sabido que existía cuando iba al instituto, habría sido la primera en hacerlas. —Gritó hacia el pasillo—: Orgías, capullo. ¡Eso haré mañana! ¡Orgías con otros hombres! ¡A montones!

Decker volvió a meterla en la habitación.

—Entonces, ahí abajo hay un refugio. Tenemos suerte de que lo haya recordado —comentó Lancaster mirando de reojo a Decker.

Beth sonrió torcidamente.

—En realidad tengo una memoria de porquería, pero recuerdo que Simon me lo contó una noche, mientras preparaba la cena. Tiene gracia. Nunca escuchaba al viejo y, como ya he dicho, tengo muy mala memoria. Nunca me acuerdo de los cumpleaños ni de esas pamplinas, pero preparaba una tarta alemana de chocolate cuando me lo contó. Fue la única vez que lo intenté. Supongo que eso fue el desencadenante.

—¿El desencadenante de qué? —le preguntó desconcertada Lancaster.

—La tarta alemana de chocolate. Verá, los alemanes y los rusos. Estaban en Alemania, ¿no? Los rusos, quiero decir.

—Así es —dijo Decker—. Estaban en Alemania. Al menos en media Alemania.

Ella sonrió.

—Es extraño cómo funciona el cerebro.

—Dígamelo a mí —dijo Decker—. ¿Tenía Simon algún amigo en la ciudad que siga vivo y que pueda saber algo de ese refugio subterráneo?

—Nunca me lo mencionó, pero tenía más de noventa años cuando murió. Ahora estaría a punto de cumplir cien. Todos habrán muerto, ¿no? —Añadió con un hilo de voz—: Como mi Debbie.

Se instaló un silencio incómodo hasta que Decker tomó la palabra.

—Si recuerda algo más, por favor llame a este número a la detective Lancaster. Es importante. Queremos encontrar al que hizo esto. Al que le hizo esto a... Debbie.

—¿Siguen creyendo que estaba... que estaba confabulada con quien fuera que lo hizo?

—No, realmente no.

A la mujer le temblaban los labios.

—Debbie era una buena chica.

—Estoy seguro de que lo era. Por eso es todavía más importante que encontremos al responsable.

Lancaster echó un vistazo al equipaje a medio hacer.

—Mire, no es de mi incumbencia, pero ¿le parece sensato hacer un cambio tan drástico justo después de haber perdido a su hija? ¿No sería mejor para usted y para su marido pasar por esto juntos? Luego podrán tomar decisiones. La visceralidad suele volverse contra uno.

Beth la miró bizqueando.

—Quise irme hace dos años, pero me quedé por el bien de Debbie. Bueno, pues Debbie ya no está, así que no voy a perder ni un segundo más de mi vida en este lugar de porquería. Ahora, si me perdonan, tengo que terminar de hacer el equipaje para poder largarme.

Les cerró la puerta del dormitorio en las narices.

—Esto en cuanto a «en lo bueno y en lo malo» —comentó Lancaster.

—Para algunos, cuanto más dura el matrimonio, peor es —dijo Decker—. Al menos sabemos que mi teoría puede ser cierta. Simon sabía algo acerca del instituto, que había un refugio subterráneo.

—¿Qué haremos ahora? —le preguntó Mary.

—Salgamos. Te fumas un cigarrillo y yo haré unas cuantas llamadas.

—Sabes que puedo dejarlo cuando quiera.

La miró fijamente.

—No, no puedes, Mary. Eres adicta a la nicotina.

—Era una broma. ¡Caray! ¿Tienes que interpretarlo todo literalmente?

Decker ya estaba con el móvil.

Después de tres llamadas y de que lo pasaran con una persona tras otra, Decker dio con alguien que sabía de qué le estaba hablando. Le explicó pacientemente quién era y lo que quería.

—El Mansfield —dijo la mujer que se había puesto al teléfono—, donde el tiroteo, ¿no?

—Eso es. Tratamos de entender cómo pudo entrar y salir el asesino. Como está tan cerca de la base militar McDonald, hemos pensado que podía haber algo ahí. Resulta que nos hemos enterado de que hay un pasadizo subterráneo o una instalación de algún tipo. Nos gustaría que nos lo confirmaran y conocer en detalle cómo entrar para no tener que revolver todo el instituto buscándolo.

—Me hará falta algo por escrito con el membrete apropiado para verificar la solicitud y empezar.

—De acuerdo, pero, una vez verificada, ¿cuánto tardará en llevarla a cabo? Buscamos a un asesino, a alguien que ha matado a un montón de críos. Cuanto más tardemos, más lejos habrá llegado.

—Ojalá pudiera decirle que será rápido, pero esto es el Ejército estadounidense. En el único sitio donde nos movemos rápido es en el campo de batalla. Las otras cuestiones van más despacio.

Decker se enteró de dónde tenía que mandar la solicitud y colgó.

Miró a Lancaster, que había estado apoyada todo el tiempo en el capó del coche y había fumado no uno, sino tres cigarrillos mientras Decker jugaba al Whac-A-Mole con el Ejército. Tiró la última colilla y la pisó con el tacón.

—¿Y?

—Pues que habremos muerto de viejos antes de que nos respondan.

—¿Qué hacemos, pues?

—Pues parece que vamos a tener que encontrarlo nosotros.

# 28

Decker y Lancaster recorrieron la cafetería desde extremos opuestos.

—Tendría sentido que hubiera una entrada aquí —dijo ella—. Es una sala grande. En caso de emergencia reúnes aquí a un montón de alumnos y los bajas al refugio.

Decker se limitó a asentir.

Ella siguió hablando.

—Si está aquí, tiene que estar escondida detrás de algo. Detrás de los electrodomésticos, a lo mejor.

Decker negó con la cabeza.

—No podía ser algo tan complicado. En caso de emergencia el acceso tiene que ser fácil.

—Pero seguramente lo clausuraron —comentó Lancaster—. Lo taparon.

—Pues el tirador no pudo ir rompiendo paredes, suelos o techos, porque eso también habría hecho ruido y dejado pruebas de cómo pasó de aquí al pasillo de atrás.

—Bueno, dejó pruebas de que había estado aquí, la comida estropeada, ¿recuerdas?

—Eso lo hizo a propósito. Podría haber vuelto a bajar la temperatura fácilmente cuando salió. Ni siquiera tuvo que pasarse toda la noche dentro del congelador. Quería que supiéramos que había estado allí dentro, pero no quería que nos enteráramos de cómo había ido desde la parte delantera a la trasera. Al menos, no enseguida. Por eso dejó el rastro en el doble techo y el polvo de loseta en el suelo. La típica maniobra de distracción. Nos ha despistado. Nos ha hecho perder tiempo, lo que a él le conviene y a nosotros nos perjudica.

Lancaster seguía mirándolo todo.

—Entonces buscamos una entrada cerrada, solo que no sabemos cómo ni dónde.

—Eso de «cerrada» puede significar muchas cosas, pero la cuestión es que nuestro hombre se hizo amigo de Debbie por una sola razón: para enterarse de cosas sobre este pasadizo.

—Vamos, Decker... ¿Cómo iba a saber siquiera que existía para poder preguntárselas?

—Yo me he enterado con observación, intuición e investigando un poco. Él pudo hacer lo mismo. Esta ciudad es relativamente pequeña. Pudo enterarse de que Simon Watson había trabajado en la base de varias maneras. Se enteró de que vivía con los Watson. Se acercó a Debbie para enterarse de si sabía algo al respecto. Y claro que lo sabía.

—Eso implica tenerlo muy planeado, con mucha antelación.

—Lo que al parecer es un punto fuerte de nuestro hombre.

Decker se paseaba por delante de un tramo de pared.

Lancaster se dio cuenta.

—Apuesto a que esas normas no han cambiado en sesenta años —le dijo—. Supongo que tú las cumplías todas cuando eras alumno del centro... —añadió con una sonrisa.

Las «normas» a las que se refería estaban expuestas en la pared que Decker estudiaba. No hablar fuerte, no lanzar comida, no comer del plato de otro, no dejar envases de leche en las mesas, tirar todos los restos a la basura, no correr, etcétera, etcétera.

—Amos, he dicho...

Él alzó la mano para indicarle que callara mientras andaba por delante de la pared. Luego miró al suelo.

—¿Qué ves aquí, Mary?

Ella se inclinó para ver lo que le indicaba.

—Marcas. Seguramente de los zapatos de los alumnos.

—No lo creo. En el Mansfield no llevan uniforme. La mayoría de los chicos usan deportivas y, por lo que he visto, la mayoría de las chicas llevan deportivas y zapatos planos o de tacón ancho. Ese tipo de calzado no deja marcas como estas. El linóleo está arañado, y no son pequeñas, como las que dejaría un tacón. Son largas y curvas, y hay unas cuantas.

—Bien, ¿de qué crees que son?

Decker se acercó más al trozo de pared en que estaban las normas, en una madera enorme pintada del mismo color que el muro. La madera cubría desde el suelo hasta casi el techo.

—No hay bisagras, que podamos ver —dijo—, pero...

Metió los dedos debajo del lado derecho y tiró en varios puntos. Hizo lo mismo en el otro lado. Finalmente, después de diez minutos de intentarlo, empujando y tirando, oyeron un leve chasquido y toda la sección de los carteles se abrió hacia fuera. Se apoyó en ella para abrirla más. Detrás había un par de puertas de madera pintadas del mismo color que la pared.

—Mira al suelo —dijo.

Lancaster vio otro conjunto de marcas de desgaste reciente, allí donde la madera había rozado el suelo al abrir él la sección.

—Maldita sea, Amos. La marca en el suelo era de la puerta.

—Las bisagras están unos treinta centímetros más adentro, montadas en una estructura de soporte, para que nadie las viera. Con el tiempo, sin embargo, han cedido un poco, de ahí las marcas del suelo. —Pasó el dedo por una y se le quedó negro—. Las han aceitado hace poco.

Había un pequeño pomo en el centro de la parte posterior de la sección.

—¿Para qué crees que era?

Decker lo meditó un momento.

—Se usaba para cerrar la sección una vez dentro.

—Vale. Pero ¿para qué las puertas? Si querían cerrarlo, ¿por qué no hacerlo y ya está?

—No lo sé, Mary. Debió costar mucho dinero construirlo. A lo mejor querían poder acceder a él con relativa facilidad si alguna vez decidían volver a usarlo.

—Supongo.

—No veo huellas dactilares, pero no vamos a correr riesgos. Las llaman huellas latentes por algo.

Cogió un cuchillo de una caja llena de una encimera de la cocina para abrir las puertas forzando el cerrojo. Se abrieron sin hacer ruido; también les habían engrasado las bisagras hacía poco.

Había un tramo largo de escalones que se adentraba en la oscuridad. Decker fue a coger una linterna de emergencia que había en un soporte de la pared, al lado del mostrador del bufé, y volvió a la puerta.

—¿Lista?

—¿No deberíamos avisar a los demás? —preguntó nerviosa Lancaster.

—Lo haremos, cuando sepamos adónde lleva esto.

—Pero ¿y el FBI?

—A la mierda el FBI, Mary. Este caso es nuestro, no suyo. —La miró—. ¿Vienes?

Ella acabó por asentir y lo siguió escalera abajo.

Llegaron al pie y Decker se detuvo para iluminar a su alrededor con la linterna.

—Mira ahí.

Adosados a un muro vieron dos grandes planchas de contrachapado de las que sobresalían clavos torcidos.

—Así fue como cerraron el pasadizo —dijo Decker—. He visto agujeros de clavos alrededor de las puertas dobles. Clavaron ese contrachapado delante de las puertas. Si alguien descubría que el cartel se abría, no vería más que un muro sólido.

—¿Crees que el tirador hizo esto?

Decker iluminó el suelo con el haz de la linterna.

—Tuvo que hacerlo. El serrín que hay en el suelo parece reciente. Caería de los agujeros, cuando sacó los clavos. Lo mismo que cuando bajó las planchas por la escalera. Seguramente usó una sierra para cortar la madera.

—Eso significa que tuvo que haberlo hecho antes. No pudo serrar paredes de madera durante el horario escolar. Demasiado ruido.

—Pudo haberlo hecho la noche antes. Sale del congelador y se pone a trabajar. No hay nadie para oírlo. Abre la pared con el cartel, corta las planchas, abre las puertas y lo baja todo al pasadizo.

—Si hizo todo eso, Amos, a lo mejor por eso se escondió en el congelador.

—Podría ser —repuso Decker.

Señaló hacia el suelo otra vez. En el polvo había huellas evidentes de zapatos avanzando en la misma dirección que ellos.

Dos conjuntos claros de huellas se alejaban por el pasadizo.

—Camina por la derecha para no borrarlas, Mary, y sácales fotos con la cámara del teléfono.

—Vale, pero ¿por qué hay dos conjuntos? ¿Son de dos personas distintas?

Decker se agachó para iluminarlas.

—No. Las pisadas son idénticas. No son las de dos personas caminando juntas. Están demasiado juntas. Pero que haya dos conjuntos tiene lógica.

—¿Por qué?

—Vamos.

Siguieron andando y Mary iba sacando fotos. Pasaron por una enorme puerta metálica de treinta centímetros de grosor que se abría con facilidad porque tenía las bisagras hidráulicas.

—Una puerta a prueba de explosiones —dijo Decker.

Luego el pasadizo se ensanchaba y se convertía en una sala grande de unos trece metros de ancho por otros tantos de largo. El suelo era de cemento, así como las paredes y el techo. En los muros había carteles que adoctrinaban acerca de lo que hacer en caso de emergencia. Había varios con una calavera y dos tibias cruzadas, el signo universal de peligro. Adosados a las paredes había taquillas de metal antiguas con rótulos. Uno ponía: MÁSCARAS ANTIGÁS. Otro decía: PRIMEROS AUXILIOS. Un tercero rezaba: AGUA Y COMIDA.

El polvo y las telarañas lo habían invadido todo y el aire olía a humedad y a rancio.

—Seguro que tenían un suministro de aire independiente —dijo Decker—. Si cae una bomba, no puedes salir a respirar fuera.

—Pero esto no es hermético porque respiro bien.

—Eso quiere decir que había ventilación para que los trabajadores que reponían los suministros pudieran respirar, pero que la cerraban cuando sonaba la alarma.

Siguiendo las huellas, cruzaron el refugio antiaéreo y pasaron por otra puerta antideflagración desde la que partía otro pasadizo igual que el del otro lado. La oscuridad desaparecía cada pocos segundos, iluminada por el flash del móvil de Lancaster, que tomaba fotos de las pisadas que continuaban a lo largo de aquel tramo.

Decker iba contando mentalmente los pasos. Llegaron a otro tramo de escalones, estos de subida. Amos había iluminado el suelo a intervalos. Habían caminado todo el tiempo en paralelo a las huellas. Ahora ascendían. Al final de la escalera había un muro.

—¿No hay salida? —preguntó Lancaster.

—No puede ser. —Decker metió los dedos bajo el borde de la pared y los subió y bajó por ambos lados. Encontró el pomo y tiró.

El muro empezó a ceder y se soltó.

—Es de madera de balsa —dijo, apartándolo con facilidad. Al otro lado de la abertura había un pequeño espacio lleno de porquería y, más allá, una puerta.

—El Gobierno no lo habría cerrado con madera de balsa.

—Seguro que no. Pero a diferencia de en la cafetería, donde la pared está a la vista, esta solo lo está si alguien abre esa puerta. El tirador tiene que haber sustituido lo que hubiera aquí cerrando esto por la madera de balsa. Parecía sólida pero era fácil apartarla.

—Me hablas de un montón de trabajo, Amos. No pudo haber hecho todo esto en una sola noche.

—Pero si tenía acceso al instituto por las noches, pudo haber venido un montón de veces para hacer lo que necesitaba.

—¿Cómo? No contaría con que hubiera una función una noche sí y la otra también. ¿Y cómo metió las sierras y el resto del equipo?

—No estoy seguro de cómo lo hizo. —Decker enfocó el haz de luz hacia el suelo—. Comprueba el suelo de delante de la pared. No hay mucho polvo. Ese montón de porquería estaba ahí delante, pero lo movieron para que no bloqueara el paso.

Decker estudió el pomo buscando huellas y luego usó el cuchillo que había cogido antes para forzar el cerrojo.

—Está cerrado con llave. Dame un segundo. —Le dio la linterna y se sacó un conjunto de ganzúas del bolsillo.

—¿Eso forma parte del equipo estándar de los investigadores privados? —le preguntó Lancaster con sorna.

—¿Nunca has forzado una cerradura trabajando como poli?

Al cabo de un minuto la puerta se abrió unos treinta centímetros antes de chocar con algo.

—¿Qué es? —susurró Lancaster.

Decker vio que había sacado la pistola y que la mano izquierda le temblaba.

—Algo que impide que la puerta se abra. —Asomó la cabeza por la rendija y vio dónde estaban.

—Es el almacén del taller de carpintería. Ya había mirado dentro. La puerta se traba con los aires acondicionados portátiles que hay amontonados. Por eso no la vi. Desde donde yo estaba es completamente imposible verla con los aparatos delante.

—Y apuesto a que cuando registramos esta zona nadie se dio cuenta de que había una puerta al otro lado por el mismo motivo.

—Eso parece, sí.

Lancaster miró la abertura.

—Yo puedo pasar por ahí.

Se puso de lado y se escurrió con facilidad por la estrecha abertura.

Miró a su alrededor.

—Si empujas la puerta desde tu lado sujetaré los aires acondicionados para que no se caigan.

Decker empujó la puerta con su corpachón y esta se abrió más, desplazando consigo los aparatos mientras Lancaster los sostenía.

—Vale, Amos, ya está lo bastante abierta para que pases.

Él lo hizo, miró la puerta semiabierta, el montón de aparatos de aire acondicionado y luego el suelo.

Entonces frunció el ceño.

—¿Ahora qué pasa? —quiso saber Lancaster.

—No hay mucho polvo aquí dentro, así que no veo huellas.

—Pero las hemos visto en los escalones de subida. Tuvo que entrar aquí.

—Estoy de acuerdo. Entonces supongamos que cruzó por aquí y entró en el taller de carpintería.

Salieron del almacén y pasaron a la gran sala llena de herramientas y bancos de trabajo.

—Pero ¿cómo sabía ese tipo que no habría clase en el taller? —preguntó Amos.

—¡Ah! ¿No lo sabes? —Lancaster parecía contenta de saber algo que él desconocía.

—¿Qué es lo que no sé?

—El profesor del taller se fue a final del curso pasado. No han encontrado sustituto, así que este curso no tienen clase de carpintería.

—Por eso estaba cerrada con llave la puerta del taller y por eso lo sabía el tirador. Debbie le dijo que no tenían clase de carpintería.

—Tenías razón, Amos. Así es como fue de la cafetería a la otra punta del instituto sin que lo viera nadie.

Él asintió.

—De hecho lo hizo dos veces ese día. Salió del congelador, recorrió el pasadizo, salió y tiroteó a la gente mientras se desplazaba hacia la parte delantera del edificio. Luego volvió al pasadizo, en la cafetería, cerró la pared tras él y lo recorrió otra vez.

—Por eso había dos conjuntos de pisadas idénticas —añadió Lancaster.

—Tal cual. Ahora bien, el taller de carpintería es también un espacio amplio, así que tal vez tenían la intención de reunir a los chicos en ambos extremos del edificio para bajarlos luego al refugio en caso de emergencia.

—¿A qué profundidad crees que está el túnel? —le preguntó Mary.

—Por el número de escalones, a unos tres metros y medio.

—Dudo que proteja del impacto de una bomba nuclear, aunque sea de cemento y tenga las puertas blindadas.

Decker la miró.

—Bueno, ¿y qué puede protegerte exactamente de una bomba nuclear?

—Tienes razón.

—Entré aquí la primera noche que estuve husmeando. Ahí están mis pisadas. —Señaló hacia la pared del fondo—. Di una vuelta y luego, como te he dicho, eché un vistazo a los almacenes de atrás. —Se arrodilló y se fijó en el suelo—. Ilumina esta zona con la linterna, Mary. Antes ha debido de pasárseme.

Lancaster hizo lo que le pedía y vieron una marca alargada en el polvo fino además de las huellas de zapatos.

—¿Qué es, según tú?

—Mueve el haz unos doce centímetros a la izquierda.

Lo hizo. No había nada.

—Prueba a moverla doce a la derecha.

Lo hizo y vieron una marca idéntica.

—¿Qué es? —preguntó Lancaster.

—Las huellas de los pies de Debbie Watson.

—¿De los pies de Debbie?

—De los talones, concretamente, cuando la arrastraron fuera. Las huellas de pisadas son del tirador.

—¿La arrastró afuera? ¿Qué estaba haciendo aquí dentro?

—Viéndose con su novio, con su Jesús.

—¿Lo dices en serio?

—Debbie fue la primera víctima a la que hicieron la autopsia. ¿Has leído el informe del forense?

—Claro que sí. ¿Por qué pierdes tiempo con esto, Amos? La causa de la muerte fue un disparo de escopeta en la cara, como bien sabes.

—Eso era evidente, pero ¿te diste cuenta de lo que el forense le encontró en la boca?

—¿Aparte de perdigones, quieres decir? —repuso Lancaster con sarcasmo.

—Le encontró restos de pastillas de menta para el aliento.

—¿Pastillas de menta para el aliento? No recuerdo haber leído eso.

—Lo pone casi al final del informe. Yo siempre los leo de cabo a rabo.

—Pero, ¿pastillas para el aliento?

—Restos. Había un paquete de esas pastillas en su taquilla. Faltaban dos. Por eso fue a la taquilla, para coger las pastillas y refrescarse el aliento antes de ver a su novio. Y a su asesino. Eso explica el lapso de tiempo. Él sale del congelador a las siete y veintiocho minutos. Recorre el pasadizo, pero tiene que esperar a que Debbie salga de clase. Seguramente han acordado previamente la hora del encuentro. Ella finge encontrarse mal, le dan permiso para salir de clase, va hasta la taquilla, coge las pastillas de menta y luego entra en el taller de carpintería.

—Pero ¿no has dicho que la puerta del taller estaba cerrada con llave?

—Jesús se la abriría desde dentro.

—Bien. —Lo miró con desconfianza—. Exactamente, ¿cuánto hace que se te ha ocurrido todo esto?

—No mucho. —Cerró los ojos y se tocó la nuca—. Y la autopsia reveló que tenía un hematoma subdural en la parte posterior de la cabeza, justo aquí. Tenía fracturado el lado izquierdo del hueso occipital y es un hueso duro para sufrir un daño así. La hemorragia interna y la consiguiente presión sobre el cerebro la habrían matado de no haberlo hecho la escopeta. El forense sugirió que se produjo la herida al caer al suelo tras recibir el disparo. —Abrió los ojos y miró a su compañera—. En el lado izquierdo.

—Lo que significa que el disparo provenía de la izquierda y de detrás. ¿Una persona zurda? Como dijiste, el tipo que escribió la partitura era zurdo.

—Es probable, sí.

—Así que se cita aquí con ella y la golpea, pero ¿por qué?

—La necesitaba fuera de la circulación. Tenía que matarla a ella antes que a nadie. No podía arriesgarse a que sobreviviera. Habría sido capaz de identificarlo. Así que se cita con ella y usa el pasadizo para cruzar el edificio sin que lo vean. Diría que no era la primera vez que lo hacían. Habrían hecho el amor en el taller de carpintería durante las horas de clase o después en otras ocasiones. Me pregunto con qué frecuencia conseguía Debbie permiso para ir a la enfermería.

—¿Hecho el amor? ¿En serio?

—En su espacio íntimo en el corazón del instituto. ¿Qué podía haber más atractivo para una adolescente enamorada de su novio maduro que venir aquí? Y el asesino seguramente quiso conocer el pasadizo al dedillo cuando planeó todo esto. Podía traer las cosas y guardarlas aquí. Era perfecto.

—¿Y qué hace a continuación?

—Se reúne en el taller de carpintería con ella, que cree que harán el amor, de ahí las pastillas de menta. Él la golpea, se pone la ropa, sale de la sala, dobla la esquina de la cámara y se deja filmar. —Miró a Lancaster—. ¿Has visto las huellas de zapatos en el pasadizo?

—Ya sabes que sí.

—Estimo que eran del cuarenta y dos y medio o del cuarenta y tres como mucho.

Lancaster parecía confusa.

—No muy grandes para ser un hombre alto —dijo despacio—. Earl mide uno noventa y usa un cuarenta y cinco.

—Yo mido uno noventa y seis y uso un cuarenta y ocho, lo que no es infrecuente para un hombre de mi estatura. ¿Un tipo de un metro noventa o más que pesa más de noventa kilos y usa un cuarenta y dos? No es muy probable. Además, no he podido colarme por la abertura de la puerta con los aparatos de aire acondicionado en medio. Los he tenido que desplazar, y la ausencia de marcas en el suelo demuestra que he sido el primero en hacerlo. Tú te has colado por la abertura con bastante facilidad, pero eres baja y delgada. El individuo del vídeo tiene la cintura mucho más estrecha que yo, pero los hombros y el pecho tan anchos como los míos. ¿Cómo se las arregló para entrar por la rendija sin mover los aparatos de aire acondicionado?

—No lo sé. ¿Y tú?

—Tengo algunas ideas.

Lancaster miró nerviosa a su alrededor, mascando chicle con tanta ferocidad que hacía sonar los dientes.

—Tenemos que hacer venir al equipo forense. Espero por Dios que no hayamos estropeado las pruebas. Los del FBI nos crucificarán cuando Mac haya terminado con nosotros. —Miró a su alrededor de nuevo y algo pareció ocurrírsele de repente—. Un momento. Si el tipo golpeó a Debbie y luego la sacó fuera, ¿cómo pudo dispararle estando de pie en el pasillo? Los de balística han sido claros en este punto. Estaba de pie. Las salpicaduras de sangre no engañan, y había solo un minuto de intervalo entre que quedó grabado en vídeo y el momento en que mató a Debbie.

—Había un agujero en la espalda de la chaqueta, justo en el cuello. Seguramente la colgó por la chaqueta de la puerta de la taquilla. Pudo sostenerla derecha un momento. Dobla la esquina, consigue que su imagen salga en el vídeo, vuelve atrás y le dispara. El disparo la derribó. Así fue como se rasgó la chaqueta, cuando se descolgó de la taquilla al caer la chica al suelo.

Decker iluminó la habitación y vio más huellas de pisadas, incluidas unas que volvían hacia el almacén y luego hacia el pasadizo. También había pisadas en el taller de carpintería pertenecientes a Debbie Watson, que llevaba botas. Las huellas del suelo formaban un patrón de movimiento para Decker. Los dos pares de pisadas estaban muy juntos, seguramente mientras se besaban. Ella se preparaba para tener sexo con el tal Jesús y, en lugar de eso, la había mandado directa a la tumba.

Decker se apoyó en la pared y rebobinó la videocámara hasta el punto que quería.

—¿Has notado algo más en el pasadizo, Mary?

—¿Algo más? ¿Qué, por ejemplo?

Él abrió los ojos.

—Había dos pares de pisadas subiendo la escalera hasta el almacén del taller de carpintería.

—Cierto.

—Y había un par bajándolas.

—Cierto también. ¿Y?

—Que mientras que había marcas por todas partes que indicaban que ya había usado ese pasadizo otras veces, no había conjuntos claros de pisadas volviendo al pasadizo desde la cafetería comparables a los dos conjuntos que iban desde la parte frontal del edificio a la posterior.

Lancaster abrió unos ojos como platos.

—Mierda, es verdad. Entonces, ¿cómo escapó nuestro hombre del instituto?

—Buena pregunta.

# 29

Mientras Lancaster se apresuraba a avisar a sus colegas de aquel nuevo avance, Decker volvió a meterse en el pasadizo y llegó hasta el pie de la escalera.

Si el tirador no había regresado por ahí y escapado por la cafetería o por las puertas delanteras o las de atrás, donde seguramente lo habría visto alguien, ¿por dónde se había marchado? Habían registrado todo el instituto, incluso los pisos superiores, sin encontrar nada. La Policía no sabía de la existencia de aquel pasadizo, claro, así que no lo había registrado, pero el tipo no estaba ahí abajo en aquel momento. Había bajado la escalera del almacén del taller de carpintería y se había marchado... ¿adónde?

Iluminó toda la zona que rodeaba el pie de los escalones con la linterna.

Había una pared a cada lado de la escalera. No había polvo, así que las pisadas se terminaban allí.

Repasó una vez más aquel punto. ¿Por qué no había polvo si lo había por todas partes? ¿Alguien lo había quitado? En tal caso, ¿por qué? Se le ocurría al menos una razón.

Alguien le había dicho algo.

Hacía muy poco.

Beth Watson.

Hacía las maletas para dejar a su marido. El abuelo de su marido le había hablado del pasadizo, pero también había mencionado otra cosa que Simon le había dicho.

Que no lo había construido a la vez que el edificio. Que se lo había añadido posteriormente.

Decker se acercó a la pared de la derecha y la iluminó desde todos los ángulos con la linterna.

Nada.

Hizo lo mismo con la pared de la izquierda.

Había algo.

Había una leve rendija entre la pared y la escalera. Metió los dedos por ella y tiró. La pared se abrió sobre sus goznes, suavemente y sin hacer ruido, igual que el tabique falso de la cafetería. Lo habían usado hacía poco.

Decker estaba en un largo pasillo oscuro.

El aire también olía a rancio y a humedad, pero no mucho, lo que significaba que entraba aire fresco de algún modo, por alguna parte. Lo recorrió, iluminando el polvoriento suelo de cemento. Había pisadas, otra vez del cuarenta y dos más o menos. Las fotografió con la cámara del móvil.

Se detuvo cuando vio la puerta. Apoyados en ella y contra la pared había tableros de contrachapado de los que sobresalían clavos. Como en la cafetería. Los habían usado para sellar aquel extremo del pasadizo y alguien lo había abierto.

El tirador.

Cogió el arma, tocó la madera de la puerta y la abrió. Iluminó lo que tenía delante. Oyó agua que goteaba y un correteo, supuso que de ratas, además de los latidos de su corazón.

Decker era valiente, porque uno no se dedicaba a aquel trabajo si no destacaba por su valentía. Pero estaba asustado también, porque uno no se dedicaba a ese trabajo, o por lo menos no sobrevivía mucho haciéndolo, si no era consciente de su propia mortalidad y no usaba el sentido común.

Avanzó. Cien pasos más adelante el suelo ascendía. Luego llegó a un tramo de escalones. Los subió, tratando de hacer el menor ruido posible. Arriba había otra puerta. Estaba cerrada con llave. Trató de abrirla con la ganzúa. No funcionó.

Trató de abrirla empujándola con un hombro impulsado por más de ciento cincuenta kilos de peso.

Funcionó.

Salió a un espacio en penumbra y miró a su alrededor. Estaba en una habitación amplia con las ventanas altas. Olía a grasa y aceite. Vio carrocerías de vehículos repartidas aquí y allá.

Eran vehículos militares antiguos abandonados, porque estaba en uno de los edificios de la base McDonald, clausurada hacía tantos años.

¿Un pasadizo unía el instituto con la base del Ejército?

Cuanto más lo pensaba, más sentido le veía. Los padres de un montón de los chicos que iban al Mansfield por entonces trabajaban en la base. En caso de emergencia, ¿dónde iban a estar mejor que en el refugio «a prueba de bombas» del instituto o en la base, con sus padres? Era posible que el refugio subterráneo fuera tanto para el personal de la base como para los alumnos del instituto. Fuera cual fuese la verdad, el hecho era que hacía mucho que se habían olvidado de él y que seguramente nunca lo habían usado.

Se corrigió. Lo habían usado hacía poco, así que no había caído en el olvido.

El tirador había salido por ahí, de eso estaba seguro.

La base era muy grande para registrarla y llevaba años abandonada. No había en ella nadie que pudiera ser testigo de nada. Todo se encontraba en mal estado y el perímetro estaba circundado por una simple valla de alambre invadida de enredaderas, arbustos y árboles. Era fácil escapar de allí sin ser visto.

Iluminando con la linterna, Decker vio que el suelo estaba sembrado de latas de cerveza y botellas de licor tiradas, paquetes de condones vacíos y colillas. Aquel sitio era una pesadilla forense. Seguramente había centenares de muestras de ADN, la mayoría de adolescentes aburridos ávidos de sexo, alcohol y nicotina, o de algo más fuerte, se dijo cuando con la linterna iluminó una jeringuilla usada y una goma para hinchar las venas. Sin embargo, dudaba que alguno supiera que había un pasadizo que unía la base con el instituto. Aunque hubieran explorado aquel lugar, habrían encontrado una puerta cerrada con llave. Si se las hubieran arreglado para abrirla, se habrían topado con una pared. Fin de la exploración. Y sería un lugar frecuentado en verano. Ahora que se acercaba el invierno, sin calefacción aquello estaba helado. Su tirador no habría tenido que preocuparse por encontrarse con adolescentes sobándose y emborrachándose mientras planeaba la masacre.

Recorrió el lugar sin encontrar nada ni a nadie.

Sacó el móvil y llamó a casa de los Watson. Le respondió George.

Decker se preguntó si Beth ya se habría ido para siempre.

—¿Diga? —Watson tenía la boca espesa. Tal vez lo había despertado.

—Señor Watson, soy otra vez el detective Decker.

—¿Qué quiere? —le preguntó George sin disimular su enojo.

—Solo hacerle una pregunta. Será un momento. ¿Debbie pasaba mucho tiempo en el instituto después de clase o puede que por la mañana, antes de que empezaran las clases?

—¿Cómo demonios lo sabe? ¿Cómo demonios sabe tanto sobre mi familia?

—Era una simple suposición. Soy detective. Es mi trabajo. Además su mujer me dijo que ella estaba mucho más tiempo en casa que Debbie, así que supuse que la chica hacía algo después de clase. ¿Qué hacía exactamente?

—Era miembro de algunos clubes. Tenía reuniones. A veces hasta tarde. No solía volver hasta bastante después de anochecer. ¿Por qué? ¿Tiene alguna importancia?

—Podría ser. Gracias.

Decker cortó la comunicación. Sabía que Debbie Watson no asistía a ninguna reunión de ningún club. Se enrollaba con «Jesús» en su espacio privado.

A continuación llamó a Lancaster para decirle lo que había encontrado. Colgó, se sentó en un barril de aceite y esperó con los ojos cerrados. Suponía que no tendría que esperar mucho. Había dejado la puerta del muro abierta.

Oyó pasos acercándose. Los de una persona le habrían hecho abrir los ojos. Eran los de una docena, así que los mantuvo cerrados. Un asesino se acerca solo, no con un ejército.

Cuando los abrió se encontró con el agente especial Bogart allí de pie.

—¿Otra suposición razonable? —le preguntó el agente.

—Otra suposición razonable —repuso.

Detrás de Bogart había un grupo de agentes del FBI y del Departamento de Policía de Burlington. Lancaster se adelantó.

—He llamado a Mac. Viene hacia aquí —le dijo, y Decker asintió despacio.

—¿Cómo ha descubierto esto? —le preguntó Bogart.

Decker le explicó en dos minutos cómo había ido deduciendo las cosas.

—Si nos hubiera informado de su reunión con Beth Watson podríamos haberlos ayudado con esto —señaló Bogart—. Podríamos haber llegado hasta aquí antes.

—Podríamos —convino Decker.

Bogart ordenó que registraran tanto el lugar como el perímetro y luego levantó un viejo banco y se sentó al lado de Decker mientras Lancaster merodeaba por los alrededores.

—Así que el tirador que se hizo amigo de Debbie Watson se enteró de esta conexión con el instituto y la usó para escapar —dijo.

—La usó tanto para entrar como para escapar. El pasadizo le permitió ir y venir a sus anchas. La sedujo. Es un hombre hecho y derecho. Ella era una adolescente impresionable con una vida familiar que dejaba bastante que desear. Deben de haber tenido un montón de citas aquí acerca de las que nadie sabía nada. Debió sentirse realmente especial; justo hasta que le disparó con una escopeta en la cara.

—Nos pondremos en contacto con el Ejército y nos enteraremos de todo lo que podamos sobre la base.

—Sí. Buena suerte.

—Me sorprende que, aparte de los Watson, todo el mundo desconociera la existencia de este pasadizo —dijo Bogart.

—Bueno, lo construyeron en 1946 o por ahí, así que no queda casi nadie vivo. Dudo que hablaran a los chicos de esto, así que lo sabían solo los directores del instituto. A lo mejor nunca llegaron a usarlo. Quizá nunca hicieron siquiera un simulacro. No lo sé. Aunque hicieran alguno, los alumnos de esa época son ya bastante viejos. Puede que lo hayan olvidado.

—¿Y dice usted que Simon Watson añadió el pasadizo?

—Llegó a la base McDonald a finales de los años sesenta,

cuando ya se podía acceder a ella, pero cuando la base se clausuró todos se fueron. A muchos de los militares que trabajaban aquí seguramente los trasladaron a otros lugares.

Lancaster lo interrumpió.

—E incluso si quedó alguien aquí que conociera la existencia del pasadizo, dudo que se le ocurriera que un asesino fuera a usarlo para merodear por el instituto. Después de tanto tiempo, lo daría por cegado. La gente seguramente cree que después del tiroteo escapó corriendo del instituto.

Bogart asintió.

—Pero pudo haber entrado en el instituto mucho más fácilmente por aquí, desde el extremo de la base militar. Sin embargo, por lo que parece estaba en la cafetería y cruzó el edificio desde allí. ¿Por qué?

—No lo sé —dijo Decker—. Pensábamos que tal vez para tener tiempo de abrirse paso por la pared que ocultaba la puerta de detrás del cartel de la cafetería. Pero ahora creo que ha entrado y salido de aquí un montón de veces y que pudo haberlo hecho en cualquier momento. Seguramente no habría esperado hasta la noche previa al ataque, por si algo salía mal. —Tras una pausa, añadió—: Así que, en resumen, no lo sé.

—Creía que tenía respuesta para todo.

—Entonces se equivocaba.

Bogart lo miró pensativo.

—Es cierto que no olvida usted nada, ¿verdad?

Decker no lo miraba.

Bogart se le acercó más.

—¿Qué lo hace ser como es, Decker? ¿Qué tiene en la cabeza que le permite hacer lo que hace? —le dijo en un susurro, para que nadie más lo oyera.

Decker no dio muestras de haber oído aquel comentario.

—¿Siempre desconecta como ahora cuando alguien trata de mantener una conversación? —le preguntó Bogart.

—Mis habilidades sociales no son las mejores. Ya se lo dije.

—Pero es capaz de andar y mascar chicle al mismo tiempo, así que si tiene alguna capacidad mental especial, no le impide ir por el mundo.

Esta vez Decker lo miró.

—¿Por qué lo dice?

—Mi hermano mayor tiene una forma de autismo. Es brillante en su campo. Interactuando con otro ser humano va completamente despistado. Es incapaz de mantener una conversación más allá de unas cuantas palabras, pero de hecho se le considera funcional porque puede trabajar.

—¿A qué se dedica?

—A la física. En concreto a las partículas subatómicas. Es capaz de hablar todo el día largo y tendido de quarks, leptones y bosones de gauge, pero olvida comer y no tiene ni idea de cómo comprar un billete de avión ni de cómo pagar la factura de la electricidad.

Decker asintió.

—Entiendo.

—Sin embargo, usted se apaña bien.

—No es más que una cuestión de grado, agente especial Bogart.

—¿Es así de nacimiento?

—Me volví así después —dijo Decker—. A lo mejor por eso soy capaz de caminar y mascar chicle al mismo tiempo —añadió en un tono tirante antes de apartar la cara.

Bogart asintió.

—No quiere hablar de esto, ¿verdad?

—¿Usted querría?

Bogart se frotó las muñecas.

—Tenemos que pillar a este tipo, y hay una cosa que no hemos abordado todavía, de hecho.

Decker lo miró.

—Lo que tiene conmigo.

Bogart asintió.

—Le ha mandado dos mensajes. Uno cifrado, otro no. Corrió ese riesgo. Volvió a la casa en la que había asesinado a su familia para escribir uno. Podría haberle visto alguien. Fue a casa de Debbie, nuevamente a riesgo de que lo vieran. Ahora bien, cualquier asesino es, por definición, alguien que asume riesgos. Pero, como usted ha dicho, es una cuestión de grado. Un asesino como ese no quiere que lo pillen, así que minimiza el riesgo. Sin embargo, se vio superado por su deseo de comunicarse con usted. Eso es importante, porque me induce a creer que siente que tiene una conexión con usted muy fuerte, muy profunda.

Decker miró fijamente a su interlocutor.

—¿Estuvo en Quantico? ¿En la UAC?

—En la Unidad de Análisis de Conducta, sí. Era lo que en las películas y la televisión llaman un creador de perfiles. Y se me daba bastante bien.

—En el FBI no hay creadores de perfiles.

—Tiene razón. Técnicamente los llamamos «analistas», y a veces tenemos razón y otras nos equivocamos. Hay quien opina que los perfiles psicológicos carecen de validez empírica, y puede que tengan razón. De hecho, no me importa. Lo único que me importa es atrapar a los malos antes de que le hagan daño a alguien más, y voy a usar para ello todas las herramientas de las que dispongo. —Miró más de cerca a Decker—. Y le considero a usted una de esas herramientas.

—¿Qué significa eso exactamente?

—Significa que me gustaría que colaborara más con nosotros. Juntos podremos progresar.

Decker miró a Lancaster, quien, no cabía duda, había oído esto último, y se levantó.

—Ya tengo una compañera, pero si damos con algo se lo haremos saber.

Se marchó.

Lancaster esperó un momento, sonrió forzadamente a Bogart y se apresuró a seguir a Decker.

El agente especial Bogart permaneció sentado, viéndolos alejarse.

## 30

Decker abrió los ojos.

Estaba acostado en la cama, en su habitación del Residence Inn, pero no conseguía dormir.

Fuera llovía. Aquella época del año, avanzado el otoño, camino ya del invierno, era muy lluviosa y solía haber un viento fuerte que hacía que el agua te calara hasta el cerebro.

Calzaba un cuarenta y dos y medio. Lo habían confirmado. Un tipo de más de un metro noventa que pesaba más de noventa kilos, con los hombros tan anchos como él. Cerró los ojos y su mente volvió a la imagen de la cámara. Se veía al hombre de cintura para arriba. Decker ya estaba seguro de que intencionadamente de cintura para arriba. También había pasado por delante de la cámara con la intención de ocultar cómo había entrado realmente en el instituto. No por las puertas traseras, sino por la cafetería y atravesando un pasadizo.

Decker había visto algo, sin embargo, que no tenía lógica; la cuestión era que no estaba seguro de qué era ni de dónde lo había visto. Jamás olvidaba nada, pero no significaba que todo estuviera siempre en el contexto adecuado, ya fuese enfrentado a un hecho complementario o contradictorio.

Empezaba a hacer eso cuando oyó un ruido al otro lado de la puerta.

El Residence Inn estaba distribuido de manera que todas las habitaciones eran exteriores. Decker estaba en el primer piso. Una pasarela con una barandilla de hierro forjado recorría el exterior de esta planta, con dos escaleras, una en cada extremo, para bajar al aparcamiento.

El ruido otra vez. Como si arañaran la pared. Las habitaciones contiguas a la suya, por ambos lados, estaban libres. La planta baja del hotel estaba bastante llena. Se sentó en la cama, mirando la puerta. Estiró un brazo y cerró los dedos en torno a la pistola que tenía en la mesita de noche.

Metió una bala en la recámara, desplazando la corredera lo bastante despacio para que el sonido del retroceso fuera mínimo. Apartó las mantas, se puso los pantalones, se metió el móvil en el bolsillo y se acercó descalzo a la puerta, con sigilo.

Se quedó de pie a la derecha, sosteniendo el arma con ambas manos, apuntando al suelo. Escuchó. Otra vez el ruido. Los arañazos. Había algo fuera. Tal vez había alguien fuera.

Lo haría como lo había hecho en muchas redadas siendo policía. Solo que al revés. Saldría en lugar de entrar. Quitó la cadena de seguridad, se apartó, cogió el picaporte, contó mentalmente hasta tres y abrió la puerta. Salió disparado, apuntando primero hacia la izquierda y luego hacia la derecha con el arma.

Se quedó quieto, mirándola. La habían colgado del soporte de la luz exterior. Al golpear la pared con los pies producía el sonido que había oído. Le comprobó el pulso en la carótida, pero fue un gesto mecánico. Estaba muerta, con los ojos abiertos, empañados y fijos como nunca estaban los de alguien vivo.

La agente especial Lafferty había escrito su última nota.

Miró bien el cadáver, pero no encontró pruebas evidentes de cómo había muerto. Luego recorrió la pasarela y se precipitó escalera abajo. Lafferty no podía llevar allí mucho tiempo. Quien hubiera hecho aquello podía estar cerca. Sacó el móvil y llamó a emergencias. Le dijo a la operadora todo lo que necesitaba saber en tres frases sucintas. Luego llamó a Lancaster. Le respondió al cuarto timbrazo. Eran las tres de la madrugada. Seguro que dormía. Cuando acabó la primera frase estaba completamente despierta. Cuando terminó la segunda oyó que buscaba a tientas la ropa. Se guardó el teléfono y corrió por el aparcamiento del Residence Inn. Miraba y escuchaba. Ningún vehículo se puso en marcha ni oyó correr a nadie.

No oyó nada, solo su dificultosa respiración. Se paró y se inclinó hacia delante, tratando de llenarse los pulmones de aire. Temblaba, tenía revuelto el estómago. Cuando alzó la cabeza los vio. El ejército de treses avanzaba hacia él con los cuchillos en ristre, dispuesto a matarlo. Sabía que no eran reales, pero esa noche el terror se apoderó de él, como la primera vez que los había visto.

Se inclinó más y vomitó en el asfalto. El vómito le ensució los pies desnudos y ya helados.

Cuando se incorporó oyó la primera sirena y el ejército de treses se disolvió con aquel sonido. Al cabo de un momento otra sirena se unió a la primera. Subió titubeando la escalera hasta su habitación. Se apoyó en la barandilla de la pasarela, delante del cadáver de Lafferty. Quería cerrarle los ojos, bajarla del soporte y dejarla con suavidad en el suelo de cemento, con las manos sobre el vientre, en paz, como si alguna vez pudiera hacer pacífica la muerte violenta. Por su familia no había podido, desde luego.

Sin embargo, no podía hacer nada de aquello sin alterar el escenario del crimen, así que se quedó allí de pie. Cuando los coches patrulla se detuvieron en el aparcamiento, entró en su habitación y dejó la pistola en la mesilla de noche. Cuando volvió a salir los agentes habían subido corriendo la escalera y se habían detenido a poca distancia. Les enseñó la identificación. No conocía a ninguno y no quería que se equivocaran con él.

—Soy Amos Decker. He llamado yo. La detective Lancaster viene hacia aquí.

Los policías habían desenfundado y lo escrutaban de cerca. Uno se le acercó más y comprobó su acreditación.

—Lo vi ayer en el instituto con los detectives. Está todo bien —le dijo a su compañero.

Enfundaron y miraron el cadáver de Lafferty.

—Es la agente especial Lafferty, del FBI —les dijo Decker—. Seguramente también la han visto en el instituto.

Los dos sacudieron la cabeza.

—Mierda. ¿Una agente federal? —dijo el primero—. ¿Cómo ha muerto?

—No lo sé. No resulta evidente cómo, como puede ver.

—Vale.

Decker se apartó del cadáver.

—No le diré nada que ya no sepa, pero fui policía durante veinte años. Debería asegurar el escenario del crimen, llamar a los técnicos y al forense. Estoy seguro de que la detective Lancaster avisará también a los suyos, pero, como ha dicho, es una agente federal y tendrá que seguir el manual a raja tabla.

—Buen consejo. Voy a llamar —dijo el primer agente.

—Yo acordonaré el perímetro —dijo el segundo.

Decker indicó la puerta abierta.

—Es mi habitación. He oído un ruido y he salido a comprobar qué era. Entonces la he visto. He bajado al aparcamiento pero no he visto a nadie. Tampoco he oído ningún vehículo, ni a nadie corriendo. La vomitona del aparcamiento es mía. Ya no estoy acostumbrado a correr tanto ni tan rápido.

—Está bien, señor Decker. Me gustaría que volviera a su habitación. Estoy seguro de que la detective Lancaster irá a verlo cuando llegue. —Miró otra vez el cadáver y, de repente, vaciló—. ¿Seguro que está muerta?

—No tiene pulso. Lo he comprobado. Y ya está fría. Lleva muerta un rato.

Decker entró en su habitación y cerró la puerta. Se metió en el baño, se lavó la cara y los pies, se calzó y se sentó en la cama a esperar.

Sabía dónde vivía Lancaster. Estimaba que tardaría una media hora. Diez minutos más tarde oyó que empezaba la actividad al otro lado de la puerta. Dieciocho minutos antes de que llamaran a su habitación. Abrió y allí estaba Mary.

Miró más allá de ella. El cadáver estaba en el cemento, encima de una sábana destinada a recoger cualquier prueba. Un equipo de técnicos atestaba el reducido espacio, tomando fotos y realizando mediciones y buscando pruebas en todos los lugares evidentes.

El forense, un hombre bajo con barba de unos sesenta años, estaba arrodillado junto a Lafferty. Después de tomarle la temperatura del hígado miró a Lancaster.

—Lleva muerta unas tres horas.

—Eso sitúa el fallecimiento alrededor de las doce y media.

—¿Causa de la muerte? —preguntó Lancaster.

El forense le alzó la blusa. Debajo tenía una sola puñalada.

—Ascendente —dijo—. Directa al corazón. Ha muerto casi instantáneamente. Es evidente que se desangró en otro lugar, pero no habrá sangrado mucho. El puñal le ha atravesado el corazón, que ha dejado de bombear sangre.

Decker tuvo una idea.

—¿Le ha examinado la zona genital? ¿Hay algo? —le preguntó al forense.

Lancaster le lanzó una mirada penetrante y se volvió hacia el forense.

Por la cara que puso este, Decker supo la respuesta. El médico les enseñó el lugar.

—El asesino ha usado un cuchillo basto para la mutilación.

Lancaster miró a Decker.

—Como la otra vez. Con...

—Sí, como la otra vez —dijo Decker.

Tres todoterrenos ligeros accedieron al aparcamiento.

—Llegan los federales —dijo ansiosa Lancaster. Los he llamado cuando venía hacia aquí.

Bogart encabezó la marcha, subiendo los escalones de dos en dos. Iba despeinado, con vaqueros, un jersey, náuticas y sin calcetines. Los que iban detrás vestían de manera parecida, pero llevaban el chubasquero del FBI.

Bogart fue directamente hacia el cadáver y lo miró. Luego se frotó los ojos, la barbilla y apartó la vista, mirando hacia la barandilla y la oscuridad.

—Mierda —lo oyó murmurar Decker.

Luego el agente del FBI se volvió hacia ellos.

—¿Qué sabemos hasta el momento?

Lancaster le dio la hora y la causa de la muerte. También lo puso al corriente de la mutilación que había descubierto el forense.

—¿Ha visto u oído algo? —le preguntó con la cara cenicienta a Decker.

Este le contó lo que sabía.

—Estaba medio dormido —añadió—. El ruido de arañazos podría haber estado sonando un rato antes de que lo oyera.

—¿Sabe lo que ha estado haciendo esta tarde la agente? —le preguntó Lancaster a Bogart, que no pareció haberla oído.

—Si logramos determinar sus movimientos, tal vez tengamos una pista de quién ha hecho esto —añadió Decker.

—¡Ya lo sé! —les espetó Bogart.

—Sabemos que es tremendamente difícil, agente Bogart... —empezó a decir Lancaster.

Decker la interrumpió.

—Pero sabe usted mejor que nadie que cuanto antes demos con una pista más probabilidades tendremos de resolver el caso, y que en caso contrario será al revés.

Tras echar un último vistazo a Lafferty, Bogart bajó la escalera.

Subieron a uno de los todoterrenos negros, Bogart delante y Lancaster con Decker en el asiento trasero. El agente especial se bebió una botella pequeña de agua que tenía en el salpicadero, se secó la boca con la mano y se volvió hacia ellos.

—Lafferty era una buena agente. Era mi protegida, de hecho, no una simple anotadora —añadió con una mirada significativa a Decker, que guardó silencio.

Bogart se echó hacia atrás en el asiento, soltó un profundo suspiro y dijo:

—Nunca había perdido a un agente. Cuesta asimilarlo.

—Seguro —dijo Lancaster.

—Pero ¿dónde estuvo? —dijo Decker—. ¿Se alojan todos en el mismo sitio?

—Sí. En el hotel Century.

—¿Todos en la misma planta?

—No, estamos repartidos en tres plantas, pero Lafferty estaba en la habitación contigua a la de otro agente.

—¿Cuándo fue la última vez que alguien la vio? —preguntó Lancaster.

—Se lo he preguntado a todos mientras veníamos. Parece ser que a las nueve y media. Estaba trabajando en la habitación del agente Darrow con unos expedientes. Le ha dado las buenas noches y ha vuelto a la suya.

—¿Sabemos si ha vuelto realmente a su habitación? —preguntó Decker.

—De hecho le mencionó a Darrow que iba a salir por algunas cosas que le hacían falta.

—¿Le dijo qué cosas o dónde iría?

—Por lo que dijo, el agente dedujo que eran productos farmacéuticos. No creo que fuera la primera vez. Nos avisan con poca antelación y los agentes no tienen demasiado tiempo para prepararse.

—Entonces ya había ido otras veces a comprar algo —dijo Lancaster—. ¿Al mismo sitio?

—Eso es. Para el viaje, seguramente —dijo Bogart, mirando por la ventanilla, con la mente evidentemente en otra parte.

Decker se arrellanó en el asiento y cerró los ojos. Pensó un momento.

—Hay una farmacia que abre toda la noche a dos manzanas del Century. Allí habría ido yo a comprar lo que necesitara estando de viaje. En el aparcamiento tienen videocámaras.

—Bien. Veamos si nos enseñan algo —dijo Bogart.

El trayecto duró unos veinte minutos a esa hora de la madrugada. Además Bogart excedió todos los límites de velocidad. Todavía no eran las cuatro, así que en Burlington casi todos dormían. El tráfico era escaso y no había ni un alma por la calle.

En la farmacia que permanecía abierta toda la noche había dos personas, una detrás del cristal blindado, en la caja registradora, y la otra colocando botes de desodorante en un estante. Los dos habían empezado su turno a las ocho de la tarde. Bogart les enseñó la foto de Lafferty y les preguntó si algún empleado la había visto.

—Esta noche no, pero anoche vino.

—Eso significa que podría no haber pasado por aquí hoy —dijo Decker.

Preguntaron por los vídeos de las cámaras de seguridad del aparcamiento y se las dieron.

—Puede que viniera andando —dijo Decker—. Está muy cerca para venir en coche.

—Y no falta ninguno de nuestros vehículos —dijo Bogart.

Descargaron el DVD en el portátil que Bogart tenía en el todoterreno. La hora estaba impresa al pie de las imágenes y el agente rebobinó hasta justo antes de las nueve y media. Fueron pasando mientras todos se juntaban delante de la pantalla para verlas. Cuando llegaron a las 9.58, Decker la vio.

—Ahí está.

Lafferty salía del callejón contiguo a la farmacia. Dio dos pasos y tiraron de ella de repente otra vez hacia el callejón.

—Páselo otra vez, despacio —dijo Decker.

Bogart pasó la escena otras cinco veces y aumentó la imagen todo lo posible en la pequeña pantalla.

Decker la miró atentamente, memorizando cada píxel y archivándolo.

—No consigo ver quién es.

—Podemos aumentar las imágenes —dijo Bogart—. Mis chicos hacen maravillas.

—Sabía dónde estaba la cámara —dijo Decker—. Como en el instituto. No quería que lo vieran. Al menos que vieran ciertas partes suyas.

—¿Cómo ha podido dominarla tan rápido? —dijo Bogart—. Lafferty no era ninguna enclenque.

—Le puso una mano enguantada en el cuello. Podía llevar algo en ella. Parece que se ha puesto rígida casi de inmediato. Creo que le ha inyectado un agente paralizador.

—La analítica lo confirmará —dijo Lancaster.

—Así que la ha cogido a las nueve y cincuenta y ocho —dijo Decker.

—Pero la temperatura del hígado indica que murió alrededor de las doce de la noche —apuntó Lancaster.

—Eso implica que la retuvieron dos horas antes de matarla —concluyó Decker.

Bogart parecía cansado.

—Ha dicho que la han mutilado. ¿Cree que le han hecho algo más?

Decker negó con la cabeza.

—A mi mujer no la violaron, pero le mutilaron la misma... zona —añadió.

—¿De qué va esto? —preguntó Bogart—. ¿Por qué lo hace? No tiene ningún sentido.

—Cuando le pregunté a Leopold si le había hecho algo más a mi mujer, no me respondió. Ahora bien, la mutilación no se hizo pública. Solo podía saber de ella si estuvo ahí, y sabemos que no estuvo. Sin embargo, alguien que sí que estuvo allí pudo habérselo contado. Pero, puesto que no me respondió, no sé si no lo sabía o si simplemente no quiso decírmelo. En cualquier caso, sigue siendo sospechoso.

Bogart se frotó la cara.

—¿Qué más?

—La han retenido dos horas. Es probable que parte de ese tiempo estuviera consciente, antes de que la mataran.

—¿Qué harían con ella? —preguntó Lancaster.

—Intentar sacarle hacia dónde se encamina la investigación —respondió Bogart.

Decker asintió.

—Querrían saber lo que sabemos. Si hemos establecido algunos hechos acertadamente o no.

—Bueno, pues Lafferty no habrá dicho nada —dijo Bogart bruscamente.

—Nadie es invulnerable a un interrogatorio. Depende de la táctica que hayan usado —dijo Decker—. Puede que haya hablado en contra de su voluntad. En cualquier caso, para ir sobre seguro, deberíamos dar por supuesto que saben lo mismo que nosotros. Sobre todo, que hemos encontrado el pasadizo subterráneo.

Bogart miró la imagen congelada, la mano alrededor del cuello de su compañera.

—¿Cómo es posible que no se diera cuenta de que ese tipo la seguía? —dijo—. Tenía que ir pisándole los talones.

—A lo mejor estaba escondido en el callejón —sugirió Lancaster.

Bogart cabeceó.

—¿Esperando a que pasara ella? ¿Cómo podía saber que iría a la farmacia?

—Pudo haberla esperado, vigilado y seguido cuando salió del hotel. Ya había ido a la farmacia por lo menos una vez. Puede que se hubieran enterado de algún modo y vieron la ocasión para atraparla si volvía. Y es posible que ella supiera que estaba en el callejón pero, por alguna razón, no se sintiera amenazada —añadió Decker.

—¿Que no se sintiera amenazada? —exclamó Bogart—. ¿En un callejón oscuro? ¿Con un asesino suelto? Es imposible que no estuviera en guardia.

—Pudo no sentirse amenazada si se trataba de alguien de quien no tenía motivos para sospechar —propuso Decker.

Bogart enrojeció intensamente y se le distorsionaron las facciones.

—¿Está acusándome o acusando a alguno de mis hombres del asesinato? —le espetó—. ¡Porque ella no conocía a nadie más en este sitio de mala muerte!

—No pretendía decir eso —repuso con calma Decker.

Bogart le puso un dedo delante de la cara.

—La han dejado en su puerta. ¡A lo mejor la ha matado usted, hijo de puta!

Decker se mantuvo impasible y, cuando habló, lo hizo despacio y con prudencia.

—¿Y la he dejado en mi puerta para incriminarme? ¿Y luego he llamado a la Policía y me he quedado sentado a esperar? Si hubiera hecho semejante estupidez podría salir impune alegando locura.

Bogart parecía a punto de darle un puñetazo, pero se dominó y apartó la cara.

—Amos, ¿te refieres a alguien con uniforme? —dijo Lancaster—. ¿A un policía? No habría sospechado de un policía.

—Sí —repuso Decker—. A eso me refiero exactamente.

Bogart lo miró bruscamente y asintió.

—Vale. Perdón por haber saltado de esa manera. —Tras una pausa, declaró—: Está bien. Vamos a poner patas arriba este maldito callejón. —Sacó el móvil y llamó a su equipo. Luego se volvió hacia Decker—. Tenemos que colaborar en este asunto. Tenemos que parar a este tipo.

Decker negó con la cabeza.

—Tipo no, tipos.

—¿Por qué lo dices? —preguntó sorprendida Lancaster mientras Bogart se lo quedaba mirando—. El tirador es un solitario, por lo que parece. Tú lo dijiste.

—Y me equivocaba —repuso Decker con decisión.

—Pero, en concreto, ¿qué le hace pensar que podría haber más de un hombre involucrado? —dijo Bogart.

—Que nadie puede estar en dos lugares al mismo tiempo.

# 31

El amanecer.

Las nubes habían desaparecido y, con ellas, la lluvia. Era un verdadero amanecer. Los colores cambiaban al principio sutilmente y luego, de repente, transformaban el cielo como ningún otro fenómeno. Excepto una bomba nuclear con su nube en forma de champiñón. Ambas cosas eran transformadoras por derecho propio. Una cara del mundo estaba iluminada y la otra inmersa en la negrura. El beso de la bomba era auténtico. El movimiento del sol era una metáfora tanto del descenso de la oscuridad como del ascenso de la luz.

Decker se quedó en la acera contemplando cómo amanecía. A pesar de que había cada vez más luz, seguía de un humor tenebroso. No se había ido a la cama después de dejar a Bogart y Lancaster. Habría sido inútil.

Tenía el 7-Eleven enfrente, al otro lado de la calzada. Estaba abierto. Siempre estaba abierto. A través de los cristales veía a la misma mujer contando paquetes de cigarrillos, pero el que fregaba el suelo era otro. A lo mejor «Billy» se había cambiado a otro cubo de fregar de otra ciudad o a lo mejor se estaba recuperando de una noche de parranda.

No sabía por qué se había acercado hasta allí después de dejar a Lancaster y a Bogart, pero aquel sitio seguía atrayéndolo como un imán al hierro.

Entró y cuando la campanilla tintineó fue como si una broca le taladrara el cráneo.

—¿Se encuentra bien?

Decker se rehízo y vio que la mujer lo miraba. Parecía un poco asustada, y cuando se vio en el espejo de la puerta de una nevera llena de gaseosas entendió por qué. Parecía un demente, con la ropa sucia y el pelo enmarañado.

—Estuvo usted... Estuvo usted aquí el otro día —comentó la mujer—. Buscaba a una persona.

Decker asintió y miró a su alrededor.

—¿Dónde está Billy, el que fregaba el suelo?

—Hoy trabaja por la tarde. ¿Encontró al hombre que buscaba?

Decker negó con un gesto.

—Pero sigo buscándolo.

—Tiene aspecto de necesitar un café. Está recién hecho. Acabo de prepararlo. Está ahí detrás. El grande cuesta un dólar. Vale la pena. ¿Quiere comer algo?

La campanilla de la puerta volvió a sonar y entraron dos hombres con mono, botas de trabajo y camisa de franela. Uno se acercó al mostrador para comprar cigarrillos. El otro se llenó una taza enorme de cola en el dispensador de refrescos.

Mientras la mujer atendía al nuevo cliente, Decker fue hasta el fondo de la tienda, se sirvió un café, cogió una pasta envasada de un estante y volvió al mostrador. Esperó detrás del que pedía cigarrillos, que también quería boletos de lotería con unos números determinados. Mientras lo hacía, miró distraídamente el periódico que había encima del mostrador. La primera página se veía perfectamente. El café y la pasta estuvieron a punto de caérsele. Los dejó en el mostrador, cogió el periódico y lo leyó.

Sin darse cuenta se puso a caminar por la tienda mientras lo hacía.

La mujer lo llamó.

—¡Eh, tiene que pagar esto! —Señalaba el café y la pasta—. Y el periódico también.

Decker se metió una mano en el bolsillo, sacó un billete de cinco dólares y lo dejó en el mostrador. Se marchó, olvidándose del café y la pasta.

La mujer y los dos hombres lo miraron irse.

Cruzó la calle dando traspiés y se apoyó en el borde de un contenedor de basura, debajo de una farola cuya luz parpadeaba.

El artículo era largo, detallado e iba acompañado de una foto.

Mi foto. Mi historia. No, mi historia no. La versión de alguien de una historia que tiene mucho menos de verdad que una especulación descarada, y que la mentira. Echó un vistazo a la firma, aunque no tendría por qué haberse molestado. Ya sabía de quién era.

Alexandra Jamison.

Cogió el autobús al Residence Inn, subió a su habitación, se sentó en la cama y leyó el artículo otras tres veces. No cambió, por supuesto, pero le golpeó la cabeza con un poco más de fuerza cada vez, como un cuchillo apuñalando la carne repetidamente.

Se acostó y por fin durmió un poco. Cuando se despertó eran casi las nueve de la mañana.

Fue al baño, se echó agua en la cara y bajó al bufé. Se llenó el plato de comida, se sirvió tres tazas de café solo, lo llevó todo a la mesa y se sentó a mirarlo fijamente.

El sol estaba alto y la luz entraba por las cristaleras. La iluminación lo realzaba, como si fuera un actor en escena bajo el calor abrasador de un foco.

Esperó, sin dejar de mirar la comida. Luego se volvió hacia el periódico que había dejado al lado del plato.

Sonó su móvil. Lo miró y pulsó el botón para responder.

—Mierda, Amos, ¿qué demonios has hecho? —le dijo Lancaster.

—Nada. Por lo visto ese es el problema.

—Cualquiera que lea este artículo pensará que contrataste a Sebastian Leopold para que matara a tu familia.

—Eso he pensado, aunque conozco bien los hechos.

—¿Por qué se mete contigo?

—Porque no quise hablar con ella.

—¿Así que no le diste alternativa a escribir esta mierda?

—Vi a Leopold.

—¿En su celda, quieres decir?

—Después.

—¿Qué?

—Lo seguí cuando lo pusieron en libertad. La foto que sale en el artículo es de entonces, de cuando estuvimos en el bar.

—¿Por qué demonios lo seguiste?

—Porque quería hablar con él. Quería comprender por qué había dicho a la Policía y me había dicho a mí que había asesinado a mi familia si era imposible que lo hubiera hecho.

—¿Y te lo dijo?

—No. Desapareció.

—Querrás decir que lo perdiste.

—Quiero decir que se subió a un coche y desapareció.

—¿Lo viste hacerlo?

—No, pero es la única posibilidad.

La oyó suspirar largamente. Había oído muchas veces a Lancaster suspirar largamente, sobre todo cuando Decker hacía algo completamente estrambótico, aunque acabara por llevarlos a descubrir la verdad en el caso que estuvieran investigando.

—Amos, a veces no te entiendo.

Había oído aquello tantas veces que sabía que Mary no esperaba que le respondiera, así que no se molestó en hacerlo.

—Entonces, ¿Leopold se ha ido?

—De momento —repuso.

—Te van a hacer la vida imposible por culpa de este artículo, y la muy bruja da incluso tu dirección actual.

—Tengo un as en la manga.

—¿Cuál? —le preguntó ella, llena de curiosidad.

—Me importa una mierda.

—Amos, no creo que entiendas...

—Tengo que dejarte. —Colgó y dejó el móvil en la mesa, junto al montón de comida intacta. Miró la pila de huevos, salchichas, beicon y patatas fritas; no veía comida, sino su foto con Leopold en el bar. Sabía que a la gente le parecería raro que se hubiera sentado a tomar una cerveza con el hombre que había confesado haber matado a su familia y luego se había retractado de lo dicho. Pero si quería resolver aquellos asesinatos tenía que explorar todas las vías. Y Leopold era una más.

Suspiró, apartó el plato y alzó la cabeza. June estaba de pie a un lado con una sartén de bollos. No miraba a Decker. Miraba hacia la puerta.

Siguió su mirada y la vio.

Alex Jamison estaba en la puerta de la zona de desayuno. Vestía pantalones negros y un abrigo negro raído encima de un jersey de cuello alto azul turquesa. Se había recogido el pelo en una cola de caballo y puesto unos tacones que la hacían varios centímetros más alta.

Se acercó a su mesa y miró el periódico que tenía al lado del plato.

—Supongo que lo ha leído —le dijo.

Sin pronunciar palabra, Decker cogió el tenedor, se acercó el plato y empezó a comer.

Ella se quedó de pie junto a la mesa, incómoda.

—Le di la oportunidad de hablar conmigo —añadió al ver que seguía sin decirle nada.

Decker siguió comiendo.

Jamison se sentó frente a él.

—No quería hacerlo.

Decker dejó el tenedor y se limpió la boca con una servilleta de papel. Luego la miró.

—He llegado a la conclusión de que la gente casi siempre hace exactamente lo que quiere —dijo.

Ella dio unos golpecitos al periódico.

—Todavía puede arreglarlo.

—La gente que lo arregla es porque lo ha hecho mal. Yo no he hecho nada mal.

—Se reunió con el hombre que supuestamente mató a su familia.

—Supuestamente, y le han sido retirados todos los cargos, algo que sabía usted antes de escribir este artículo y que sabía yo antes de reunirme con él en el bar.

—¿Por qué se reunió con él?

—Tenía preguntas que hacerle.

—¿Qué preguntas? —Sacó la grabadora, el cuaderno y el bolígrafo, pero Decker le hizo un gesto con la mano en alto.

—No se moleste.

Ella se apoyó en el respaldo.

—¿No quiere que publique su historia?

Decker apartó el plato y se inclinó hacia ella por encima de la mesa.

—No tengo ninguna historia que contar —le dijo. Volvió a erguirse, se acercó el plato y siguió comiendo.

—Está bien, es bastante justo. Pero ¿cree que Leopold tuvo algo que ver con los asesinatos? Aunque no los cometiera personalmente. Además está el hecho de que la misma arma fue utilizada en el instituto.

Decker la miró muy serio.

—A Brimmer le dispararon con esa arma. Es un hecho que no ha sido revelado y sabe que no lo ha sido porque si no ya habría escrito sobre él. Puedo echárselo en cara. ¿Quiere ver cómo se malogra la carrera de su contacto o la considera una víctima legítima del artículo?

—Es usted un hombre muy poco común.

—Me falta contexto para responder a ese comentario.

—Lo que prueba mi argumento, ¿no?

Esta vez Decker se arrellanó y la miró.

—Hábleme de usted —le dijo de repente.

—¿Qué? ¿Por qué? —le preguntó ella con cautela.

—Puedo enterarme de bastantes cosas con facilidad. En Internet está la vida de todo el mundo. Así que, copiando su frase, le estoy dando la oportunidad de contar su historia.

—¿Se supone que ahora tendría que decir *touché*?

—¿Tiene algo que ocultar?

—¿Y usted?

—No. Pero usted lo sabe todo de mí. —Dio unos golpecitos en el periódico que seguía al lado del plato—. Aquí está la prueba. Así que hábleme de usted.

—¿Qué quiere saber?

—Lugar de nacimiento, familia, educación, carrera, sus objetivos en la vida.

—Caray. No pide poco.

Decker esperaba. No le molestaba el silencio, no le molestaba esperar. Su paciencia, como su mente, no tenía límite.

Ella cruzó los brazos.

—Soy de Indiana —le dijo—, de Bloomington. Fui a Purdue, me saqué el título en comunicación de masas. Empecé en unos cuantos periódicos pequeños del Medio Oeste, básicamente sirviendo café, escribiendo las noticias estúpidas que nadie quería escribir y haciendo los turnos que nadie quería hacer. Me dediqué un tiempo al periodismo *online* y a ser *blogger*, pero lo detestaba.

—¿Por qué?

—Me gusta hablar con las personas cara a cara, no a través de una máquina. Eso no es verdadero periodismo, es gestión de datos que aportas a idiotas a los que ni siquiera conoces. Es informar a gente perezosa que vive en pijama. No era lo que yo quería. Quiero un Pulitzer. En realidad, quiero un estante lleno.

—Luego vino aquí. ¿Por qué? Burlington no es una metrópoli animadísima.

—Es más grande que cualquiera de las ciudades en las que he vivido. Hay delincuencia, política interesante. El coste de la vida no es alto, lo que tiene su importancia, porque sumando todas las horas que trabajo no llego siquiera al salario mínimo. Además me dejan trabajar a mi ritmo y ocuparme de mis propias noticias.

—¿Familia?

—Numerosa. Toda de nuevo en Bloomington.

—¿Y la otra razón por la que vino aquí?

—No hubo ninguna otra.

Él le señaló el dedo de la mano izquierda.

—Llevaba dos anillos. Las marcas no son muy visibles pero se distinguen. Anillo de compromiso y de boda. Ya no los lleva.

—Soy divorciada. Qué gran cosa. Como la mitad de la población de este país.

—¿Quiso empezar de nuevo lejos de su ex?

Ella se frotó el dedo.

—Algo así. Vale, ¿hemos terminado con lo mío?

—¿Quiere que sea así?

—Sabe que no me está engañando, ¿verdad? Me siento generosa, nada más, le sigo la corriente, a ver dónde acaba la cosa.

—Sigue sus propias noticias, ha dicho.

—Así es.

—Trata de establecer una relación entre los asesinatos de mi familia y el tiroteo en el Mansfield.

—Claro.

—¿Cómo la llaman sus amigos?

—Da por sentado que los tengo.

—¿Cómo la llama Brimmer?

—Alex.

—Vale, Alexandra, permítame que sea todo lo claro posible con esto.

Ella puso los ojos en blanco y lo miró con desdén.

—Tengo la sensación de que me espera un sermón condescendiente.

—¿Le gustaría una exclusiva?

Jamison se apresuró a coger la grabadora.

—¿Es una oferta seria?

—Siempre y cuando mantenga a su fuente en el anonimato.

—Tiene mi palabra.

—¿Suele dar su palabra con tanta facilidad?

—Tiene mi palabra —repitió ella con sequedad.

—Una agente del FBI fue asesinada anoche y dejaron su cadáver colgado encima de nuestras cabezas —comenzó Decker—, justo en la pasarela de ahí arriba. Era una agente federal entrenada y armada perfectamente capaz de cuidarse sola. Ahora es una víctima de asesinato a la que despacharon con tanta facilidad como se aplasta un gusano. —Apartó el plato otra vez, se inclinó hacia delante y apagó la grabadora.

Ella no hizo nada para impedírselo.

—He visto un montón de cosas durante los veinte años que he estado en el cuerpo, pero nunca había visto... —Decker calló, buscando las palabras adecuadas—. Nunca había visto una amenaza semejante. Y no es solo eso. Es... —Se interrumpió de nuevo, tamborileando con los dedos sobre la mesa y los ojos cerrados—. Es una amenaza y tiene cerebro y es astuto. Resulta una mezcla muy peligrosa, Alexandra. Le he preguntado por su familia solo porque quería saber si tiene a alguien que la llorará cuando la mate también a usted. Porque, por favor, no se equivoque, la matará con tanta facilidad como se exhala el humo de un cigarrillo.

—Mire, si intenta...

Decker no la dejó terminar.

—Puede estar observándonos en este mismo momento, por lo que yo sé, y decidiendo dónde y cómo planea quitarle la vida. Por lo visto le gusta joderme así, asesinando a personas cercanas a mí o con las que tengo alguna relación. Usted ha escrito un gran artículo sobre mí. Eso crea un lazo entre nosotros de los que a este tipo le gustan, y no me cabe duda de que tiene la intención de seguir matando hasta que acabe con la última víctima que tiene en mente.

El desdén de Jamison se había esfumado. Estaba asustada, aunque trataba con todas sus fuerzas de disimularlo.

—¿Y quién será esa víctima? —Intentó decirlo con ligereza, pero se le quebró la voz a mitad de la frase.

—Seré yo.

# 32

Alexandra recogió la grabadora, la libreta y el bolígrafo, los devolvió al bolso y se levantó. No miró a Decker.

—Vale. Si le hace sentir mejor, declaro oficialmente que me ha dejado muerta de miedo —le dijo.

—¿Vio a Leopold marcharse del bar?

—¿Qué?

Él dio unos golpecitos en el periódico.

—Del bar en que se tomó esta foto.

Lo miró recelosa.

—No voy a responderle a eso.

—Acaba de hacerlo. Bien, tengo una pregunta más para usted.

—¿Cuál?

Él sostuvo en alto el periódico.

—¿Dónde consiguió esta foto de Leopold conmigo en el bar? No sale el nombre del autor. Sé que los de la profesión son muy puristas con estas cosas, así que me pregunto por qué no lleva firma.

—La tomé yo.

—No, no la tomó.

—¿Cómo lo sabe?

—Soy bastante observador, y sé que no estuvo en el bar. Quien tomara esa foto estaba vigilándonos a Leopold y a mí. Eso significa que nos siguió a ambos, aunque yo también seguía a Leopold. —Tras una pausa, añadió—: No se lo preguntaría si no fuera importante. ¿Cómo consiguió la foto?

—La conseguí de una fuente anónima —admitió ella finalmente.

—¿Y esa fuente anónima también le aportó elementos para el artículo que ha escrito?

—No puedo decírselo.

—Si no saber el nombre de su fuente, no tiene que preocuparse por proteger su identidad. —Decker dejó caer el periódico en la mesa—. ¿Le llegó por correo electrónico, por mensaje de texto? Seguramente no por correo ordinario. No le habría dado tiempo de escribir el artículo.

—Por correo electrónico.

—¿Puede mandarme los e-mails?

—¿Por qué lo considera tan importante?

—Porque la persona que le mandó el correo electrónico es la misma que mató a toda esa gente.

—No puede saberlo.

—Lo sé con toda seguridad y supongo que el e-mail decía que debía usted redactar este artículo porque las cosas olían mal. Que ahí estaba yo viéndome con el hombre acusado de matar a mi familia. Que tenía que haber algo más, ¿verdad?

A medida que hablaba, Jamison abría más los ojos.

—¿Me mandó usted ese e-mail? —siseó.

—¿Para poder ver el artículo en el que básicamente se me acusa de conspiración para asesinar a mi familia en el periódico, quiere decir?

Ella se mordió el labio inferior.

—Lo siento, ha sido una estupidez. —Tragó saliva con dificultad—. ¿En serio cree que fue él?

—Estaba ahí. Estaba a menos de tres metros de mí y no lo vi en ningún momento, y no estoy seguro de cómo es eso posible.

—Ha dicho que es astuto.

Decker asintió.

—Lo es. Evidentemente quiere destruirme profesionalmente antes de matarme.

—¿Puedo hacerle una pregunta?

Decker alzó la barbilla para mirarla.

—Adelante.

—¿A quién demonios cabreó tanto como para que le esté haciendo todo esto?

Decker no respondió porque no tenía ninguna respuesta que darle. Anotó su dirección de correo electrónico en el dorso de una servilleta y la empujó hacia ella.

Jamison se la metió en el bolsillo, le dio la espalda y se fue.

Él siguió sentado.

Al cabo de un momento le sonó el móvil. Miró la pantalla y se permitió sonreír un poco.

Jamison acababa de mandarle el e-mail de su fuente anónima. Decker sabía que no lo llevaría hasta el remitente. Eso era demasiado obvio. Pero quería estudiar lo que había escrito aquel hombre.

Apartó el plato y lo miró. El emisor era Mallard2000. Eso no le decía nada. Leyó el mensaje. Decía casi palabra por palabra lo que Decker ya había supuesto. El emisor quería que Jamison redactara un artículo que concitara sospechas sobre él y el asesinato de su familia. Estaba escrito en un lenguaje sencillo y directo. Decker imaginó a Sebastian Leopold diciendo cada una de esas palabras en voz alta, intentando hacer coincidir la cadencia de su discurso con los elementos del mensaje. Sin embargo, al menos en su mente, no encajaban.

Eran dos. Estaban juntos en aquello. Alguien no puede estar en dos lugares a la vez. Leopold estaba en prisión durante ambos asesinatos múltiples. Por tanto, si está involucrado, como creo que está, hay alguien más. Sin embargo, aquella teoría tenía un inconveniente.

Que un hombre quisiera vengarse de él, vale, pero ¿que quisieran hacerlo dos?

Reenvió el e-mail a Lancaster y le pidió que intentara rastrear su origen. Dudaba que ni ella ni el FBI pudieran, pero tenían que intentarlo. Él no tenía ordenador, así que fue andando hasta la biblioteca pública para usar uno.

No era ni de lejos un experto en tecnología, así que su capacidad para dar con alguien a partir de una dirección de correo electrónico era limitada. Se le terminaron enseguida los recursos por ese camino y dejó el ordenador. Fue repasando los estantes hasta que llegó a la sección de no ficción.

Algo se le había ocurrido mientras y una biblioteca era un lugar perfecto para comprobar la teoría que iba creando.

La familia Clutter.

Fue hasta los autores cuyo apellido acababa por «c».

No de Clutter, sino del autor de su trágica historia.

Encontró el libro y lo sacó.

*A sangre fría*, de Truman Capote.

El argumento era a la vez sencillo y complicado. Decker había leído la obra hacía años y, como siempre, tenía todas las páginas del libro perfectamente guardadas en su archivo mental.

Un preso recibe el soplo de otro interno de que un granjero de la Kansas rural llamado Clutter tiene un montón de dinero en una caja fuerte. El tipo sale de prisión, se compincha con un antiguo compañero de celda y van a casa del granjero. Irrumpen en ella, pero no encuentran ni caja fuerte ni dinero. El soplo era falso. La cosa podría haber acabado ahí pero, desafortunadamente para la familia Clutter, no es así. El más tímido aunque desequilibrado de los dos ladrones decide que tienen que matar a la familia. Su compañero, que ha sido el jefe y quien consiguió el soplo, se aviene a su pesar. Asesinan a todos los miembros de la familia, uno por uno. Los asesinos no son listos. Los persiguen y los detienen. Después de los respectivos juicios y las interminables apelaciones, cuelgan a ambos en Kansas. Una completa tragedia. Los dos asesinos tenían un pasado de problemas, líos, violencia, pero nada que justificara lo que habían hecho, porque nada habría podido justificarlo.

Esa parte de la historia no le interesaba demasiado a Decker. Lo que le interesaba era la posibilidad de que dos hombres con un pasado muy diferente acabaran juntos en el momento preciso y se asociaran para masacrar a tantas personas. Él no conocía a Leopold. Nunca lo había visto hasta que se sentó en aquella celda. Así que no era Leopold quien quería vengarse de él. Tenía que ser la persona con la que Leopold se había asociado. Pero ¿quién era?

Devolvió el libro al estante y se fue de la biblioteca.

Mientras caminaba le sonó otra vez el móvil. Era Lancaster.

—Nada del e-mail todavía —le dijo—. ¿De verdad crees que fue ese tipo?

—Lo creo.
—El FBI también lo está comprobando.
—¿Nada de Lafferty aún?
—Precisamente por eso te llamo. ¿Puedes reunirte conmigo en el depósito de cadáveres?
—Sí. ¿Por qué?
—Simplemente ven. Tienes que verlo tú mismo.

Decker fue en autobús hasta el depósito de cadáveres, que estaba en las afueras de Burlington, en una zona que, como buena parte de la ciudad, había tenido días mejores.

Había estado sopesando las palabras de Lancaster durante el trayecto sin demasiado resultado. ¿Qué era lo que quería que viera personalmente?

Cuando llegó a la entrada principal del depósito lo estaba esperando. Su expresión era tensa, nerviosa; el temblor de la mano era incluso peor.

—¿Qué pasa? —le preguntó.

—Vamos. Bogart ya ha llegado.

Recorrieron los pasillos que apestaban a antiséptico, y a muerte. La muerte tenía su particular aroma que te invadía los ojos, la nariz y la garganta. Los depósitos de cadáveres no están limpios. De hecho, están tremendamente sucios. Nadie tiene que preocuparse de que los clientes se mueran por una infección.

Lancaster iba delante. Por fin empujó un par de puertas basculantes. Decker la siguió. La sala era grande y estaba llena de estantes y mesas de autopsias de acero inoxidable, en tres de las cuales había cadáveres cubiertos por sábanas.

Del techo pendían grifos articulados y había vitrinas llenas de botellas de líquidos y de instrumentos necesarios para diseccionar los cadáveres. Se oía el zumbido de una sierra Stryker procedente de otra habitación. Decker ya lo había oído antes. Le estaban abriendo el cráneo a alguien. Se preguntó si era a una víctima del Mansfield a la que estaban a punto de extraerle el cerebro para pesarlo, medirlo y estudiarlo.

Había un grupo de personas arracimadas alrededor de una

mesa del fondo. Una de ellas era Bogart. Volvía a ir trajeado, con la corbata y el clip impecables, el pie de cuello perfectamente horizontal, sin un pelo fuera de lugar, la viva imagen de la profesionalidad. Sin embargo, por el rostro hinchado, los ojos enrojecidos y los hombros caídos, Decker lo encontró un hombre completamente distinto.

Había con él otros dos agentes y un hombre que Decker sabía que era el jefe médico forense. No iban a poner a alguien sin experiencia para que se las viera con un agente del FBI. En realidad, le sorprendió que el FBI no hubiera traído su propio forense.

Bogart alzó la cabeza cuando los oyó acercarse. Asintió brevemente, saludó con la mirada a Decker y volvió a concentrarse en el cadáver que había debajo de la sábana.

—¿Qué sabemos hasta el momento? —le preguntó Lancaster al forense.

—Como se dijo en el examen preliminar, en el escenario del crimen, la causa de la muerte es una puñalada en el corazón. Movieron el cadáver. El *livor mortis* lo demuestra. La sangre se estancó en el tejido intersticial de la espalda, pero fue encontrada colgada del soporte de una lámpara. —Le destapó un brazo a Lafferty. Lo alzó con dificultad, porque lo tenía rígido—. Está empezando a salir del *rigor*, partiendo de las extremidades y hacia atrás hasta la mandíbula y el cuello, lo que más o menos confirma la hora de la muerte. Murió a eso de la medianoche.

—¿Y la temperatura del ambiente? —le preguntó Decker—. Hacía frío.

—Mi colega en el lugar de los hechos lo tuvo en cuenta. Además, a la fallecida le inyectaron un sedante muy fuerte. Hemos encontrado trazas. Tuvo que dejarla inconsciente e incapaz de defenderse.

—Y hubo mutilación de los genitales —dijo Decker.

El forense asintió, pero cuando iba a apartar la sábana para que vieran la zona, Decker lo detuvo.

—Ya lo hemos visto.

Miró expectante a Lancaster. Ella miró a su vez a Bogart.

—No se lo he dicho —le comentó—. Me ha parecido que debía verlo.

Bogart asintió y miró a los otros dos agentes, ambos fornidos y que parecían tener ganas de matar a alguien, a quien fuera.

—Dele la vuelta.

El forense apartó la sábana, dejando a la vista el cuerpo de la agente especial Lafferty. Tenía la piel de la parte delantera del cuerpo muy pálida. El forense ya la había abierto; las suturas de la incisión en «y» eran brutales, amenazadoras, como una doble cremallera en la carne humana. La piel de la cara se le había descolgado un poco porque se la habían quitado de una pieza y luego se la habían vuelto a poner. Le habían abierto el cráneo con una sierra y le habían extraído el cerebro antes de volver a colocárselo y cerrárselo.

Cuando le dieron la vuelta la palidez desapareció. Tenía la piel roja, con aspecto casi de quemadura, donde la sangre se le había encharcado.

Decker no se estaba fijando en eso, sino en lo que tenía en la espalda.

Se acercó más, porque la decoloración de la piel no se lo dejaba ver bien.

Entonces lo vio.

Alguien le había grabado algo en la espalda a Lafferty.

Alguien le había grabado palabras con la hoja de un cuchillo, usando su cuerpo a modo de papel, en dos líneas, una debajo de la otra.

¿Cuándo terminará esto, hermano?

Dímelo.

# 33

Salieron todos. Bogart miró a sus hombres.

—Dadnos un minuto —les dijo—. Quedamos en el coche.

Los otros se fueron. Bogart se volvió hacia Lancaster.

—Me gustaría hablar en privado con su compañero.

Mary miró a Decker.

—Luego nos vemos —le dijo este.

—¿Estás seguro?

—Lo está —le espetó Bogart.

—Siento mucho lo de la agente Lafferty —le dijo Lancaster.

—Agente especial Lafferty. Gracias.

Mary les dio la espalda y se marchó. Miró hacia atrás una vez antes de doblar la esquina y desaparecer.

Al instante siguiente Bogart había empujado a Decker contra la pared de ladrillo del depósito de cadáveres. Le presionó el cuello con el brazo.

—Vale, gordo hijo de puta, vamos a dejar las cosas claras aquí y ahora mismo.

Bogart era más alto, más fuerte y estaba en mucha mejor forma que Decker. Además, llevaba encima una tremenda carga de frustración y de odio que le daba fuelle. Aun así, Decker pesaba lo suyo y había sido jugador de fútbol profesional. Cuando llevaban un minuto forcejeando, tratando ambos de imponerse, dobló las rodillas y se apartó de la pared. Aquel impulso, unido a su corpulencia, empujó a ambos hombres hacia delante, aunque en realidad fue hacia atrás en el caso de Bogart. Al mismo tiempo, Decker pasó el tobillo izquierdo por detrás del derecho del agente del FBI, con lo que este cayó al suelo. Entonces Decker aterrizó encima de él con la fuerza de un muro al derrumbarse.

Tendido de espaldas en el suelo con más de ciento cincuenta kilos encima, Bogart consiguió a pesar de todo darle un puñetazo en la mandíbula. Decker saboreó la sangre y notó que se le había aflojado un diente. Le dio un codazo a Bogart en la sien y oyó que el otro gemía bajo el impacto y que la cabeza le rebotaba en la acera.

—¡Te mataré! —le gritó el agente, pataleando y dando puñetazos mientras Decker intentaba dominarlo.

Se apartó un poco de Bogart y luego se dejó caer de golpe, con el hombro derecho en el diafragma del otro, proceso que repitió una vez más. Bogart gruñó, jadeó, gimió y por fin dejó de forcejear.

Decker se levantó, retrocedió a trompicones y se inclinó hacia delante con las manos en las rodillas, tratando de recuperar el aliento, con arcadas y los pulmones ardiéndole.

Cuando miró a Bogart, este se había sentado y lo estaba apuntando con la pistola. Con evidente dolor, se levantó despacio del suelo sin dejar de apuntar a Decker.

—Acaba de atacar a un agente federal —jadeó, sujetándose la cabeza herida y sangrante con la otra mano.

Decker miró primero la pistola y luego a Bogart.

—Puedo arrestarlo —añadió el agente.

Decker se irguió y se dejó caer contra la pared de ladrillo para no caerse.

—¿No quería decirme algo? —le preguntó a Bogart cuando por fin consiguió normalizar la respiración.

Apuntándolo todavía, Bogart se apartó el pelo de la cara y se aflojó la corbata. Se le acercó más.

—¿Qué?

—Ha dicho que quería dejar las cosas claras. No creo que eso signifique darme una patada en el culo. Creo que significa hablar de algo.

Bogart señaló la puerta del depósito de cadáveres.

—Le ha dejado un mensaje en... en mi agente, dirigido a usted.

—Ya lo sé.

—Eso significa que tiene que conocer a este tío. Tiene que haberle hecho algo. Lo llama «hermano». —Esta última palabra la gritó.

Decker inspiró profundamente una última vez y se apartó de la pared. Se mantuvo erguido.

—No lo conozco. No soy su hermano.

—Dice que nunca olvida nada. Bueno, pues por lo visto este tipo tampoco. Le hizo usted algo. Es posible que no sepa qué, pero ha matado... Ha matado... —Se le quebró la voz, bajó el arma y se quedó mirando la acera, cabeceando, con cara de absoluta desesperación.

Decker se acarició el corte y la contusión de la mejilla, allí donde Bogart le había dado el puñetazo. Se empujó con la lengua el diente suelto.

—Ha matado a una docena de personas, incluida mi familia y la agente especial Nora Lafferty —dijo Decker.

Bogart alzó la cabeza para mirarlo y asintió despacio.

—Incluida Nora. —Enfundó la pistola.

»Mire, lo siento... Si quiere presentar cargos, adelante. Esto ha sido inaceptable.

—No estoy seguro de lo que ha pasado, aparte de que he tropezado, me he caído y lo he derribado. Soy bastante patoso, pero también alto, gordo y no estoy en buena forma. Me parece que va a tener que llevar el traje a la tintorería y a que le echen un vistazo a ese corte que tiene en la cabeza.

Bogart se quitó el polvo de la manga y lo miró.

—¿Por dónde seguimos?

—Con todo lo que hemos hecho en realidad no hemos conseguido nada. ¿Ha encontrado algo útil en la base militar?

—Nada. Era una placa de Petri de mierda. Todo hecho papilla. Y el Pentágono todavía no nos ha respondido. No estoy seguro de lo que puede aportarnos, en todo caso. ¿Qué me dice de ese artículo del periódico?

—He hablado con la periodista.

—Lancaster nos lo ha contado. Nos ha dado la dirección IP. Mis chicos la están rastreando, sin éxito de momento.

—Dudo que lleve a ninguna parte. Demasiado obvio.

—Entonces, ¿seguimos sin tener nada? —dijo Bogart con tristeza.

—Tenemos un montón de cosas, si conseguimos encontrarles el sentido. Tenemos a Sebastian Leopold.

—Pero tiene coartada para ambas matanzas.

—Pero no para el asesinato de Lafferty.

—¿Me está diciendo que trabaja con alguien? ¿Se refería a eso cuando dijo que nadie podía estar en dos lugares al mismo tiempo?

Decker asintió.

—Pero ¿cómo puede estar seguro de que ha matado a Nora?

—No puedo, pero no creo que fuese Leopold quien le grabó esas frases.

—¿Por qué?

—He estado con Leopold. Me habría acordado de él si lo hubiera visto antes. Pero no me acuerdo, lo que implica que no lo había visto. Queda su compañero. Este tipo no habría permitido a Leopold hacer eso. Era personal. Es mi hermano. Nadie más que él. Él es quien tiene la queja contra mí.

—Pero, Decker, ¿cómo puede haberse cruzado con ese otro tipo y no acordarse de él? ¡Si lo odia tanto que está matando a gente!

—No puedo responderle a eso porque no tengo ninguna respuesta —admitió Decker—, pero le prometo que la tendré.

# 34

Decker miró la parte superior de la fachada del bar, después la parte derecha y por último la izquierda. Los edificios de aquella zona eran de ladrillo y se encontraban en un estado ruinoso.

Bajó los escalones y entró en el oscuro local lleno de humo. Vio a dos obreros en un reservado del fondo, ambos con una jarra de cerveza en la mano. Había una mujer sin compañía en una mesa redonda alta con una copa de vino en una mano y un cigarrillo en la otra. Mientras la miraba dejó el cigarrillo en un cenicero negro de plástico y la copa en la mesa, sacó un espejito y una barra de labios del bolso y se retocó el maquillaje.

Decker se acercó a la barra. La atendía el mismo camarero. Se sentó y pidió una Coors. El camarero la sirvió, la desespumó con un cuchillo para mantequilla y la empujó hacia él. Entonces Decker le pasó a su vez un billete de cinco dólares y le dijo que se quedara el cambio. Eso captó la atención del camarero.

—Usted ya estuvo aquí —le dijo.

Decker asintió y tomó un sorbo de cerveza.

—Estuve, con el otro tipo.

—Sí, el otro tipo. Un tipo raro.

—¿Ha vuelto?

—No. —Se puso a limpiar la barra de caoba con un trapo, realizando enérgicos movimientos circulares.

—¿Había estado aquí antes?

—Un par de veces.

—¿Alguna habló con él?

—Nunca habló con nadie, excepto con usted.

—¿Vive por la zona?

—No lo sé. Solo lo he visto marcharse. Nunca lo he visto más allá de la puerta del local.

—No veo a la camarera.

El camarero soltó una risita.

—No.

—¿Qué ha pasado con ella?

—¿Con ella? —Rio más fuerte y paró de limpiar la barra. Apoyó los codos en ella y se inclinó hacia Decker—. Dice usted «ella». Yo no lo diría.

—Pues ¿qué diría?

El camarero lo señaló con el índice.

—Esa sí que es una pregunta jodidamente buena. Yo no me ocupo de la contratación. Solo sirvo las bebidas y limpio y echo a algún bastardo borracho de vez en cuando.

—¿Quién la contrató?

—La gerencia, sean quienes sean. El local se ha vendido cuatro veces en tres años. Lo único que no cambia es este servidor, y no estaría aquí si encontrara otra cosa mejor pagada.

—¿Me está diciendo que era un travesti?

—O algo así, sí. No estoy seguro, pero no quise comprobarlo. No es plato de mi gusto.

Decker cerró los ojos y las imágenes pasaron veloces por su cabeza.

Alta, delgada, con el pelo rubio rizado.

Le tapaba casi toda la cara a la chica.

O al chico.

Tal vez también la nuez de Adán, la señal reveladora inequívoca, que solo podía suprimirse con cirugía.

—¿No sabía nada de ella? Tuvo que dar nombre, dirección, lo necesario para cobrar el sueldo.

—Eso lo tienen en gerencia, pero ni siquiera son de aquí. Puede incluso que sean de otro estado. Me parece que llevan un puñado de negocios con un mismo nombre de empresa. Economías de escala o una mierda parecida. Apuesto a que están haciendo un mogollón de dinero. Yo no tanto.

—Entonces, aquí no guardan ningún expediente.

—No.

—¿Quién le hizo la entrevista de trabajo?

—Vino de una agencia de colocación.

—¿Sabe de cuál?

El camarero se quedó mirándolo.

—¿Por qué? ¿Es plato de su gusto?

Decker sacó la acreditación policial.

—Estoy trabajando en un caso. Es posible que sea alguien con quien tengo que hablar.

El otro miró bien la credencial.

—Vale —dijo—. De hecho no sé de cuál. Simplemente se presentó aquí un día y empezó a trabajar.

—¿Y no se planteó por qué?

—Bueno, necesitábamos una camarera. La otra no se presentó. Dijo que la mandaba la agencia de trabajo temporal con la que trata la gerencia, así que la puse a trabajar.

—¿Cuándo fue eso?

—El día antes de que viniera usted con ese otro tío.

—¿Y si no la mandó la agencia de trabajo temporal?

—Bueno, ¿por qué demonios iba a mentir sobre eso?

—¿Tienen un baño solo para los empleados?

—Sí, ahí detrás.

—¿Lo usó?

—Estoy seguro de que sí. Todo el mundo tiene que mear y lo demás, ¿no?, ya sea de pie o sentado.

—Enséñemelo.

El camarero lo acompañó por un pasillo hasta una puerta desvencijada con un letrero que indicaba que era la del baño.

—¿Tiene cinta de embalar? —le preguntó Decker.

—En la trastienda.

—Tráigamela.

El confuso camarero se fue y al cabo de un minuto regresó con un rollo de cinta.

Decker selló la puerta con tiras largas de cinta cruzadas.

—¿Qué demonios hace? —le preguntó el camarero.

—Llegará un equipo forense dentro de cinco minutos. No entre ahí.

—¿Y si tengo que ir al baño?

—Use el de los clientes. Además tendrá que dar una descripción de esa persona, así que empiece a hurgar en la memoria para recordar hasta el más mínimo detalle.

Decker llamó a Lancaster.

—Los mando ahora mismo —repuso ella—. ¿Qué tal la charla con Bogart?

—Predecible. —Cortó y salió del local.

Con su visita al bar había resuelto dos cosas.

La primera, que la camarera era quien le había sacado la foto con Leopold y había mandado la información para el artículo a Alexandra Jamison. Era la única persona que podía haberlo hecho. La intención era arruinar la reputación de Decker, la poca que tenía; pero, más que eso, querían que empezara a poner en duda la verdad.

La segunda, que ella había salido del bar, cogido el coche y recogido a Leopold cuando se había marchado. Tenía que haber sido un coche híbrido o eléctrico, porque él no había oído ningún motor y en caso contrario lo hubiera oído.

En las imágenes de su mente solo quedaba el camarero aquel día, cuando Leopold había salido. La camarera no estaba, porque había ido a buscar el coche.

Un hombre vestido de mujer.

O tal vez una mujer que solía ser un hombre vestido de mujer, como en *¿Víctor o Victoria?*, una película con James Garner y Julie Andrews que había visto hacía años.

Y quizá la camarera fuera el compañero de fechorías de Sebastian Leopold.

No se había fijado en sus pies, algo que ahora lamentaba profundamente. Sin embargo, habría dicho que usaba un cuarenta y dos y medio. Trató de calcular su estatura. Él estaba sentado y ella llevaba tacones. Pasó las imágenes.

Puede que un metro setenta y cinco o un metro ochenta. Y era delgada, con las caderas y los hombros estrechos. Nada que ver con el metro noventa, los noventa kilos y los hombros tan anchos como los de Decker.

Sin embargo, no era inconcebible. Con voluntad, todo es posible. Por lo visto, todo había sido posible en aquel caso. Esperó al equipo forense. Cuando llegó, les dijo a los técnicos exactamente lo que querían que hicieran. Lancaster les había dicho que siguieran al pie de la letra las órdenes de Decker. Un retratista de la Policía se sentó con el camarero.

Luego Decker se marchó a otra parte, porque acababa de ocurrírsele otra cosa.

# 35

El taller de carpintería.

El taller de carpintería que no se usaba aquel curso porque el profesor se había marchado antes de que empezara.

Decker se preguntaba si había otra razón, aparte del pasadizo del almacén del aula, para que el tirador quisiera acceder a ese lugar en concreto.

Recorrió el taller hasta el almacén del fondo. Miró los montones de cachivaches de antiguos proyectos abandonados como huesos de dinosaurio a la espera de una excavación arqueológica.

Bueno, la intención de Decker era excavar.

Empezó por la parte superior de cada montón, abriéndose paso hasta el pie.

No encontró nada útil, así que se sentó en el suelo a pensar. Recorrió mentalmente los posibles pasos. Allí arriba, decidió, no habría sido práctico. El tirador habría necesitado más privacidad, una zona más neutral.

Salió del almacén y bajó los escalones hasta la otra habitación con la pared falsa de madera de balsa. En ese caso, el tirador había apartado el montón de basura.

No tuvo que cavar mucho en la porquería.

Sacó el objeto y lo sostuvo en alto.

Una pieza de malla y cuero acolchada. Decker supo al instante lo que era por su forma. Eran unas hombreras de jugador de fútbol americano. Mucho más que eso. La pieza cubría hasta la cintura e incluía apoyos para los brazos. Ensanchaba y engrosaba el cuerpo. Tenía bisagras que se abrieron cuando desabrochó los dos pasadores, como una versión más pequeña de la doncella de hierro, la máquina de tortura de la Edad Media. Era como un torso completo que podías ponerte y abrocharte para tener dos veces tu tamaño.

Abrió la pieza totalmente y trató de ponérsela. Sin embargo, ya era casi tan voluminoso como ella, de manera que no pudo. Le habría quedado bien a alguien el doble de delgado. Gigantismo instantáneo. Se quedó maravillado de lo flexibles y maleables que eran la malla y el cuero y las cintas que sujetaban las piezas. Tenía que ser así, porque el individuo había tenido que moverse y disparar con aquello puesto.

Sesenta y tres kilos se convertían en más de noventa, la delgadez en la complexión de un defensa capaz de hacer un placaje.

En el montón encontró las almohadillas para las piernas, que añadían peso y grosor a la parte inferior del cuerpo, a juego con el aumento de la parte superior.

Vale, eso resolvía la cuestión de la corpulencia.

Quedaba la de la estatura.

Siguió buscando.

Y la encontró entre dos viejas lámparas y una mesa sin terminar hecha con el tocón de un árbol.

La alzó y la examinó. Era una bota sin tacón pero de suela gruesa desde el talón hasta la punta. Quien se la pusiera parecería ocho centímetros más alto. Además, dedujo que sería mucho más práctico que llevar tacones. Unos tacones de ocho centímetros limitarían mucho la agilidad. Aquello era como caminar encima de una plataforma elevada. Midió la suela en comparación con la suya. Era mucho más pequeña, del cuarenta y dos y medio o del cuarenta y tres.

Encontró la pareja al cabo de un momento.

Dejó las botas en el suelo. Aunque los pies no le cabían en ellas, podía ponerse de pie encima.

De medir alrededor de un metro noventa y seis pasó de inmediato a medir más de dos metros.

Del mismo modo, un metro setenta y cinco o metro ochenta pasaría a ser más de un metro noventa.

Dudaba que el tirador hubiera traído aquel equipamiento la noche de la función teatral en el instituto, lo hubiera escondido en la cafetería y después se lo hubiera llevado por el pasadizo. No había tenido que hacerlo, sin embargo. Podía haber entrado todo aquello en cualquier momento, cuando le hubiera dado la gana, y haberlo dejado allí mismo.

Encontró una bolsa de basura y lo metió todo dentro.

De acuerdo, eso resolvía la cuestión de la estatura, y también cómo había pasado el hombre por la puerta del pasadizo sin desplazar los aparatos de aire acondicionado. Cuando lo había hecho era mucho más delgado, quizá tanto como Lancaster, que no había tenido ningún problema para pasar por la estrecha abertura.

Delgado como la camarera; ella habría podido hacerlo.

Decker volvió mentalmente a la cámara de la entrada trasera del instituto. Solo de cintura para arriba. El tirador no quería de ninguna manera que las botas de plataforma quedaran grabadas en vídeo.

No le había preocupado que los testigos presenciales se fijaran en sus pies. Los que no habían muerto seguramente no se habían molestado en fijarse en el calzado que llevaba, no cuando alguien les estaba disparando.

Llamó a Lancaster y le contó su hallazgo.

Varios «la madre que te parió» más tarde, le dijo que tardaría diez minutos en llegar para recoger las pruebas de la bolsa de basura.

Decker se aupó para sentarse en un mostrador del centro del taller y miró a su alrededor. Quería tenerlo todo mentalmente ordenado, las piezas del rompecabezas en su sitio, aunque solo fuera para ver cuántos huecos le quedaban.

El tirador entra en el instituto la noche de la obra teatral, se esconde en el congelador de la cafetería. Sale a la mañana siguiente, entra en el pasadizo desde allí para llegar hasta la parte posterior del edificio sin que lo vean. Ha quedado en verse con Debbie Watson en el taller de carpintería. La mata, se cambia de ropa, se arma y se pone delante de la cámara de vigilancia después de arrastrar a la chica fuera del taller y colocarla junto a la taquilla. Después dobla la esquina y le dispara.

Luego se dedica a matar gente, yendo desde la parte de atrás del instituto a la delantera, tras lo que se larga por el pasadizo de la cafetería que va hasta la base militar McDonald, de la existencia del cual se ha enterado gracias a Debbie Watson. Entierra las piezas de su disfraz en el montón de basura, lo que explicaría el segundo conjunto de huellas de pisadas subiendo por esas escaleras. Después escapa por la antigua base militar tras acceder al pasadizo al que se entra por la pared, supuestamente sólida, que Decker ha descubierto.

Vale, si así fue como sucedió, Decker tiene una pregunta muy importante.

¿Por qué el Mansfield? ¿Por qué un tiroteo allí precisamente?

Tuvo una idea.

Él había ido a ese mismo instituto. Si aquello era realmente algo personal contra él, había en aquel lugar cosas suyas muy personales, cosas de Amos Decker. Cosas que llevaban literalmente su nombre.

Se bajó del mostrador y se alejó por el pasillo.

El instituto no había reabierto y se decía que los alumnos serían trasladados a otros centros de la zona, por lo menos hasta que terminara el primer semestre. Durante las vacaciones la ciudad ya decidiría lo que hacer durante el resto del curso.

Decker dudaba incluso que los alumnos volvieran alguna vez allí.

En parte quería que aquel sitio fuera demolido y el solar convertido en una especie de monumento en memoria de los muertos.

En parte no quería dar a los bastardos la satisfacción de haber obligado a la ciudad a tomar una decisión tan drástica. Habría sido como someterse a los terroristas.

Entró en el gimnasio y se acercó deprisa a la gran vitrina de una de sus paredes. En ella estaban todos los trofeos y los demás premios ganados por el Mansfield a lo largo de los años. Estaban ordenados cronológicamente, así que no le costó demasiado encontrar el que buscaba.

Solo que no estaba.

Todos los premios que había ganado, todos los trofeos que

llevaban su nombre, cerca de una docena, habían desaparecido. Lo comprobó y volvió a comprobarlo. No estaban.

Se apoyó en la vitrina y se cubrió la boca con una mano.

Alguien había entrado y se había dedicado a disparar en el instituto Mansfield. Y el asesino múltiple lo había hecho por culpa suya, por culpa de Amos Decker.

Por el mismo motivo por el que su familia había sido asesinada.

Yo, Amos Decker.

Se sintió de repente como si Dwayne LeCroix lo hubiera derribado otra vez.

Sonó su móvil. Supuso que era Lancaster.

No lo era. Era Bogart.

—Decker, hemos encontrado algo en un contenedor, en el callejón donde raptaron a Nora Lafferty. Tenía razón. Era un uniforme de policía.

Decker notó que le faltaba algo por oír, sin embargo, por el tono crispado del agente.

—¿Qué más?

—El uniforme era auténtico. Era uno de los que usan los agentes del Departamento de Policía de Burlington.

—¿Y?

—Y el uniforme tenía un nombre cosido.

—Todos lo llevan. ¿Qué nombre? —preguntó Decker, aunque en cierto modo ya sabía la respuesta.

—El suyo —repuso Bogart.

# 36

Decker llegó sin aliento a las puertas del edificio. Entró corriendo y marcó el código de la caja de seguridad. No era un código muy seguro: era el cumpleaños de Molly.

La puerta se abrió y la cruzó. Las unidades de almacenamiento tenían todas ellas una puerta exterior. Corrió hasta la del final del todo. Sacó la llave del bolsillo, pero vio que a su unidad le faltaba el cerrojo.

Se lo habían quitado a propósito. Habían querido que lo supiera.

Subió la persiana enrollable empuñando la pistola, por si acaso, pero en la unidad no había nadie vivo.

Allí dentro estaban sus pertenencias, cosas que había traído de su antigua casa, porque no había lugar donde guardarlas en el sitio al que se había mudado. No podía deshacerse de ellas, sin embargo. Allí dentro estaban también los recuerdos tangibles de la vida que había compartido con las dos personas del mundo a las que más había querido: Cassie y Molly.

Estaba todo pulcramente guardado en cajas etiquetadas y colocadas en estanterías metálicas. Aquel sitio era un gasto que de hecho no podía permitirse, pero no había dejado de pagar ni un solo recibo. Había pasado frío y hambre para mantener aquel lugar y aquellos recuerdos intactos. Era un reflejo de su mente: lleno de cosas pero muy organizado, del que se podía recuperar todo con el mínimo esfuerzo.

Necesitaba mirar en una de aquellas cajas, solo en una. Estaba al fondo, a la izquierda, en el segundo estante. Era la cuarta empezando por la derecha.

Llegó ante ella y se detuvo. La caja estaba, pero con la tapa abierta. La sacó del estante y la dejó en el suelo de cemento. Aquella caja contenía lo que le quedaba de su carrera como defensor de la ley. Una de las cosas era su viejo uniforme de policía. Se lo había quedado cuando había ascendido a detective, porque había veces que en el departamento se esperaba que incluso los que iban de paisano se pusieran el uniforme. Cuando había dejado el departamento, técnicamente tendría que haberlo devuelto, pero no iban a poder dárselo a otro. No había ningún agente tan alto como él ni de lejos en el Departamento de Policía de Burlington.

El uniforme no estaba en la caja. Alguien lo había usado para engañar a Nora Lafferty para que bajara la guardia durante unos segundos preciosos y letales en aquel callejón.

Saben dónde vivo. Saben que tengo esta unidad de almacenamiento.

Han entrado en ella.

Retrocedió mentalmente hasta la última vez que había estado allí. Hacía veintisiete días, a la 1.35 de la tarde. ¿Lo habían vigilado entonces o había sido antes de esa última vez?

Fue corriendo hacia la puerta, donde había una cámara de seguridad.

No creía que pudiera proporcionar una probable pista y resultó que estaba en lo cierto. Habían pintado con pintura negra en espray el objetivo. Evidentemente, nadie había revisado desde hacía al menos casi un mes las imágenes de aquella cámara si no se habían dado cuenta de que ya no grababa nada.

Llamó a Bogart.

Al cabo de un cuarto de hora varios todoterrenos se detuvieron en la puerta. Decker los dejó entrar y luego acompañó al equipo hasta el almacén.

Se lo fue explicando todo por el camino. Cuando llegaron al almacén, el equipo de Bogart se puso a trabajar, buscando huellas y otras trazas y cualquier cosa que hubiera podido quedar allí.

Bogart y Decker se quedaron juntos, de pie, observando.

—¿Por qué no devolvió el uniforme cuando dejó el cuerpo? —le preguntó el agente del FBI.

Decker sabía exactamente lo que pretendía, pero no podía evitarlo y, en cierto modo, Bogart tenía razón.

—Debería haberlo hecho —reconoció—, pero no lo hice.

Bogart asintió despacio.

Decker no estaba seguro de si el tipo iba a perder de nuevo, aunque supuso que no, con todo su equipo presente.

—Bueno —dijo el agente—, hacía falta un uniforme de policía auténtico para engañar a Lafferty. Estos tipos seguramente lo tenían claro.

Decker se sintió todavía más culpable, que era lo que el otro sin duda pretendía. Un hombretón fuera de combate sin descargar un solo puñetazo.

—¿Tiene el uniforme? —le preguntó.

—En una bolsa de pruebas, en la furgoneta.

—¿Puedo verlo?

Sacaron la bolsa.

—El uniforme y la gorra ya han sido examinados en busca de restos. No había nada útil.

Pero Decker no buscaba eso. Estaba revisando el dobladillo de los pantalones. A unos quince centímetros del bajo encontró lo que buscaba.

Se lo enseñó a Bogart.

—¿Agujeros? —se extrañó el agente del FBI.

—De alfileres.

—¿De alfileres?

—Yo soy alto y tengo unas piernas excepcionalmente largas —le explicó Decker—. El tipo que se los puso tuvo que acortar las perneras unos quince centímetros. Si no lo hubiera hecho, Lafferty se habría dado cuenta de que el uniforme no era el suyo. Yo antes estaba más delgado, pero estoy seguro de que el tipo tuvo que apretarse la cinturilla, seguramente con alfileres. Con la camisa igual. —Examinó la camisa y encontró dos agujeros en la tela, en el centro de la pieza central de la espalda—. Aquí y aquí. Pudo abrocharse los puños vueltos para compensar la diferencia de longitud del brazo. La tira de tela acolchada de la gorra consigue que una cabeza de tamaño medio encaje en una grande como esta.

—Entonces, ¿era un hombre mucho más pequeño?

—De un metro ochenta, y delgado.

—Lancaster me contó lo que encontró usted en el instituto. La botas de plataforma para la altura y una especie de artilugio para que pareciera que el tirador tenía el torso más corpulento.

—Como las hombreras y las protecciones para los muslos. Consiguen que alguien de un metro ochenta y delgado parezca mucho más grandote.

—No hemos encontrado nada en el correo electrónico. La dirección IP no llevaba a ninguna parte —dijo Bogart.

—No me sorprende. —Miró el nombre del pecho del uniforme. Decker.

El hombre de azul. El hombre que era antes.

Luego vio algo más. No se notaba mucho, pero supo que era una marca reciente.

—Mire el distintivo —le dijo.

Bogart lo hizo.

—¿Eso es una...?

—Una equis. Alguien ha grabado una equis en el distintivo.

—¿Qué puede significar? ¿El asesinato de Lafferty?

—No lo sé.

Le devolvió a Bogart el uniforme. El agente del FBI lo cogió y miró la actividad que se desarrollaba en el almacén.

—¿Cómo guarda todo esto?

Decker miró hacia el techo.

—Es todo lo que me queda —dijo despacio, más para sí mismo que para Bogart.

El otro lo miró con compasión.

Decker seguramente se dio cuenta, porque le dijo:

—No hay motivos para sentirse así. Tomas decisiones y vives con ellas.

—Usted no escogió que mataran a su familia, Decker.

—Creo que el hombre que lo hizo creía que la decisión había sido completamente mía.

—Es nauseabundo.

—Sí, lo es.

# 37

Cuando Decker volvió al Residence Inn después de que las pesquisas en la unidad de almacenamiento no hubieran dado ningún resultado, resultó que había tenido visitas y que habían dejado pruebas muy reveladoras.

Había un hacha clavada en la madera de la puerta. Habían pintado con espray insultos en la ventana y la fachada de ladrillo. En el suelo de cemento había muñecas sin cabeza; copias del artículo de Alex Jamison repartidas por la pasarela o pegadas a la pared, cubiertas de palabras venenosas; habían alterado la foto de Decker de varias de ellas para que pareciera el demonio.

Debajo habían escrito: «Asesino de niños.»

Decker sacó el hacha de la madera, apartó lo demás de una patada, abrió la puerta, entró y la cerró con llave.

Dejó el hacha en el escritorio y se tumbó en la cama. Cerró los ojos y trató de pensar en lo que se le escapaba.

Porque lo tenía ahí. Sabía que sí. Por centésima vez se puso a repasar todos los hechos conocidos del caso por orden cronológico.

Llamaron a la puerta y eso interrumpió el hilo de sus pensamientos. Se levantó con esfuerzo y fue hacia ella.

—¿Quién es? —preguntó.

—Alguien que le debe una disculpa.

Reconoció la voz y abrió.

Alex Jamison tenía en la mano una de las muñecas sin cabeza.

—Lo siento muchísimo —le dijo, y parecía cierto.

—¿Qué es lo que siente?

—Mierda, Decker, está haciéndome sentir todavía peor de lo que ya me sentía.

Iba vestida de negro de los pies a la cabeza, con pantalones clásicos, un jersey largo hasta medio muslo, botines de tacón bajo y una chaqueta vaquera corta. Al hombro llevaba un bolso grande.

—¿Tiene tiempo para tomar un café? —le preguntó.

—¿Por qué?

—No he venido para entrevistarlo.

—Entonces, ¿a qué ha venido?

—Brimmer me ha dicho que ha hecho usted todo el trabajo pesado de este caso. Ha encontrado todas las pistas, aunque no ha querido decirme cuáles.

—Está aprendiendo, entonces.

—¿Un café? Hay ciertas cosas de las que quiero hablarle. Pago yo. Por favor, es importante.

Decker cerró la puerta a sus espaldas, bajaron la escalera, cruzaron la calle y recorrieron unas cuantas manzanas hasta un café embutido en un nicho entre dos comercios más grandes, uno clausurado y el otro que no tardaría en correr la misma suerte.

—Toda la ciudad se está yendo al garete —comentó Jamison cuando pasaban por delante del cerrado—. Pronto no tendré nada acerca de lo que escribir aparte de quiebras y desahucios.

Les sirvieron los cafés y se sentaron en una mesita, cerca del fondo del local.

Decker la observó poner azúcar en la taza.

—¿De qué quiere hablar? —le preguntó sin rodeos.

—Siento lo del artículo, Decker. A toro pasado, no se lo merecía usted. No creo que tenga nada que ver con lo que le pasó a su familia. Tal como dijo usted, me parece que algún psicópata intenta asustarlo para empezar y luego destruirlo. Me ha utilizado para conseguirlo y yo mordí el cebo solo para poder escribir el artículo. Sin embargo, me pregunto por qué. Lo que quiero decir es lo siguiente: ¿cómo puede haber alguien con tantas ganas de vengarse de usted sin que usted lo sepa?

Decker tomó un sorbo de café mirándola a los ojos, pero no le respondió.

—Estoy segura de que se ha estrujado el cerebro con eso.

—Me lo he estrujado.

—Tiene que ser por un motivo personal —dijo ella.

—El asesinato lo es casi siempre.

—No, más que eso, quiero decir. Brimmer me ha contado que ha habido un par de mensajes del asesino. Tampoco ha querido revelarme lo que decían, pero por lo visto iban dirigidos a usted.

Decker no dijo nada, pero por su modo de mirarla supo que había despertado su interés.

—Así que he indagado un poco.

—Sobre qué.

—Sobre usted.

—¿Cómo?

—Soy periodista. Tenemos nuestros métodos.

—¿Y qué ha descubierto?

—Es de Burlington. La estrella del deporte más grande que ha habido en esta ciudad. El joven que triunfó.

Aquel comentario le recordó a Decker la vitrina de los trofeos del instituto.

—El tirador se llevó todos los trofeos que llevaban mi nombre de la vitrina del Mansfield.

Ella se arrellanó. Parecía satisfecha y a la vez desconcertada por aquello.

—¿Cuándo lo haría? El día del tiroteo seguramente no. No querría ir cargado de quincalla.

—Hay maneras —dijo Decker—. Pero ahora no quiero entrar en eso. Quizás algún día pueda escribir toda la historia.

—La pregunta que se plantea es si hay alguien de Burlington que haya estado resentido con usted todos estos años. La gran estrella del fútbol contra algún don nadie de su entorno, celoso de su éxito. Que se haya llevado los trofeos puede indicar que es alguien de aquí. ¿Con quién fue usted al instituto? Pudo pensar que se había ido para siempre cuando se marchó a la facultad, pero luego volvió usted aquí y se hizo policía y obtuvo grandes logros.

Todos estos años su odio ha ido creciendo y enconándose hasta que el tipo ha estallado.

—Los tipos —puntualizó él.

—¿Tipos? ¿Se refiere a que hay más de uno?

—No puede publicar esto. —Decker se inclinó hacia ella—. No puede publicarlo de ningún modo, Alexandra. Si lo lee, supondrá que no solo sabe eso, sino muchas más cosas. Cosas tal vez peligrosas para él y, por tanto, peligrosas para usted.

—Lo entiendo, Decker. Ya me asustó lo bastante. No voy a ninguna parte sin mi gas lacrimógeno y el móvil con el número de emergencias en marcación rápida.

—Pero ha vuelto a verme. Está aquí, intentando ayudarme a entender esto. Puede que esté vigilándola. ¿Por qué corre el riesgo?

—No me he dedicado al periodismo para estar a salvo. Me metí en esta profesión porque quería correr riesgos. Usted y yo somos muy parecidos en este aspecto.

—¿Cuánto?

—Supongo que el único trabajo más arriesgado que los de futbolista profesional y policía es el del soldado en combate. Así que es un temerario. Yo también. Si podemos hacer un poco el bien siéndolo, ¿por qué no? Veamos, ¿recuerda algún chico de aquí que lo odiara?

—Era bueno en los deportes, pero en nada más. Tampoco era un capullo. Me lo pasaba bien. Era un memo. Hacía reír a los demás. Hacía el gamberro. No era don Perfecto ni de lejos. Aparte de mis logros en el campo, no era tan especial.

—Me cuesta bastante considerarlo un memo.

—Las personas cambian.

—Usted cambió, ¿verdad?

Decker tomó otro sorbo de café.

—Las personas cambian. No soy ninguna excepción.

—La gente cambia, pero creo que usted cambió más que la mayoría.

—¿A qué se refiere exactamente?

—Al encontronazo. Lo he visto en YouTube.

—Enhorabuena.

—Verlo te pone los pelos de punta. No imagino lo que sería recibirlo.

—En realidad no me acuerdo. Después me dijeron que me cagué en los pantalones. Una colisión violenta que colapsa el sistema nervioso central. Durante la pretemporada los muchachos del equipo se aseguraban después de los partidos de que no se viera ninguna faja con heces y de que no se la dieran a los admiradores, así como tampoco la sangre del interior de los cascos y de los uniformes. Mantenían a los periodistas fuera mientras los jugadores estaban en la sala del entrenador después al finalizar los partidos, para que no oyeran los gritos, y les daban a los chicos amoníaco o analgésicos para que fueran capaces de hablar con los medios sin que se notara que habían perdido medio cerebro.

—No soy muy aficionada al fútbol. Los futbolistas son los gladiadores del siglo XXI, que se machacan entre sí para que nos divirtamos mientras tomamos cerveza y comemos perritos calientes y aclamamos el hecho de que dejen a un tipo inconsciente. Ya tendríamos que haberlo superado. Supongo que mueve demasiado dinero.

—Mire, la gente no cambia tanto, de hecho.

—Después del encontronazo, desapareció una larga temporada. Cortó con el equipo, estuvo en el limbo. No he sido capaz de encontrar nada sobre usted. Luego volvió aquí y entró en la academia de Policía. Un colega mío me pasó sus resultados.

—¿Tiene muchos colegas?

—Una buena periodista necesita toda la ayuda posible. Los resultados eran perfectos.

—Mi antiguo capitán también me lo dijo.

—¿El capitán Miller también los consultó?

—¿A qué viene tanto interés por mí?

—A que creo que para encontrar a ese tipo, o a esos tipos, tenemos que retroceder hasta la motivación. La motivación es usted. Por tanto, tengo que entenderlo para llegar hasta ellos. —Hizo una pausa y dio unos golpecitos en la taza con la cucharilla—. Así que, ¿dónde estuvo durante ese tiempo?

—Eso es asunto mío.

—¿No quiere atrapar a esos asesinos?

—No he dicho eso.

—Pero sabe que tengo razón. La clave de lo que está pasando es usted. —Se inclinó hacia él y le dio unos golpecitos en el dorso de la mano—. Quiero ayudarlo, Decker.

—Lo que quiere es un Pulitzer.

—Ya se lo dije. Déjeme ayudarlo y no escribiré ningún artículo sin su permiso. Usted lo vetará o lo aprobará todo, o apretará el gatillo y nunca saldrá a la luz.

—¿Lo acepta?

—Sí.

—¿Por qué?

—Por Andy Jackson. ¿Lo conoce?

—El profesor de inglés del Mansfield. La última víctima del tirador que sigue viva. Trató de detenerlo.

—Ha muerto hace una hora, y no siempre fue profesor del Mansfield. Lo fue del Purdue, mi instituto. Gracias a él me hice periodista. Vino aquí para cuidar de su madre enferma. Era de esa clase de personas.

—No me lo había dicho.

—Porque eso era asunto mío. Sin embargo, se lo digo ahora. —Le tendió la mano—. Este es el trato que le propongo. Si decide que no haya artículo, no lo habrá, pero a cambio voy a ayudarlo a dar con esos bastardos. ¿Qué le parece?

Decker le tendió la suya despacio y se dieron un apretón de manos.

—Así pues, ¿por dónde empezamos?

Él se levantó.

—Por la unidad de almacenamiento.

# 38

Era tarde y estaban sentados con las piernas cruzadas en el suelo de cemento de la unidad de almacenamiento, revisando el contenido de las cajas. Jamison acababa de volver con la cena de un restaurante chino de comida para llevar. Había dispuesto servilletas, cubiertos de plástico, platos de papel y llenado el de Decker antes de servirse ella.

La miró un poco sorprendido.

Alex se explicó.

—No soy casera, pero soy la mayor de siete hermanos. Estoy acostumbrada a hacer de mamá en la mesa.

Él asintió y se comió un trozo de rollito de primavera mientras Jamison tomaba una cucharada de sopa de huevo. También había traído una cerveza para cada uno. Decker tomó un sorbo de la suya y dejó el botellín en el suelo.

Jamison miró cuanto los rodeaba en el almacén.

—Lo guardó absolutamente todo, ¿verdad?

—Las cosas más importantes para mí.

—No veo nada de su época de jugador de fútbol.

Él se encogió de hombros y pinchó una gamba con el tenedor.

—No la considero importante.

Ella asintió despacio.

—Pero, con lo que le pasó a su familia, ¿no le resulta doloroso guardar todo esto? La ropa de su hija, los libros de cocina de su mujer, las cartas, las fotos.

—Lo único doloroso es que no estén conmigo. —La miró—. ¿Cuánto tiempo estuvo casada?

—Demasiado.

Él la miraba, esperando algo más.

—Dos años y tres meses —dijo ella por fin—. No fue tanto, en realidad, supongo.

—¿Qué pasó?

—Las cosas se torcieron. No era como yo creía, y supongo que yo no era la mujer que él pensaba.

—¿Hijos?

—Gracias a Dios, no. Habría sido mucho más difícil.

—Sí, así es. Los niños hacen que todo sea mejor, y más difícil.

Ella apoyó la espalda en una caja de cartón, dobló las rodillas y tomó un sorbo de cerveza. Se dio unos golpecitos en la cabeza.

—Entonces, ¿el golpe le alteró la mente?

Decker asintió y tomó un sorbo de cerveza.

—He leído algunos informes de ese instituto que hay en esa caja de ahí. ¿Fue duro?

Decker dejó la cerveza y se atusó la barba.

—¿Se refiere a si me sentía como un conejillo de Indias? Sí.

—¿Cómo llegaron a serlo los demás?

—A ninguno nos llamaban así oficialmente. Supongo que por la privacidad del paciente. Pero siempre hay rumores. La mayoría habían nacido así, supongo. Unos cuantos, como yo, habían sufrido un trauma cerebral. Creo que algunos de los empleados del instituto me conocían porque el encontronazo se retransmitió por televisión.

—¿Tenían todos los mismos...?

—¿Dones? Uno en particular. El recuerdo casi total de ciertas cosas. Aparte de eso, nos diferenciábamos bastante. Uno era capaz de tocar cualquier instrumento sin que le hubieran enseñado a hacerlo. Otro dividía un número mentalmente, por alto que fuera. Había una mujer a la que habían declarado gran maestra de la memoria a los siete años.

—¿Gran maestra de la memoria? ¿Qué tuvo que hacer?

—Tres cosas. Primero memorizar mil números ordenados aleatoriamente en una hora. Lo siguiente, memorizar el orden de diez mazos de cartas en una hora. Por último, memorizar el orden de un mazo en menos de dos minutos.

—Caramba, quién habría dicho que sería una prueba tan fácil —comentó con sarcasmo Jamison.

—Hay cerca de ciento cincuenta personas en el mundo capaces de realizar con éxito estas tres tareas.

—No creía que hubiera tantas.

—No son muchas para los siete mil millones de habitantes que somos.

—¿Usted es capaz?

—Nunca lo he intentado. No le veo la gracia.

Los dos se quedaron callados.

Jamison observaba atentamente a Decker.

—Aunque la motivación de ese tipo sea usted, no es cosa suya. Se da cuenta, ¿verdad?

—Trece personas han sido asesinadas porque alguien me la tiene jurada. Es cosa mía, no me cabe duda.

—Usted no apretó el gatillo, lo hizo otra persona. Sea lo que sea que cree que hizo usted, no justifica lo que ha hecho.

—Dígaselo a las familias de las víctimas.

—Usted es familiar de las víctimas.

Decker apartó el plato y se levantó con esfuerzo. Las rodillas y la espalda lo estaban matando y necesitaba aliviarse.

Salió, dobló la esquina, se bajó la cremallera de los pantalones y orinó.

Le sorprendió oír a Jamison. Por lo visto lo había seguido.

—No se culpabilice. Eso es lo que él quiere, lo sabe. Forma parte de su plan. Se mete en su cabeza y gana en dos frentes. Primero, su cerebro contra el suyo, lo que le da satisfacción personal. Y si no piensa usted con claridad, no acertará a encontrarlo. Sale ganando por partida doble. Él cuenta con eso.

Decker se subió la cremallera y se volvió a mirarla.

—Lo sé.

—Entonces no se lo permita.

—Es más fácil decirlo que hacerlo.

—Puede que para alguien con una mente normal. Usted no tiene una mente normal.

Se acercó a ella y la acorraló contra la pared de la unidad de almacenamiento.

—¿Piensa que porque tengo una mente rara no tengo emociones, que no siento nada? ¿Eso cree? Porque se equivoca.

—No pienso tal cosa. Creo que el otro tipo no siente nada. Que es un anormal en ese sentido. Usted no lo es.

—Entonces, ¿a qué demonios se refiere?

—A que puede sentir lo que usted quiera, Decker. Ahora mismo está más que cabreado. Lo entiendo. Cree que la matanza empieza y acaba en su puerta. A lo mejor quiere golpear a alguien o algo, atravesar esta pared con el puño. Vale, pero no le permita manipular la parte de su cerebro que va a necesitar para ponerle algún día las esposas a ese hijo de puta y verlo luego dejar de respirar en la cámara de ejecución. ¿Quiere ganar esta partida? Así es como se gana. El que gana vive, al que pierde le espera una aguja.

Decker retrocedió un paso. Ella no se movió.

Él miró hacia otro lado y luego el asfalto antes de volver a la unidad de almacenamiento para seguir buscando.

Al cabo de dos horas habían mirado en todas las cajas y no tenían nada.

Decker se sentó con la espalda contra una estantería.

—Lo he repasado todo desde el primer día que me puse el uniforme para ver a quién pude haber ofendido para desencadenar esto. A nadie. No cabreé a nadie en el 7-Eleven. Arresté a los malos, claro, pero no hice nada para que alguien quisiera vengarse así de mí.

Se frotó la cara y cerró los ojos.

Jamison se frotó el cuello porque lo tenía tenso y lo miró, repentinamente sorprendida.

—¿Por qué ha retrocedido solo hasta el día en que se puso el uniforme de policía?

Él abrió los ojos.

—Ya había pensado en cualquiera del Mansfield que pudiera tener algo contra mí, sin ningún resultado, Jamison, ninguno.

—Por tanto, ha repasado su primera juventud en Burlington

y su vida después de regresar aquí. ¿Qué me dice de la época intermedia?

—¿Cree que el tipo que me hizo el placaje es el responsable de esto? Cuando las rodillas y los hombros le fallaron, lo sacaron del equipo, se arruinó, se dedicó al tráfico de drogas y actualmente está bajo custodia del sistema penitenciario de Louisiana. Además, yo nunca fui un jugador de fútbol lo bastante bueno para que nadie me tuviera celos, ni en la universidad ni como profesional.

Jamison bostezó.

—Pues entonces, si Sebastian Leopold está implicado, ¿por qué diría a la Policía que usted lo trató con desprecio en el 7-Eleven si no fue así?

—¿Se refiere a por qué mentiría un asesino?

—Me refiero a cómo es posible que usted no lo conozca si le hizo algo tan terrible que está haciendo todo esto en represalia. Y su chifladura podría ser solo eso, una chifladura. Sin embargo, me da a mí que este tipo se toma las cosas al pie de la letra. Su familia, el instituto Mansfield. Los mensajes dirigidos a usted... ¿puede decirme qué ponían?

—Uno estaba escrito en una pared de mi antiguo domicilio.

—¿Qué decía?

Le repitió el mensaje.

—¿Y los otros?

Le contó lo del código de la partitura de la pared de Debbie Watson y luego le repitió las palabras grabadas en el cuerpo de Lafferty.

—¡Dios mío! —exclamó ella—. ¿Lo llama «hermano» en todos los mensajes?

Decker asintió.

—Y también dice que los dos se parecen mucho. Que usted es todo lo que el otro tiene.

—Sí.

—Y con el último mensaje asegura que de hecho usted tiene el control de todo esto, que puede decidir cuándo ponerle fin.

Decker la miró.

—Refiriéndose a él o a mí.

—Y es evidente que quiere ser él el que sobreviva.

—Diría que sí.

—Vale, pero me parece que tiene la impresión de estar compitiendo contra usted. Hermanos. Parte de algo que simplemente no vemos.

Decker abrió los ojos.

—¿Como un equipo?

—¿Nunca ha sido militar?

Él negó con la cabeza.

—Entonces tal vez como un equipo.

—Ya se lo he dicho. Nunca fui lo bastante buen futbolista para cabrear a alguien. Nunca le quité la posición ni la paga a nadie. Aparte de eso, no me imagino a nadie matando a todas esas personas por haber estado por detrás de un segundón en un equipo de fútbol universitario. En el campo profesional no fui más que un pedazo de carne. Nunca me han echado de menos.

—Pero está convencido de que Leopold está implicado en el asunto.

—Sí.

—¿Se basa en su instinto?

—Me baso en el hecho de que ha desaparecido. He comprobado todos los refugios para indigentes de la ciudad. Nunca ha estado en ninguno. Me engañó. Salió de ese bar sabiendo que iba a desaparecer, y la camarera estaba conchabada con él. La camarera es la otra persona, la que me la tiene jugada. A ella es a quien quiero.

—Pero ha mencionado que esa camarera puede ser un hombre.

—Sí. Nuestro tirador, de hecho. Leopold estaba entre rejas las dos veces. Tuvo que ser el otro.

—Y usó el material que encontró en el instituto para parecer más corpulento.

—Bastante inteligente, porque los policías se basan exclusivamente en la descripción física. En cuanto tienen la estatura y la complexión ya no se fijan en nadie distinto. Nos lo inculcan bien.

—Entonces, ¿es posible que Leopold y/o el tirador sepan cómo piensa la Policía?

—Sí.

Jamison reflexionó sobre eso.

—Entonces el único hecho concreto que ha contado es que usted lo humilló en el 7-Eleven de su barrio. Sin embargo, usted está seguro de que es mentira. Por tanto, tenemos que volver a ese punto y empezar desde ahí... ¿Decker?

Decker se había puesto de pie con mucho esfuerzo y la estaba mirando.

—¿Qué pasa? —le preguntó ella.

—Ha dicho que era nuestro único hecho concreto.

—Sí, lo sé, pero...

—Pero no lo es.

—¿No es, qué?

—Un hecho.

Se marchó apresuradamente del almacén sin añadir ni pío. Ella se levantó de un salto, agarró el bolso y lo siguió.

# 39

Decker y Jamison estaban sentados frente a Lancaster en las dependencias de la Policía.

Decker le había explicado en cuatro palabras cómo había llegado a trabajar con Jamison y también el motivo por el que estaba allí.

—Hemos revisado de cabo a rabo mi unidad de almacenamiento pero no había nada —añadió—, y luego se me ha ocurrido que había hecho una suposición basándome en algo que no estaba confirmado. Había aceptado como un hecho algo que no había sido probado que lo fuera. Por eso estamos aquí.

—¿Y por eso quieres oír las notas de mi interrogatorio a Leopold cuando lo arrestaron? —le preguntó Lancaster.

—Sí. Con la mayor precisión, Mary. Cada palabra cuenta, literalmente.

Lancaster parecía un poco aprensiva, pero al final reunió las hojas y se las puso delante.

—Bueno, para empezar, no dijo mucho. De hecho, no tenía demasiado sentido. En cuanto terminó me dije que su mejor apuesta sería declararse mentalmente incapacitado.

—No creo que su capacidad se haya visto en absoluto mermada, más bien lo contrario —repuso Decker—. Simplemente, léeme lo que dijo y, si recuerdas algo más, también nos ayudaría.

—Bueno, supongo que no perdemos nada. —Miró muy seria a Jamison—. Pero que quede claro, si una sola palabra de todo esto acaba publicada en un periódico o en otro medio, me ocuparé personalmente de encerrarla y tirar la llave. Está en mi lista de indeseables por esa mierda que escribió sobre Amos.

Jamison le enseñó las palmas en un gesto de rendición, pero cuando habló lo hizo en un tono mortalmente serio.

—Eso no pasará, detective Lancaster, si de mí depende. Y soy una mierda por lo que escribí. No debería haberlo hecho, pero lo hice. Ahora intento reparar el daño. No puedo hacer otra cosa.

Lancaster la repasó con ojo crítico.

—¿Jackson fue de verdad profesor suyo en el instituto?

—Fue mucho más que eso. Fue mi mentor. Puede comprobarlo fácilmente si no me cree.

—La creo. Entonces me parece que estamos para lo mismo y en el mismo equipo.

Miró sus notas y empezó a leer. Cuando llegó a la parte en la que Leopold se había sentido humillado por Decker en el 7-Eleven, este la interrumpió.

—¿Eso fue exactamente lo que dijo, que lo humillé en el 7-Eleven?

—Sí. Ya te lo había dicho.

—A continuación, ¿qué le preguntaste?

—Bueno, le pregunté en qué 7-Eleven. Intentaba determinar si su relato tenía algún sentido. No vienen muchas personas a comisaría para confesar un triple homicidio al cabo de un año y medio de que se haya producido.

—¿Y él dijo que en el 7-Eleven cercano a mi casa?

Lancaster consultó otra vez las notas y frunció el ceño.

—No. En realidad dijo que tú sabrías en cuál. —Alzó la vista—. Supongo que di por sentado que tú sabrías en qué 7-Eleven habías humillado a ese tío, o al menos él tenía la idea de que lo habías hecho.

—Por tanto, ¿nunca dijo que fuera en el 7-Eleven de mi barrio, el que está cerca de mi casa, en la esquina de la Catorce con DeSalle?

Lancaster palideció y, cuando habló, tenía la voz tensa.

—No, Amos. Fue una deducción errónea por parte de ambos, creo, pero yo no debería haber supuesto eso. Fue un error de novata.

—Yo también lo cometí, Mary.

Lancaster seguía alicaída.

—¿Puedo leer tus notas? —le preguntó Decker.

Se las tendió y él se puso a leerlas.

Lancaster miró a Jamison y se inclinó hacia ella.

—¿Le gusta trabajar con Decker? Yo trabajé con él diez años. No había dos días iguales.

Jamison le respondió en el mismo tono.

—Es poco... convencional. Se ha levantado de pronto y ha salido de la unidad de almacenamiento, sin más. He tenido que correr tras él.

Lancaster sonrió, algo en ella infrecuente.

—La historia de mi vida.

Las mujeres se separaron cuando Decker dejó las notas en la mesa.

Él miró intensamente a Jamison y le preguntó:

—La dirección de correo electrónico desde la que recibió la información para el artículo y la foto, ¿era Mallard2000?

—Sabe que sí. Se la mandé.

—El FBI no ha podido rastrearla, así que no veo para qué nos sirve —dijo Lancaster.

—Nos sirve mucho. Tendría que haberlo visto antes.

—¿Visto antes, qué? —le preguntó Jamison.

—Que la respuesta que andaba yo buscando no estaba en rastrear al remitente. Estaba ahí desde el principio, en el nombre.

—¿En el nombre? —preguntó Lancaster—. ¿Qué nombre?

Decker se levantó y miró a Jamison.

—¿Tiene coche?

Ella asintió y se levantó también.

—Un compacto con cien mil kilómetros pegado con cinta adhesiva, pero el consumo es óptimo. —Le echó un vistazo de los pies a la cabeza—. Irá bastante apretado en él. ¿Adónde vamos?

—A Chicago.

—¡A Chicago! —exclamó Lancaster—. ¿Qué demonios hay en Chicago?

—En realidad, en un suburbio de Chicago. Allí es donde está todo, Mary.

—Pero ¿cómo sabes en qué zona de Chicago buscar?

—Me dio la dirección: 7-Eleven —repuso impaciente Decker.

Lancaster sacudió la cabeza, incrédula.

—Vale. Pero, Amos, ¿sabes cuántos 7-Eleven hay en la zona metropolitana de Chicago?

—No busco una tienda, Mary. Busco el número setecientos once de una calle.

Lancaster lo miró perpleja.

—¡Mierda! ¿Estás diciendo que no era un 7-Eleven? ¡Era el número de una calle! Pero dijo...

—Dijo dos números, siete y once, que bien podían ser siete uno uno. Tú lo escribiste como lo habría hecho cualquiera que viva en este país. Simplemente, diste por supuesto que se refería a la cadena de tiendas, cuando en realidad no era así.

—Pero no me sacó de mi error.

—¿Esperabas que te dibujara un mapa? Esto es un juego para ellos. Se juega según sus reglas.

—Vale, tienes el número, pero de poco te sirve a menos que sepas la calle a la que pertenece.

—Sé la calle. Estaba en la dirección de correo electrónico.

—¿Mallard2000? ¿Cómo sabes que es de Chicago? ¿Qué relación tiene esa ciudad con lo que ha pasado en Burlington?

—Nada. Tiene que ver conmigo.

—Pero Amos, qué...

Lancaster no terminó la frase porque Decker ya se había marchado de la habitación.

—¡Hijo de puta! —le gritó.

Jamison la miró con cara de apuro, como disculpándose.

—¿La historia de su vida?

—Manténgame informada, Jamison, y vigílelo. Es más que brillante, pero incluso los más brillantes cometen estupideces.

—Lo haré.

Jamison corrió tras Decker.

Lancaster se arrellanó y miró las notas. Luego las cogió y las tiró al suelo.

—¡A la porra el 7-Eleven!

# 40

Tal como estaba diseñado de fábrica, el compacto no era demasiado apropiado para Decker, porque él y Jamison eran de complexión muy distinta. Habían terminado por sacar el asiento delantero y él se había sentado en la estrecha parte trasera con las largas piernas estiradas hacia delante, aprovechando el hueco que había dejado el asiento, con los ojos cerrados y las manos en la considerable tripa que tenía. Habían hecho una parada en el hotel para que llenara una bolsa de lona con ropa limpia de su habitación. Se había enterado de que Jamison llevaba siempre una maleta guardada en el diminuto maletero del coche.

—Es un procedimiento operativo estándar de los periodistas —le explicó. Lo miraba ansiosa por el retrovisor mientras conducía—. Ojalá le llegara el cinturón de seguridad hasta ahí detrás.

—No tenga un accidente —le dijo Decker sin abrir los ojos—. Sería un proyectil muy grande, más que su coche. Estoy seguro de que no quiere enterarse del ímpetu de mi culo volando.

Ella se centró de nuevo en la carretera. Llevaban tres horas en la interestatal y habían llegado a Indiana. Les quedaban unas cuatro horas de viaje.

—He reservado habitaciones en Expedia —dijo—, en un Comfort Inn de las afueras de Chicago. No quiero dejar la cuenta del banco a cero. —Se volvió a mirarlo—. Todavía no me ha dicho adónde vamos.

—Se lo he dicho. A Brockton, Illinois. Está diez kilómetros al sur de Chicago. No hay que confundirlo con Brocton, Illinois, que es un municipio de Embarrass, situado a las afueras de Champaign, con una población de unos trescientos habitantes.

—¿Embarrass?* ¿En serio?

—Yo no le puse el nombre.

—Vale, pero no me ha dicho a qué lugar de Brockton vamos.

—A la dirección que Leopold dejó para que yo la encontrara.

—¿El número siete uno uno de qué calle?

—La calle se llama Mallard 2000.

—No hay ninguna calle que se llame así en Illinois. Lo he comprobado.

—Hay una calle que se llama así, pero se la conoce por otro nombre.

—No lo entiendo.

—Era un código apenas oculto, Jamison. Intente descifrarlo.

Pasaron los minutos.

—Vale, lo he intentado. Los crucigramas se me dan fatal.

—La calle es en realidad la avenida Duckton.

—¿Duckton?

—Ahora trate de descifrarlo al revés. No tardará mucho. Tengo fe.

Ella volvió a centrarse en la carretera.

—¡Mierda! —dijo al cabo de un momento—. Un ánade es un pato y dos mil libras equivalen a una tonelada. Duckton.**

—Felicidades, acaba de obtener el grado de detective júnior.

—Pero, ¿qué hay en el siete uno uno de la avenida Duckton?

—La que consideraba mi casa.

Ella se volvió, pero se lo encontró mirando por la ventanilla.

—¿Su casa?

—Luego, Jamison. De momento, limítese a conducir. No llevo cinturón de seguridad, ¿recuerda?

* Juego de palabras intraducible. La palabra inglesa *embarrass* puede traducirse como «abochornar», «avergonzar», «violentar» o «degradar». *(N. de la T.)*

** *Mallard* es «ánade», sinónimo de *duck*, «pato». Por otra parte, *ton* es «tonelada». Decker interpreta el número 2000 de la dirección de correo electrónico como un número de libras. Una libra equivale a 454 gramos aproximadamente. La multiplicación da como resultado 1.000 kilos, una tonelada. *(N. de la T.)*

Ella se volvió otra vez, reacia, pisó el acelerador y sonrió apreciativamente cuando oyó cómo Decker se golpeaba la cabeza contra la parte trasera del coche con el acelerón.

Pararon en un restaurante para camioneros de la interestatal para ir al baño, repostar y comer algo.

Jamison pidió una hamburguesa con queso, patatas fritas y una Corona. Decker una pizza grande y un refresco de cola.

Echó un vistazo a la comida de la periodista.

—A pesar de la comida china de anoche, me había parecido que era de las que cuidan la dieta.

Ella le dio un mordisco a la hamburguesa y dejó que la grasa le manchara la barbilla antes de limpiársela.

—Hasta me lo comería a usted.

—Pues va a ser que no.

—¿Qué espera encontrar en ese número de Duckton?

—Si existe todavía. He intentado llamar al número de teléfono que yo tenía, pero lo han cambiado y el nuevo no consta en el listín telefónico.

—¿Qué lugar es ese, Decker? Dice que era su hogar.

—Es donde daban golpecitos, pinchaban y hacían pruebas a la gente como yo. Allí vivíamos.

Jamison bajó la hamburguesa.

—¿Con todos esos genios de la memoria? ¿En el... instituto?

—Con *savants*, autistas, Asperger, sinestésicos e hipertimésicos.

—¿Hiper qué?

—Timésicos. En griego, *hiper* significa «demasiado» y *timesia*, «memoria». Junte ambas cosas y así soy yo. La auténtica hipertimesia consiste en el recuerdo casi perfecto del propio pasado. Yo la tengo, pero tampoco olvido nada de lo que veo, leo u oigo. Me acuerdo perfectamente de..., bueno, de todo. No tenía ni idea de que mi cerebro fuera tan grande, pero por lo visto lo uso en mayor medida que la mayoría, pero únicamente porque me hicieron papilla en un campo de fútbol.

—¿Y la sinestesia?

—Veo de colores cosas que para los demás no lo son: números, lugares y objetos. Mis circuitos sensoriales se mezclaron a consecuencia del golpe que me llevé.

—Le agradezco que me cuente todo eso, pero también me sorprende. Lo consideraba un tipo reservado.

—Lo soy. Nunca le había contado esto a nadie más que a mi mujer.

—Entonces, ¿por qué me lo cuenta? Apenas nos conocemos.

Antes de responderle, Decker tomó un bocado de pizza de *pepperoni* y un largo sorbo de cola.

—Estamos persiguiendo juntos a los asesinos, Jamison. Han matado a muchas personas, también a una agente del FBI. Supongo que merece que le cuente toda la historia, ya que está poniendo en peligro su vida.

Ella dejó la hamburguesa en el plato y tomó un sorbito de cerveza.

—Hace que parezca mucho más valiente de lo que soy —comentó.

Él tomó unos cuantos bocados de pizza y apuró el refresco.

—Esperemos que se equivoque.

# 41

Se habían inscrito en el motel, dormido un poco, se habían lavado y cambiado de ropa. En ese momento estaban delante de un edificio de ladrillo de ocho pisos con las ventanas pequeñas, de unos sesenta años de antigüedad por su aspecto.

Jamison miró a Decker y luego la dirección del edificio, escrita con números metálicos pegados a la fachada.

—Siete uno uno de la avenida Duckton. ¿Aquí estuvo viviendo?

Decker asintió pero sin mirarla, con los ojos clavados en el edificio.

—Ha cambiado un poco. Han pasado dos décadas.

—¿Era un verdadero centro de investigación?

—En buena parte. Básicamente, trataban de entender cómo funciona el cerebro. Fueron de los primeros en abordar el tema con un método multidisciplinar y polifacético.

—¿Qué significa eso exactamente?

—Que no se limitaban a ponerte electrodos en la cabeza para medir la actividad cerebral. Se centraban en la fisiología, como cabía esperar. Al fin y al cabo, el cerebro es un órgano y funciona principalmente por impulsos eléctricos. Sin embargo, también realizaban sesiones de terapia de grupo e individual. Profundizaban en nuestra vida. Querían conocer los aspectos científicos de las personas como nosotros, pero también querían... conocernos, saber lo que era tener una mente excepcional, cómo nos había impactado, hasta qué punto nos había cambiado la vida.

—Eran bastante concienzudos, por lo que parece.

—Lo eran.

—¿Y cuál fue el resultado?

Decker se encogió de hombros.

—Nunca nos lo dijeron. Pasé allí varios meses y luego me dijeron que me fuera. No hubo seguimiento alguno, al menos no en mi caso.

—Un momento. ¿Le dijeron que se fuera? ¿No estaba allí por voluntad propia?

—No, fui voluntariamente.

—¿Por qué?

Él se volvió a mirarla.

—Porque estaba asustado, Jamison. Me había cambiado el cerebro. Por tanto, yo había cambiado, enteramente. Mis emociones, mi personalidad, mis habilidades sociales... Quería entender por qué. Quería entender... cómo sería a partir de entonces. Supongo que deseaba saber en qué me convertiría, a largo plazo.

—Supongo que había un montón de cosas positivas, sin embargo. Una memoria perfecta facilita mucho los estudios y el trabajo.

Decker miró otra vez el edificio.

—¿Se gusta? —le preguntó a Jamison.

—¿Qué?

—¿Le gusta la persona que es?

—Bueno, sí. Podría hacer más ejercicio y todavía tengo que encontrar el adecuado, pero sí, me gusto.

—Bien, yo también me gustaba. Esa persona dejó de existir, pero no fue por decisión mía.

Se le ensombreció la cara.

—Vale. No lo había pensado.

—Además, olvidar algunas cosas estaría bien. Todos lo hacen, ya lo sabe. Todo el mundo quiere olvidar ciertas cosas.

—Decker, ni siquiera alguien con una mente corriente sería capaz de olvidar algo como lo que le sucedió a su familia.

—Pero yo recuerdo hasta el más mínimo detalle, de color azul. Nunca olvidaré nada, ni siquiera cómo me sentí cuando encontré los cadáveres. No lo olvidaré hasta el día de mi muerte. Para mí el tiempo no es curativo, porque mi mente ya no permite que su paso borre los recuerdos. Siguen siendo tan claros como cuando sucedieron los hechos. Es como un cuadro que nunca se difumina. Hay quien no puede retroceder. Yo no puedo avanzar.

—Lo siento.

Se volvió hacia ella.

—No siento compasión, ya no —le dijo—. La sentía, pero se acabó.

Entró en el edificio y Jamison corrió tras él.

En el directorio no constaba el nombre del centro de investigación. Decker se acercó al mostrador de recepción, situado en una esquina, y enseñó su credencial, pero la mujer que lo atendía no supo ayudarlo. No había oído hablar nunca del centro al que se refería.

Recorrieron los dos el amplio vestíbulo. Decker lo observaba todo, lo memorizaba todo.

—¿Un viaje por la calle de la memoria? —le preguntó Jamison con socarronería.

La miró enarcando las cejas.

Se puso colorada.

—Perdón, intentaba quitarle hierro al asunto. Supongo que el sentido del humor ya no le va tampoco.

Pero Decker ya se había acercado a una pequeña floristería de un rincón. Jamison lo alcanzó cuando se acercaba al mostrador de ventas.

Una mujer próxima a la cincuentena lo atendía. Llevaba el pelo castaño corto y era robusta. Vestía pantalones negros y una blusa blanca de manga larga.

—¿En qué puedo servirlo? —le preguntó.

—Este negocio lleva aquí mucho tiempo —dijo Decker—. Lo recuerdo.

Ella sonrió.

—Dora's Floras lleva aquí prácticamente desde que se inauguró el edificio, en 1955. Dora era mi madre. Ella fue la fundadora.

—También la recuerdo. Se le parece.

La mujer sonrió de oreja a oreja.

—Me hice cargo de la tienda hace diez años. Ella y mi padre habían llevado adelante un buen negocio. Cuando iba a la universidad, venía a ayudarlos. Ahora mi único trabajo consiste en no hundirlo. Soy Daisy, dicho sea de paso. ¿Qué otro nombre podían haberme puesto? Soy la más joven de cuatro hermanas, todas con nombre de flor.

—Entonces, Daisy, ¿lleva aquí diez años?

—Sí. —Frunció el ceño—. ¿Por qué será que tengo la sensación de que no quiere un ramo de flores?

—No lo quiero —repuso Decker sin ninguna sutileza. Le enseñó la credencial.

—No es de este estado —dijo ella—. Tiene que ser importante.

—Lo es. En este edificio había un centro de investigación. Bueno, lo había hace veinte años. El Instituto de Investigación Cognitiva.

Daisy sonrió.

—¡Claro! Me acuerdo de ellos. Eran buenos clientes.

—¿Lo eran? ¿Ya no están aquí?

—No, se mudaron. Fue... Déjeme pensar... Hará unos siete u ocho años. Recuerdo los camiones en la puerta. Como norma general, los negocios no se trasladan. Esto tiene una situación inmejorable. Es un hermoso edificio antiguo perfectamente conservado, una propiedad magnífica. Además, está a un paso de Chicago.

—No lo sé, no. ¿Los ha buscado en el listín telefónico? Bueno, hoy en día supongo que en Internet.

—Lo he hecho. No constan.

—Ah. Bueno, lo siento.

—De todos modos, gracias —le dijo Decker.

Ya se marchaba cuando ella hizo un comentario.

—Aunque queda el viejo doctor Rabinowitz.

Decker se volvió.

—¿Harold Rabinowitz?

—Sí, ¿cómo sabe su nombre de pila?

—Investigué un poco antes de venir —repuso él rápidamente.

—Ah, bueno, sí. Sigue por aquí y, aunque no se lo crea, sigue encargándonos flores. Ya sabe, los Coggers,* así es como solíamos llamarlos, eran de nuestros mejores clientes, como solía decirme mi madre. Encargaban flores frescas todas las semanas, y además mandaban también un montón. Era estupendo. Para ellos y para nosotros, en la retaguardia.

—¿Tiene su dirección?

Cambió de cara.

—Teóricamente no puedo darles esa clase de información —le dijo, reacia.

—¿Podría darme su teléfono?

—Eso tampoco me parece bien. Parece usted una buena persona, pero va en contra de nuestras normas.

—¿Qué tal si llama al doctor Rabinowitz y le dice que a Amos Decker le gustaría verlo? Si dice que vale, podrá darme la dirección. Si no, aquí no ha pasado nada.

—Bueno, eso es bastante sensato. ¿Lo conoce? He visto en su tarjeta que se llama Amos Decker.

—Sí, lo conozco.

—Bueno, ¿por qué no lo ha dicho antes? Espere.

Se acercó al teléfono, consultó el número en el ordenador y lo marcó. Les dio la espalda mientras hablaba. Al cabo de un minuto, colgó y fue hacia ellos. Escribió algo en un pedazo de papel que le tendió a Decker.

—Bingo. Ha dicho que estará encantado de verlo.

Decker miró el papel y luego a ella.

—¿Sus padres viven todavía?

Daisy pareció bastante sorprendida por la pregunta.

—Mi madre está en una residencia y le encanta. Les hace todos los arreglos florales, lo que no es ninguna sorpresa.

—Bueno, dígale que Amos Decker se acuerda de sus flores y que..., que me ayudaron mucho.

—Lo haré. Le encantará. A su entender, cuantas más flores tengamos, mejor será nuestro mundo.

* Por Harold George *Hal* Cogger, el herpetólogo australiano que trabajó como cuidador de los reptiles y los anfibios del Museo de Australia, en alusión a la rareza de los pacientes del instituto. *(N. de la T.)*

—Bien hecho —le dijo Jamison una vez fuera.

Él no respondió.

—Así que las flores lo ayudaron, ¿eh?

La miró de soslayo.

—Sí, lo hicieron. ¿Y?

—Pues que a lo mejor no ha cambiado tanto como cree.

## 42

De camino hacia el domicilio de Rabinowitz, Jamison miró a Decker por el retrovisor.

—Una pregunta —le dijo.

—¿Solo una?

—Puede que no. Pero, para serle sincera, no fue a Leopold a quien humilló, sino a su compañera. A la camarera. Leopold no hizo más que entregar el mensaje.

—Cierto.

—Seguramente porque habría reconocido a esa persona.

—Estoy segura de que lo habría hecho.

—Y esa persona, ¿iba con usted al instituto?

—Sería la única razón para la referencia a Mallard2000. No creo en las coincidencias, sobre todo en las tan grandes.

—Vale. Entonces nuestro tirador era un hombre. Bueno, al menos es lo más probable. A pesar de que el camarero, con mucha crueldad, se refiriera a esa persona como «eso». Por lo visto creía que era un hombre vestido de mujer, o tal vez un transexual. Con un cambio tan drástico, es posible que no lo reconociera.

—Es posible que no.

—Además, puede que fuera un hombre en el instituto y que ahora sea una mujer, o viceversa.

—Puede ser.

—¿Humilló a esa persona cuando iban al instituto?

El móvil de Decker sonó. Era Lancaster.

—Hemos encontrado muchas huellas y ADN en el baño del bar. Hemos eliminado lo obvio y luego las hemos pasado por las bases de datos. El FBI también lo ha hecho.

—¿Y nada?

—Un par de drogatas y de violadores convictos. Están cumpliendo todos ellos condena, pero en algún momento usaron ese baño.

—¿Nada de nuestra camarera?

—No. ¿Qué tal va por ahí?

—Te lo haré saber dentro de un par de horas. Estamos siguiendo una pista.

Cortó la comunicación y se arrellanó en el asiento trasero del Suzuki.

Jamison lo miró inquisitivamente.

—¿Nada?

—Nada. Esperemos que Rabinowitz nos sea de más ayuda.

El doctor Harold Rabinowitz vivía en un piso de un antiguo edificio del otro extremo de la ciudad. Cuando Decker llamó a su puerta, oyó pasos acercándose.

—¿Quién es? —preguntó alguien.

—Amos Decker.

La puerta se abrió y Amos se encontró con un hombre bajo, calvo, con la barba gris y gafas de sol. Tenía más de setenta años. Llevaba una chaqueta de punto, pantalones de traje y camisa blanca.

—Hola, Amos. —Le miraba la tripa.

Decker tardó un momento en procesar aquello.

—¿Cuándo perdió la vista, doctor Rabinowitz?

—¿Completamente? Hace siete años. Degeneración macular. Una enfermedad espantosa. No está solo. Oigo a alguien más.

—A mi amiga, Alex Jamison.

—Hola, doctor Rabinowitz. Por favor, llámeme Alex.

—Me gusta su perfume. Vainilla y coco, muy agradable. ¿Me equivoco?

—No se equivoca. Muy bien.

Él sonrió satisfecho.

—¿Sabe? Los demás sentidos mejoran para compensar. Por favor, entren.

Se sentaron en las sillas de la salita. Decker miró a su alrededor y se quedó con el cuidado entorno, con los caminos para moverse cuidadosamente despejados. También vio el bastón guía para los discapacitados visuales colgado de un gancho junto a la puerta.

—Me ha sorprendido enterarme de que quería verme —dijo Rabinowitz.

—No le entretendremos mucho.

—He llegado a un punto de mi vida, Amos, en que lo único que tengo es tiempo. Mi carrera profesional se acabó. Mi mujer murió. Mi salud empeora. Mis amigos han muerto. Mis hijos tienen sus propios problemas de salud. Mis nietos se han sacado un título universitario y empiezan sus propias carreras. Así que me alegro mucho de su visita.

Decker se arrellanó, mirándolo fijamente, mientras Jamison los miraba alternativamente a ambos.

—¿Cuánto hace que dejó el Instituto Cognitivo?

—Me echaron hace diez años. Me habría quedado más, pero ya por entonces los ojos me fallaban.

—Se mudaron.

—Lo sé. Seguí en contacto. El instituto creció, ¿sabe?

—No, no lo sabía.

—Por eso se mudaron. Necesitaban más espacio. Hemos avanzado años luz desde que estuviste con nosotros. Sabemos mucho más.

—Y es evidente que me recuerda.

—Cuesta olvidarlo. Nuestro único jugador profesional de fútbol. Era bastante inusual.

—Cuando dejé el instituto me hice policía y luego detective.

—Cuando estuvo aquí mencionó que esa era su intención.

—Sí que lo hice.

—Felicidades. ¿Ha tenido una carrera de éxito?

—Tuve mis más y mis menos, como todo el mundo.

—Espero que más mases que menos.

—Usted podría ayudarme en eso.

Rabinowitz frunció el ceño.

—No le entiendo.

Decker le habló del caso Mansfield.

—Lo he oído, como todos en este país. Una verdadera tragedia. Algo espantoso. Tantas vidas... truncadas, sin ningún motivo.

—Trabajo en el caso. Y existe un motivo. En realidad, puede que tenga relación conmigo.

—¿Cómo? —preguntó Rabinowitz.

—Creo que alguien del instituto, de la época en que yo estuve en él, está implicado en la masacre del instituto.

El doctor se agarró al borde del asiento de la butaca.

—¿Qué? —exclamó.

—No puedo darle detalles, pero el asesino me dio la antigua dirección del instituto. Dijo que yo lo había humillado. Indicó que por eso había matado a toda esa gente.

—¡Dios mío! —El anciano estuvo a punto de caerse del asiento, pero, con una agilidad inaudita para un hombre tan corpulento, Decker consiguió agarrarlo del brazo para impedirlo.

Luego miró a Jamison.

—¿Agua?

Ella saltó de la silla hacia la habitación contigua. Menos de un minuto después ya había vuelto con un vaso de agua. Decker se lo dio a Rabinowitz, que tomó un sorbito antes de dejarlo en la mesa con cuidado.

—Lo lamento —se disculpó Decker—. No tendría que habérselo soltado así. A veces... A veces simplemente no me doy cuenta de...

Rabinowitz se secó los labios con mano temblorosa y se arrellanó en la butaca.

—Tiene los interruptores neurológicos mal colocados, Amos, por decirlo suavemente. Comprendo que le cuesta entender ciertos parámetros y señales sociales, como sucedía a la mayoría de las personas que llamaban a nuestra puerta. Es una simple cuestión de zonas. Partes del cerebro se vuelven capaces de hacer cosas extraordinarias mientras que otras, bueno, otras sufren una ligera regresión, al menos desde el punto de vista social. No es más que una cuestión de prioridades mentales.

—Por eso he venido, por la gente que llamó a su puerta... Puede que una de esas personas sea nuestro asesino.

Rabinowitz sacudió la cabeza disgustado, con el ceño fruncido.

—Eso me parece... terrible, y además improbable.

—Mentes dañadas, doctor Rabinowitz.

—Creo que ahora puede llamarme Harold, Amos. Ya no tenemos una relación médico-paciente.

—Vale, Harold. Las mentes dañadas, aunque se vuelvan excepcionales en algunos aspectos, son capaces de muchas cosas, algunas buenas y otras malas.

—Pero seguramente se acuerda bastante bien de las personas con las que trató en el instituto. ¿Alguna le pareció un asesino desalmado?

—No, a decir verdad, y no recuerdo haber humillado a ninguna. No recuerdo haber insultado a nadie mientras estuve allí.

—Pero dice que... que el hombre responsable de estos terribles actos le dio la dirección del instituto, ¿no?

—La antigua dirección, la de Duckton. Me la dio en código, pero está claro que esa era su intención.

Rabinowitz se frotó los labios.

—No estoy seguro de qué más puedo aportar a lo que ya sabe.

Jamison tomó la palabra.

—Se limita a los pacientes que estuvieron con usted, Decker. ¿Qué me dice de los médicos, los psicólogos u otros profesionales de la salud a los que conoció durante su estancia en el instituto?

Decker asintió despacio.

—No se me había ocurrido.

—No creo que ningún trabajador del instituto pueda haber cometido unos actos tan viles —afirmó rotundamente Rabinowitz.

—Yo tampoco quiero creerlo —se precipitó a aclarar Jamison—, pero en una investigación como esta no hay que descartar ninguna posibilidad. Sería una irresponsabilidad.

—Chris Sizemore —dijo Decker.

—¿Quién? —se interesó Jamison.

—Era un psicólogo del instituto —dijo Rabinowitz—. Me dijeron que lo dejó hace varios años.

—¿Por qué lo ha mencionado, Decker? —dijo Jamison.

—Porque él y yo no nos llevábamos bien. Tuvimos unas palabras. Nada que me induzca a creer que podría ser nuestro hombre, pero no nos llevábamos bien.

—¿Podría ser Leopold hace veinte años? —sugirió ella.

Decker cerró los ojos y recuperó las imágenes mentales adecuadas.

—Tiene su estatura y su complexión, rasgos faciales similares, pero es difícil determinar la edad de Leopold. Sizemore tendrá ahora cincuenta y pocos. En pocas palabras, aunque no puedo afirmarlo con seguridad, no estoy seguro de que Sizemore y Leopold sean la misma persona. Los tatuajes del brazo pudo hacérselos después. Tal vez mintió acerca de haber estado en la Armada. La voz puede haberle cambiado con los años. Habrá cambiado en muchos aspectos en dos décadas. Sin embargo, la Policía le tomó las huellas digitales y una muestra de ADN a Leopold cuando lo arrestaron. Seguramente las huellas de Sizemore constan en alguna base de datos profesional. No sería ningún inconveniente comprobar si ambas coinciden.

Tenía una foto de Leopold en el móvil, pero, por supuesto, no podía enseñársela a Rabinowitz para ver si podía ser Sizemore.

Miró a Rabinowitz.

—¿Sabe lo que le pasó a Sizemore? ¿Por qué dejó el instituto?

El anciano se daba golpecitos nerviosos en el muslo.

—Como he dicho, me marché mucho antes de que él lo dejara.

—Pero también ha dicho que se mantiene en contacto con algunos antiguos colegas.

—Sí, bueno... Tuvo ciertos problemas profesionales.

—¿De qué tipo?

—No puedo decírselo, pero puedo decirle que fueron lo bastante serios como para que le pidieran que se fuera.

—¿Qué clase de problemas tuvo usted con él, Decker? —preguntó Jamison.

—Tenía sus protegidos, y yo no era uno de ellos.

—Chris tenía sus favoritos —dijo Rabinowitz—. Me gustaría pensar que yo trataba a todos nuestros pacientes con el mismo grado de cortesía, respeto y minuciosidad. Pero también soy humano y, por supuesto, habría algunos casos que me interesaban más que otros. Hay muy pocos traumas cerebrales debidos a un impacto brutal en los que el paciente haya muerto realmente antes de ser devuelto a la vida que den como resultado una reestructuración cognitiva como la suya, Amos. —Hizo una pausa y sonrió—. Además he sido seguidor de los Bears durante más de sesenta años y, aunque usted jugaba para Cleveland, fue el único jugador de la Liga Nacional de Fútbol que acudió a nuestro centro. Ahora que lo menciona, recuerdo que Chirs tuvo problemas con eso. Si fue porque usted le desagradaba o por los problemas personales que luego lo llevaron a dejar el instituto, no lo sé, pero por lo visto pensaba que con usted nuestras prioridades quedaban al margen.

—No lo entiendo —dijo Jamison—. ¿En qué se basaba?

Fue Decker quien le respondió.

—Sizemore opinaba que, puesto que yo era futbolista, había asumido el riesgo de que me machacaran el cerebro. Supongo que pensaba que ocupaba el sitio de alguien que merecía más estar allí.

—Eso no lo sé —dijo Rabinowitz.

—La razón es que nunca se lo había dicho a nadie. Lo insinuó durante una «conversación» que tuvimos un día en el pasillo.

—Eso fue muy poco profesional por su parte —dijo Rabinowitz con dureza.

—Tal vez, pero nunca había tenido en cuenta que pudo ser el motivo para lo que sucedió en el Mansfield.

—La pregunta del millón es: ¿dónde está ahora el doctor Sizemore? —dijo Jamison.

—No lo sé —repuso Rabinowitz—. No he vuelto a saber de él desde que se fue del instituto.

—¿Es posible que se mudara a Burlington? —sugirió Jamison.

—Si sigue ejerciendo, tiene que estar en alguna base de datos, por la licencia. Podríamos empezar por ahí —dijo Decker.

—Puedo llamar al instituto y obtener tanta información como me sea posible —se ofreció Rabinowitz—. Como esto no tiene nada que ver con un paciente, creo que serán más comunicativos. Algunos tal vez sepan dónde está Chris.

Decker le dio su información de contacto.

—Estaremos en la ciudad un día. —Se levantó—. Gracias, Harold. Nos ha sido de gran ayuda —le dijo.

Rabinowitz también se levantó.

—Ruego para que Chris no sea su hombre —dijo—, pero, si lo es, ruego todavía más para que puedan atraparlo y detenerlo antes de que haga daño a alguien más.

—Entonces esperemos que Dios lo esté escuchando —repuso Decker.

—Así que cree que esa persona puede volver a matar.

—Sé que va a intentarlo.

# 43

Cuando se marcharon de casa de Rabinowitz, Jamison y Decker pararon a comer algo. Mientras estaban en un café, él llamó a Lancaster y la puso al corriente.

—Está bien. Localizaremos a ese tal Sizemore si podemos. Y si sus huellas digitales están en alguna base de datos, las compararemos con las de Leopold. En cuanto sepamos algo te llamaré. —Tras una breve pausa, añadió—: Así que has vuelto a territorio conocido. No sabía que hubieras estado en ese instituto.

—Nadie lo sabía, aparte de Cassie.

—Fuimos compañeros mucho tiempo, Amos.

—No se me ocurrió nunca que te interesara mi pasado, Mary.

—Bueno, eso demuestra que incluso los más cerebritos cometen errores —le espetó ella frustrada, con evidente disgusto. Le colgó.

Decker dejó el teléfono al lado del plato en el que había una hamburguesa con queso a medio comer y unas cuantas patatas fritas.

—¿Va todo bien? —le preguntó Jamison.

—Sí. —Cogió una patata.

—Si resulta que Sizemore es Leopold, tiene que ser un enfermo.

—Si ha matado a trece personas es un enfermo.

—No me refería a eso.

—Explíquese.

Ella apartó el plato y se inclinó hacia él.

—¿La «afrenta» fue que le prestaban a usted más atención que a algunos de sus protegidos? ¿Como si fuera un concurso de belleza para cerebros? ¿En serio? ¿En represalia ha matado a toda esa gente?

—Error. Si se trata de Leopold, no ha matado a nadie. Bueno, no sabemos quién mató a la agente Lafferty, pero Leopold estaba en la cárcel tanto cuando asesinaron a mi familia como cuando se produjo el tiroteo en el Mansfield. Tiene una coartada sólida como una roca, y da la sensación de que ambos arrestos estaban planeados.

—Lo que significa que sabía que su familia iba a ser asesinada y que el tirador atacaría en el Mansfield...

—Es demasiada coincidencia que fuera a entregarse a la Policía de Burlington precisamente cuando lo hizo, y he comprobado la ficha del arresto de Cranston: alteración del orden público. Pasó una noche encerrado y eso fue todo. Ni siquiera se molestaron en procesarlo. Lo dejaron en libertad a la mañana siguiente. Sin embargo, eso prueba de forma rotunda que no pudo asesinar a mi familia.

—Vale, pues nuestro tío delgado de metro ochenta transformado en maníaco ancho de hombros tuvo un cómplice para cometer el asesinato.

—Y no hay manera de que esa persona fuera Sizemore.

—Y si es a Sizemore a quien humilló, está compinchado con esa persona que hacía de camarera en el bar. Me pregunto quién será para matar sin ningún reparo.

—Yo también me lo pregunto.

—Sin embargo, si es Sizemore quien está detrás de todo esto, ¿cómo pudo alguien tan jodido hacerse psicólogo?

—Ha podido aflojársele un tornillo. Quizá sea bipolar y los medicamentos ya no le hagan efecto. Leopold le contó por lo visto a su abogado que era bipolar y había dejado la medicación, o al menos eso le contó el defensor al juez. También es posible que sufriera algún trauma físico o emocional que lo cambiara. Tenía un bulto en el cuello y marcas de chutes en el brazo. A lo mejor iba muy drogado. Te pueden pasar muchas cosas en veinte años.

Si es Sizemore, corrió un riesgo al permitirme verlo. Sabe cómo me funciona el cerebro. No olvido nada. Si es él, podría haberlo reconocido.

—Pero no lo hizo, así que a lo mejor no lo es.

—A lo mejor.

—Sigue siendo aterrador.

—Claro que es aterrador, porque una cosa así puede sucedernos a todos.

—O puede que simplemente sea malvado.

—Puede que sí —convino Decker—. ¿Así se siente mejor?

Ella se estremeció.

—No creo que nada de este caso pueda hacerme sentir mejor.

El móvil de Decker sonó. Respondió a la llamada.

—Amos —dijo Rabinowitz—. No sé si es una buena o una mala noticia, pero el instituto ha estado reenviando la correspondencia de carácter profesional a Chris desde que se marchó. Ha pasado tanto tiempo que casi no recibe, pero tienen una dirección.

Decker la anotó, le dio las gracias y localizó la dirección en el teléfono móvil.

—Está a medio camino entre Chicago y Burlington —dijo—. Hemos pasado por allí al venir.

—Eso quiere decir que si todavía vive ahí podría ir a Burlington y volver con relativa facilidad.

—Vamos.

—Decker, ¿no tendríamos que llamar a la Policía para esto?

—¿Para qué? No tenemos ninguna prueba de que haya cometido ningún delito. Nada de nada. Podemos localizarlo. Si resulta que tenemos razón ya llamaremos a la Policía.

Salió a toda prisa del café y ella, más despacio, lo siguió.

Al cabo de cuatro horas dejaron la autopista y tardaron veinte minutos más por carretera antes de que Decker, que usaba el GPS del móvil, dirigiera a Jamison hacia un barrio en decadencia de varias décadas de antigüedad.

—Parece que el tío está pasando una mala época —comentó Jamison.

Decker no hizo ningún comentario, pero miró a su alrededor, fijándose en todo.

—Es ahí, la tercera de la izquierda, la de las persianas negras. Pase por delante.

Jamison siguió adelante hasta que le pidió que aparcara en la acera opuesta, a media docena de casas de distancia de la de Sizemore.

—Decker, Rabinowitz dijo que Sizemore dejó el instituto hace ya años.

—Así es.

—Y digo yo, ¿puede ser realmente Leopold? Es que el tipo tiene todo el aspecto de un indigente ido. ¿Puede Sizemore haberse hundido en la miseria con tanta rapidez?

—Sí —repuso Decker—. Yo lo hice y no tardé años.

Se lo quedó mirando con la boca abierta un momento y luego apartó la cara despacio.

—¡Oh! Vale —dijo por fin.

Decker se desencajó del asiento trasero del coche y se apeó. Cuando Jamison iba a imitarlo, se asomó dentro.

—Usted se queda en el coche —le dijo.

—¿Qué?

—Si algo va mal, márchese y llame a la Policía.

—Decker, no voy a permitir que se...

—Sí que lo hará. Cerró el coche y fue hacia la casa.

Avanzó por la acera con las manos en los bolsillos y la cabeza gacha, como si tratara de evitar el aire frío. Sin embargo, miraba hacia la derecha, observando la casa. Oscurecía, pero en ella no había luces encendidas, ni ningún coche en el camino de entrada. Sizemore, si vivía allí aún, tal vez no estuviera en casa sino en Burlington, planeando su siguiente asesinato.

De hecho Decker consideraba improbable que Sizemore y Leopold fueran la misma persona. Aunque habían pasado veinte años y la gente cambia, le parecía que lo hubiera reconocido, si bien no había tratado con él desde su época en el instituto. A pesar de todo, no podía estar seguro si no indagaba más. Hasta el momento, además, era la única pista que tenían.

Cruzó la calle, se situó entre dos coches aparcados, uno de los cuales estaba encima de un bloque de cemento, y siguió por la acera resquebrajada. Pasó por delante de la casa, rodeó la manzana, atajó por un callejón y fue a parar al patio trasero de la casa. Pasó con esfuerzo por encima de la desvencijada verja de alambre y se acercó a la parte posterior de la vivienda.

Desde allí tampoco se veía ninguna luz encendida.

Se acercó con sigilo a la puerta trasera, puso la mano en la culata de la pistola y esperó, escuchando con atención. No se oían pasos, no se oía nada en absoluto.

Echó un vistazo a derecha e izquierda. No vio a nadie en los patios de las casas de ese lado ni del otro. Era una noche demasiado fría para que los vecinos estuvieran sentados fuera.

Golpeó el cristal con el codo, metió la mano, abrió la puerta y entró.

Estaba en un pequeño lavadero. A la izquierda había una lavadora y una secadora. Subiendo un tramo corto de escalones se llegaba a la cocina. Olía a fritanga y a humo de cigarrillo, un olor acre. Se acordó de que Sizemore era fumador. Lo había visto hacer pausas para fumar, con el paquete de cigarrillos en la mano. Por lo visto nunca había dejado el hábito. Sin embargo, Decker había estado sentado en un bar con Leopold y no había encendido ni un solo pitillo. Si hubiera sido fumador, habría encendido un cigarrillo en un bar de haber podido, y en Burlington no estaba prohibido fumar en los bares. Además, Decker no había notado que a Leopold la ropa le oliera a tabaco, cosa que habría hecho de haber sido fumador. Aquella pista empezaba a torcerse, pero tenía que seguirla hasta el final.

Subió los escalones y miró la cocinita.

Había platos en el fregadero, un periódico en el cubo de la basura. Miró la fecha. Era de hacía dos semanas. Aquello era cada vez más inquietante.

Salió de la cocina para revisar todas las habitaciones de la planta baja. No había señales de que alguien hubiera estado allí recientemente.

Subió la escalera hasta el primer piso.

Luego, cada vez más impaciente, avanzó abriendo puertas. Revisó la primera habitación, la segunda y llegó a la tercera y última puerta. La abrió y empezó a respirar a bocanadas profundas, no porque quisiera, sino porque era la única manera que tenía de adormecer su sentido del olfato.

Se acercó a mirar la cama.

No supo con seguridad de quién era el cadáver que yacía sobre las sábanas, porque estaba demasiado descompuesto. La estatura era más o menos la adecuada, pero la cara había desaparecido. Por el grado de descomposición, el cadáver llevaba allí bastante tiempo. Tan atento estaba al muerto que no había mirado nada más.

Entonces lo hizo. Echó un vistazo a la habitación y se quedó mirando un determinado punto.

Otra equivocación. Si ya está descompuesto, has tardado demasiado. Sigue intentándolo. Quizá llegues hasta aquí, o quizá no. Besitos y abrazos, hermano.

# 44

—Es Chris Sizemore —dijo el agente Bogart—. Acaban de confirmar su identidad por las huellas dactilares y la dentadura.

Decker había llamado a la Policía y al agente del FBI. La ley había caído sobre la deteriorada casita como una granizada.

Estaban en casa de Sizemore. Por suerte, hacía un buen rato que se habían llevado los restos.

Alexandra Jamison estaba en el coche. Le habían dado órdenes estrictas de no escribir ni una palabra sobre aquello.

—Claro que sí. —Decker asintió.

—¿Por qué?

—Por eso —respondió Decker, señalando el escrito de la pared.

Bogart estaba de pie junto a él.

—Explíquese.

—Dicen que he vuelto a equivocarme. Esta casa es la de Sizemore. Solo habría venido si pensara que él estaba implicado. No lo estaba. Fue simplemente otra víctima.

—Así que juegan con usted.

Decker asintió.

—Se comportan como si fueran más inteligentes que yo, y tal vez lo sean.

—Bueno, más nos vale que se equivoque.

—Han ido un paso por delante todo el tiempo. ¿«Si ya está descompuesto»? Lo estaba bastante cuando llegué.

—Bueno, han tenido mucho tiempo para planearlo. Solo tiene que alcanzarlos. La fábula de la liebre y la tortuga. Además, tiene el respaldo del FBI. No tiene que hacerlo solo.

Salieron a la calle; era por la mañana temprano.

—Así que el número 711 de Duckton —dijo Bogart—. Su antiguo terreno conocido, dice usted.

—Sí.

—Pues si no era Sizemore quien se la tenía jurada aquí, ¿quién podría ser?

—Los otros médicos y el personal del instituto no tenían ningún problema conmigo, que yo recuerde.

Bogart se sentó en la escalera de entrada, de cemento, y suspiró.

—Vale. ¿Alguien más? Porque tiene que haber algo. En caso contrario, ¿por qué dirigirlo hacia este sitio? Aparte de los pacientes y del personal, ¿quién más conocería siquiera su existencia?

Decker se sentó a su lado.

—No es por el simple hecho de que yo estuviera aquí. Tuvo que ser algo que hice, o que él interpretó que hice, lo que lo ha llevado a emprender algo así.

—Para una mente desequilibrada, casi nada tiene poca importancia, Decker. Usted se le ha colado al cruzar una puerta, le ha estornudado en la cara, ha respondido una pregunta que él quería responder. ¿Quién demonios lo sabe?

—Yo tengo que saberlo. Soy el único que puede saberlo.

—Bueno, nunca olvida nada, así que supongo que le vendrá a la cabeza.

—Ese es el problema. Si no me vino a la cabeza entonces, no lo tengo almacenado. —Se dio unos golpecitos en la sien—. Las cosas no me vienen a la cabeza. Entro en mi cabeza y las recupero. No es lo mismo.

Bogart se levantó y lo miró.

—Supongo que no, ahora que lo dice. —Hundió las manos en los bolsillos—. Bueno, el forense estima que Sizemore lleva muerto unas dos semanas. No sabemos dónde estaban entonces Leopold y su «amigo». Peinaremos el barrio por si descubrimos algo.

—Lo dudo. Me he colado en el patio trasero mientras todavía

había luz y he forzado la puerta. Soy un hombre corpulento, pero aparentemente nadie ha visto nada.

—Bueno, lo haremos a pesar de todo.

—¿Sizemore tenía trabajo?

—Lo estamos investigando. Usted cree que si lo tenía alguien habría informado de su desaparición cuando no se presentó.

—Algunos trabajos no requieren que te presentes en ninguna parte.

—Le haré saber lo que encontremos.

Bogart lo dejó solo y Decker se levantó y volvió al coche de Jamison.

Cuando subió ella lo miró adormilada desde el asiento del conductor.

—Podría haber ido a un motel —le dijo él—. Estoy seguro de que alguno de los chicos de Bogart me habría llevado en coche.

Jamison negó con la cabeza y dijo:

—No, de todos modos no habría sido capaz de dormir. ¿Era Sizemore?

—Lo era —respondió Decker—. Lleva muerto unas dos semanas.

—Antes, cuando ha salido de la casa, ¿ha dicho que el mensaje de la pared era otra burla?

—Que me había equivocado pero que tenía que seguir intentándolo. También insinuó que tal vez ya no fuera tan inteligente como me pensaba, y volvió a llamarme «hermano».

—Realmente lo está manipulando.

—Eso parece, Jamison.

Ella se desperezó y bostezó.

—¿Y ahora qué? —preguntó.

—Dormiremos un poco. Pensaremos los dos. Tal vez se nos ocurran algunas ideas.

—¿De verdad lo cree?

—No lo creo, no —contestó Decker.

«Porque las cosas no se me ocurren —pensó—. Ya están ahí, o no están.»

# 45

Se marcharon al día siguiente e iniciaron el largo camino de regreso en coche hasta Burlington.

Decker apenas habló. Ignoraba cualquier pregunta que le hiciera Jamison. Al final la periodista se rindió y puso la radio. Pararon a comer en un grill de camioneros de la autopista. En medio de un mar de camiones enormes, Jamison aparcó su cochecito en una plaza libre y se apearon.

Decker se movía con rigidez. Ella lo notó.

—Perdón por la estrechez de los asientos —le dijo.

Él se frotó la nuca y estiró la espalda hasta que oyó un leve chasquido.

—Tengo hambre —dijo.

El local estaba abarrotado y los llevaron hasta la mesa de una esquina del fondo, junto al billar, donde los camioneros golpeaban las bolas y apostaban acerca de los resultados. Al lado de la mesa de billar había una tienda de regalos, cuyos artículos de más éxito eran por lo visto la lencería y los juguetes sexuales para la parienta o la novia al volver a casa.

Pidieron y Decker puso azúcar en el café mirando fijamente la superficie de melamina de la mesa.

Una canción de Bonnie Raitt de la máquina de discos empezó a sonar en la sala. Jamison miró el ajetreo que la rodeaba. Un hombre con sombrero vaquero cabalgó un toro mecánico unos segundos antes de ser derribado, para deleite de sus compañeros.

Decker se rascó la barba y alzó los ojos hacia ella.

—Tiene que tomar un avión y alejarse de mí tanto como pueda. Lo entiende, ¿verdad?

—Pensaba que ya lo habíamos hablado y había quedado claro. Andy Jackson era...

—Era su amigo y su mentor, y puesto que era su amigo y su mentor no quería que acabara asesinada.

—Llevo el gas lacrimógeno y...

—Puede que ahora mismo esté aquí, lo sabe, vigilándonos, vigilándola.

—Solo quiere asustarme.

—No necesito asustarla, Jamison. Es una mujer inteligente, lo que significa que ya lo está.

Les sirvieron los platos y comieron en silencio, evitando cada uno cruzar la mirada con el otro. Cuando llegó la cuenta, pagó Decker.

—No me debe nada —le dijo ella.

—Como mucho más. No sería justo que pagáramos a medias.

Volvieron al coche. Decker, sin que se notara, observó atentamente los alrededores.

—¿Dónde quiere que lo deje? —le preguntó Jamison mientras recorrían las calles de la ciudad de Burlington—. ¿A su hotel, el instituto, el Departamento de Policía? ¿A otra vida?

—¿Va a tomar ese avión?

Ella se volvió a mirarlo.

—No lo sé —dijo.

—He oído que Florida está bien en esta época del año. ¿Qué tal Miami?

—No me gusta huir de los problemas.

—Esto no es un problema, es mucho más. Se trata más bien de su supervivencia.

—¿Y usted, qué? Se queda, ¿verdad? No coge un avión y se larga.

—Me quedo —dijo Decker—, y puede dejarme en mi hotel.

Ella lo hizo.

—Se quede o se vaya, hágamelo saber, ¿vale? —le dijo mientras se apeaba del coche.

Jamison asintió y arrancó.

Decker entró en su habitación, se duchó, durmió un poco y volvió a salir para coger un autobús hasta Mansfield.

Se bajó en la esquina, miró la fachada descolorida del instituto y entró en él.

Lancaster se reunió con él en la biblioteca. Estaba pálida y más delgada. La mano izquierda le temblaba tanto que se la metió en el bolsillo.

Se sentaron al fondo y él la puso al corriente de los acontecimientos de los dos últimos días.

—¿Crees que Jamison tendrá en cuenta tu advertencia? —le preguntó.

Él se encogió de hombros.

—Eso espero. No puedo obligarla a irse.

—Bueno, Chris Sizemore no estaba en la ciudad y mira lo que le ha pasado.

—No pueden perseguir a todo el mundo, Mary. No se trata de una organización secreta con recursos ilimitados. Solo son dos, capaces y metódicos, pero solo dos.

—Eso no es un hecho probado. Es una suposición tuya, como la mía acerca del 7-Eleven.

Decker reflexionó acerca de eso y asintió.

—De hecho tienes razón. ¿Por aquí qué ha pasado? ¿Nada?

Ella negó con la cabeza.

—Palabras bonitas del ejército. No es que hayan aportado mucho. Las pruebas forenses no nos han llevado a ninguna parte. Sabemos cómo entró el tirador, cómo se movió y se marchó, pero eso no nos lleva hasta donde queremos ir, Amos.

—El único punto probado es mi relación con esto. Me ha llevado hasta Chicago y el instituto. Esa pista ha quedado confirmada por el asesinato de Chris Sizemore. No han podido saber de él y del poco aprecio que me tenía si no estuvieron allí o si no tuvieron algún conocimiento interno de lo que pasó allí hace veinte años.

—¿Y no te acuerdas de nada que pueda sernos de ayuda? De

cualquiera de los que entraron y salieron de ese instituto durante tu estancia.

Decker se arrellanó en la silla y miró alrededor, a los investigadores en sus puestos leyendo atentamente los detalles del caso. Sin embargo, vio en sus ojos y en sus gestos falta de energía, el malestar hacía presa en ellos. Había visto otros casos torcerse como aquel. Empezaban a creer que no lo resolverían, que no iban a pillar a quien hubiera hecho aquello. Eso los agotaba a todos.

Miró a Lancaster.

—La única conexión, de momento, es Leopold, pero sé a ciencia cierta que no estaba en el instituto. La única persona que pudo haber sido era Sizemore, e incluso eso era una posibilidad lejana que ha demostrado ser falsa.

—Bueno, hemos visto que esas personas juegan con la apariencia física. Consiguieron que una persona pareciera corpulenta cuando no lo era ni mucho menos tanto. Hemos cursado una orden de busca y captura contra él, pero nada. El tipo se ha esfumado.

—¿No hay rastro de nuestra camarera?

—Nada. Camarera o camarero, según el del bar.

—Otra vez la apariencia. El tipo se hacía pasar por una mujer, y lo hacía bien. Me lo tragué, y eso que me sirvió una cerveza. Estaba a pocos centímetros de mí y no sospeché nada.

—¿Estás convencido de que la camarera está metida en esto?

—El del bar contó al FBI que se esfumó unos cinco minutos antes de que Leopold se marchara y que ya no regresó. Pudo ser una coincidencia, pero no lo creo.

—Vale, pero sigue sin ser un hecho probado, todavía no. —Rebuscó entre unos papeles—. Sin embargo, aquí tengo algo que sí que es un hecho probado.

Él se irguió en la silla.

—¿Qué?

—En el instituto perdieron la vida seis alumnos y tres adultos. Cinco de los alumnos eran chicos.

—Y Debbie Watson era la única chica.

—Pero los cinco chicos eran jugadores del equipo de fútbol, todos ellos o, para ser exactos, tres de ellos; uno era el mánager del equipo y a otro lo habían echado hacía poco por quebrantar las normas.

Decker se irguió todavía más.

—Según Beth Watson, Jimmy Schikel era del equipo, pero no lo relacioné con los demás, por Debbie y los adultos.

—Y Joe Kramer era el profesor de educación física pero también el entrenador del equipo de fútbol.

—¿Y el subdirector?

—Barry Dresden no tenía nada que ver con el equipo, que yo haya podido encontrar. No tenía hijos en el instituto, de modo que ninguno de ellos podía ser del equipo. Luego está Andy Jackson.

—Pero a él lo mataron porque se enfrentó al tirador. Es posible que los demás fueran objetivos por su relación con el equipo de fútbol.

—Sin embargo, Dresden no tenía esa relación con el fútbol.

—Pero sí todos los alumnos asesinados y el entrenador. No puede ser una coincidencia, Mary. Había montones de posibles víctimas en las clases. Tenía que saber a quién disparaba. Espera un momento... ¿Todas las víctimas eran corpulentas? ¿Tenían aspecto de jugadores de fútbol?

—Dos sí, los otros eran de complexión normal, así que dudo que los escogiera únicamente por el aspecto físico. Llevaban el jersey del equipo los viernes, antes del partido, pero el tiroteo no se cometió un viernes. Aunque pudo enterarse fácilmente de quiénes pertenecían al equipo y encontrar sus horarios de clase, o pudo dárselos Debbie. Si lo hizo, a lo mejor sabía lo que planeaba hacer. —Tras una pausa, añadió—: En cualquier caso, quería que supieras lo que he encontrado.

Decker la miró con admiración.

—Buen trabajo, Mary. Nadie más lo ha visto, ni siquiera yo.

Ella sonrió con cansancio.

—Bueno, no estoy acostumbrada a conseguir algo antes que tú, así que me sienta bien, pero ¿qué significa esto, Amos?

—Yo era del equipo de fútbol de este instituto. Se llevó todos mis trofeos. Pudo ser simplemente otra manera de vengarse de mí. Otra faceta de su venganza.

Se quedó callado.

—¿Qué?

—Dresden, el subdirector, era un objetivo escogido. El tirador fue hasta el despacho a matarlo. Para lo de Debbie y Jackson hay una explicación, pero para lo de Dresden no. Si no tenía nada que ver con el equipo de fútbol, ¿por qué lo asesinaron?

—¿Quieres decir que el motivo pudo no ser que tú jugaras al fútbol aquí, a pesar de haberse llevado los trofeos?

—Sí. Pero si no es ese, ¿cuál es?

—No tengo ni idea —admitió Lancaster.

—Bueno, no ganamos nada dándonos cabezazos contra un muro hasta que sepamos algo más. Sin embargo, tenemos que ir a un sitio.

—¿Irnos? ¿Adónde?

—Al bar.

—¿Tienes sed?

—Sí, pero no de cerveza.

# 46

Un copo de nieve cayó cuando Decker estaba en la acera de enfrente, delante del bar, con Lancaster a su lado. El copo llegó al suelo y se fundió casi de inmediato.

Lancaster sacó un pañuelo y se sonó.

—Si no quieres entrar, ¿podemos al menos esperar dentro del coche? —le preguntó—. Hace mucho frío y estoy pillando una gripe.

Decker había repasado la manzana tramo por tramo y vuelto a repasarla. Echó a andar y Lancaster corrió tras él. Cubrieron ambos lados de la calle a lo largo de una manzana en ambas direcciones.

—No hay cámaras —apuntó él.

—En Burlington hay cámaras de vigilancia, pero no son omnipresentes. He oído que en Londres y Nueva York las hay en todas las calles, aunque nosotros no pagamos el impuesto que pagan ellos, ¿verdad?

—Pero hay cámaras de vigilancia privadas —dijo Decker—. De bancos, tiendas de empeño, licorerías, aunque no veo ninguna. ¿Puedes comprobarlo, enterarte de si hay alguna en esta manzana?

—Haré una llamada.

Lo hizo mientras Decker seguía mirándolo todo. Cayeron unos cuantos copos más y las nubes estaban cargadas de humedad. Si la temperatura seguía bajando, la nieve se acumularía.

Lancaster se guardó el móvil.

—Me llamarán. ¿Ahora qué?

Decker cruzó la calle hacia el bar y lo siguió. Estaba lleno, con la mayor parte de las mesas ocupadas por parejas, aunque parecía que celebraban una despedida de soltero al fondo.

Lancaster miró desdeñosa a la *stripper*, que se estaba quitando el ajustado disfraz de Catwoman.

—Me asombra lo que excita a los jóvenes.

—Lo mismo que siempre los ha excitado —dijo Decker distraídamente—. Las mujeres guapas mientras se desnudan.

Se acercó a la barra y se fijó en el camarero, el mismo con el que ya había hablado, que se dispuso a atenderlo.

—¿Qué veneno quiere? —le preguntó.

—Tomaré una cerveza Miller. —Miró a Lancaster.

—Yo estoy de servicio —le dijo ella en voz baja.

—Y un Virgin Mary* para mi amiga —dijo Decker.

Cuando el camarero se alejó para preparar lo que habían pedido, giró el taburete, se apoyó en la barra y contempló la sala. Lancaster hizo lo mismo.

—Así que Leopold te trajo a este bar donde estaba su compañero, supuestamente disfrazado de camarera. Los dos hablasteis y luego, con la supuesta ayuda de su supuesto compañero, se desvaneció.

—Supuestamente, sí —contestó irritado Decker.

—¿Cómo supo que lo seguirías hasta aquí?

—¿Cómo no iba a hacerlo? Le retiraron todos los cargos. Sabía que conozco los procedimientos policiales, que lo sacarían de su celda de la central y le harían recoger sus cosas. Sabía que yo estaría esperándolo fuera y, si por alguna razón no hubiera estado, ¿qué? No se habrían rasgado las vestiduras. Habrían encontrado otra manera de atraerme.

—Así que lo seguiste hasta aquí. ¿Cómo esperaba que acabara el asunto?

—Quizá solo quería volver a verme de cerca, tomarme la medida.

* La versión sin alcohol del Bloody Mary. *(N. de la T.)*

—Pero si lo estamos interpretando bien, la persona que realmente quería verte era la camarera. A lo mejor la que estuvo contigo en el instituto, esa a la que, fuera como fuera, insultaste.

—Estoy seguro de que también estaba en el ajo.

—Es asombroso que no te matara entonces, o que lo intentara al menos.

—No habría sufrido lo bastante, Mary.

—¡No habrías sufrido bastante! ¿Con tantos muertos, incluida tu familia? ¿Con el artículo difamatorio que escribió Jamison sobre ti? ¿Teniéndolo siempre mofándose de ti?

—Todavía no es suficiente, Mary. A ellos no les basta.

—¿Qué quieren, Amos? ¿Qué otra cosa pueden querer de ti?

—Más, Mary, solo que todavía no sé lo que es.

Sin embargo, Decker sabía lo que querían.

«Me quieren a mí.»

El camarero les sirvió las copas.

—Caray, hombre, me fastidió el negocio el otro día. Había polis por todo el local. Asustaron a la mitad de los clientes.

—Le pagarán lo mismo, ¿no? —le dijo Lancaster sin ninguna delicadeza.

—Las propinas, bonita —dijo el camarero—. Vivo de las propinas. —Se llevó a los labios un cigarrillo electrónico y le dio una calada—. ¿Cree que el sueldo que me pagan los dueños de este local me basta para vivir? Si lo cree, será mejor que vaya a que le examinen la cabeza.

—Estoy seguro de que sus camareras también cuentan con las propinas.

—Así es.

—Pero la que lo dejó plantado tal vez no. A lo mejor tiene otra fuente de ingresos.

—A lo mejor.

—¿Está seguro de que era un hombre? —le preguntó Lancaster, observándolo de cerca.

El camarero la miró.

—¿Por qué quiere saberlo?

Ella le enseñó la placa. Él dio otra calada al cigarrillo electrónico.

—Antes trabajaba como técnico *off-Broadway*.* Eso abunda en ese mundillo. Sé distinguir a los chicos de las chicas, aunque tengo que reconocer que este era muy bueno.

—Si era un hombre, ¿por qué le dejó trabajar? —le preguntó Lancaster.

—Me importa un bledo si un tío quiere vestirse de chica siempre y cuando sepa servir las bebidas sin derramarlas. Lo único que necesito es a alguien. No tengo en cuenta el pene.

—Según usted —dijo Decker—, la camarera se marchó antes de que lo hiciera el tipo con el que yo estaba hablando.

—Bueno, cuando usted se fue ya no la encontré. Tuve que servir las mesas hasta que llegó una sustituta. Así que, sí, parece que se largó.

—¿Y llamó a la agencia de trabajo temporal? —le preguntó Decker.

—Lo hice, y tenía usted razón. No tenían su expediente. Un punto a su favor.

Decker le miró la cintura. Un llavero le sobresalía del bolsillo delantero del pantalón vaquero.

—¿Qué tipo de coche tiene?

El camarero se miró el bolsillo sorprendido y luego lo miró a él.

—¿Por qué? ¿Necesita que le lleve a alguna parte?

—No, por simple curiosidad.

—Un Nissan Leaf.

—Es un coche eléctrico.

—Ya lo sé. Tiene un consumo estupendo, porque no usa gasolina. Me limito a enchufarlo.

—Es muy silencioso, supongo —dijo Decker.

—A veces, demasiado silencioso. No sé las veces que lo he dejado en marcha. Salgo con la llave en el bolsillo y el maldito trasto sigue con el motor en marcha.

* Es el término que se utiliza en la jerga del teatro para referirse a las producciones teatrales de Nueva York que no se representan en los famosos escenarios de Broadway, obras de bajo presupuesto pero gran originalidad de dramaturgos como Tennessee Williams o Edward Albee. Estas producciones suelen representarse en teatros con poco aforo y las entradas son bastante asequibles. También existe el término *off-off-Broadway*, para referirse a los teatros que presentan obras aún más vanguardistas. *(N. de la T.)*

—¿En serio? ¿Dónde lo aparca?

—En el callejón de ahí fuera.

—Cuando salió para cogerlo, el día que estuve aquí, ¿se fijó si el coche estaba un poco desplazado del lugar habitual?

El camarero se quedó un momento pensando.

—No, que yo recuerde. ¿Por qué?

—Porque me asomé a ese callejón cuando estuve aquí aquel día y no había ningún coche.

—¡Mierda! —replicó el camarero, con los ojos como platos—. Cuando salí de trabajar estaba.

—¿Siempre lleva encima la llave del coche?

—No siempre. A veces la cuelgo de un gancho que hay ahí. —Indicó la pared de detrás de la barra—. Tengo que moverlo cuando esperamos a algún proveedor. La furgoneta de la cerveza casi no cabe por él, y no tiene salida, así que tienen que irse marcha atrás. A veces dejo que lo mueva una de las camareras si estoy ocupado.

—Bueno, creo que la camarera en cuestión lo condujo sin su permiso. —Dejó unos dólares en la barra—. Ahí va también la propina.

Lancaster y él salieron del local.

## 47

La nieve arreciaba mientras Decker miraba fijamente el Nissan Leaf gris.

—Parece que lo está recargando —dijo Lancaster. Se había fijado en el cable eléctrico que iba desde una toma del coche a una caja de electricidad situada junto a la puerta lateral del bar.

Decker no miraba el cable; miraba las paredes del callejón.

—Ahí —dijo.

Situada a bastante altura y orientada de manera que captaba la mayor parte del callejón había una cámara de vigilancia. Decker se acercó al lugar donde estaba montada y luego hasta la puerta del negocio.

—Una farmacia —dijo—. Debe ser la entrada de mercancías.

—Hay un montón de robos en las farmacias de por aquí —dijo Lancaster, que se había puesto a su lado—. No me sorprende que tengan una cámara. Es un sitio lógico para dar un golpe desde atrás. Por eso la puerta está cerrada con llave y tiene barrotes.

—Necesitamos las imágenes de esta cámara, inmediatamente.

Corrieron hacia el frente de la farmacia. Había un dependiente en la caja y un policía fuera de servicio junto a la entrada.

Lancaster le enseñó brevemente la placa.

—Le conozco —le dijo—. Donovan, de la cuarta, ¿verdad?

—Sí, señora. ¿Qué necesita, detective Lancaster?

Ella se lo explicó y se acercaron juntos a la caja, donde Donovan se lo transmitió al cajero.

—Puedo sacarlas —dijo este.

Al cabo de pocos minutos Lancaster y Decker salían de la farmacia con el DVD. Volvieron en coche al Mansfield, donde Lancaster metió el disco en el ordenador y recuperó las imágenes.

Llevaban la hora y la fecha sobreimpresas, de manera que le dio a Mary las que debía buscar. Ella manejó el ordenador hasta que le dio orden de que parara.

—Para, justo ahí.

Lancaster lo hizo y la imagen quedó congelada.

—Ahora avanza a cámara lenta —le pidió Decker.

Ella pulsó la tecla adecuada para hacerlo y observaron a la camarera que salía del bar, abría la puerta del Leaf y subía al coche tras desenchufar el cable de carga. Un momento después se marchaba al volante.

Al cabo de diez minutos regresaba, se apeaba, volvía a enchufar el cable y entraba en el bar.

—Pero el tipo dijo que no volvió —comentó Lancaster.

—Espera un momento.

La mujer salió de nuevo segundos después y se marchó andando por el callejón.

Decker miró a Lancaster.

—Volvió para colgar las llaves del gancho. El del bar seguramente no llegó a verla.

—Cierto.

—Así que recogió a Leopold y lo llevó a alguna parte. Fue muy inteligente hacerlo en el coche de otro. No tenemos ninguna matrícula que rastrear.

—Pero podemos buscar huellas en el coche. No llevaba guantes.

Mientras Lancaster hacía una llamada, Decker miraba fijamente la pantalla.

—Vale. Vuélvelas a pasar, pero esta vez aumenta la imagen tanto como puedas —le dijo cuando ella cortó la comunicación.

Lancaster lo hizo, varias veces, a petición de Decker. Por el ángulo de la cámara veían el coche desde detrás. La veían sentarse en el asiento del conductor y más tarde sacar las largas piernas para apearse. La falda corta se le subía al hacerlo, pero no se le veía la cara de frente.

—Esa mujer tiene unas piernas magníficas —comentó Lancaster—. Tengo que reconocérselo.

—Ese hombre las tiene magníficas. Al menos, creo que es un tío.

—El del bar tenía razón, entonces.

—Acerca de qué.

—Nos dijo que había visto montones de hombres vestidos de mujer cuando trabajaba en el *off-Broadway*, pero que este era verdaderamente bueno. Y lo es. Esas piernas parecen de mujer, auténticas.

Decker asintió despacio y volvió a fijarse en la imagen. Repasó la secuencia otras dos veces antes de apagarla, pero seguía sin haber una imagen clara del rostro de la persona que salía en ella.

—¿Y bien? —dijo Lancaster—. ¿Algún avance mental?

Decker negó con la cabeza, pero había algo. Parecía mirarlo directamente a la cara, solo que no conseguía determinar qué era.

Lancaster bostezó y se desperezó. Luego observó la actividad que reinaba en la biblioteca, a su alrededor.

—Me pregunto cuándo volverá a aparecer Bogart.

—No me contó sus planes de viaje —dijo Decker—. Llegó al lugar donde vivía Sizemore en avión. Supongo que volvería del mismo modo.

—Bueno, aquí no se ha presentado.

—Seguramente no trabaja solo en este caso.

—Tal vez no, pero espero que el Mansfield sea prioritario, incluso para el FBI.

—No sabría decirte —repuso distraído Decker.

Lancaster consultó la hora.

—Son casi las once y llevo con esto desde las cinco de la mañana. Tengo que ir a casa. ¿Quieres que te lleve? Dudo que puedas ir andando. Fuera empieza a caer una buena. —Miraba por la ventana de la biblioteca. Nevaba copiosamente.

—Vale. Supongo que de momento aquí ya he terminado.

Fueron hacia la salida.

—Tenemos un buen número de pistas, Amos, solo debemos seguirlas.

—No son pistas, Mary. En su mayoría no valen nada y no nos llevarán a ninguna parte. Lo han planeado bien.

—Bueno, ya sabes lo que se dice de lo escrupulosamente planeado.

—Sí, que suele torcerse. Por desgracia, no siempre es cierto.

Subieron al coche y se fueron.

Ella lo miró.

—Parecía que veías algo en el vídeo de seguridad.

—Lo he visto, solo que no sé qué es.

—¿Qué te ha parecido volver a ese sitio, al instituto?

—No he vuelto. Se han trasladado. Solo hablé con una persona que había trabajado allí.

—No deja de ser buscar en el baúl de los recuerdos.

—Toda mi vida es un gran baúl de los recuerdos.

—¿Es desagradable?

—¿Nunca has querido dejar de ver una película?

—Claro, muchas veces.

—¿Y si no pudieras pararla? ¿Y si no pudieras dejar de verla porque la tienes dentro de la cabeza?

Ella apretó el volante y miró hacia delante.

—Lo entiendo, supongo.

La radio de la Policía instalada en el salpicadero chisporroteó. El emisor dio la dirección de un incidente.

Lancaster estuvo a punto de salirse de la vía. Enderezó el coche y miró horrorizada a Decker.

—¡Es mi casa! —gritó.

# 48

La casa de Mary Lancaster era modesta, construida en dos niveles, de unos treinta años de antigüedad. Aunque Earl Lancaster se dedicaba a la construcción, la vivienda necesitaba una mano de pintura, había que repararle el tejado y tenía algunos listones podridos. El asfalto del camino de entrada estaba bastante agrietado. El interior estaba un poco mejor conservado, pero las habitaciones eran pequeñas y oscuras y olía a humedad.

Alrededor de la casa, las luces de los coches patrulla iluminaban el cielo oscuro.

Lancaster frenó con un chirrido de ruedas junto al bordillo, saltó del coche, enseñó brevemente la placa a los dos agentes de la puerta principal y los habría esquivado para entrar si no la hubieran detenido.

Uno la conocía.

—Detective Lancaster...

Ella trató de apartarlo y la agarró.

—¡Espere! —le gritó—. Intento decirle...

El agente forcejeó con ella, porque, aunque no era corpulenta, estaba completamente alterada; gritaba furiosa, escupiendo y arañando. Iba a entrar.

Luego alguien la apartó de ellos y la sostuvo en el aire, sin que tocara el suelo.

Los policías miraron a Decker, que la sujetaba con un abrazo de oso, con los brazos pegados al cuerpo.

Ella chillaba.

—¡Suéltame, Amos! ¡Te mataré! ¡Juro por Dios que te mataré, hijo de puta! ¡Voy a... matarte...!

Siguió forcejeando y despotricando, pero siguió sujetándola fuerte hasta que por fin cayó en sus brazos, con la cabeza gacha y las piernas colgando, agotada. Respiraba entrecortadamente.

El policía la miró.

—Intentaba decirle que su familia está bien.

—¿Qué? —gritó ella—. Entonces, ¿por qué demonios está aquí toda esta gente?

Decker la dejó despacio en el suelo.

—Porque ha habido un incidente —le dijo el agente.

—He tratado de llamar a la centralita, pero no he podido ponerme en contacto —dijo Lancaster—. ¿Dónde diablos está mi familia?

—Los tenemos en custodia protectora.

—¿Qué? ¿Por qué?

—Por orden del capitán Miller.

En aquel momento Miller salió de la casa.

—¿Qué demonios está pasando, capitán? —le preguntó Lancaster.

—Earl y Sandy están bien.

—¿De qué incidente se trata? —preguntó Decker.

—Han dejado unas cosas en la casa.

—¿Qué han dejado? —Decker no apartaba los ojos de Miller.

—Amos, es posible que no quieras participar en esto.

—Eso no va a pasar a menos que tengas más hombres en el escenario. —Miró amenazador a los dos agentes de uniforme que habían tratado de parar a Lancaster.

—Está bien, pues —dijo Miller, y los acompañó dentro.

Entraron en la cocina. Decker vio los botellines de cerveza en la mesa y la silla volcada.

—¿No habías dicho que no ha pasado nada? —gritó Lancaster.

—No es lo que parece —repuso Miller—. Es... Es todo... —No pudo terminar la frase.

A Decker le dio un vuelco el corazón viendo que el otro luchaba por encontrar las palabras. Miller los llevó a la habitación contigua. En el suelo había un cadáver. Bueno, no era un cadáver de verdad. Era un muñeco hinchable de hombre de tamaño natural. Alguien le había pintado la cabeza de gris, pero Decker no podía dejar de mirar la raya roja que le recorría el cuello de oreja a oreja.

—¿Eso...? ¿Se supone que «eso» es Earl? —dijo Lancaster.

—Eso creo —dijo Miller sin demasiada convicción, mirando brevemente de reojo a Decker.

—Repugnante bastardo.

Decker se fijó en que le habían pintado una «x» encima de cada ojo.

Todos habían visto muñecos hinchables otras veces. Eran comunes y, por tanto, inofensivos. Pero aquel era lo más siniestro que Decker hubiera visto. Era como los treses que se le echaban encima en la oscuridad; pálido, ensangrentado, con la mirada fija, silencioso, sin vida: el símbolo apestoso de la depravación.

Decker miró hacia la escalera y luego a su alrededor. En otra época había estado varias veces en la casa, pero su mente, que obviamente registró este hecho, lo asoció ahora con otro. Aquella casa era una copia casi exacta de la suya. No era algo infrecuente en los barrios obreros construidos en serie, en los que un constructor usaba los mismos planos para construir cientos de casas que poseían básicamente la misma estructura aunque estuvieran pintadas de un color diferente o tuvieran unos cuantos detalles arquitectónicos distintos.

—Así que hay otro... ¿qué, Sandy? —dijo Lancaster. Se apoyó en el respaldo de una silla para no caerse.

—Hay otro muñeca arriba, sí —dijo Miller, mirando nervioso a Decker otra vez.

Decker regresó mentalmente al momento en que había subido a trompicones la escalera de su casa, una escalera muy parecida a aquella, la noche en que lo había perdido todo.

—Entonces solo hay una más de... de estas cosas en mi casa —dijo Lancaster con la voz ronca.

Decker se volvió para mirar el muñeco con el corte en el cuello y luego miró a Miller. Algo que vio en sus ojos se sumó a lo que ya había deducido.

—No —dijo—, hay dos más.

—Sí —confirmó tristemente Miller—. Dos más.

—¿Qué demonios dices? —preguntó Lancaster—. Están solo Earl y Sandy. Un momento. ¿Hay uno supuestamente mío?

Decker ya estaba subiendo la escalera.

La primera puerta a la que llegaron estaba un poco abierta. Decker la empujó para abrirla del todo y entró.

Una pierna sobresalía del otro lado de la cama, exactamente como sabía que estaría. Se acercó a ese lado de la cama y miró al suelo. Como sabía que estaría, el muñeco era el de una mujer vestida con un camisón transparente. Tenía un punto oscuro en el centro de la frente que simulaba la bala que le habían disparado a la cabeza. También le habían dibujado una «x» en cada ojo.

—Supongo que sabes dónde está la tercera víctima —le dijo Miller.

Lancaster jadeó cuando cayó en la cuenta.

—¡Oh, Dios mío! Esta es...

—Cassie —terminó la frase Decker.

Miller le pasó un brazo por los hombros.

—Amos, ¿por qué no vuelves abajo?

Decker negó con la cabeza.

—No.

—Amos, por favor.

—¡No!

Recorrió a trompicones el pasillo y abrió la puerta del baño. Los otros dos corrieron tras él.

En el inodoro estaba el tercer muñeco, más pequeño, de niña. Incluso le habían pintado rizos en la cabeza, como los de Molly. El cinturón de la bata la mantenía erguida. Le habían dibujado marcas de ligaduras en el cuello; en cada ojo tenía una «x».

Los asesinos habían querido reproducir exactamente lo que había pasado en casa de Decker, aunque por suerte en lugar de personas habían utilizado muñecos. Había una diferencia, sin embargo, una diferencia significativa.

Encima del inodoro habían escrito algo con tinta.

Esto podría haber sido real. Así que pregúntate cuánto dolor vas a causar, hermano. Acaba con esto. Haz lo correcto. Como deberías haber hecho entonces. Ármate de valor. No seas cobarde, hermano. Ahora no, o la próxima vez la sangre será de verdad. Es tu última oportunidad.

Decker se quedó mirando aquellas palabras un buen rato. Luego les dio la espalda y salió del baño, bajó los escalones de dos en dos y salió a la calle. Lancaster y Miller lo siguieron. Lo alcanzaron al final del camino de entrada.

—¿Adónde vas? —le preguntó ella.

—Lamento todo esto, Mary.

—No tienes por qué lamentarlo. Mi familia está bien.

—La próxima vez no lo estarán. Habrán muerto.

—No, no habrán muerto. Mira, esto no es cosa tuya. Es cosa suya.

—No, es cosa mía y suya.

Se alejó por la calle mientras los copos caían girando a su alrededor.

# 49

Decker estaba sentado en la cama de su habitación del Residence Inn. Fuera seguía nevando, pero el suelo estaba lo bastante caliente para que apenas cuajara. No era más que nieve medio derretida. Igual que su mente.

Mi mente maravillosamente perfecta que lo recuerda absolutamente todo.

Sin embargo, partes de sus pensamientos estaban claros como el agua. Se veía mentalmente sosteniendo la pistola. Un arma bonita y útil. La llevaba cuando era detective y la había conservado en la vida civil.

Era además el arma que se había metido en la boca y luego apoyado en la sien mientras estaba sentado en el suelo, mirando a su hija muerta.

Esa noche no había apretado el gatillo y todavía no sabía exactamente por qué. Una memoria perfecta no va emparejada con una mente perfecta, ni con decisiones firmes. A veces con la perfección a un lado de la ecuación, a uno no le queda más que la imprecisión en el otro. A lo mejor es el modo que tiene la naturaleza de equilibrar las cosas.

Fuera como fuese, esa noche no se había quitado la vida.

Sin embargo, esta noche era una noche distinta, ¿no?

Desplazó la corredera y oyó caer una bala en la recámara. Quitó el seguro, se llevó el arma a la cabeza, se apoyó el cañón en la sien derecha.

Ármate de valor. No seas cobarde, hermano. Acaba con esto.

Decker pensaba que para suicidarse hacía falta valor pero también cobardía. ¿Tenía bastante de las dos cosas o carecía por completo de ambas? Sin embargo, él pensaba que tenía bastante de ambas. Ahora, en cualquier caso.

Cerró los ojos y llevó el dedo a la guarda del gatillo y luego al gatillo. Una ligera presión y se acabó. Era la distancia más corta del mundo la que había entre el dedo y el gatillo. Un simple movimiento, flexiona el dedo y aprieta. La gente lo hacía todos los días, solo que no con un arma.

Trató de pensar con claridad, de relajarse y dejar ir todo lo que lo unía a este mundo. No podía ser mucho. ¿Qué le quedaba exactamente?

Imaginó a Molly primero y luego a Cassie. Dos fotogramas de su memoria a los que nunca renunciaría, ni siquiera si conseguía de algún modo renunciar a todos las demás.

Los retuvo, con su videocámara momentáneamente congelada.

Abrió los ojos cuando llamaron a su puerta. No se movió. Volvieron a llamar.

—¿Amos? Amos, sé que estás aquí. Por favor, abre la puerta.

Retuvo las imágenes de Cassie y Molly un instante y luego pasaron y otras ocuparon su lugar.

Se levantó y abrió la puerta.

El capitán Miller lo miraba con el cuello del abrigo levantado para protegerse del frío. Llevaba unas botas de agua viejas, bastante estropeadas.

—Quiero hablar contigo —le dijo—. Ahora mismo.

No esperó a que lo invitara a entrar. Pasó de una zancada junto a él y entró en la pequeña habitación. Su vista se posó en la pistola que había encima de la cama, donde la había dejado Decker. Se volvió a mirarlo con intención.

—Si lo haces, ellos ganan. Lo sabes.

—¿Ganan? —dijo Decker.

Miller cogió la pistola, puso el seguro y la dejó en la mesa antes de sentarse al borde de la cama.

Decker cerró la puerta y se sentó en una silla, frente a él.

—Claro que sí —dijo Miller—, puesto que eres el único que tiene una posibilidad de pillarlos. Si te quitas de en medio, tendrán libertad para seguir haciendo lo que hacen.

—Si su objetivo es castigarme, destruirme, cuando lo hayan hecho ya no tendrán nada más que hacer.

—Hasta que decidan que otro les ha faltado al respeto. Y está el asunto de dejar que esta escoria se salga con la suya habiendo matado a toda esa gente. No tengo intención de permitirlo, y creo que tú tampoco.

Decker miró la pistola y luego a Miller.

—No podemos devolverles la vida. Lo único que podemos hacer es trabajar bien para atrapar a quienes los mataron y asegurarnos de que no vuelvan nunca a hacerle daño a nadie. Eso es todo. Puede no parecer mucho, pero en un mundo civilizado es todo lo que podemos hacer.

—¿Un mundo civilizado?

—En el que siempre hay quien no es civilizado.

Decker cambió ligeramente de posición en la silla y más radicalmente de idea.

—¿Quién llamó? Para informar del incidente en casa de Lancaster.

—Earl Lancaster. Estaba con Sandy en una función escolar. No llegaron a casa hasta casi las once. Entonces encontraron lo que encontraron y llamaron a emergencias.

—¿Nadie vio ni oyó nada?

—Aún estamos llamando a las puertas. Todavía nada. Estaba oscuro y el tiempo era desagradable. Resultaba bastante fácil colarse. Pudieron entrar con los muñecos deshinchados e hincharlos luego rápidamente. —Se frotó la frente—. Gracias a Dios que no optaron por los habitantes de carne y hueso.

—Lo que resulta desconcertante, puesto que matar no les ha supuesto ningún problema hasta ahora.

Miller asintió, pensativo.

—¿Sabes? Es como si pudieran hacerse invisibles.

—Hacerse invisibles no, parecer inofensivos.

—¿A qué te refieres? —le preguntó Miller.

—A que no parecen una amenaza. Se mezclan con el entorno.

Parecen alguien tan común que nadie nota su presencia. Eso los hace invisibles, porque la gente no los recuerda.

—Bueno, uno se disfrazó de policía para engañar a Lafferty.

—No de policía. Un policía llama la atención. Usaron ese disfraz concretamente para acercarse a Lafferty. No, me refiero a alguien que se mezcla en un vecindario.

—Bueno, tendremos los informes de los testigos de ambos lugares listos dentro de una hora. ¿Por qué no vienes a comisaría y les echas un vistazo?

Decker miró a su antiguo superior.

—¿Es para mantenerme ocupado?

Miller se levantó.

—Amos, eres un hombre adulto. Si quieres matarte, lo harás. No puedo hacer nada para impedírtelo, pero mientras estés vivito y coleando quiero servirme de ti. Así que ve a la comisaría y a ver qué encontramos. —Le dio la espalda y salió.

Decker se quedó sentado un momento antes de levantarse, coger el arma, metérsela en el bolsillo del abrigo e ir tras él.

# 50

Después de cuatro tazas de café y un correoso burrito para desayunar, Decker se apartó de la mesa donde había estado repasando todos los aspectos del caso y fue al baño. Cuando salió, Alex Jamison estaba apoyada en la pared, al parecer esperándolo.

Lo miró, con los brazos cruzados, dando golpecitos con un tacón en el suelo sin brillo de linóleo.

—Supongo que he perdido el vuelo —le dijo.

—Siempre hay otro.

—Tal vez. A lo mejor iré a algún lugar cálido, cuando hayamos terminado aquí.

—No es su batalla, ni su problema.

—No vaya por ahí, Decker.

—¿Qué hace aquí?

—Quería verlo, hacerle saber que sigo trabajando en el caso. Miller me llamó. Sabía que fui con usted al instituto y que estábamos juntos cuando encontró a Sizemore.

—¿Y?

Miller dobló la esquina.

—Pues que he pensado que otro par de ojos puestos en ese cabrón no nos harán ningún daño. No soy tan orgullosa como para no pedir ayuda. —Los señaló a ambos—. Así que, ¿por qué no se ponen a ello?

—Ella no pertenece al cuerpo —dijo Decker.

—Usted tampoco —le espetó Jamison.

—¿Dónde está Lancaster? —preguntó Decker.

—Donde debe estar, con su familia. ¡Vamos ya!

Reacio, Decker volvió a su habitación con Jamison y se pusieron a repasar las declaraciones a la Policía de los vecinos de los Lancaster.

Una anciana con un perro.

Con un perro. Nada amenazador. La gente la miraría por encima, no la recordaría a menos que le preguntaran específicamente por ella.

Puso en marcha su videocámara mental y regresó a los informes de las declaraciones de los vecinos a los que la Policía había interrogado después de los asesinatos de su familia.

No había ninguna mujer con un perro, pero sí un anciano al que habían visto dando un paseo. Lo habían descrito como ligeramente encorvado y débil; usaba bastón y estaba lejos de poder ser el autor de la violenta matanza de esa noche, perpetrada sin duda por un asesino fuerte en la flor de la vida.

Completamente inofensivo. Nadie había vuelto a pensar en él. Nadie se había preguntado quién era o por qué estaba allí aquella noche.

Yo tampoco.

No habían forzado la puerta de casa de los Lancaster. Daba la impresión de que habían entrado sin más.

Disfrazado de anciana. Disfrazado de anciano. Su asesino era un auténtico camaleón.

Decker echó otro vistazo al expediente de los Lancaster.

Había entrado sin más.

Pensó en la noche anterior. La casa estaba limpia y ordenada. Mary había trabajado más horas de las posibles. Él sabía que Earl, además de ser un contratista competente, estaba muy ocupado con su hija Sandy. No se lo imaginaba pasando la aspiradora, quitando el polvo y lavando platos a todas horas.

Se levantó y fue hacia la puerta. Tenía preguntas que requerían respuesta. Aparentemente había olvidado que Jamison estaba con él hasta que le habló.

—¿Adónde vamos? —le preguntó.

—Yo me voy. No sé adónde va usted.

—Pero con usted estoy a salvo, ¿no?

Decker se esforzó para encontrar una respuesta válida, pero acabó rindiéndose.

Jamison cogió las llaves.

—Además, a diferencia de usted, tengo coche.

—No. Tiene medio coche.

Salió y Jamison se apresuró a seguirlo.

Contra sus deseos, Lancaster había sido puesta también bajo custodia protectora y estaba en una casa de alquiler del FBI, vigilada por la Policía local de Burlington y por agentes federales.

Decker pasó la seguridad y entró en la casa con Jamison.

La pequeña Sandy corrió a abrazarse a las piernas de Decker. Sin saber qué otra cosa hacer, él le dio unas palmaditas en la cabeza hasta que la niña se soltó y lo miró echando atrás la cabeza.

—¡Eres Amos Decker! —le dijo.

—Ya lo sé, y tú eres Sandra Elizabeth Lancaster.

Ella lo amonestó con el índice.

—Ya lo sé.

Se marchó corriendo, con su desaliñado padre intentando seguirla.

Decker y Jamison se sentaron frente a Lancaster, que miró a la periodista con desconfianza.

—¿Por qué está usted aquí?

—Al igual que Decker, soy asesora para el caso.

—Nunca había visto un caso con tantos asesores —dijo Lancaster. ¿Cómo te va?

—Me va —repuso Decker.

—Esos cabrones desalmados. Lo que hicieron en casa, eso de recrear el escenario del crimen de tu familia...

Jamison miró sorprendida a Decker.

—¿No lo sabía? —le preguntó Lancaster.

—No —dijo la periodista en voz baja.

—Afortunadamente para nosotros, usaron muñecos en lugar de personas —dijo Lancaster. Se estremeció, sacó un paquete de cigarrillos y se lo volvió a guardar.

Decker no dejaba de mirarla.

—Intento dejarlo —le dijo ella—. Por el bien de Sandy.

—¿Para que no sea una fumadora pasiva? —le preguntó Jamison.

—No. No fumo nunca en casa ni en el coche. Es que quiero seguir viva para verla crecer, sobre todo ahora, después de... —Se sacó un pañuelo de papel del bolsillo y se secó los ojos al tiempo que apartaba la cara, avergonzada. Volvió a guardar el pañuelo y añadió—: No quiero estar aquí. Quiero trabajar en el caso. Esos bastardos entraron en casa e hicieron eso. Quiero atraparlos más de lo que he querido atrapar a nadie en toda mi carrera.

—¿Earl o tú tenéis un servicio de limpieza contratado para limpiar la casa? —le preguntó Decker.

Eso desconcertó a Mary.

—¿Un servicio de limpieza?

—Sé lo que te preocupa la seguridad, sobre todo por Sandy. Una vez se fue de casa y tardaste horas en encontrarla.

—¿Qué tratas de decirme, Decker? —le espetó ella.

—No forzaron la entrada. Entraron tan campantes en tu casa, Mary. ¿Cómo puede ser, a menos que alguien tenga llave? Earl y Sandy estaban fuera. Él cerró con llave, ¿no?

—Sí, lo hace siempre. Y tienes razón, Earl contrató un servicio de limpieza, pero no tienen llave de casa. Nunca lo hemos permitido. Earl sabe cuándo vienen y los deja entrar.

—Pero, una vez dentro de casa, alguien que se hiciera pasar por un trabajador del servicio podría haber cogido la llave, hecho una copia y usarla para entrar con posterioridad...

—¿Cómo podían saber ellos que tenía contratado un servicio de limpieza?

—Si vigilaban la casa verían detenerse el coche o la furgoneta. Suelen llevar el rótulo de la empresa.

—Pero ¿cómo se habrían hecho pasar por trabajadores de la empresa?

—Llama y pregunta si alguien llamó en nombre tuyo o de Earl para que no vinieran a limpiar uno de los días concertados.

—Decker, ¿en serio...?

—Es una simple llamada, Mary, y podría suponer un avance para nosotros. Dices que quieres trabajar en el caso, pues trabaja.

Ella sacó el móvil y llamó a la empresa de limpieza. Por lo que dijo, Decker ya sabía la respuesta antes de que colgara.

—Tenías razón, Amos. Los llamaron para pedirles que no vinieran.

—Así fue como el falso limpiador vino y sacó un molde de la llave. ¿Dónde guardas las llaves?

—En unos ganchos, junto a la puerta.

—Vi un calendario en tu nevera. ¿Consta en él el horario de todos?

—Sí.

—Así supieron que Earl y Sandy no estarían en casa esa noche.

—No puedo creer que la persona que ha hecho todo esto estuviera en mi casa —dijo Lancaster, mirándose las manos—. No puedo creerlo. —Alzó la vista—. Eso quiere decir que Earl ha visto al asesino. Quizá...

Decker negó con la cabeza.

—Esa persona no se parece en nada a la descripción que ahora pueda dar Earl. Son demasiado inteligentes para eso, Mary.

Decker se levantó y la miró. Jamison lo imitó.

—¿Estaréis bien aquí? —le preguntó él a Lancaster.

—Estaremos a salvo, si es a eso a lo que te refieres.

—Por ahora, a eso me refiero.

—Tengo suerte, Amos. Mi familia vive.

—Ha sido un aviso, Mary. Un aviso dirigido a mí. No he hecho lo que querían que hiciera. No habrá más avisos. Eso quiere decir que tengo que pillarlos antes de que ellos pillen a alguien más.

Le dio la espalda para marcharse con Jamison.

—¿Adónde vais? —Lancaster lo miraba como si fuera la última persona que quedara en la Tierra aparte de ella. Si Decker hubiera podido sentir compasión, se habría sentido profundamente conmovido.

—A ver otra vez el vídeo.

—¿Qué vídeo?

—El de alguien que sale de un coche.

## 51

Decker había visto el vídeo una docena de veces en el portátil, tanto a velocidad normal como a cámara lenta. Luego se había arrellanado en el asiento con los ojos cerrados.

Ella se había acercado.

Tomado el pedido.

Servido la cerveza.

Se había marchado.

La había visto una vez caminando a paso tranquilo por delante de la barra, balanceando de manera seductora las estrechas caderas antes de desaparecer por el fondo del local. Luego la había visto otra. Allí. En la pantalla. Saliendo del coche. Una vez y otra y otra y otra.

Repasaba mentalmente todo lo que había visto. La miraba de la cabeza a los pies repetidamente, centrado en la pequeña parte de la cara que le había visto.

Entonces encajó. Su videocámara mental finalmente lo había conseguido.

Abrió los ojos y vio al agente Bogart de pie.

Él y Jamison estaban en la biblioteca del Mansfield.

—¿Ha ido a ver a Lancaster? —le preguntó Bogart.

Decker asintió, todavía pensando en las imágenes mentales.

—¿Cómo le va?

—¿Todavía dispone del avión?

Bogart pareció sorprendido. Se apoyó en el borde de la mesa.

—Sí, ¿por qué?

—¿Puedo usarlo?

—Si yo digo que puede. ¿Qué pasa?

Decker se levantó.

—Tenemos que ir a Chicago.

—Acaba de volver de allí.

—Tengo que ir otra vez.

—¿Tiene alguna pista? —Bogart miró la pantalla del portátil con palpable entusiasmo.

—Tengo una pista.

—¿Puedo acompañarlos? —preguntó rápidamente Jamison.

Bogart la miró y luego miró a Decker, que se encogió de hombros.

—Vale, pero tenga en cuenta que el FBI no es una maldita línea aérea, y ni una palabra de esto se publica.

—Dejo el trabajo en el periódico.

—¿Qué? —dijo Decker—. ¿Por qué?

—Ahora trabajo en el caso a jornada completa y no puedo ocuparme de otros artículos. Además, francamente, ya era hora de cambiar de aires. —Se levantó y cogió el bolso—. Así que vámonos. ¡Venga, deprisa!

Salió de la habitación.

Bogart miró a Decker.

—Menuda pieza. ¿Qué ha hecho para merecerla?

—Ahora mismo no puedo procesarlo —repuso Decker.

El avión los llevó a un aeródromo privado situado al sur de Windy City y fueron en un todoterreno hasta las nuevas instalaciones del Instituto Cognitivo.

Era un edificio de tres plantas y estaba en un parque empresarial con aire de campus, a una hora de Chicago.

Bogart enseñó brevemente su credencial del FBI al recepcionista, que inició una reacción en cadena al final de la cual los acompañaron a una sala de reuniones de la parte de atrás del edificio decorada con colores suaves terrosos.

Entró un hombre con terno, camisa rosa y pajarita amarilla de topos verdes.

Miró a Bogart, que le enseñó la placa y se presentó.

Luego Darren Marshall vio a Decker.

—¡Amos Decker!

Decker se levantó a estrecharle la mano.

—Doctor Marshall.

—¿Cuánto tiempo ha pasado? ¿Qué han sido, veinte años?

—Veinte años, dos meses, nueve días y catorce horas —dijo mecánicamente Decker. El cálculo le salió tan rápido que ni siquiera se dio cuenta de que lo realizaba. Tampoco le parecía ya raro. Era simplemente... Ahora él era así.

—Por supuesto, le tomo la palabra —dijo Marshall. Miró a Bogart—. Amos fue un caso bastante poco común.

—Estoy seguro, pero no sé nada de eso.

Marshall miró entonces a Jamison.

—¿Usted también es del FBI?

—No. Solo soy una ciudadana interesada que trata de ayudar.

Marshall pareció un poco sorprendido por aquel comentario.

—¿Un caso poco común? —le preguntó Bogart a Decker.

—Sufrí un trauma cerebral —le explicó Amos secamente—. Cambió el funcionamiento de mi mente. La hizo más eficaz en determinados aspectos. —Tras una pausa, añadió—: Soy un *savant* sobrevenido, por así decirlo, a diferencia de su hermano.

Bogart asintió y lo estudió con atención.

—Vale. Está bien, lo entiendo.

—¿Pueden decirme de qué va todo esto? —preguntó Marshall.

Decker le explicó la situación y el médico empezó a asentir lentamente antes de que hubiera terminado de hacerlo.

—Me he enterado de lo del pobre Sizemore, por supuesto, pero no sabía que tuviera algo que ver con este..., con este espantoso suceso de Burlington.

—Se lo mencionamos al doctor Rabinowitz —dijo Decker.

—Así que por eso me llamó Harold —dijo Marshall—. He estado tan ocupado que todavía no le he devuelto la llamada.

—No es el único acontecimiento espantoso con el que está relacionado —dijo Bogart—, pero ahora mismo no hace falta que nos refiramos a los demás. —Miró expectante a Decker.

—Nuestro asesino es un hombre casi con toda seguridad —dijo este—. Un hombre que colabora con alguien que se hace llamar Sebastian Leopold.

—Nunca había oído ese nombre. ¿Cree que tiene algo que ver con el instituto?

—Teniendo en cuenta que ha situado cuidadosamente las pruebas que me han traído hasta aquí, sí. Añada además el hecho de que el doctor Sizemore ha sido asesinado.

—¿Y sabe con seguridad que están relacionados? Me refiero a la muerte de Sizemore y de los demás.

—Dejaron otro mensaje en su casa. Otra vez para mí.

Marshall se desplomó en la silla. Parecía muy nervioso.

—¡Dios mío! Me cuesta creerlo.

—Había una mujer en mi grupo del instituto —dijo Decker—, Belinda Wyatt.

—Sí, la recuerdo.

—Era una de las protegidas del doctor Sizemore.

—Bueno, aquí no alentamos esa clase de apego.

—Pero eso no implica que no se produzca. De hecho, no me equivoco si digo que Sizemore fue despedido porque había entablado una relación con pacientes recientemente. ¿Con pacientes femeninos, tal vez?

—No puedo hablar de eso.

Bogart se inclinó por encima de la mesa hacia el médico.

—Doctor Marshall, estamos persiguiendo a un asesino que ha matado a más gente de la que puedo mencionar, incluidos un puñado de alumnos de un instituto y una de mis agentes. Hay que detenerlo antes de que vuelva a matar. Así que, aunque respeto que debe usted mantener la confidencialidad, cualquier ayuda que pudiera prestarnos sería muy de agradecer.

Marshall dejó escapar un largo suspiro entrecortado.

—Bueno, puedo decirle que Sizemore había cruzado el límite de lo profesional con una mujer del instituto por la época en que le pedimos que se marchara. Esto es cuanto puedo decirle, de veras.

—No se preocupe, no va a demandarlo —dijo Bogart—. Descansa en un depósito de cadáveres. —Miró a Decker—. ¿Cree que Sizemore pudo haber hecho lo mismo con esa tal Wyatt?

Decker no le hizo el menor caso.

—¿Qué le pasó a la mujer? —le dijo a Marshall.

—Tendría que consultar los expedientes.

—¿Lo hará?

—Es un territorio muy resbaladizo, profesionalmente hablando.

—Por favor, doctor Marshall, consulte los expedientes, nada más.

Marshall se levantó, cogió el teléfono del aparador y habló con alguien.

Al cabo de cinco minutos entró una mujer con un voluminoso archivador. Se lo entregó al médico y se marchó.

Marshall se puso las gafas.

—Tengo que leer el expediente —dijo.

—Adelante. Tómese el tiempo que necesite —le dijo Bogart.

Pasaron veinte minutos antes de que Marshall alzara los ojos de la lectura.

—Está bien —dijo—. ¿Qué les gustaría saber?

—¿Qué edad tenía la mujer por entonces? —le preguntó Decker.

—Dieciséis.

—¿Era una hiper?

—Sí, de capacidades extraordinarias. Casi como las suyas, de hecho. Sin embargo, a diferencia de usted no tenía ningún síntoma de sinestesia.

—Eso hacía mi caso más interesante para algunos en el instituto —dijo Decker—, por su carácter dual.

—Y también el hecho de cómo le sobrevino su estado: un traumatismo en el campo de fútbol. No había habido ningún caso así antes y dudo mucho que vuelva a haberlo.

Bogart miró a Decker.

—¿Así fue como le pasó?

Jamison le hizo un gesto de asentimiento.

—Sí.

—¿Ella lo sabe y yo no? —dijo Bogart, molesto.

Jamison le dio una explicación.

—Hemos hecho viajes largos en coche juntos.

—¿Cómo llegó aquí Belinda? Teníamos sesión de grupo pero ese hecho no nos fue nunca revelado. Aunque los otros se enteraron de mi situación por radio macuto, no recuerdo que mencionaran jamás la de Belinda —le dijo Decker a Marshall.

—Bueno, tu pasado no debería haber sido divulgado y el de Belinda era incluso más... complicado.

—¿Hasta qué punto? —dijo Bogart. Marshall no respondió, así que añadió—: No quiero jugar sucio, pero me basta una hora para traer una citación, aunque en ese tiempo esa gente puede volver a matar.

Marshall miró a Decker.

—¿Realmente cree que esto puede tener que ver con todos esos asesinatos?

—Sé que es así.

Marshall se quitó las gafas y apartó el expediente.

—Belinda Wyatt era una adolescente del campo de Utah. A los dieciséis años, para decirlo sin rodeos, la violó una pandilla, la sodomizaron, le dieron una paliza brutal y la dieron por muerta.

Bogart miró fijamente a Decker, que siguió sin apartar los ojos de Marshall.

—Entonces sufrió un trauma cerebral a causa de las lesiones y salió del trance con hipertimesia —dijo Decker.

—Sí. También sufrió un trauma emocional difícil de superar, como supondrá —añadió Marshall—. Tanto que no llegará a recuperarse verdaderamente del todo. Quedó traumatizada para siempre, tanto física como emocionalmente. Los daños físicos que le infligieron le impiden concebir hijos, por ejemplo.

—¡Dios mío! —comentó Jamison.

—Decker, me he perdido —dijo Bogart—. Wyatt es una chica. No puede ser nuestro tirador. Es un hombre.

—Puede ser nuestro tirador. Lo es, de hecho.

Bogart se lo quedó mirando.

—¿Cómo lo ha deducido exactamente?

Decker miró a Marshall.

—Belinda tuvo problemas, ¿verdad? Aparte de ser apaleada y violada. ¿Relacionados con su orientación sexual, tal vez?

—De verdad que no sé cómo puede saber eso —le dijo Marshall, asombrado—. Que yo sepa no se mencionó en ninguna sesión.

—No puedo explicarlo exactamente. Lo único que puedo decirle es que en mi cabeza algunas cosas han encajado. La línea de una mandíbula, la curva de un muslo, las manos; gestos y movimientos. Todo mezclado, como las piezas de un rompecabezas.

—Tiene una mente verdaderamente extraordinaria, Amos.

—¿Por eso la violaron y la vejaron? Supongo que hace veinte años en el campo de Utah una persona así no era muy apreciada.

—No me pusieron al tanto de los detalles del delito, pero pudo ser por eso, sí. No estoy seguro de lo lejos que hemos llegado como sociedad, de hecho. Diría que las personas de su condición todavía provocan reacciones extremas, completamente equivocadas.

—¿Cuál era exactamente su estado médico? —dijo Decker.

Marshall parecía a punto de protestar, pero puso cara de resignación.

—Hace veinte años se habría considerado a Belinda Wyatt aquejada de hermafroditismo.

—¿Hermafrodita, quiere decir?

—Sí —convino Marshall—. Ahora es un término en desuso. Ya no se utiliza porque demuestra bastante insensibilidad. Ahora nos referimos a su trastorno como intersexual o un DDS, las siglas de «desórdenes del desarrollo sexual». Eso es cuando hay discrepancia entre los genitales externos e internos, es decir, los testículos y los ovarios respectivamente, y también cuando alguien tiene cromosomas femeninos pero genitales masculinos o viceversa. Hay cuatro categorías conocidas. Belinda pertenecía técnicamente al subgrupo llamado de intersexualidad gonadal verdadera.

—¿Qué significa eso exactamente? —preguntó Decker.

—La presencia de tejido ovárico y testicular en la misma persona. Belinda tenía cromosomas XX y XY. También tenía un ovario y un testículo. Como supondrán, sería algo difícil para cualquiera. La comunidad médica ha recorrido un largo camino en términos de ayudar a la persona a hacer frente a la situación, para escoger entre opciones, quirúrgicas y de otro tipo. Hace veinte años la decisión solía ser recurrir inmediatamente a la cirugía y convertir al paciente en una mujer en lugar de en un hombre, porque el procedimiento quirúrgico requerido era más sencillo. Ahora sabemos que hay muchos otros factores implicados. Suele ser mejor esperar hasta entender la situación única de cada persona y dar al paciente un papel importante en la decisión. Al fin y al cabo, se trata de su cuerpo y de su vida.

—Pero hace veinte años... —dijo Decker.

—Era muy diferente —dijo Marshall—. Además hay gente muy ignorante y tremendamente cruel. Wyatt tenía dieciséis años, iba al instituto. Es una época bastante peligrosa incluso para muchos jóvenes que no tienen que enfrentarse al, bueno, al hecho de ser biológicamente distintos del resto de los de su edad.

—Así que seguramente los que la violaron y le dieron una paliza estaban al corriente de su condición, y eran de los ignorantes y decidieron darle una lección a la chica.

—Es muy probable, sí.

—¿Y sus padres? —dijo Decker.

—Como por entonces no era mayor de edad, tuvieron que autorizar su ingreso en el instituto.

—¿Alguna vez la visitaron?

—No.

—¿Por qué no?

—Por decirlo delicadamente, yo los contaría entre los ignorantes.

—¡Dios! Que te abandonen por completo tus padres cuando más los necesitas... —comentó Jamison.

—Así que pensaban que su hija era, ¿qué? ¿Un bicho raro? —preguntó Decker.

—Hablé con ellos por teléfono unas cuantas veces. No creo que les importara lo que le había pasado a su hija. Eran unas personas muy desagradables.

—¿Por qué estaba usted al tanto de toda esta información médica sobre los pacientes del instituto? —dijo Bogart—. Creía que se limitaba a investigar sobre los problemas cognitivos.

—Los enfocamos desde una perspectiva más amplia. Sí, nuestro principal objetivo es investigar las mentes que siempre han sido o se han convertido en extraordinarias por diversos factores, pero también somos médicos. Los pacientes a los que tratamos, como Belinda y Amos, han sufrido un trauma grave que les ha causado un cambio radical mentalmente hablando. Nos hace falta conocer su historial médico completo para comprender mejor qué les ha causado los cambios y también, eso esperamos, ayudarlos a enfrentarse a, en esencia, una vida nueva. —Miró a Decker—. Sé que no le hicimos un seguimiento, Amos. Fue un fallo de nuestro protocolo que ya hemos enmendado. Que nos dejara físicamente no implica que no podamos seguir apoyándolo.

—Aprecio mucho su ayuda —dijo Decker—. Gracias a ella he sido capaz de valerme solo.

—Me alegro mucho de oírle decir eso. Ahora bien, era bastante evidente para nosotros que Belinda habría sido un caso especial aunque no hubiera pasado por lo que pasó. Discutí abiertamente con el médico de Utah que la examinó y le hizo un diagnóstico preliminar. Todo va en un mismo paquete, sobre todo cuando uno trata la mente, así que necesitábamos entenderlo todo, y sus padres no pusieron ninguna objeción. Creo que querían lavarse las manos —añadió con una mueca de disgusto.

—¿Se sometió Belinda a una operación para ser un hombre? —quiso saber Decker.

—No lo sé. No lo había hecho antes de venir ni durante el tiempo que estuvo aquí, eso seguro.

—¿Ha sabido algo de ella desde que se marchó?

—Ni una palabra.

—¿Tiene la dirección de Belinda? —dijo Decker.

—No.

—¿La de sus padres?

—Sí, en el expediente, pero es de hace quince años.

—Nos la llevaremos —dijo Decker.

# 52

Decker se sentó a la mesa, mirando por la ventanilla. Jamison se sentó frente a él, observándolo nerviosa.

—Vale, tengo que admitirlo, este le gana a mi Suzuki —le dijo, en un esfuerzo por suavizar el ambiente.

—¿Se refiere a su coche de payaso? —dijo Decker sin apartar la vista de la ventanilla.

Viajaban a cuarenta y un mil pies de altura y a más de ochocientos kilómetros por hora en el elegante trimotor Falcon del FBI.

Decker volvió la cabeza cuando Bogart les puso delante una taza de café a él y a Jamison antes de sentarse frente a él. El agente federal se desabrochó la americana y tomó un sorbo de la suya.

Jamison miró el lujoso interior de la cabina.

—Un viaje agradable.

Bogart asintió.

—El FBI no repara en gastos en casos como este. —Miró a Decker, que seguía mirando por la ventanilla—. Así que recibió un golpe en el campo de fútbol que le cambió la vida para siempre.

—Me cambió el cerebro, y con él la vida.

—Y además, no quiere hablar de ello, ¿verdad?

Decker no dijo nada.

—¿Qué creen que encontraremos en Colorado, en casa de los Wyatt? —le preguntó Jamison, mirando alternativamente a ambos hombres.

—Encontremos lo que encontremos —dijo Decker—, nos dirá algo que no sabíamos todavía, y nos acercará un paso más a Belinda Wyatt.

Bogart tomó otro sorbo de café.

—¿Qué le ha hecho fijarse en Wyatt? Buscábamos a un hombre y es una mujer, o lo era cuando la conoció.

En lugar de responderle, Decker abrió el portátil y lo volvió hacia Bogart para que viera la pantalla. Luego puso el vídeo.

El agente miró las imágenes y luego a Decker.

—Vale, es una mujer saliendo de un coche. La camarera del bar. La cómplice de Leopold. Tal vez esa tal Belinda Wyatt. Desde luego a mí me parece una mujer.

—¿Se ha fijado en cómo sale del coche?

Bogart miró la pantalla.

—Dijo usted que era un tío disfrazado de mujer, pero ahora que sabemos que Wyatt era intersexual, no sabemos en realidad lo que es, si un hombre o una mujer. Así que puede que sea ella haciendo de mujer porque es una mujer. A lo mejor nunca llegó a operarse.

—Cierto. Puede ser exactamente lo que era hace veinte años. Sabemos que Leopold no pudo haber cometido los asesinatos. Si Wyatt está con él, eso la deja a ella. Ella es la tiradora.

—Vale, pero no entiendo a qué se refiere con eso de cómo se apea del coche. Saca las piernas y se levanta, como haría una chica o un chico.

—No, como haría un chico no. Un hombre no lo haría.

—No le sigo.

—Póngase de lado y levántese, como si estuviera saliendo de un coche.

—¿Qué? ¿Ahora?

—Sí, ahora.

—¡Decker!

—Hágalo.

Bogart parecía incómodo, pero se puso de lado y sacó las piernas al pasillo. Iba a levantarse cuando Decker lo detuvo.

—Mírese las piernas.

Bogart se las miró.

—¿Qué pasa con ellas? Las he girado hacia el pasillo. He tenido que hacerlo para levantarme. La persona de la pantalla ha hecho exactamente lo mismo.

—Fíjese en la distancia que hay entre sus muslos.

Bogart miró lo separadas que tenía las piernas.

—¿Y qué?

—Mire la pantalla.

Bogart la miró. Los muslos de la persona casi se tocaban.

—Mire la mano —añadió Decker.

El otro miró la mano de la mujer. La tenía entre los muslos, junto al bajo de la falda.

—Usted tiene las piernas abiertas y la mano lejos de ellas.

—Bueno, ella lleva vestido y yo no.

—Da igual. Usted es un hombre y, lleve o no lleve vestido, no lo haría. Abriría las piernas y se levantaría. Esa persona está en un callejón. No hay nadie para verle nada, así que, ¿por qué juntar las piernas? ¿Por qué poner ahí la mano para más seguridad, para evitar los ojos indiscretos?

—Me rindo. ¿Por qué?

—Esa es la diferencia entre haberte criado como hombre o como mujer. Las mujeres hacen eso sin pensarlo. Se lo inculcan desde muy pequeñas, en cuanto empiezan a llevar jersey y mallas, y luego vestido o falda. Mi mujer le enseñó a mi hija a hacer eso cuando era pequeña. Todas las madres lo hacen. Un hombre, sin embargo, no piensa en eso. Nunca. Lleve o no lleve vestido. A los hombres no les preocupa que alguien los mire porque son siempre ellos los que miran.

Bogart se miró las piernas primero, luego la mano y, por último, miró la pantalla donde la imagen congelada demostraba explícitamente todo lo que Decker acababa de explicar. Miró a Jamison, que había estado atenta a su conversación. Antes de que pudiera decir nada, ella sacó las piernas al pasillo. Llevaba falda. Tenía las rodillas juntas y la mano en la misma posición que la persona del vídeo.

—Nos lo han inculcado, agente Bogart —le comentó—. Exactamente como acaba de decir Decker. Es un gesto automático, sobre todo cuando llevamos falda.

—Veamos si lo entiendo. ¿Está diciéndome que nuestro tirador es una mujer, Decker? —exclamó Bogart.

—Le digo que si nuestro tirador es Belinda Wyatt, y creo que lo es, ha conservado la memoria muscular de cuando la criaron como a una chica. Si ahora es un hombre, después de haberse sometido a una intervención quirúrgica, no lo sé. Irónicamente, puede que le guste, después de haber sido considerada un monstruo a caballo entre ambos géneros, porque ahora es capaz de utilizarlo en su provecho. Es un camaleón del género capaz de interpretar ambos papeles. Resulta una tapadera muy eficaz.

Bogart devolvió las piernas a su sitio y apoyó los codos en la mesa.

Jamison lo imitó.

—¿Por qué cree que mató a Sizemore? —preguntó el agente federal.

—Esa es la otra razón por la que empecé a fijarme en Wyatt. Era su preferida. Me lo dejó claro. Nunca me habló de su pasado, pero pasaba mucho tiempo con ella.

—Vale, pero ¿por qué querría matarlo, entonces?

Decker miró decepcionado a Bogart.

—Es bastante obvio, ¿no? La sedujo y se acostó con ella mientras estaba en el instituto.

Jamison y Bogart lo miraron con los ojos como platos.

—¡Maldita sea! —dijo Jamison—. Eso tiene sentido. Sizemore era un tipo despreciable. Lo echaron del instituto por hacer lo mismo con otra paciente.

—¿Así que sedujo a esa adolescente destrozada tanto física como emocionalmente, cuando era más vulnerable, solo para echar un polvo? Vaya favorita.

Decker no hizo ningún comentario. Volvía a mirar por la ventanilla.

—No se olvida de nada, ¿eh? —comentó Bogart.

—En cuanto lo veo o lo oigo, se queda conmigo para siempre.

—¿Y si alguien le cuenta una mentira? —dijo Jamison—. La recuerda, pero no necesariamente como una mentira, ¿verdad?

—A menos que me cuenten otra cosa que no concuerde con lo dicho previamente. Entonces empiezo a desentrañar lo que es cierto y lo que no lo es. Los pequeños detalles llevan a grandes resultados. La gente no mete la pata con las cosas importantes, la mete con los pequeños detalles.

—¿Qué me dice de Leopold? ¿Cómo se juntaron?

Decker volvió a mirar por la ventanilla las nubes que pasaban.

No tenía la respuesta a esa pregunta.

Quizá nunca tuviera la respuesta a esa pregunta.

Belinda Wyatt y Sebastian Leopold. Dos de los socios más improbables habidos y por haber. Sin embargo, como los dos asesinos de *A sangre fría*, de Truman Capote, las personas pueden hacer juntas cosas inimaginables para cada una de ellas actuando en solitario.

Se preguntó lo que estarían planeando en aquel momento.

# 53

La dirección de Colorado estaba al pie de las Rocosas, subiendo un camino pavimentado con una única casa al final a la que se accedía por una cancela automática. Era una casa bastante grande, una finca en realidad.

El todoterreno subió despacio. Un equipo del FBI de Denver se les había unido en el aeródromo privado donde había aterrizado su avión. Eran ocho agentes además de Bogart, Jamison y Decker. La Policía local estaba más abajo, custodiando el camino.

—Está fuera de la vista —dijo Bogart cuando el gran edificio de dos pisos apareció.

—¿Esperaba que no? —dijo Decker.

Cuando se detuvieron, Bogart miró a Jamison.

—Usted se queda aquí.

—Vamos. Decker tampoco me dejó entrar en casa de Sizemore.

—Bueno, me alegro de que me considere en el mismo bando que el señor Decker —repuso Bogart—. Hasta que todo quede despejado, usted no se mueve de aquí.

Se apearon del todoterreno y el equipo rodeó rápidamente la casa.

A un lado había un edificio de gran tamaño con aspecto de ser un garaje para cuatro coches. En el terreno de atrás había una piscina, cubierta en aquellos momentos, puesto que era invierno. No había más edificios ni tampoco ningún coche a la vista.

—Esto parece abandonado —dijo Bogart—. Para ser una residencia tan bonita, la finca está bastante descuidada.

—Ya veremos —dijo Decker.

El aire era frío y se les condensaba a todos el aliento.

Dos agentes se acercaron al garaje y los demás a la casa, tres hacia la parte posterior y los otros tres a la delantera. Con Decker a su lado, Bogart llamó a la puerta principal, se dio a conocer, dijo que tenía una orden de registro y pidió que lo dejaran entrar. El silencio fue lo único que obtuvo por respuesta.

Empezó la cuenta atrás por el móvil para el equipo de la parte de atrás de la casa. Derribaron ambas puertas con un ariete hidráulico. Los agentes entraron todos a una y fueron registrando las habitaciones una por una hasta llegar a la escalera. La subieron y revisaron seis dormitorios antes de detenerse en el último.

—¡Mierda! —exclamó un agente, bajando el arma.

Bogart y Decker entraron y miraron las dos sillas que había en la zona de estar del dormitorio principal.

Había un cadáver en cada una, completamente envuelto en plástico. Tenían el plástico pegado al cuerpo y se les veía la cara. Eran un hombre y una mujer.

—¿Cree que son el señor y la señora Wyatt? —le preguntó Bogart a Decker.

—Todo es posible —repuso este.

Ocho horas después el equipo y el médico forense habían terminado su trabajo. Los cadáveres habían sido identificados como los de Lane Wyatt y su esposa Ashby.

Era difícil determinar la hora de la muerte porque los habían embalsamado.

—Es una putada —dijo el forense—, pero bien hecha. Quien haya sido tiene cierta experiencia en el tema.

—¿Les han drenado toda la sangre y les han inyectado el fluido de embalsamar? —quiso saber Bogart.

El médico asintió.

—Y luego los han envuelto en plástico. Parece que alguien ha usado una fuente de calor para apretarlo y sellarlo. Seguramente un secador de pelo. Eso, unido al embalsamamiento, ha preservado los cadáveres. Estaban aislados del aire. Están en notable buen estado.

—Y puede que lleven aquí mucho tiempo o poco.

—Intentaré establecer un marco temporal para la muerte, pero no será fácil.

—Los coches del garaje tienen entre dos y cuatro años de antigüedad y siguen con el permiso de circulación vigente. La comida de la nevera está caducada, pero no es de hace tanto. Además, la casa está en bastante buen estado. No creo que lleven años muertos, a menos que alguien haya estado viviendo aquí mientras estaban «empaquetados». —Miró al forense—. ¿Causa de la muerte?

—No está demasiado claro. No hay heridas visibles en los cadáveres. Puede haber sido por envenenamiento, pero los signos evidentes hace tiempo que habrían desaparecido. Tal vez quede algún rastro en los tejidos y sea capaz de sacarles un poco de sangre. Suele quedar un poco a pesar del embalsamamiento.

—Encuentre lo que pueda —lo instó Bogart.

El forense asintió y se marchó.

Bogart prestó atención entonces a Decker y Jamison, quienes, sentados a la mesa de la cocina, leían los documentos que iban sacando de una caja de zapatos. Se sentó delante de Decker.

—Bueno, al menos no hay crípticos mensajes para usted en las paredes —le dijo.

Decker asintió distraído.

—Dudo que esperaran que viniéramos —comentó—, lo que es una buena cosa.

—¿Por qué?

—Significa que son falibles y que nos estamos acercando. Eso de la liebre y la tortuga, ¿recuerda?

—Pero ¿por qué dejar así los cuerpos? Tienen que haber supuesto que alguien los encontraría.

Decker lo miró.

—De acuerdo con lo que los suyos han encontrado, los Wyatt estaban jubilados. No tenían más familia que su hija, no tenían amigos. Se cuidaban solos.

—Nadie los echaría de menos —dijo Bogart—, al menos una temporada.

—Tendríamos que ver si tenían contratada una empresa de mantenimiento de piscinas. Seguramente cubrieron la suya para el invierno hace solo un par de meses. Si vinieron a hacerlo, tal vez vieran a los Wyatt.

—Buena idea.

—Los Wyatt tenían dinero —dijo Decker—. Esta finca mide más de tres mil metros cuadrados y en el garaje hay un Range Rover, un Audi A8 y un Mercedes S500.

—El dinero no da la felicidad —comentó Jamison.

Bogart miró los documentos.

—¿Qué tienen ahí?

—Cartas de Belinda a sus padres, de cuando estaba en el instituto —repuso Jamison—. Su equipo las encontró en esta caja de zapatos, metida debajo de unos trastos, en un armario del piso de arriba.

—¿Qué dice en ellas?

—Resumiendo —dijo Decker—, son cartas de una joven asustada que implora a sus padres que vayan a verla, que se la lleven a casa.

—Marshall dijo que no le hicieron una sola visita.

—Por tanto no obtuvo respuesta a sus cartas.

—Según Marshall eran unos ignorantes y no se preocupaban por ella. ¿Por qué guardarían las cartas?

—Por esto —dijo Decker.

—Él y Jamison pusieron las cartas boca abajo, una al lado de la otra. En cada página había una mayúscula escrita. Cuando se leían juntas, formando palabras, formaban una frase.

—LOS MATARÉ A TODOS —leyó Bogart—. Quería matarlos a todos. ¿Se refería a sus atacantes?

—O a quienes la humillaron —dijo Decker, alzando la vista hacia Jamison—. O a quienes estuvieran relacionados con quien la humilló.

—¿Y sigue sin saber por qué Wyatt considera que la humilló?

—Sigo sin saberlo, pero tanto a mi esposa como a la agente especial Lafferty las violaron. No las forzaron sexualmente, pero les mutilaron los genitales.

—A Belinda sí que la forzaron, sin embargo, y la señora Wyatt no ha sido mutilada.

—Ella no. Esto no empezó con ella y no tiene ninguna relación conmigo.

—Otra vez llegamos a usted, siempre a usted.

Jamison miró a Bogart.

—Decker dice que usted era analista en Quantico.

—Cierto.

—Tengo un amigo en el Programa de Análisis de Crímenes Violentos.

—Tiene muchos amigos —comentó secamente Decker.

—Participé dos años en ese programa.

—Entonces habrá visto cosas así antes.

Bogart asintió.

—Lo he visto casi todo.

—Vale, pues guíenos. ¿Qué simboliza la mutilación?

Bogart juntó las manos frente a sí.

—En realidad, la mutilación de los genitales femeninos puede estar motivada por muchas cosas. Es una cornucopia de psicosis. Para Freud habría sido un verdadero filón. He visto varios casos, todos de asesinos en serie, en los que se ha practicado.

—Denos algunos ejemplos o razones —le pidió Decker.

Bogart se inclinó hacia delante y habló en un tono más bajo pero también más firme.

—Puede simbolizar odio a las mujeres y lo que representan: la maternidad, la capacidad de dar a luz. Los genitales externos son las puertas al canal del parto, para decirlo sin rodeos. Me he encontrado con asesinos que les hacían esto a las mujeres porque su madre los había abandonado o permitido que abusaran de ellos. Se supone que una madre protege a sus hijos, que siempre está a su lado para ayudarlos. La que no lo hace fomenta una mente realmente trastornada. La mutilación es una manera de cerrar esas puertas, de cerrar para siempre el canal del parto, como si el asesinato no lo hubiera hecho ya. Sin embargo, ellos están convencidos de que hacen algo positivo.

—O sea, que la mujer no podrá tener ningún otro hijo para abandonarlo o abusar de él —dijo Decker.

—Exactamente.

—Bueno —terció Jamison—. Los padres de Belinda la abandonaron a su suerte en el instituto. Nunca fueron a verla. Ignoraron sus ruegos de que fueran a buscarla. ¿Pudo interpretar la violación y la paliza como una consecuencia de la falta de protección de su madre?

—Es posible —dijo Bogart—. De hecho, es probable que sí, sobre todo si no tuvo después quien la apoyara.

—¿Por qué eligió a mi familia como objetivo, a mis conocidos? ¿Dónde encajo yo en todo esto? No recuerdo siquiera haber hablado con ella.

—Estamos hablando de una mente enferma, Decker. No tenemos modo de entender ni de encontrar la lógica a lo que se le pasa por la cabeza. Esto no empezó con usted, de hecho. Empezó cuando la violaron y estuvieron a punto de matarla. Después de eso sus padres la abandonaron. Empezó incluso antes que eso sucediera. Debido a su condición, a la reacción de la gente a esa condición, su vida no iba nunca a ser normal.

—Y además está Leopold —dijo Jamison—. ¡No podemos olvidarnos de él!

—Y además está Leopold —repitió Bogart—. ¿Sigue convencido de que es el compañero de Belinda en todo este asunto, Decker? Es decir, no ha vuelto a verlo desde que se marchó de ese bar. Sé que me ha contado que la camarera, supuestamente Belinda, tomó prestado el coche del bar, pero no tiene ninguna prueba fehaciente de que recogiera a Leopold. Pudo haberlo cogido simplemente para hacer un recado.

Decker negó con la cabeza.

—Dejó el bar para siempre en cuanto devolvió el coche, y no la envió la agencia de trabajo temporal. Estaba allí por Leopold. Fue él quien escogió el bar, así que no me cabe duda de que está implicado. Confesó un crimen que no podía haber cometido y sabía que no podía haberlo cometido. Fingió ser un desequilibrado, pero sentado en aquel bar tuvo momentos de lucidez, intencionados, no aleatorios. Sobreactuaba, sabía perfectamente lo que hacía.

—Pero, para empezar, ¿por qué confesó?

—Era su salva inicial, después de asesinar a mi familia. La confesión atrajo mi atención. Sabían que me enteraría, que lo investigaría. Me pusieron un cebo. Querían que participara en su juego.

—Menudo juego —dijo con desagrado Bogart—. Sin embargo, dejaron pasar mucho tiempo entre el asesinato de su familia y el ataque al instituto.

—Les llevó tiempo planearlo. Tuvieron que averiguar los detalles acerca del pasadizo, entre otras cosas.

—¿Cuál de los dos lleva la voz cantante? —inquirió Jamison—. ¿Wyatt o Leopold? Además, ¿cómo se conocieron? ¿De dónde ha salido él? ¿Cómo lo planearon todo?

—Buenas preguntas, todas ellas —comentó Decker—, para las que por desgracia no tenemos respuestas.

—No hemos encontrado coincidencias en las bases de datos de delincuentes. No hemos dado con ningún registro suyo.

Decker adelantó la barbilla.

—¿En las bases de datos de delincuentes?

—Sí, es lo que se suele hacer para buscar a los que delinquen. Pasamos las huellas digitales de Leopold por el IAFIS. Es la base de datos de este tipo más extensa del mundo. Lo sé porque el FBI la dirige.

—Pero Belinda Wyatt no era una delincuente. Era una víctima. A lo mejor Sebastian Leopold también. Quizá se juntaron por eso.

Jamison miró a Bogart.

—Así que puede que no hayan estado buscando en las bases de datos adecuadas.

## 54

Volvieron en avión a Burlington y acompañaron en coche a Decker al Residence Inn.

Amos miró con intención a Bogart y luego a Jamison.

El agente federal captó la idea.

—Señorita Jamison —dijo—, solicitamos el placer de su compañía en nuestro piso franco.

—¿Qué? —le espetó ella—. No. Estaré...

—Contentísima de aceptar o la encerraré en una celda si me obliga —la interrumpió Bogart.

—¿Con qué cargos?

—Por publicar información falsa en un periódico e incitar a realizar actos vandálicos contra Amos Decker.

Jamison iba a decir algo pero volvió a hundirse en el asiento del coche.

—Está bien, usted gana —convino con el ceño fruncido.

Cuando Decker se bajaba del todoterreno Bogart lo agarró del brazo.

—Pasaremos tanto las huellas digitales como el ADN de Leopold por las bases de datos que no sean de delincuentes. Lo llamaré enseguida.

—También me gustaría que me mandara todo lo que pueda encontrar sobre el pasado de Belinda Wyatt.

Bogart asintió y arrancó.

Decker fue a su habitación y se sentó en la cama. Miró la pistola que llevaba al cinto y se acordó de cuando el capitán Miller había llamado a su puerta. De no haberlo hecho, ¿se habría pegado un tiro?

Con la claridad que sobreviene al salir de una situación estresante, Decker supo que Miller tenía razón. Si se quitaba de en medio aquellos dos seguirían matando. Si él le había faltado al respeto de algún modo a Belinda Wyatt, otros también podían haberlo hecho, o tal vez empezaran con la lista de «ofensores» de Leopold.

Cerró los ojos y recordó ambas épocas, una de ellas reciente, la otra mucho más alejada en el tiempo. Empezó por esta última, parando las imágenes correspondientes en su mente.

Belinda Wyatt. Alta, rubia, delgada, de aspecto andrógino, siempre asustada, con una personalidad tan invisible como si no tuviera. Sin embargo, su mente era capaz de cosas extraordinarias después del trauma sufrido. Decker la recordaba con falta de confianza y la autoestima por los suelos. Apenas hablaba en las sesiones grupales. Decker lo había sentido por ella, hasta el punto en que podía sentirlo dado el nuevo modo en que actuaba su mente.

Lo que le había pasado a él había sido brutal, pero había elegido libremente entrar en aquel campo, sabiendo que el fútbol profesional era extremamente violento, mucho más de lo que pudiera pensar cualquier aficionado.

A Belinda Wyatt la habían violado en grupo, sodomizado, le habían dado una paliza hasta creerla muerta. Había sido violada de un modo espantoso. Su voluntad no había tenido nada que ver. No había tenido ni voz ni voto. Ya se enfrentaba a una situación vital bastante difícil de por sí. Con el descubrimiento de los cadáveres de sus padres, quedaba claro que estaba involucrada en los demás asesinatos. Nada de lo que le hubiera pasado, por espantoso que fuera, justificaba lo que había hecho, aunque no era la única a quien culpar de ello.

A continuación, Decker se trasladó mentalmente al pasado reciente.

Estaba sentado en la celda, frente a Sebastian Leopold. Recordó hasta el más mínimo detalle los rasgos de aquel hombre y sus gestos. La mirada vacía, la impavidez, la indiferencia por su propia seguridad después de confesar un triple asesinato. Por supuesto, ahora Decker sabía que Leopold era consciente de que nunca lo condenarían por aquellos crímenes porque tenía una coartada perfecta que aportaría nada más y nada menos que la Policía.

Eso significaba necesariamente que Belinda Wyatt había asesinado a su mujer y a su hija, y que tenía que ser la tiradora del Mansfield. Una vez más, Leopold tenía coartada para eso. Una vez más, la Policía se la proporcionaba.

La mente de Decker se detuvo en aquel punto. ¿Se la proporcionaba la Policía? ¿Eso era importante? ¿Era significativo? ¿Era fundamental comprenderlo? No lo sabía, porque no tenía información suficiente.

Los fotogramas retrocedieron y avanzaron en su cabeza, repasando cada palabra de la conversación que había mantenido con Leopold. Luego las imágenes dejaron de pasar y Decker abrió los ojos.

Está bien.

Aunque tuviera memoria absoluta, a veces su mente, como la de cualquiera, transformaba las palabras en lo que creía que se había dicho en lugar de respetar lo dicho realmente. Acababa de hacer eso, corrigiendo a Leopold cuando no había que corregirlo. Decker simplemente había asumido que era una contracción. Está bien si está bien. Había cambiado lo dicho por Leopold pensando haberlo oído mal. Pero no, eso era imposible. Estaba sentado justo delante de él.

Cogió el móvil y llamó a Bogart.

—Tiene que ampliar la búsqueda a las bases de datos internacionales, sobre todo las europeas. La Interpol tal vez pueda ayudarnos. Ponga Alemania en el primer lugar de la lista y empiece por ahí.

—¿Por qué? —quiso saber Bogart—. ¿Por qué darle un enfoque internacional?

—Porque recordaba algo mal y ahora lo he recordado bien.

Decker colgó.

«De hecho no bebo, pero está bueno.» Así lo habría dicho un estadounidense. Un extranjero podría haber dicho como Leopold, «pero es bueno». En realidad, Leopold había dicho «*ist* bueno». Por su acento ligeramente gutural y la estructura ósea angular de la cara, Decker lo había tomado por europeo, seguramente alemán o austriaco. La población de esos países era lo bastante homogénea como para que los rasgos faciales se mantuvieran mucho más a lo largo de las generaciones que en lugares donde abundaba el mestizaje, como Estados Unidos.

Podía ser que Belinda Wyatt, indudablemente una chica estadounidense criada en el país, quizá transformada en hombre, hubiera unido fuerzas con un europeo de más edad. ¿Cómo se habían conocido dos personas tan distintas? ¿Cómo habían llegado a planear juntas algo así? Decker estaba seguro de que si conseguían desentrañar la verdadera identidad de Leopold empezarían a tener respuestas para muchas preguntas.

Mientras lo pensaba, se le ocurrió otra posibilidad.

—7-Eleven —dijo en voz alta.

Eso había sido sin duda alguna una clave. En las notas del interrogatorio, Lancaster lo había interpretado instintivamente como una referencia a las tiendas de la omnipresente cadena. Pero ¿era más que eso? Leopold no había querido decir que en realidad se refería al número 711 de la avenida Duckton, a pesar de que sabía seguro que Lancaster había malinterpretado lo que acababa de decirle. De hecho, ella le había preguntado en qué 7-Eleven, y cuando Leopold había respondido con evasivas había dado por hecho que se trataba de la tienda más cercana al domicilio de Decker. Sin embargo, él no la había corregido. Sabía que la Policía y, lo que era más importante, sabía que Decker lo comprobaría, que iría a esa tienda de DeSalle para ver qué encontraba. Y eso quería decir...

Podía estar equivocado, pero no creía estarlo. De hecho, creía estar completamente en lo cierto.

Salió de su habitación y salió a la noche.

## 55

Pasó diez minutos observando la tienda desde el otro lado de la calle. Vio entrar y salir gente. Los coches iban y venían. Siguió observando. Vigilaba por si alguien lo observaba a él. Cuando se hubo convencido de que nadie lo hacía, cruzó la calle corriendo hacia la puerta. Miró por el cristal y vio a la misma mujer atendiendo el mostrador, contando una vez más paquetes de cigarrillos y metiéndolos en el casillero. No vio a ningún cliente en la tienda.

Abrió y la campanilla tintineó. La mujer alzó la vista hacia él. Tardó un momento en reconocer a Decker, porque por su corpulencia y su aspecto costaba olvidarlo y más aún que pasara desapercibido a nadie.

—¿Otra vez por aquí? —le preguntó.

—Otra vez por aquí —dijo él, mirando rápidamente los rincones del establecimiento. Se había llevado la mano al bolsillo en el que guardaba la pistola.

—Le debo dinero de la última vez que vino —le dijo la mujer—. El café, el bollo y el periódico costaban menos de los cinco dólares que me dio.

—Guárdese el cambio. Trabaja muchas horas. Por la mañana, por la noche.

—Trabajo muchas horas, pero en distintos turnos. Hoy me toca el turno de noche.

—¿Cómo va el negocio?

—Flojo a estas horas. Vendemos mucho por la mañana, cuando la gente sale a trabajar. Café, cigarrillos y bocadillos de salchicha, y Red Bull.

—La otra persona que estaba aquí la primera vez que vine... Billy, ¿verdad? ¿Está hoy?

Ella negó con la cabeza.

—No, no está.

—Ya no trabaja aquí, ¿eh?

La mujer pareció sorprendida.

—¿Cómo lo sabe?

—¿Hasta cuándo trabajó?

—Hasta el primer día que vino usted. Me cabreé cuando no se presentó más a trabajar. Tuve que hacer yo su trabajo.

—¿Tiene aquí su contrato de empleo?

—Sí, ahí detrás.

—¿Puedo verlo?

—No. Es la política de la empresa.

—¿Puede decirme su apellido?

—¿Por qué?

—Tal vez sea la persona a la que busco.

—No veo cómo.

Decker cogió el móvil.

—Puedo tener al FBI aquí dentro de cinco minutos. Van a llevarse todos los contratos de esta tienda. —Miraba fijamente a la mujer—. ¿Es usted ciudadana estadounidense?

Se puso pálida.

—No, pero tengo papeles.

—Estoy seguro de que están en orden, al menos lo espero. El FBI lo comprobará, por supuesto. Lo comprueba todo, por partida doble.

Ella puso despacio una cajetilla en la casilla adecuada y escribió un visto en el inventario. Decker se dijo que estaba clasificando para pensar lo que responder a sus afirmaciones.

—Podría... Quiero decir que mi permiso de trabajo puede que haya caducado.

—Es una pena. Con el Gobierno atascado en lo referente a la reforma de la inmigración es un tema espinoso. Estoy seguro de que lo entiende.

—¿Y si le dejo ver el contrato de Billy?

Decker se guardó el móvil.

—Eso cambiaría las cosas.

La mujer entró en la oficina y salió al cabo de un minuto con un contrato.

—Quédeselo. He hecho una copia.

Decker se acercó a la puerta del local, la cerró con llave y le dio la vuelta al letrero de abierto.

—¿Qué hace? —le gritó ella.

Decker volvió a sacar el móvil.

—El FBI llegará dentro de unos minutos. Me temo que esta tienda estará cerrada una buena temporada.

—Pero si le he dado el contrato.

—Y se lo agradezco. Sin embargo, una cosa no tiene nada que ver con la otra.

—Pero ¿qué va a hacer el FBI aquí?

—Buscarán cualquier rastro de Billy. No se preocupe. No les interesa su situación como inmigrante.

—¿Por qué es tan importante Billy? Solo friega el suelo.

—Es importante fundamentalmente porque no es Billy. Se llama Belinda.

Al cabo de varias horas Bogart salió del 7-Eleven y se acercó a Decker, que estaba de pie en el aparcamiento tomándose un café de la tienda con la nieve cayendo despacio a su alrededor.

—Hemos obtenido una huella viable —le dijo—. Siete puntos en un cubo de fregar, en el cuarto de la limpieza. La hemos cotejado pero no hemos encontrado todavía ninguna coincidencia. Quien cogió ese cubo pudo ser Wyatt o cualquier otro. Además, puede que Belinda no conste en ninguna base de datos, aunque supongo que ahora es un hombre, ese tal Billy.

—Pero la violaron en Utah, según el doctor Marshall. Tiene que haber un expediente policial sobre ella.

—Debería haberlo, pero se lo hemos pedido al Departamento de Policía en el que ella se crio. No tienen archivo alguno de ninguna violación de Belinda Wyatt.

Decker se quedó patidifuso.

—Eso es imposible. La violaron y le dieron una paliza y la dieron por muerta. Eso le cambió el cerebro. Por eso la mandaron al instituto. Ya oyó al doctor Marshall, que dijo además que había hablado con el médico que la atendió en Utah. La violaron, le dieron una paliza y la dieron por muerta.

—Bueno, puede que sí, pero puede que no lo denunciara a la Policía, Decker. Cabe esa posibilidad.

—Pero ¿por qué no?

—Tenga en cuenta su situación personal. Vivía en un pueblecito en el que todo el mundo está al corriente de la vida de los demás. Pudo haber decidido no denunciarlo.

—O sus padres tomaron esa decisión por ella —sugirió Decker.

—Eso es mucho más probable, de hecho —convino el agente del FBI.

Decker se terminó el café y echó el vaso en un cubo de basura.

—Belinda era alta para ser mujer, y delgada. Billy también era alto y flaco, pero nervudo. Pesaría unos setenta y siete kilos.

—¿Y está seguro de que era un hombre?

—Eso creo, pero de aspecto andrógino. Belinda tenía el mismo aspecto en el instituto. Ya le di una descripción a su retratista. Están haciendo un dibujo definitivo.

—Podemos difundirlo cuando esté terminado.

—De momento yo solo lo repartiría a los cuerpos policiales. No lo haría público. Podrían esconderse si descubren lo lejos que hemos llegado.

Bogart no parecía muy convencido.

—Vale —dijo sin embargo—, así lo haremos, de momento. —Se metió las manos en los bolsillos y miró la acera—. Nos han llamado de la empresa de mantenimiento de piscinas de Colorado de los Wyatt. Cubrieron la piscina hace dos meses, pero no vieron a nadie. Reciben sus honorarios por un sistema de pago automático. De hecho, pagaban así todas las facturas. No tenían que tratar con nadie. Es un callejón sin salida.

—¿Y Leopold?

Bogart suspiró largamente.

—Leopold, sí. Ahora iba a hablarle de él. Por fin hemos tenido éxito.

—¿Con su verdadero nombre?

—Por sorprendente que sea, se llama Sebastian Leopold. Tenía usted razón. Es austriaco.

—¿Y su historia?

—Aun no la sabemos toda, pero lo esencial es que su esposa y su hija fueron asesinadas y que el asesino nunca fue llevado ante la justicia.

—¿Cuándo llegó a nuestro país?

—Es difícil saberlo. El asesinato se cometió hace ocho años, así que en algún momento a partir de ese suceso, supongo. Dudo que esté aquí legalmente. Una vez más, sin embargo, no creo que seamos tan quisquillosos con los europeos como con los demás extranjeros.

—Si solo lleva aquí unos cuantos años, ha perdido el acento con relativa rapidez. Cometió un único error mientras estuvo hablando conmigo. ¿Puedo ver todo lo que tienen sobre él?

—Lo arreglaré. ¿Dónde va a estar?

—Volveré a la biblioteca del Mansfield.

—¿Quiere que lo lleven en coche?

—Antes tengo que parar en un sitio.

—¿Dónde?

—Tengo que recoger a mi compañera.

—¿A su compañera? No se referirá a Lancaster... Con lo que le pasó a su familia no creo que esté por la labor.

—Lo está.

—¿Cómo lo sabe?

—Porque conozco a Mary. Es más fuerte que usted y yo juntos.

# 56

Lancaster y Jamison estaban sentadas frente a Decker en la biblioteca del instituto. Esperaban a que llegaran los expedientes de Leopold. Decker había puesto a Lancaster al corriente de todo lo que habían descubierto.

—Bogart cree que Belinda posiblemente no denunció su caso a la Policía, que sus padres seguramente la animaron a no hacerlo.

—Menuda escoria —comentó furiosa Lancaster.

—La cuestión es que su trauma le aportó memoria absoluta. Se habría acordado de sus atacantes.

—Eso si los conocía, para empezar —dijo Jamison.

—En un pueblecito de Utah lo más probable es que todo el mundo conozca a todo el mundo —le dijo Decker.

—En el instituto, ¿nunca hablaba? —le preguntó Lancaster.

—Casi nunca. Durante las sesiones grupales no contó jamás lo que le había pasado. No me enteré hasta que me lo dijo el doctor Marshall. Y seguramente sus asaltantes la atacaron porque estaban al tanto de que era intersexual.

Lancaster negó con la cabeza.

—No había oído esa palabra hasta que me la dijiste tú. No imagino lo que tiene que haber sido para ella. Dices que Marshall te contó que tenía un testículo y un ovario, ¿no?

—Sí.

—La mierda que habrá aguantado en el instituto. En clase de

educación física, alguna otra chica le ve las partes íntimas, el rumor se divulga. Tuvo que ser espantoso.

Decker miraba el documento que tenía delante. Acababa de ver un hecho que no concordaba.

Lancaster conocía bien aquella mirada.

—¿Qué pasa? —le preguntó.

La miró.

—El doctor Marshall dijo que la dirección de los padres de Belinda que constaba en el expediente era de hace quince años, pero ella estuvo en el instituto hace veinte.

—Bueno, a lo mejor siguieron en contacto por alguna razón. Dudo que Belinda permaneciera cinco años en el centro. Tiene que ser una dirección más reciente.

—Pero Marshall dijo también que los Wyatt jamás fueron al instituto a visitarla. Así que, para empezar, ¿por qué tendría esa dirección? ¿Se escribían? —Cogió el teléfono y marcó un número.

El doctor Marshall estaba reunido pero lo llamó al cabo de cinco minutos.

—Sí, Amos, tiene razón —le dijo—. Los Wyatt se mudaron pero siguieron en contacto durante siete años y me mandaron la nueva dirección para que pudiera escribirles de vez en cuando.

—No lo mencionó cuando se lo preguntamos.

—Lo sé. Lo siento, pero me tomo muy en serio la confidencialidad de los pacientes. Intenté ayudarlos todo lo posible sin faltar a mi deber profesional.

—Dijo que nunca la visitaron en el instituto. Supuse que eso quería decir que no se preocupaban por su tratamiento. De hecho, dijo usted que los consideraba gente ignorante en lo concerniente a la intersexualidad de Belinda.

—Cierto.

—¿Cómo se formó esa opinión? ¿Y cómo llegó Belinda al instituto si a sus padres les daba igual lo que fuera de ella?

—No creo que fueran ellos los que la incitaron a venir.

—¿Quién, entonces?

—No estoy seguro. Tal vez alguno de los médicos nos la derivó cuando quedó claro que su estado cognitivo podía ser de nuestro interés en el instituto. Hace veinte años ya teníamos una reputación de ámbito nacional —añadió con orgullo—. Además teníamos financiación suficiente para correr con todos sus gastos.

—Vale, pero si no fueron los Wyatt los responsables de que llegara a ser su paciente, ¿por qué se carteaban con usted?

Decker creía saber la respuesta, pero esperó a oírla de Marshall.

—Bueno, porque estaban asustados, Amos. Tenían miedo de Belinda. Eso fue lo que al final me dijeron. Cuando volvió a casa, a Utah, era una desconocida para ellos, y no en el buen sentido. Nuestro trabajo con ella en el instituto por lo visto no le sirvió de ayuda, y poco después se marchó de casa, pero parece que recibían mensajes suyos, mensajes aterradores. Así que tenían miedo.

—¿De que hiciera qué? ¿De que les hiciera daño?

—No me gusta especular sobre eso.

—Le pido una simple conjetura.

Decker oyó el largo suspiro de Marshall.

—Está bien. Creo que tenían un miedo atroz de que los asesinara.

Bueno, pues dieron en el clavo, pensó Decker.

—¿Puede darme su antigua dirección, la de Utah? ¿La tiene?

Marshall se la leyó del expediente. Decker le dio las gracias y cortó la comunicación.

Se sentó al ordenador e hizo una búsqueda de imágenes por satélite. Giró el portátil para que Lancaster y Jamison vieran la pantalla.

—Vale, una casa común y corriente de un barrio común y corriente —dijo Lancaster—. Parece la mía.

—Y la mía —dijo Decker—. Pero la cuestión es que la casa nueva de los Wyatt era cinco veces más grande, tenía piscina y un garaje independiente para cuatro coches lleno de vehículos de alta gama.

Lancaster frunció el ceño.

—¿Cómo se ganaban la vida?

—Según la información que recabó Bogart, él era subdirector de una oficina del Departamento de Vehículos de Motor. Su mujer trabajaba como camarera en una cafetería.

—Entonces está claro que no ganaban una fortuna —dijo Jamison—. ¿Cómo pudieron permitirse una casa como esa?

—Bueno, para responder a eso habrá que seguir el dinero. —Decker cogió otra vez el móvil y le planteó la pregunta a Bogart.

Cuando colgó, miró a Lancaster.

—Va a comprobarlo y nos llamará.

—¿Qué crees que está pasando, Amos? —le preguntó Lancaster.

—Creo que nos estamos acercando al motivo de todo esto, Mary. Cuando lo hagamos, todo empezará a tener sentido.

—Bien, porque hasta ahora nada lo tiene. Nada de nada.

—No. Para Wyatt y Leopold siempre lo ha tenido. Para nosotros no porque no sabemos lo suficiente.

—¿Cómo va a tener sentido matar a tanta gente? —dijo ella, acalorada.

—No hace falta que lo tenga para nosotros, basta con que lo tenga para quienes lo hacen.

—Odio el mundo —dijo tristemente Lancaster.

—Yo no lo odio —dijo Decker—. Solo odio a ciertas personas que, por desgracia, viven en él.

# 57

Compraron la cena en un restaurante de comida rápida y se la llevaron a la biblioteca. Cuando hubo terminado de comer, Decker dejó a Lancaster y Jamison para ir a la cafetería. Cruzó la puerta que llevaba de ella al túnel y lo recorrió iluminando el camino con una linterna.

Lo habían recorrido muchas veces, así como la base militar contigua, sin encontrar nuevas pistas. El Ejército les había proporcionado cierta información sobre la base y el túnel que unía esta con el instituto, sin que hubiera arrojado nueva luz al caso.

Salió por el extremo opuesto y subió a las instalaciones militares. Se sentó en un barril de gasolina y regresó mentalmente a los pasados acontecimientos.

Belinda Wyatt había sido violada. Le habían dado una paliza y la habían dado por muerta. El motivo había sido probablemente que sus atacantes se habían enterado de su intersexualidad. El trauma le había modificado el cerebro y la había convertido en lo que Decker también era.

*¿Se acuerda de la violación y la paliza o lo ha olvidado como yo olvidé el encontronazo? ¿Es incapaz de olvidar todo lo que quiere olvidar?*

No le gustaba sentir algún tipo de lazo con alguien que había acabado con la vida de tantos inocentes, pero hasta cierto punto no podía evitarlo. Los unía su estado. Estaban relacionados por su pasado, sus caminos se cruzaban en un punto traumático de sus vidas.

Decker y Belinda habían estado juntos en el instituto. Algo que él había hecho allí lo había convertido en el blanco de la chica. En determinado momento, Belinda se había convertido en Billy. Billy había conocido a Sebastian Leopold, un austriaco cuya familia había sido asesinada sin que nadie fuera castigado por ese crimen. ¿Dónde se habían cruzado sus caminos? En veinte años podían haber pasado muchas cosas. ¿Había sido antes o después de que ella se transformara en Billy? ¿Su encuentro había precipitado los asesinatos?

¿Qué demonios le hice a Wyatt para merecer tanta desgracia?

—He supuesto que te encontraría aquí.

Decker vio a Bogart de pie en el último escalón del túnel. Llevaba un expediente.

—Información sobre las finanzas de los Wyatt, y de la familia de Sebastian Leopold.

Regresaron juntos a la biblioteca. Ellos dos, Jamison y Lancaster empezaron a leer el expediente.

Al cabo de veinte minutos Lancaster alzó una hoja.

—Los Wyatt vendieron la casa de Utah por cuarenta mil dólares hace diecinueve años. La nueva que se construyeron les costó casi dos millones, y contaba además con ochenta mil metros cuadrados.

—¿Y la fuente de esa riqueza? —preguntó Decker.

—No encontramos ninguna —dijo Bogart.

—¿Qué tal un soborno? —propuso Decker.

Lancaster lo miró.

—¿Un soborno? ¿Te refieres a chantaje?

—Eso explicaría que la Policía no tenga constancia de la violación de Belinda. Explicaría de dónde salió el dinero para comprar la casa, lejos, en Colorado.

—Y que sus padres se hubieran dejado comprar para que el caso no se divulgara podría explicar la crueldad de Belinda —añadió Bogart.

—¿Abuso y abandono? —dijo Decker, mirándolo.

Bogart asintió.

—De ahí la mutilación, y el asesinato de sus padres.

Decker volvió a mirar el papel.

—Estando sus padres muertos, ¿qué pasó con el dinero que había en sus cuentas?

—Si nadie sabía que habían muerto... —comentó Jamison.

—Hoy en día se accede al dinero vía *online*. Solo tienes que tener un nombre de usuario y una contraseña —dijo Decker—. Estoy seguro de que Belinda, o Billy, pudo hacerse con ellos.

—Necesitaría algo de dinero para vivir, para pagar los viajes —dijo Bogart.

—Lo necesitaría para otra cosa —dijo Decker.

—¿Para qué? —le preguntaron Bogart y Lancaster a la vez.

Decker se levantó.

—Tenemos que ir a la casa donde vivían los Wyatt cuando violaron a Belinda, y tenemos que descubrir quiénes la violaron y cómo se salieron con la suya. Además tenemos que enterarnos de quién pagó tanto dinero a los Wyatt.

—Es un caso de hace veinte años, Decker —protestó Bogart.

—Hay otra razón para ir, más importante incluso.

—¿Cuál? —le preguntó el agente federal.

—Que vale la pena dar un paseo en tu avión privado, desde luego.

# 58

Aterrizaron cerca de un pueblecito del norte de Utah.

—Mercy, Utah —dijo Lancaster mientras bajaban del avión en medio de una fuerte nevada y veían el letrero de un hangar.

—Vale, eso es el colmo —comentó Jamison.

Bogart se estremeció y se arrebujó con la parka.

—Y bien, ¿cuál es la razón que merece un tanque de combustible para avión? —le preguntó a Decker.

Este miraba los tres todoterrenos que aguardaban en la pista con el motor en marcha y, esperaba, la calefacción a tope.

—Se lo enseñaré.

Fueron en coche hasta el antiguo domicilio de Belinda Wyatt. Estaba en un pequeño vecindario construido después de la Segunda Guerra Mundial, en el que cada casa era una copia prácticamente exacta de la de al lado. En la calle la nieve estaba medio derretida. En la vivienda no había luz ni coches en el sendero de entrada.

Decker iba en el asiento trasero del segundo todoterreno, con Lancaster y Jamison, Bogart en el delantero.

—¿La vendieron hace poco? —preguntó, mirando por la ventanilla.

Bogart asintió.

—Hace veinte meses, a una empresa.

—Cerca de cuatro meses antes de que asesinaran a mi familia. Necesitaban un lugar donde alojarse y planearlo todo.

—¿En serio crees que Wyatt compró su antigua casa y con ella todos esos recuerdos espantosos? —dijo Lancaster.

—Este era su hogar, no esa vivienda mastodóntica en la que mató a sus padres y los envolvió en plástico. A pesar de lo que le pasó, debe considerarlo un lugar de consuelo, seguro, y probablemente gastó parte del dinero del soborno para comprarla. Estoy convencido de que consideró adecuado usar ese dinero manchado de sangre para recuperar lo que sus padres tan desesperadamente quisieron vender.

Jamison lo miró.

—¿Y qué cree que encontraremos dentro?

—Respuestas —dijo Decker—, espero.

Entraron por la puerta delantera y la trasera mientras otros agentes aseguraban el perímetro para que nadie de dentro pudiera escapar. Fueron despejando habitaciones y luego bajaron al sótano.

—¡Mierda! —exclamó Bogart, mirando a su alrededor—. Supongo que esperaba ver las paredes forradas de fichas con cordeles tendidos hacia otras fichas, como una versión casera de un sistema de control de tráfico aéreo.

Sin embargo, ahí abajo no había nada parecido. En realidad no había más que lo que cabe esperar que haya en un sótano: trastos.

—Yo esperaba lo mismo —dijo Decker. Lo miró todo, lo interiorizó todo y asintió con la cabeza cuando se le ocurrió la respuesta—. Es curioso, pero había pasado por alto una cosa importante. Wyatt es hipertimésica, no necesita una pared llena de fichas. Tiene en la cabeza hasta el último detalle. Y aún no sabemos cómo es Leopold, aparte de extranjero y un actor de primera. No he visto a nadie hacer mejor el papel de idiota alelado. Sin embargo, es algo más que no puedo determinar.

—Nos dijo que era inexplicable —dijo Bogart.

—Lo es. Todo el mundo tiene intenciones ocultas, ya sean altruistas o egoístas. Así que él también las tiene, pero no sé todavía cuáles son.

—¿Llamamos a la Policía local? —inquirió Bogart.

Decker negó con la cabeza.

—No.

—¿Por qué no? Se picarán si no les informamos al menos de lo que estamos haciendo.

—Porque es posible que esa «Policía local» esté detrás de todo esto. Así que vamos a procesar lo poco que hay aquí abajo. —Se puso a husmear en una estantería de plástico en la que había varias cajas de trastos.

Jamison empezó a revisar lo que había en un rincón.

Lancaster y Bogart intercambiaron una mirada y se les unieron.

—Vale, aquí no hay nada —dijo Bogart dos horas más tarde—. ¡Nada de nada!

—No, sí que hay algo —dijo Jamison, enseñándoles un periódico.

—¿De dónde lo ha sacado? —le preguntó Lancaster.

—Estaba en una caja, debajo de esa mesa de ahí llena de ropa.

—¿Y qué? —dijo Bogart—. Es basura, como todo lo demás.

—No. La gente que guarda periódicos los apila. Este es el único que hay aquí. Para una mente como la de Wyatt, apuesto a que es un elemento de desorden, lo que me ha llevado a plantearme qué hace aquí. Tiene que haber alguna razón.

Decker la miró con curiosidad.

—Buena deducción, Jamison.

—Eh, que puede que no sea una hiper-lo-que-sea, pero tengo mis momentos, y huelo un periódico desde un kilómetro de distancia.

—¿Qué pone? —le preguntó Lancaster.

Ella sostuvo en alto la portada, indicando el titular.

Lancaster lo leyó.

—«Giles Evers desaparecido.»

—¿Quién demonios es Giles Evers? —dijo Bogart.

—Un policía —le respondió Jamison—. El artículo dice también que era hijo del ciudadano más destacado de Mercy, Clyde Evers. Antiguo alcalde, amasó una fortuna con la minería, donó un montón de dinero a su pueblo. El típico pez gordo de una charca.

—¿Por qué guardó Wyatt ese periódico? —preguntó Bogart.

Fue Decker quien le respondió.

—Porque Giles Evers la violó y lo hizo desaparecer.

—¡Buf! Eso es mucho suponer, Amos —dijo Lancaster.

—No. Es el único motivo por el que este artículo estaría aquí.

—¿De cuándo es? —inquirió Lancaster.

—De hace diecinueve meses —le contestó Jamison—. La misma época en que la casa fue vendida a la empresa detrás de la cual creemos que está Wyatt.

Bogart y Lancaster miraron a Decker.

—Vale, ¿está diciendo que la atacó un policía? —dijo el primero con escepticismo.

—Unos policías —puntualizó Decker—. Fue una violación en grupo, debida además a su intersexualidad, y el viejo Evers pagó a los Wyatt para que no se fueran de la lengua. Protegió a su hijo, le ahorró al Departamento de Policía la tremenda vergüenza y evitó que rodaran cabezas. No creo que el Departamento de Policía de Mercy sea tan grande. Podría ser que todos los agentes de proximidad participaran en la violación. Habría sido un golpe durísimo para la Policía, y para el pueblo. Un pueblo en el que posiblemente alguien como Belinda Wyatt no era bien visto.

—Pero no podemos estar seguros de eso —dijo Lancaster—. Estás haciendo suposiciones.

—Podemos confirmarlo —dijo Decker—. Vamos a hablar con algunas personas que estaban por aquí en esa época.

## 59

El que había sido jefe de policía hacía veinte años había muerto hacía seis de un infarto. Quedaban dos oficiales de esa época en el departamento. Ninguno de los dos sabía nada del caso Wyatt, le dijeron a Bogart cuando este y los demás se presentaron en la única comisaría del pueblo. Rápidamente les enseñaron la puerta.

—Mienten —dijo Lancaster en el coche, cuando se iban—. Se lo he notado en la cara.

—Un pueblo lo bastante pequeño como para que todos lo sepan todo de los demás —dijo Decker—. Yo digo que vayamos a ver al primero de la lista.

—¿Se refiere al padre de Giles Ever, a Clyde Evers? —dijo Jamison—. Eso si sigue vivo.

Bogart miraba la pantalla del móvil. Había hecho una búsqueda.

—Por lo visto sigue vivo, y en el pueblo.

La dirección a la que se dirigieron resultó ser una casita de las afueras de la población. Cuando pararon el coche vieron luz en las ventanas. Había un porche a lo largo de la fachada de tablones de la vivienda. La chimenea humeaba. Volvía a nevar.

La casa estaba descuidada, el césped sin cortar, los árboles y los arbustos moribundos y sin podar. En el camino de entrada había una vieja camioneta Ford.

—El patriarca del pueblo, ¿eh? —murmuró Lancaster—. Tiene que haber caído en desgracia.

—Podría haber una buena razón para ello —dijo Decker.

Cuando llamaron a la puerta les abrió un anciano, hinchado y encorvado. La barba blanca le llegaba al pecho y se sujetaba los pantalones raídos con unos tirantes de cuerda.

Bogart se identificó, le enseñó la placa y le dijo que tenían que hablar con él de su hijo. Evers se limitó a asentir e hizo pasar a los cuatro a un habitación pequeña. En la chimenea de piedra ennegrecida por el hollín chisporroteaba el fuego.

El interior de la casa era oscuro y olía a moho, naftalina y a lo que fuera que el hombre hubiera calentado en el microondas esa noche.

Decker lo miró todo antes de centrarse en el viejo, que se dejó caer en un sillón abatible, con los pies descalzos en alto. Se rascó una mejilla y los miró uno por uno antes de quedarse mirando a Decker.

—Usted no tiene pinta de ser del FBI.

—Porque no lo soy.

—Ah —dijo Evers distraídamente. Se quedó mirando el fuego.

—¿Han venido para encontrar a mi hijo? —les preguntó a las llamas—. No creía que fueran a involucrar a los federales, pero bueno. Todo lo que me queda es ese chico. No es mucho, pero eso es todo.

—Sacrificó mucho por él, ¿verdad? —le dijo Decker. Volvió a mirar a su alrededor—. Prácticamente todo, ¿no?

Evers se volvió hacia él antes de quedarse otra vez mirando el fuego.

—¿Qué carajo sabe usted?

—Entonces, ¿no sabe dónde está? —le preguntó Decker.

Evers lo miró furibundo.

—¿Qué insinúa? ¿Que hice desaparecer a mi propio hijo? ¿Es idiota o qué?

—Le digo que Belinda Wyatt lo hizo desaparecer, aunque eso usted ya lo sabía.

Pareció por un momento que Evers iba a desplomarse, pero se rehízo e incluso le hizo un gesto de desdén con la mano fofa.

—¡Belinda Wyatt! Fantasmas del pasado de mierda. ¿Qué tiene que ver ella con nada?

—Tiene que ver con todo —repuso Decker—. Hizo desaparecer a Giles y, si lo encontramos, encontraremos su cadáver, de eso no hay duda. Algo que usted sabe también, señor Evers. Su hijo ha muerto.

Bogart, Jamison y Lancaster lo miraron alarmados por su provocativa afirmación, pero Decker siguió mirando a Evers.

Al viejo le temblaban los labios y respiraba aceleradamente. Estiró el brazo hacia una mesita, cogió un cigarrillo y un encendedor, lo encendió y se lo llevó a los labios. Dio una calada. La nicotina pareció calmarlo.

—¿Tienen su jodido cadáver? —preguntó, soltando el humo por la nariz—. ¿Por eso han venido?

—Dudo que lo encontremos, a menos que ella quiera que lo hagamos.

Evers estalló.

—Entonces, ¿por qué no detienen a ese puto marica?

—Por eso estamos aquí, para que nos ayude a hacerlo.

Evers se irguió en el asiento.

—¿Mi ayuda? ¿Por qué? Yo no sé nada. Fue hace veinte años.

—Y hemos venido a verle porque su hijo y los otros policías que la violaron y la golpearon hasta darla por muerta por lo visto ya no están por aquí, pero usted sí.

Evers se incorporó aún más.

—Nunca se probó nada. Maldita sea, ni siquiera hubo caso. Mi chico estaba limpio. Es la pura verdad.

—Porque pagó a los Wyatt y se alió con el jefe de policía de entonces para tapar el asunto y que no hubiera informe policial entre otras cosas. La dieron por muerta, pero no murió. Los identificó a todos. Puede que Mercy* sea un nombre completamente inadecuado para este pueblo, pero es un pueblo pequeño. Todo el mundo se conoce. Ella sabía quiénes la habían asaltado. Usted era un ciudadano importante. Ella conocía a su hijo, sabía que estaba en la Policía, pero solo tenía dieciséis años. Creería que la Po-

* *Mercy* en castellano significa «misericordia». *(N. de la T.)*

licía la protegería incluso de otros policías. Seguramente siempre le habían dicho que si tenía un problema o se sentía amenazada acudiera a la Policía. —Decker hizo una pausa—. Porque iba a ayudarla. —Hizo otra pausa sin apartar los ojos del viejo—. Bueno, pues no la ayudaron. La violaron, casi la mataron y luego lo encubrieron.

—No hay pruebas.

—Hemos seguido el rastro del dinero que pagó a los Wyatt, señor Evers.

—Y hemos hablado con ellos —añadió Decker, lo que le valió una mirada de soslayo de Bogart y Jamison—. Nos han contado lo que hizo usted, así que deje de negarlo. Tenemos poco tiempo. En realidad me sorprende que siga vivo. Creía que lo habrían hecho desaparecer como a su hijo.

El tono de Decker, que parecía dar por concluido el asunto, acabó con las ganas de pelear del viejo. Se inclinó hacia delante para poner los pies en el suelo.

Señaló con un dedo amarillo de nicotina a Decker.

—Según la jodida ley de plazos todo eso ha prescrito.

—Es probable —le concedió Decker—, así que puede contárnoslo todo sin temor a ir a la cárcel, por mucho que merezca ir a prisión por lo que hizo. El asesinato, sin embargo, no prescribe, así que podemos encontrar y castigar a Wyatt. Puede ayudarnos a hacerlo.

Evers aplastó la colilla y pareció reflexionar un instante.

—Creo que lo que tienen que entender es que la chica era rara, lo estaba pidiendo, sí, señor.

—¿Pidiendo que la violaran entre varios y la apalearan hasta darla por muerta? —dijo Jamison asqueada, con la boca crispada—. ¿Qué mujer pide eso?

—Bueno, eso no, claro. Pero esos chicos se dejaron llevar, eso es todo. Los chicos son chicos. Ya lo saben, demonios.

—No, no lo sé —repuso Lancaster, todavía más asqueada que Jamison.

—¿Y uno de esos «chicos» era su hijo? —terció Bogart.

Evers asintió.

—Siempre se metía en líos. Lo hice entrar en la Policía. El jefe era un viejo amigo mío. Me lo debía. ¡Mierda! Todo el pueblo me lo debía. Pensé que así se enderezaría. Juro por Dios que lo pensé. Eso demuestra lo equivocado que estaba. Solo le proporcionó un arma y una radio en el hombro y la actitud de coger lo que se le antojara.

—¿Cómo llegó a fijarse en Wyatt? —dijo Bogart.

—Bueno, verán, en el instituto corrían habladurías sobre ella. Como he dicho era rara de narices. Nunca se comportó con normalidad. ¡Maldita sea! Como he dicho, era una maricona. Una mierda asquerosa. Mi hijo era todo un hombre, un americano cabal. No iba a soportar tales vilezas. Es pecado.

—De hecho, no —dijo Lancaster—, pero siga.

Evers encendió otro cigarrillo y fue fumándoselo mientras hablaba.

—Bueno, él y otros cuantos decidieron darle una lección.

—¿Cómo? —le preguntó Decker.

Evers lo señaló con un dedo.

—No lo ha entendido bien. No fue un grupito de policías. Solo mi hijo. Él era el único policía.

—No lo entiendo. —Decker parecía desconcertado—. A Belinda la violaron en grupo.

—Sí, pero el único que llevaba uniforme era mi hijo.

—¿Quiénes eran los otros? —dijo Lancaster.

—¡Ah! Unos cuantos del equipo de fútbol del instituto y...

—¿Y el entrenador? —lo interrumpió Decker.

—¿Y el subdirector? —añadió precipitadamente Lancaster.

Evers se había quedado sorprendido.

—Pues sí, ¿cómo lo saben?

Lancaster miró a Decker.

—Amos, por eso eligió a esas víctimas en el Mansfield. Por eso eligió ese lugar.

—¿Cuántos jugadores participaron? —dijo Decker.

Evers se encogió de hombros.

—No sé. Cuatro, cinco.

—Diga más bien que seis.

—Joder, tío, ¿cómo lo sabe? —dijo Evers—. Ni siquiera yo me acuerdo, y eso que estaba aquí.

—Belinda Wyatt nos lo ha contado.

—Pero ha dicho que...

—Usted siga. ¿Dónde la violaron?

—En la cafetería, me contó mi hijo. No sé por qué escogieron ese lugar, pero eso fue lo que me contó. La pusieron encima de una mesa, creo —añadió con indiferencia.

Bogart, Jamison y Lancaster se miraron.

—¿Cómo atrapó su hijo a Belinda? —dijo Decker.

—La hizo subir al coche patrulla cuando la vio paseando por la calle una noche. Por lo visto paseaba mucho de noche. Ya la había visto otras veces. Le dijo que iba a ocuparse de ella.

—¿A qué se refería? —dijo Bogart con aspereza.

—Como he dicho, era un bicho raro, y a la gente de por aquí le gustaba decírselo en la cara. No eran muy amables, no. Yo digo que el Señor los hace de muchas maneras, que se es lo que se es, pero otros de por aquí no opinan igual. Así que la chica lo pasaba bastante mal en Mercy. Giles lo sabía, así que lo utilizó para atraerla.

—¿Por qué iba siquiera a preocuparse por ella? —dijo Decker.

—Bueno, él jugaba al fútbol en el instituto. Había ido a clase con el entrenador, Howard Clarke, y con Conner Wise, el subdirector, cuando eran más jóvenes, claro. —Bajó la voz—. Y en el instituto corría la voz de que Wyatt era medio hombre, medio mujer. Las chicas en clase de educación física decían que tenía pelotas. ¡Dios mío! ¿Pueden creerlo? Apuesto a que los Wyatt estaban metidos en drogas y tal. A lo mejor eran hippies. Si te metes eso en el cuerpo y tienes un hijo te sale una mierda como esa. Una chica con pelotas.

—¡Menuda ridiculez! —estalló Bogart.

—No porque usted lo diga va a ser cierto —retrucó Evers—. Sea como sea, algunos compañeros del equipo de fútbol salían con esas chicas. Así que se enteraron. Se lo contaron a Howard y a mi hijo y a Conner. Se juntaron y decidieron darle una pequeña lección.

—¿Hasta casi matarla? —le espetó Lancaster.

Evers se quedó pensativo.

—¿Sabe qué? Creo que a lo mejor intentaban ayudarla. Ya sabe, permitir a la chica que sintiera lo que era que un hombre le hiciera cosas. Hacer que se volviera normal. Para que viera que era una chica de verdad y lo agradable que era estar con un hombre.

—No intente convertirlo en algo positivo, señor Evers —le dijo Bogart—. Según la ley de plazos la violación y la paliza pueden haber prescrito, pero si intenta obstruir la justicia lo habré encerrado en una celda antes de que pueda darle otra calada a ese cigarrillo.

Evers lo miró un momento y se apresuró a seguir su relato.

—Bueno, supongo que la cosa se les fue de las manos. Ella se defendió como una leona, así que tuvieron que, bueno, pegarle un poco. Supongo que alguno le dio tan fuerte que creyeron que la habían matado. Estaba inconsciente, sangraba y eso. Giles me dijo que había dejado de respirar. Así que se asustaron un poco, la echaron en el contenedor de detrás del instituto y se largaron. Ella volvió en sí y consiguió salir. Acudió a la Policía para denunciar los hechos. Como he dicho, el jefe era un viejo amigo mío, me debía algunos favores. Me llamó. Los padres se enteraron, claro. Ella se lo contó. Gasté hasta el último centavo que tenía para que guardaran silencio. —Su cara era una máscara de furia—. Los Wyatt me dejaron pelado, los muy bastardos.

—¿Así es como usted lo ve? —dijo Bogart—. ¿Como una negociación?

—Así es como lo veían ellos. Mire esto. Ahora vivo en esta mierda de casa. Mi mujer murió hace mucho. Aquello la mató. Lo sabía. La mató. Se quedaron hasta con el último penique que tenía. Vendí todas mis propiedades, todas las acciones. Los malditos Wyatt seguramente se compraron una mansión en alguna parte. Joder, no lo sé. Y ellos trajeron a ese bicho raro al mundo. Y vivo aquí después de haberme matado a trabajar durante sesenta años. Esto es todo lo que tengo. —Miró alrededor—. La nevera tiene veinte años. No he vuelto a tener un coche nuevo. El que hay fuera ni siquiera anda.

—Bueno, estoy seguro de que le resulta doloroso —le dijo Bogart con aspereza.

—Pero, ¿por qué lo hizo? —dijo Decker—. ¿Por qué les pagó? Era su palabra contra la de ella, que tenía en contra a todo el pueblo. Los policías podrían haberse deshecho de las pruebas, proteger a los suyos. Además, el jefe era amigo suyo. Los Wyatt lo embaucaron.

Evers dio una calada y cabeceó resignado.

—No, señor, no era un farol. Tenían pruebas.

—¿Cómo? —dijo Bogart.

—Antes de volver a casa, Belinda Wyatt fue andando al maldito hospital y le hicieron un test de violación. No había duda de que la habían violado y le habían dado una paliza de muerte. Llevaba encima la prueba de que habían sido mi hijo y los demás. ADN, sangre y piel debajo de las uñas, toda esa mierda. Los tenía pillados. Luego, como he dicho, Belinda contó a sus padres lo sucedido.

—Pero no llamaron a la Policía —dijo Decker.

—No. Sabían cómo funcionaban las cosas en Mercy. Los Evers estaban por encima de todos los demás. Nadie les habría hecho caso, pero los Wyatt fueron más listos. Tuve que pagarles. Me amenazaron con ir a la Policía estatal, incluso al FBI. Bueno, tenía que hacer algo. —Se terminó el cigarrillo y miró a Decker—. No podía dejar que mi único hijo se arruinara la vida por esa basura.

—Creía que era partidario del vive y deja vivir —comentó Decker—. Eso de que el Señor los hace de muchas maneras, de que se es lo que se es...

Evers lo miró con cautela.

—Sí, bueno, el Señor no iba a librar a mi hijo de un cargo de violación si permitíamos que el asunto saliera de Mercy, ¿verdad?

—¿En qué circunstancias desapareció su hijo? —le preguntó Decker.

—Bastante sencillas. Salió de copas una noche y ya no regresó.

—¿Está casado, tiene hijos?

—Divorciado. La mujer lo dejó y se llevó los niños. Lo echaron de la Policía. Vivía aquí, conmigo.

«Bueno, al menos hay un poco de justicia», se dijo Decker.

—¿A qué viene ahora tanto interés? —les preguntó Evers.

—¿Ha recibido algo que le haya parecido raro, inexplicable? —le dijo Decker, ignorando su pregunta.

Evers se lo pensó un momento.

—Bueno, una cosa.

—¿Qué? —dijo rápidamente Decker.

—Demonios, voy a buscarla. —Se levantó con esfuerzo y se marchó un minuto.

Bogart miró a Decker.

—Bueno, eso explica por qué está haciendo Wyatt lo que hace. Por venganza. Escogió el Mansfield por lo que le pasó en el instituto a ella, aquí.

—Y escogió a las víctimas del mismo modo —añadió Lancaster—. Eran como los que estuvieron a punto de matarla. Seis futbolistas, el entrenador y el subdirector.

Jamison miró a Decker.

—Pero esto no explica por qué lo persiguió a usted.

Decker la miró a su vez.

—No, no lo explica.

Evers volvió con una hoja de papel.

—Alguien me metió esto por debajo de la puerta hace unos cuantos meses. Nunca le he encontrado ni pies ni cabeza. —Se la dio a Decker.

Los demás lo rodearon para verla.

Se trataba de una impresión de una página web. El título era «Justicia negada». Debajo había una lista de nombres y, junto a cada uno, un delito: asesinato, violación, agresión, secuestro.

Al pie de la página había una declaración. «Cada uno de estos delitos fue cometido por un policía de uniforme y todos ellos han sido encubiertos, pero no olvidaremos. La justicia no les será negada.»

Decker leyó rápidamente la lista hasta que llegó a uno en concreto.

—Acabamos de enterarnos de cómo entablaron una relación Belinda Wyatt y Leopold.

Los tres miraron los nombres: Caroline y Deidre Leopold. Junto a su nombre estaba el crimen cometido contra ellas.

Asesinato.

# 60

Durante el vuelo de regreso a Burlington leyeron todos las notas del caso de los asesinatos de los Leopold en un pueblo, a veinte kilómetros de Viena. A petición del FBI, la Policía austriaca había mandado también información sobre el pasado de Leopold.

—Aquí no hay nada acerca de que pudieran haber sido policías los que mataron a la familia de Leopold —dijo Lancaster.

—Bueno, si eso fuera verdad, dudo que lo mencionaran en el expediente —dijo Bogart.

Decker, que había estado leyendo los informes de las autopsias de las dos víctimas, alzó la vista hacia él.

—¿Tiene alguna cuerda en el avión?

—¿Una cuerda?

—O un cordel.

Encontraron cordel en un equipo de emergencia guardado en un armario y Bogart miró a Decker coger una tira y hacerle varios nudos.

—¿Qué es eso? —le preguntó.

—Puede que sea algo o puede que no —se limitó a responderle Decker.

Más tarde leyó «Justicia negada», el escrito que alguien había dejado en la puerta de Clyde Evers. Luego miró los nudos de la cuerda y otra vez el papel. Leyó el expediente del asesinato de los Leopold, asimilando hasta la última pizca de información. Cuando terminó, cerró los ojos y empezó a juntar las piezas. Seguía con los ojos cerrados cuando el avión aterrizó.

—Amos, tenemos que bajar —le dijo Lancaster.

—Los míos van a buscar el origen de esa página web, a ver qué encontramos —dijo Bogart mientras iban en el todoterreno.

Lancaster asintió y miró a Decker, que miraba por la ventana.

—¿Qué piensas, Amos?

Sentado en el asiento trasero, seguía teniendo en la mano el trozo de cordel anudado.

—Pienso que ha muerto mucha gente por culpa de un puñado de ignorantes.

—Wyatt y Leopold tomaron decisiones, malas decisiones —dijo Bogart.

—Espantosas. Ellos son los responsables de esto, nadie más.

—Y los seres humanos tienen límites —dijo Decker—. Puede decir lo que quiera acerca de que el mundo es injusto y que la gente se sobrepone a las atrocidades, pero cada cual es diferente. Algunos son duros como el acero, pero otros son frágiles, y uno nunca sabe con cuáles va a tratar.

—Mataron a su familia —dijo Bogart con la voz ronca.

Lancaster y Jamison se miraron nerviosas.

Decker no miró al agente del FBI.

—Por eso vamos a atraparlos y acabarán en prisión o en la cámara de ejecución. Sin embargo, no espere que le eche toda la culpa a Wyatt por esto, porque no puedo. No quiero.

—¿Dónde estará Giles Evers? —dijo Jamison.

—En el infierno, espero —repuso Decker.

Decker pidió que lo dejaran en el Residence Inn. Subió al primer piso y miró cómo el todoterreno salía del aparcamiento. Jamison lo miraba por la ventana. Lo saludó tímidamente.

No le devolvió el saludo.

Entró en su habitación y se sentó en la cama. Los muelles cedieron bajo su peso.

Cerró los ojos y dejó que su mente volviera a dos imágenes de la misma persona pero en situaciones diferentes y vestida de manera distinta.

Billy la camarera del bar.

Billy el chico de la fregona del 7-Eleven.

A Billy el de la fregona le había visto bien la cara, pero no así a Billy la camarera. Apretó los párpados como para reenfocar una cámara. Tenían la misma barbilla; la misma línea de la mandíbula; las mismas manos. La gente se olvida siempre de las manos, pero son una característica tan distintiva como una huella digital si sabes en qué fijarte.

Dedos largos y delicados, el meñique derecho corto, sin esmalte de uñas en el caso de la camarera, la uña del índice izquierdo rota, una verruga pequeña en el pulgar derecho.

Era sin duda la misma persona.

Abrió mucho los ojos, sorprendido.

Acababa de ver a Billy de un color, por primera vez. Gris. Para él, como para muchos, era un color poco claro. No se prestaba a ninguna interpretación. Era un color que tendía hacia el blanco y hacia el negro. La gente deseaba desesperadamente que el mundo estuviera bien definido, en blanco y negro. Eso facilitaba mucho la vida. Se acababan las decisiones difíciles; todo estaba bien organizado y catalogado. La gente también. Sin embargo, el mundo no era así, ni lo era tampoco la gente que vivía en él, al menos para quienes hacían el esfuerzo de explorar su complejidad.

Sus tonos de gris.

Ahora bien, para él Leopold era amarillo. El amarillo no era ambivalente. El amarillo era hostil, malicioso. A veces los colores eran certeros, tan bien definidos como los números, de hecho.

Las piezas iban encajando.

¿Por qué me eligió como objetivo? ¿Qué demonios te hice, Belinda/Billy? ¿Qué?

Solo habían tenido contacto en el instituto, de eso hacía veinte años. A su familia la habían matado hacía más de dieciséis meses. Había pasado mucho tiempo entre una cosa y la otra. ¿Por qué había esperado? ¿Porque se había topado con Sebastian Leopold entretanto y le había proporcionado una manera de devolvérsela a Decker, de vengarse? Pero ¿de qué?

El instituto. El comienzo desde cero para ambos. Interacción limitada. ¿Habían hablado directamente? Nunca.

Cerró otra vez los ojos. Tenía que hacerlo bien. Tenía que ser exhaustivo. Wyatt tenía un motivo para todo. Había sido increíblemente meticulosa. La simetría era fascinante en su depravación, en su horror. Así que tenía que haber una razón también para aquello.

Su videocámara avanzó y retrocedió. Las imágenes pasaron a una asombrosa velocidad pero sin que se le escapara nada. Lo vio todo como si estuviera pasando en aquel momento y a un ritmo normal. No, a cámara lenta. Cada palabra, cada momento, todo a la velocidad de un caracol.

En las sesiones grupales había hablado de su futuro, de sus esperanzas y sus sueños. Los demás también, sin embargo. Bueno, todos menos Belinda. Le habían dado la oportunidad de hacerlo, pero no había aportado ninguna información sobre sus planes de futuro. Por lo visto no tenía ninguno, al menos no entonces.

Bueno, eso había cambiado.

Algunos conocían el pasado de Decker, el trauma sufrido, que había estado a punto de morir en el estadio. Él desconocía la difícil situación de Belinda, aunque a lo mejor ella no lo sabía. A lo mejor había supuesto que si ella sabía lo suyo, él sabía lo de ella. ¿Qué importaba, en realidad?

Abrió los ojos, frunciendo el ceño por el fracaso de su mente, de su extraordinario cerebro traumatizado, de la mente corrupta con la que había renacido tras su muerte y resurrección, para resolver el enigma que haría que todas las piezas encajaran.

Se marchó porque no podía quedarse.

Media hora más tarde entraba en la comisaría de Burlington.

El capitán Miller estaba. Bogart ya lo había puesto al corriente del viaje a Utah, le contó.

—No tienes buen aspecto, Amos —le dijo.

—¿Debería tenerlo? —le dijo Decker.

Miller se dio unos golpecitos en la sien.

—¿No te viene?

—Está aquí. Simplemente no consigo que me diga lo que necesito saber.

—Tienes una mente excepcional, pero quedan por aclarar muchas cosas.

—Bueno, alguien tiene que hacerlo. Si no soy yo, tendrá que ser otro.

—Crees que levantarán el campamento.

—Todavía no.

—¿Qué están esperando?

—A mí.

Fue al almacén de pruebas y cumplimentó el formulario necesario con la autorización de Miller para entrar y repasar las pruebas recabadas hasta el momento. Como ya no pertenecía al cuerpo, tenía que acompañarlo alguien.

Quien lo hizo fue Sally Brimmer.

—No tengo mayor prioridad que este caso, Decker —le explicó.

Se sentaron a una mesa mientras Decker repasaba todas las bolsas de pruebas, muchas dos veces. Por fin llegó a su uniforme por segunda vez.

—Técnicamente, debería haber devuelto la insignia —lo amonestó Brimmer—. De todos modos ya está estropeada por lo que le hicieron.

Decker cogió la bolsa y miró a través del plástico la insignia con la «x» grabada.

Me han tachado —pensó—. Como le hiciste a Giles Evers. Llevaba uniforme cuando te recogió con un falso pretexto, Belinda. En cierto sentido, todos iban de uniforme. El policía, los futbolistas, el entrenador, incluso el subdirector, investido de la autoridad del instituto. Estabas rodeada de personas que deberían haberte protegido pero no lo hicieron. En lugar de eso, te destruyeron. Empezando por un policía, con una insignia igual que la mía.

Acarició el metal a través del plástico. Luego se quedó quieto. Fue como frotar la lámpara maravillosa. Había formulado un deseo tonto, sin pensar que se haría realidad, pero acababa de realizarse.

La última pieza había encajado.

Por fin Amos Decker comprendió lo que había hecho para merecer todo aquello.

## 61

Entró en la biblioteca del instituto Mansfield sabiendo sin duda alguna que tenía que hacer aquello.

Había una media docena de personas trabajando, pero Lancaster, Jamison y Bogart no estaban. Era tarde.

Quizás estuvieran durmiendo un rato.

Su móvil sonó. Para su sorpresa, era Bogart. Tenía información sobre el asunto de «Justicia negada». También le contó a Decker que los Wyatt tenían cerca de diez millones de dólares en dinero contante y sonante pero que el importe había sido retirado de las cuentas al ritmo de un millón al mes durante los últimos nueve meses. Decker escuchó atentamente todo esto.

—¿Qué le parece? —dijo Bogart.

—Que todo tiene sentido.

—¿Qué demonios significa eso?

—Exactamente lo que he dicho.

—¿Dónde está?

—En mi habitación, a punto de acostarme.

—Lo comprobaré por la mañana —dijo Bogart.

—Está bien.

Eligió un portátil e introdujo el nombre de usuario y la contraseña que le habían proporcionado. Abrió la página web de «Justicia negada». Contenía un programa para configurar cuentas de correo y que la gente pudiera comunicarse en privado con los administradores de la página. Eligió un nombre de usuario y una contraseña, rellenó un formulario e hizo una búsqueda. Tenían que monitorizarla, pensó. Era imposible que no pudieran. Por eso a lo mejor habían dejado la información sobre la web a Clyde Evers, por si Decker establecía la conexión y visitaba al viejo. Aquello era un rompecabezas y cada pieza encajaba en alguna parte.

Pasó media hora y luego una, después dos. Decker permaneció sentado, con el color gris dominando su mente. Aunque ya llevaba veinte años conviviendo con su nueva mente, seguía pareciéndole que vivía en el cuerpo de otra persona y que en cualquier momento, o después de un extraño fuego sináptico, recuperaría su antiguo yo y su bastante corriente cerebro.

Su móvil volvió a sonar. Era Jamison. No contestó a la llamada.

Cuando habían pasado tres horas llegó un mensaje a su nueva bandeja de correo.

«Por fin, hermano. Felicidades.»

Ahora Decker sabía a qué se refería con eso de «hermano». De hecho era simple. Todos eran hermanos, ¿o no? Todos agrupados por Wyatt, por Leopold. Era injusto, por supuesto. Era injusto pero, aun así, lo entendía.

Tecleó una petición, la envió y esperó.

Por fin recibió la respuesta. «¿Por qué deberíamos?»

No había esperado que simplemente estuvieran de acuerdo con lo que les había propuesto.

Tecleó su respuesta. Esperaba que fuera lo bastante buena. Dudaba que fuera a tener otra oportunidad como aquella.

«Esto tiene que acabar de una vez. ¿Por qué no ahora? Soy el único que queda.»

A menos que estuviera pasando por alto algo realmente importante, era el único que quedaba. Y no creía que estuviera pasando por alto nada. Ya no. De hecho, podía haber descubierto algo que a todos los demás se les había pasado, y cuando decía todos se refería también a los dos que había al otro extremo de la línea digital.

Sospecharían que era una trampa, por supuesto. No podían saber si era él. Esperaba una prueba, que llegó con el mensaje siguiente.

«El número del jersey de Dwayne LeCroix.»

Habían hecho los deberes a conciencia, o a lo mejor Wyatt había oído algo sobre él en el instituto y había indagado.

El mensaje ponía que tenía cinco segundos para responder, sin buscar nada en la red. Ni Google ni YouTube eran una opción, pero no le hacían falta. Incluso sin su talento especial habría recordado para siempre aquellos dos dígitos, incluso si no los hubiera visto antes del golpe.

Tecleó enseguida la respuesta y la mandó: «24.»

Le contestaron inmediatamente.

«Dentro de cinco minutos recibirás las instrucciones que debes seguir. Espera.»

Esperó, con el reloj interno marcando el tiempo en su cabeza. Cuando habían pasado trescientos seis segundos, llegaron. Las estudió. Era algo inteligente, calculado. No corrían riesgos. Era como viajar en diligencia con paradas a lo largo de la ruta que les permitían comprobar si Decker estaba realmente solo. Tenía que ir hasta una estación y se pondrían en contacto con él para decirle dónde debía ir a continuación.

Evidentemente ya lo tenían todo planeado, como si hubieran sabido exactamente cómo iban a desarrollarse los acontecimientos, algo que, Decker tenía que admitirlo, era más que desconcertante.

Se levantó para irse. Media hora después volvía a estar en su habitación. Tardó tres minutos en coger todo lo que tenía. Lo metió en una bolsa grande, con espacio de sobra.

Cuando llegó a la puerta se volvió. Su hogar. El único hogar que tenía. Una sola habitación de alquiler. Tenía poco de hogar, así que no sintió absolutamente nada al dejarlo.

Si salía mal parado de aquello, echaría de menos a Lancaster, Miller y Jamison, tal vez incluso al agente Bogart. Pero eso era todo. Cerró la puerta y metió la llave por la ranura de la oficina.

Sabía que no iba a regresar.

Así tenía que ser, sencillamente.

Por muchas razones.

## 62

Fue en autobús hasta Crewe, la tercera ciudad desde Burlington. Nevaba más y las luces de la interestatal iluminaban una gruesa y húmeda precipitación que añadiría tonelaje a esa parte del país hasta que dejara por fin de caer. Entonces los del departamento de autopistas se pasarían días quitando nieve, solo para ver cómo la Madre Naturaleza empezaba de nuevo.

Miraba por la ventana del autobús, con el móvil en la mano. No le habían dicho cómo se comunicarían con él la próxima vez, pero quería estar preparado.

Se bajó en Crewe con otros tres viajeros cuyas pertenencias eran casi tan escasas como las suyas, aunque una mujer llevaba una maleta, una almohada y un pequeño adormilado a rastras.

Recorrió con la mirada el nevado andén de la estación de autobuses. Poca gente iba de un lado para otro y resultaba evidente que eran personas de pocos recursos.

Se le acercó un hombre negro, de unos sesenta años, tripudo, con las botas cubiertas de nieve y un abrigo con desgarrones en ambos lados. Se cubría bien la cabeza con gorro con orejeras. Llevaba las gafas empañadas. Se detuvo delante de él.

—¿Amos? —le preguntó.

Decker asintió.

—¿Quién es usted?

—No soy nadie, pero alguien me ha dado cien dólares para que le dé esto, así que aquí estoy. —Le tendió a Decker un papel.

—¿Quién ha sido?
—No los he visto.
—¿Cómo ha sabido encontrarme?
—Me han dicho que buscara a un tío muy alto, gordo y blanco con aspecto siniestro y barba. Usted es así.
El hombre se marchó y Decker leyó las instrucciones de la nota.
Entró y compró otro billete de autobús. Tenía que matar dos horas. Compró un café en la máquina de la estación. Estaba más tibio que caliente, pero le daba igual.
Se pasó el tiempo mirando a todos los que había en la sala de espera. Estaba más llena de lo que había creído que estaría. Luego se dio cuenta de una cosa. Acción de Gracias estaba a la vuelta de la esquina. Aquella gente seguramente iba a visitar a la familia y a trinchar un buen pavo.
Con Cassie nunca habían celebrado juntos el Día de Acción de Gracias, más que nada porque uno de los dos tenía siempre turno el día de la fiesta. Decker se había pasado más de uno comiendo en una cafetería o en un restaurante de comida rápida. Cassie lo había pasado en el comedor del hospital. El que tenía a Molly se la llevaba a comer fuera. Lo disfrutaban y nunca les había parecido que se estuvieran perdiendo algo importante. Sin embargo, mirando a aquellas personas, Decker llegó a la conclusión de que se había perdido más de lo que creía.

El siguiente autobús lo dejó en la frontera de Indiana.
Había un utilitario esperándolo en el aparcamiento de la estación, con el motor en marcha. La nota decía que fuera hasta él y llamara a la ventana del conductor. Sabía que se trataba de otra prueba.
Se acercó al coche y llamó a la ventanilla.
La mujer bajó el cristal.
—Suba detrás —le dijo.
Lo hizo. Si el FBI lo hubiera estado siguiendo, habría sido el momento de que rodearan el coche. No lo hicieron, porque no lo seguían.

El coche era tan pequeño que se le clavaban las rodillas en la parte posterior del asiento delantero.

—¿Conoce a mis amigos? —preguntó.

—No tengo amigos —repuso ella. Tenía el pelo gris y greñudo y un olor corporal fuerte y desagradable, sobre todo en el ambiente caldeado del coche. Tenía la calefacción al máximo y su voz cascada y la bruma de humo de cigarrillo le pronosticaban una dolorosa muerte de cáncer de pulmón.

—Esto es muy perjudicial.

—No desde donde estoy sentada.

—¿Cuánto le han pagado para hacer esto?

—Lo bastante.

—¿Los ha visto?

—No.

—¿Sabe de qué va esto?

—Esto va de seiscientos pavos para esta servidora. No necesito saber más.

Metió la primera y arrancó. Viajaron tanto rato que Decker se adormiló, algo que le pareció increíble cuando se despertó y lo pensó, puesto que viajaba hacia su muerte.

O, para ser más exactos, a mi asesinato.

Cruzaron la Interestatal 74, se aproximaron a Seymour y luego tomaron por la Interestatal 65 en sentido norte, hacia Indianápolis. Sin embargo, la dejaron mucho antes de llegar allí. Fueron hacia el oeste, pasando por Nashville, Indiana. Decker vio el letrero de Bloomington al sur, pero no tomaron esa salida. Pensaba que irían hasta Terre Haute, cerca de la frontera con Illinois, cuando la mujer detuvo el coche en el arcén de una salida, a unos cuantos kilómetros de la Interestatal 70, que iba de este a oeste, donde podrían recogerlo.

—Suba por la rampa de la salida. Hay una zona de descanso. Habrá alguien en ella.

Mientras se apeaba del coche, Decker pensó otra vez que tenían que haber planeado todo aquello mucho antes de que se pusiera en contacto con ellos a través de la web. Era evidente que esperaban que lo hiciera, o al menos que tenían la esperanza de que lo hiciera.

Y lo había hecho, lo que significaba que lo habían calado bien.

Esperaba haber hecho lo mismo con ellos.

Avanzó con dificultad por la nieve hasta la zona de descanso, con la bolsa al hombro. No nevaba tanto como antes, pero tenía los pies empapados. Las tripas le protestaban y le goteaba la nariz.

La furgoneta blanca estaba en la primera plaza de aparcamiento. Los faros parpadearon dos veces mientras se acercaba. Bajaron la ventanilla del conductor. Volvía a ser una mujer, con los pómulos hundidos. Tenía pinta de drogadicta reincidente.

—¿Quiere que conduzca yo? —le preguntó Decker a la esquelética mujer, mirándola de los pies a la cabeza—. Quiero llegar entero.

Ella negó con la cabeza y le indicó con el pulgar la parte posterior de la furgoneta.

—¿Está segura de que va bien para conducir?

Ella puso en marcha el motor y miró por el parabrisas.

Decker subió a la trasera y cerró la puerta.

La mujer arrancó mientras él se sentaba.

La pistola contra la sien derecha no lo sorprendió demasiado. Al fin y al cabo, ¿a cuánta gente podían haber contratado para llevarlo hasta allí? Había calculado que como máximo a dos personas, y había acertado.

Le quitaron la bolsa y la lanzaron por la puerta trasera.

Lo cachearon y le pareció que el que lo hizo se sorprendía de que no fuera armado. Le quitaron el móvil y también lo arrojaron fuera.

El hombre se sacó de la manga un jersey naranja y lo lanzó al regazo de Decker, que lo cogió.

—Es un poco pequeño.

Nadie habló.

—¿Ahora vas de Billy, Belinda —le dijo Decker al conductor—, o eso solo fue para la actuación del 7-Eleven?

Vio cómo se quitaba la peluca. Los ojos que lo miraron por el retrovisor eran los mismos que había visto en la tienda, pero no se parecían a los que recordaba haber visto en el instituto, los de la adolescente destrozada llamada Belinda Wyatt. Por lo visto Belinda se había ido para siempre.

—Era un buen disfraz —dijo—, pero recordaba tus manos. Es difícil cambiarlas a menos que te pongas guantes.

Se lo quedó mirando, y en aquellos ojos Decker vio el odio acumulado durante veinte años a punto de desatarse.

Sobre mí.

Se puso el jersey.

—¿Puedo tener un poco de privacidad, por favor?

Los ojos se apartaron de él.

Empezó a desvestirse, lo que a una persona de su tamaño no le resultaba fácil en aquel reducido espacio.

El de la pistola cogió la ropa y los zapatos y los tiró fuera. Decker se embutió en el jersey, pero no pudo subirse la cremallera porque tenía demasiada barriga. Se desplomó en el asiento y se volvió hacia el de la pistola, que estaba en cuclillas en la parte trasera de la furgoneta.

—Hola, Sebastian.

Decker se fijó en la pistola. Era una Smith & Wesson calibre 45. Una 45. El arma usada para matar a su mujer y la mitad de las víctimas del Mansfield. Aquella arma había sido lo último que su esposa había visto antes de morir. A lo mejor la habían usado también para matar a Giles Evers, aunque no estaba seguro. Tal vez el policía convertido en violador no había merecido una bala rápida. Por otra parte, Giles Evers le importaba un bledo.

Leopold apretó el cañón contra la mejilla de Decker.

—No conocía tu situación, Belinda —dijo este—. Cuando me levanté durante la sesión de grupo y dije que quería incorporarme a las fuerzas de la ley, que quería ser policía. No sabía que un policía malo te había llevado con engaños a que te violaran en grupo y casi te mataran.

Leopold aumentó la presión contra la mejilla de Decker.

Los ojos volvieron a mirarlo, pero el conductor no dijo nada.

La mente de Decker regresó a aquel día en el instituto. Su yo de veinte años estaba de pie en el centro del grupo, anunciando que su ambición era incorporarse a las fuerzas de la ley, convertirse en un buen policía, que quería proteger a los demás, evitar que les hicieran daño. Los había mirado a todos. Eran como él, personas con una mente y una personalidad nueva y a veces aterradora. Sus palabras habían causado las sonrisas de admiración de unos y la indiferencia de otros. Unos ojos, sin embargo, no lo habían mirado con admiración ni con indiferencia, sino con algo más. Ahora lo veía claro. Por lo que parecía su mente perfecta tenía defectos, porque aquel recuerdo, aunque siempre había estado allí, no había hecho mella en él. No se había fijado en él hasta que se había fijado. Lo había asaltado mientras acariciaba su antigua insignia a través de la bolsa de plástico en la comisaría de Burlington.

Mi lámpara maravillosa. Mi deseo hecho realidad. La muerte.

Bolsa de plástico, había pensado justo antes de su epifanía. Un policía de plástico, no un verdadero policía. Un policía que te hizo daño. Giles Evers.

Y por lo que dije me consideraste igual que él. Lo entiendo, quizá, porque en aquel momento eras más vulnerable de lo que serías jamás.

Recordaba aquellos ojos, aquella mirada de conmoción, la más profunda que había visto. No obstante, no le había dado importancia porque estaba muy nervioso, allí de pie, delante de unos desconocidos, hablando de su futuro.

Volvió mentalmente al presente.

—Por eso me escogiste, ¿verdad? —le dijo a Wyatt—. ¿Hermano? De la hermandad de los policías. ¿De la hermandad de los futbolistas, porque también era uno de los suyos? En el instituto todos lo sabían. Pero no soy tu hermano, ni el hermano de Giles Evers y su banda. He venido a decirte que no sabía lo que te había pasado. De haberlo sabido no habría dicho lo que dije. Lo siento. Quería ser policía para ayudar a la gente, no para hacerle daño como Evers te hizo a ti.

La furgoneta seguía avanzando. Nadie había hablado y Decker empezó a preguntarse por qué. Supuso que seguiría hasta que algo de lo que dijera les arrancara una respuesta. Tenían que estar reuniendo el aplomo necesario para hacer lo que tenían que hacerle, aunque por otra parte aquel par había matado a tanta gente que dudaba que les hiciera falta mucha preparación para dispararle una bala.

—Fui a ver a Clyde Evers. Me contó lo que pasó en el instituto de Utah. Así que ya sé por qué hiciste lo que hiciste en el Mansfield. ¿Tienes algo que añadir, tal vez? —La miró expectante.

Volvió a mirar por el retrovisor, pero no a Decker, sino a Leopold.

Con el rabillo del ojo Decker vio la boca del cañón del arma subir y bajar ligeramente. Cuando uno asiente con la cabeza, a veces mueve las manos en la misma dirección. Leopold tenía la última palabra. Eso era, y a lo mejor era útil para lo que él había venido a hacer.

Porque aquellos dos no eran los únicos embarcados en una misión. También lo estaba Amos Decker. No había ido allí simplemente para morir, aunque era una posibilidad muy real.

—Creo que eso lo dice todo, ¿no?

Tenía la voz más grave que cuando era una mujer, y más grave que cuando había hablado con él mientras interpretaba el papel de Billy el de la fregona. Era increíble la capacidad que tenía para modularla, pero el tono era mucho menos importante que el contenido. Le daba igual. No tenía remordimientos.

Su mirada no reflejaba nada. Tenía ya treinta y seis años y Decker dudaba que hubiera tenido un día fácil y normal en los últimos treinta. Eso te cambiaba necesariamente. ¿Cómo ibas a respetar o a apreciar o a preocuparte por un mundo y por las personas que en él vivían si detestaban el hecho de que lo compartieras con ellas?

—¿Has matado a los que te violaron? Me refiero a otros aparte de Giles Evers.

—Bueno, eso habría sido demasiado obvio —repuso Wyatt—. Así que elegí el simbolismo en lugar de la literalidad.

Decker notó que se ponía colorado al oír aquello. Era cruel. ¿Su mujer y su hija habían sido reducidas a símbolos por una mente retorcida que buscaba venganza?

Sintió el aliento de Leopold en la mejilla. Olía a ajo y bilis, pero no a alcohol. Eso estaba bien. No quería que un borracho le sostuviera una pistola contra la sien. Pero el tipo también tomaba drogas y las drogas no se perciben en el aliento.

No le veía el tatuaje de los dos delfines porque la manga se lo tapaba, pero ahí estaba, lo sabía. Era real. Todo estaba en el expediente de Leopold. Absolutamente todo. Decker lo había memorizado palabra por palabra. El crimen contra su familia. Hasta el último detalle. Y el expediente de los Evers y del señor y la señora Wyatt. Y el soborno a los Evers. Y el dinero que ahora estaba ahí. Y la página web «Justicia negada». Había sido interesante, muy interesante todo.

—Supongo que entiendo tu posición. Quiero decir, que las víctimas del Mansfield eran inocentes, pero para ti, ¿quién es inocente, en realidad? Nadie.

—Sé que ya no sientes compasión ni simpatía ni empatía —dijo Wyatt—, porque yo tampoco. Así que no te molestes. No soy estúpida. Soy como tú.

Y una mierda, pensó Decker.

—Encontramos a tu madre y a tu padre —le dijo—. Los enterrarán como es debido. No estoy seguro de lo que sientes al respecto, pero fue importante lo que les hiciste. El forense dijo que llevaban allí mucho tiempo. Así que van a enterrarlos.

La boca del cañón se le clavó más en la piel.

Decker prosiguió.

—Mi hija no llegó a la edad en la que a ti te violaron. Le faltaban seis años.

—Seis años, un mes y dieciocho días —lo corrigió Wyatt—. Murió antes de cumplir los diez, o, para ser más exactos, la maté tres días antes de que cumpliera diez años.

Decker sintió una oleada de rabia; era lo último que necesitaba.

—De hecho, tres días, cuatro horas y once minutos —la corrigió.

Buscó la mirada de Wyatt en el espejo retrovisor.

—¿También eres hiper, Sebastian? —preguntó, sin apartar los ojos de Belinda.

—No lo es —dijo Wyatt—. Solo tú y yo somos unos bichos raros.

—Tú no eres un bicho raro, y yo tampoco.

—Oh, perdóname, no sabía que tuvieras ovarios. Ha sido un error por mi parte.

—Ya sabes a qué me refiero.

—Mi querida madre y mi querido padre consideraron que mi

violación era una oportunidad para hacerse ricos. ¿Sabes lo que me dijo mi padre?

—¿Qué? —Decker no esperaba que Wyatt se sincerara, sobre todo después de su tenso intercambio inicial, pero se dio cuenta de que necesitaba hablar. Necesitaba decir las cosas, sacarlas, antes de matarlo. Formaba parte del proceso, de su proceso.

Y del mío.

—Dijo que ya era hora de que hubiera aportado algo positivo a su vida. Como si mi violación fuera algo positivo para ellos. Eso quería decir. Cogieron el dinero de Clyde Evers y se construyeron ese castillo en el cielo, y nunca me dejaron poner un pie en él. Era mi casa, ¿sabes? Yo la pagué, no ellos.

—Entiendo.

—Ni siquiera me dijeron que se habían mudado. Me mandaron a una institución de rehabilitación mental. Cuando volví a casa al cabo de una semana, se habían ido. Me habían dejado sola. Simplemente me abandonaron.

—Eran crueles, ignorantes y estaban equivocados, Belinda.

Ella apartó los ojos del retrovisor.

—¿A quién le importa? Ahora están muertos.

—Yo también me morí, no una sino dos veces.

Vio que volvía a mirarlo por el retrovisor.

—En el estadio, después del golpe. Me reanimaron dos veces. Tal vez no debieran haberse molestado. Así no habría dicho lo que te dije y toda esa gente seguiría viva. Una vida a cambio de todas las demás. Me parece un buen trato.

—A lo mejor lo habría sido —dijo Wyatt—, pero no te moriste. Yo tampoco. Salí de aquel contenedor. Quizá no debiera haberlo hecho. Quizá debería haber muerto.

Su voz se apagó con esta última frase y Decker no estuvo seguro, pero se preguntó si era por remordimientos, o al menos lo más cerca que estaría Wyatt nunca de tenerlos.

—Veo los asesinatos de mi familia de color azul —dijo Decker, lo que le valió otra mirada de Wyatt—. Sé que no eres sinestésica. Es raro ver de colores las cosas que no lo son. Es una de las cosas que me aterrorizaron cuando me desperté en el hospital y me encontré con que era una persona distinta.

—Bueno, yo era dos personas de entrada —repuso Wyatt—. Y después de que me violaran y me dieran una paliza mortal me convertí en otra. Así que fui tres. Una multitud, para una persona pequeña como yo.

No había rastro de alegría en sus palabras; lo decía mortalmente en serio. Decker no esperaba menos.

—¿Elegiste ser hombre en lugar de mujer? ¿Por qué?

—Los hombres son depredadores. Las mujeres son sus presas. Elegí no volver a ser nunca la presa. Elegí ser el depredador. Para eso me hacían falta dos huevos y un tanque de testosterona. Ahora que los tengo, todo me va estupendamente.

Decker había supuesto que era Leopold quien llevaba la voz cantante, pero a lo mejor se había equivocado. Si era así, las cosas no iban a salirle tan bien.

—¿Adónde vamos?

—A alguna parte.

Esto último lo había dicho Leopold. Decker se había estado preguntando cuándo iba a reivindicarse. A lo mejor quería que supiera que Wyatt no era la que dirigía el cotarro.

Bien, Sebastian, continúa así. Te necesito de mi parte, de momento.

—A alguna parte está bien, mejor que a ninguna.

—¿Por qué está aquí? —le preguntó Leopold—. ¿Por qué ha venido?

—Para evitar problemas a los demás. Sabía que elegiríais como blanco a cualquiera que tuviera relación conmigo. No quiero que nadie más muera por mi culpa. Me sorprendió que nos hicierais una advertencia en el caso de la familia Lancaster. —Miró el retrovisor y se encontró a Wyatt observándolo de nuevo—. ¿Seguro que no eres capaz de sentir empatía? —le preguntó—. Podrías haberlos matado.

—No merecían el esfuerzo.

—Sandy tiene síndrome de Down, pero ya lo sabes. ¿Era extralimitarte matar a una niña así?

Wyatt volvió a centrarse en la carretera.

—¿Y llega con tanta tranquilidad al final de su vida? —le dijo Leopold.

El caballero estaba muy hablador y su modo de expresarse, con formalidad y con cierta torpeza, era otra señal de que el inglés no era su lengua materna.

—Todos tenemos que morir algún día.

—Y hoy le toca a usted —dijo Leopold.

# 63

El viaje en coche duró otras dos horas. Decker no tenía ni idea de dónde estaba, pero le daba igual. La ayuda no estaba de camino. Por fin la furgoneta se desvió de la carretera y Decker fue dando tumbos cuando el vehículo llegó a un camino y siguió por él.

La furgoneta giró abruptamente a la izquierda y, al cabo de un momento, se paró. Wyatt salió y Leopold obligó a Decker a hacer lo mismo. Pisó la grava con los pies desnudos e hizo una mueca cuando una roca afilada le hizo un corte en la planta del pie derecho.

Había una luz exterior dentro de una jaula de metal oxidada encima de la puerta hacia la que se dirigían. Decker distinguió los desteñidos y descascarillados restos de un letrero rojo pintado en la pared blanca de obra.

FONTANERÍA ACE, DESDE 1947.

Parecían copos de sangre sobre la pálida piel de un cadáver.

Miró a izquierda y derecha sin ver más que árboles. Una valla de alambre inclinada delimitaba la propiedad abandonada.

Leopold le dio un empujón y Decker entró tambaleándose detrás de Wyatt. Leopold cerró la puerta y la atrancó.

Wyatt llevaba tejanos y un cortavientos con capucha. Sin la peluca tenía el pelo corto, rubio y ralo. Para hacer de Billy, se había puesto otra peluca que cambiaba drásticamente su apariencia; lo mismo para hacer de camarera. Decker pensó que al cabo de pocos años se quedaría calvo. Si le quedaban varios años más de vida. Si les quedaban a todos ellos varios años de vida.

Una luz iluminó débilmente el entorno. Era de cemento, prácticamente desnudo, con el suelo y las paredes manchados de grasa y de suciedad. En un estante metálico torcido del fondo había un par de juntas de tubería. Cerca de la puerta que daba a la habitación contigua había un escritorio de madera con una silla; pegado al escritorio, un archivador; amontonados contra una pared, unos cuantos cajones de madera. Las ventanas tenían barrotes y las habían tapado.

Wyatt cogió la silla con ruedas y la empujó por la habitación. Fue dando tumbos en el suelo de cemento mellado.

Leopold le hizo un gesto con la pistola a Decker para que se sentara.

Obedeció. Wyatt cogió cinta adhesiva y envolvió con ella a Decker y la silla hasta que fueron inseparables. Entonces sacó una gran caja de detrás de la mesa, la acercó y volcó su contenido. Cayeron al suelo tintineando los trofeos robados del Mansfield. Todos los que llevaban el nombre de Amos Decker.

Wyatt recogió uno y lo miró.

—Futbolistas y policías, mis preferidos. —Dejó caer el trofeo.

La pareja cogió dos de los viejos cajones y se sentó, mirando a Decker.

Él también los miraba, captando hasta el último detalle. Habría dicho que Wyatt hacía lo mismo con él.

Wyatt no se parecía en absoluto a la adolescente a la que Decker había conocido en el instituto. Los veinte años transcurridos le habían hundido las facciones y tenía un aspecto de perpetua avidez, demacrado. Tenía una boca cruel, con la dentadura desigual. No se le habían marcado arrugas de sonreír en las comisuras de los labios. ¿Por qué iba a sonreír nunca? En la amplia frente sí que tenía arrugas de preocupación, que ya se le estaban formando en el instituto.

Decker miró a Leopold. Se había aseado un poco desde la última vez que se habían visto, en el bar. Iba peinado y con la ropa limpia.

—¿Puedes responderme a un par de preguntas que me han llevado de cabeza? —dijo Amos. Puesto que ninguno de los dos le respondió, decidió continuar—. El viejo y la vieja que fueron vistos en mi barrio y luego en el de Lancaster, ¿eras tú?

Wyatt se levantó, se puso la capucha, se inclinó, simuló llevar un bastón y caminó despacio por la habitación.

—¿Puede ayudarme a encontrar a mi perrito Jasper? Es todo lo que me queda —dijo, imitando a la perfección la voz de un anciano. Se quitó la capucha y se enderezó—. Puedo engañar a cualquiera. —Lo miraba fijamente—. Puedo convertirme en quien quiera.

—Sí que puedes —dijo Decker.

Se preguntaba si Wyatt había sido siempre capaz de transformarse de aquella manera. Atrapada entre dos géneros, con un pie en cada uno y sin identidad en ninguno, en el limbo. Haciendo el papel de Billy había conseguido una notable transformación: despreocupado, superficial, inofensivo. Como acababa de decir, podía interpretar cualquier papel. Podía ser cualquiera menos una persona: ella.

Se imaginó a Wyatt andando por los pasillos del Mansfield con el atuendo que la hacía parecer un hombre más alto y más corpulento. La funda de un hombre, antes una mujer, trasformado en un gigante armado, masacrando gente como si fueran bichos en la hierba. El hombre como depredador. El hombre que jamás podría ser herido por otro hombre como podía resultar herida una mujer.

—¿Por qué te quedaste toda la noche en el congelador? ¿Por qué no te limitaste a entrar por el túnel y a encontrarte con Debbie en el taller de carpintería?

—Porque Debbie estaba conmigo en el congelador esa noche —dijo Wyatt—. Lo hicimos allí mismo. Por primera vez. —Sonrió, pero la sonrisa no le llegó a los ojos—. ¡Lo encontró tan increíble! Sexo en el congelador, a oscuras. Me trajo recuerdos, ¿sabes? Me violaron en grupo en la cafetería del instituto, pero ahora yo era el hombre que se lo hacía a la mujer. Luego ella se fue. Por la mañana, usé el pasadizo para llegar a la otra punta del instituto.

—¿Hasta qué punto conocía ella el plan? —dijo Decker—. Encontramos un dibujo en el que salías con ropa de camuflaje.

—Me la ponía a veces, cuando estábamos juntos. Le dije que había sido militar y que estaba en el servicio de inteligencia del Ejército. Le moló mucho. Le conté que investigaba una posible célula terrorista y que podía ayudarme. Por supuesto, terminé seduciéndola. No fue difícil. No sabía nada del verdadero plan. Pensó simplemente que íbamos a hacerlo en el taller de carpintería, en un instituto lleno de gente. Se lo sugerí yo, claro. Tenía que ser así.

—¿Y cómo te enteraste de que podía saber algo sobre el pasadizo?

—Hace años leí un artículo acerca de los refugios antiaéreos construidos debajo de los institutos. Supuse que con una base militar pegada, allí podía haber uno, quizá más de uno. Así que registré la antigua base. No me fue difícil entrar. En un cajón de una habitación encontré una hoja de asignación de tareas en la que constaban los nombres de los empleados. Uno de ellos era Simon Watson. Ponía que era ingeniero. Sebastian y yo hicimos unas cuantas averiguaciones y nos enteramos de que el viejo había vivido con los Watson y de que Debbie era alumna del Mansfield. Me hice el encontradizo con ella un día. Me llevó tiempo y le fui soltando mi tapadera poco a poco, pero al final me habló de su bisabuelo y de las cosas que le había contado acerca de la base. Ella conocía la existencia del pasadizo y su recorrido en líneas generales. También sabía que llevaba a la base, aunque no exactamente a qué punto. Pero con eso nos bastó. Empezamos desde el extremo de la base y nos abrimos paso hasta el instituto. Se juntaban. Y como ella creía que yo estaba allí en misión secreta, comprendió por qué nadie podía enterarse de nuestra presencia. Guardó el secreto. Nos fue muy útil, de hecho.

—Te llamaba Jesús, ¿sabes? Eras lo único bueno que tenía en la vida. Por lo visto te quería mucho. Te quiso hasta el momento en que le volaste la cabeza. Jesús.

Wyatt no hizo ningún comentario.

Decker miró a Leopold.

—¿Hiciste tú el disfraz que llevó en el instituto?

—Lo hicimos juntos. Lo hacemos todo juntos.

—¿Y cómo os enterasteis de quiénes eran los jugadores del equipo y en qué clases estarían?

—Por Debbie también. Le dije que podría tener que reclutar a unos cuantos si necesitaba esbirros de la zona. Era una tontería, pero ella se habría tragado cualquier cosa.

—¿Y «Justicia negada»? Dejasteis esa hoja en el antro de Evers, en Utah, así que supongo que queríais que nos enteráramos de su existencia. Fue así como pude ponerme en contacto con vosotros.

—No soy solo yo —dijo Wyatt.

Decker se la quedó mirando.

—¿No eres solo tú?

—Hay muchos como yo. Los que son como yo pueden conseguir justicia también.

Decker asintió.

—¿Cómo te llamas ahora? ¿O prefieres que te llame simplemente Wyatt?

—Puedes llamarme Belinda. Eres de esa época, no de esta. En cualquier caso, no lo serás por mucho tiempo.

—Vale, Belinda. ¿Fue Leopold quien te puso en contacto con «Justicia negada»?

Esta vez Wyatt pareció sorprenderse.

—¿Cómo lo sabes?

—Bueno, para empezar porque es una página web extranjera y Leopold es austriaco. Asesinaron a su familia. De hecho fue él quien creó la página. Algunas de las palabras que aparecen en ella demuestran que quien la diseñó no tiene como lengua materna el inglés.

Wyatt y Leopold se miraron.

Decker hizo girar levemente la silla.

—¿Sabes?, habría sido más fácil para vosotros matarme —les dijo—, y dejar a mi familia en paz.

—A mí nadie me dejó en paz —dijo Wyatt—. Nadie. —Sacó un cuchillo del bolsillo y lo sostuvo en alto—. Usé esto para matar a Giles Evers. Su padre debería recibir un paquete postal un día de estos.

—Desapareció hace mucho. ¿Qué habéis hecho con él todo este tiempo?

—Cosas —dijo Wyatt—. Solo cosas. —Dio la impresión de querer sonreír pero de ser incapaz.

—No creo que a Clyde le gustara demasiado su hijo. Giles le arruinó la vida.

Wyatt se levantó, cruzó la habitación y le clavó el cuchillo en el muslo.

Decker gritó. Cuando Wyatt hurgó con la hoja, gritó más, maldiciendo y revolviéndose en la silla, tratando de soltarse.

Por fin Wyatt le sacó el cuchillo y Decker se desplomó hacia delante y vomitó de la impresión.

—No he tocado la femoral —le dijo tranquilamente Wyatt, sentándose de nuevo en el cajón—. Sé dónde está. Confía en mí. He leído muchos libros de medicina, y libros sobre el embalsamamiento —añadió. Se dio unos golpecitos en la sien—. Como sabes, nosotros nunca olvidamos nada.

—Y no te librarás tan fácilmente —dijo Leopold. Le vendó la herida con cinta, aunque la sangre siguió manando por los bordes.

Con la cara cenicienta, Decker irguió la cabeza.

Wyatt lo estaba mirando.

—Así que te parece que le arruinó la jodida vida. ¿Eso te parece?

—No tanto como a ti, no —jadeó Decker, escupiendo vómito.

Las cosas se estaban precipitando. No podía permitirse otro error.

Miró a Leopold.

—¿A cuántas personas como Belinda has ayudado a conseguir justicia?

—A menos de las que quisiera.

Decker se sirvió de su mente para separar las cosas, para mantener a raya el dolor unos minutos. Tenía que pensar con claridad. Tenía que ser capaz de decir lo que necesitaba decir. Si no, se habría acabado todo.

—Fue una suerte que estuvieras encerrado cuando se cometieron los crímenes. El de mi familia y los del instituto. El juez te dejó en libertad porque tenías una coartada irrefutable.

—Mi amiga aquí presente quería hacer los honores —dijo Leopold—. Era lo justo.

—Entonces, contrariamente a lo que decís, no lo hacéis todo juntos. No cuando se trata de cometer verdaderamente los crímenes. Tenemos pruebas contra Belinda, pruebas físicas, pero ninguna contra ti.

—No tenéis nada contra mí —le espetó Wyatt.

—Tus padres fueron asesinados. El médico que te atendió en el instituto fue asesinado. Entiendo por qué lo mataste. Se aprovechó de ti. Otro supuesto protector que te hirió. Además dejaste tu escritura en varios sitios. Obtuvimos una huella digital tuya del cubo de fregar del 7-Eleven, y otra del baño del bar donde trabajaste como camarera.

Muchas de esas cosas eran mentira, pero le daba igual. Miró a Leopold.

—Sin embargo, de este tío, nada. Como él mismo ha dicho, tú querías hacer los honores mientras él se mantenía a salvo en un segundo plano.

Leopold se levantó y miró a Wyatt.

—Creo que va siendo hora de acabar con esto.

Decker intervino rápidamente.

—Clyde Evers pagó a tus padres seis millones de dólares para que guardaran silencio acerca de lo que su hijo te hizo. La casa de Colorado cuesta un millón ochocientos mil dólares. No le hicieron ninguna mejora. Hemos comprobado sus cuentas. Para gastos corrientes necesitaban un veinte por ciento más o menos de los beneficios de su cartera de inversiones. El resto se fue acumulando. Las acciones también. Cuando los mataste tenían alrededor de diez millones en activos líquidos. Ahora bien, alguien se hizo con los códigos para empezar a sacar dinero, como un millón al mes desde hace nueve meses. Ya casi no queda nada. ¿Lo has sacado tú, Belinda?

—Era el dinero con el que compraron a mis padres para que tuvieran la boca cerrada. Me dijeron que si contaba algo se asegurarían de que todo el mundo supiera que era un bicho raro. Me habían... Me habían sacado fotos de la entrepierna. Dijeron que las enviarían a los periódicos. Así que no, no he cogido ese dinero. No quería ese... ese dinero manchado de sangre, ¡de mi sangre!

—Entonces quisiera saber yo dónde fue a parar el dinero. A lo mejor aquí tu colega lo sabe.

A Wyatt se le fueron los ojos un instante hacia Leopold y luego volvió a mirar a Decker.

—No entiendo una palabra de lo que dices —comentó.

—Por lo visto Leopold ha ayudado a un montón de personas a través de «Justicia negada». A esas personas a las que ayuda les pasan dos cosas. La primera, que les desaparece todo el dinero; la segunda, que el amigo al que ayuda acaba muerto.

Decker no sabía si eso era cierto, pero sospechaba que sí.

El flujo de efectivo de la cuenta de los Wyatt tenía que haber ido a alguna parte, y dudaba que Leopold quisiera que el «heredero» se enterara. Cuando miró a Leopold, supo por la cara que ponía que había dado en el clavo.

—¿Te dijo que su familia, su mujer y su hija, habían sido asesinadas? —prosiguió.

—Las asesinaron —dijo Wyatt.

—Así es.

—Unos policías.

—No, unos policías no. Las mató él.

Decker oyó el retroceso de la corredera de la pistola.

—Eres un pedazo de mierda. ¡Mientes! —gritó Wyatt.

Rabia, falta de control. Eso es bueno, hasta cierto punto.

Amos negó despacio con la cabeza.

—He leído el expediente. He visto las fotos de los cadáveres. Las estrangularon a ambas. Las ahorcaron. En la nuca, donde el nudo le exprimió la vida, les encontraron una marca muy poco común. Era prácticamente idéntica en ambas víctimas. La Policía austriaca no supo a qué se debía. Estaban desconcertados porque el asesino había bajado a las dos y se había llevado la cuerda. Estaban desconcertados porque nunca sospecharon de Leopold. El muy afortunado tenía otra de sus perfectas coartadas, la que le proporcionaron dos colegas que juraron que estaba en Alemania en el momento del crimen. Si hubieran sospechado de Leopold y hecho averiguaciones, seguramente habrían encontrado la verdadera razón de la marca.

Decker notó el cañón de la pistola contra la cabeza.

—¿Has dicho que has muerto ya dos veces? —dijo Leopold—. Bueno, dicen que a la tercera va la vencida.

—Yo ya había visto esa marca antes —continuó Decker—, en un libro que leí y, por supuesto, jamás olvidé, porque no podemos olvidar nada, ¿verdad, Belinda? Tú lo has dicho. —Hizo una pausa, estudiando su reacción. Cuando parecía a punto de hablar, dijo rápidamente—: Se conoce como un nudo constrictor doble. Se parece a un ballestrinque, pero con un extremo pasado debajo del otro, formando un nudo simple bajo dos vueltas. Lo practiqué durante el vuelo de regreso desde Utah. Descubrí que es prácticamente imposible deshacerlo. De hecho, es uno de los mejores nudos de unión del mundo. Se utiliza al menos desde la década de los sesenta del siglo XIX. Lo llaman también nudo de molinero. —Miró de reojo a Leopold—. Todo marinero que se precie sabe atar ese nudo, y antes de que tu amigo navegara en submarino, se crio navegando con su padre, un pescador que faenaba en el mar Adriático seis meses al año. —Miró a Wyatt—. Puedo seguir. Como sabes, lo tengo todo aquí, en la cabeza; cada hecho, cada detalle.

—¿Submarinos? —dijo Leopold con desprecio—. Austria no tiene Armada.

—No, pero Rusia sí. Allí fue donde te fuiste a vivir a los diecinueve años. Te echaron de la Armada rusa por robar a tus compañeros marineros. Tardé lo mío en determinar de dónde proviene tu acento, porque es una mezcla de austriaco, ruso e inglés. —Miró de soslayo a Leopold—. «*Ist* bueno», Herr Leopold. Eso es lo que me dijiste en el bar.

Leopold le golpeó la cabeza con la pistola.

Decker se desplomó hacia delante. La pierna y la cabeza le dolían endiabladamente. Tenía un umbral del dolor superior a muchos. Nadie juega al fútbol mucho tiempo si no soporta el dolor. Pero una bala en la cabeza no sería dolorosa, sería mortal.

Miró a Wyatt, que miraba a Leopold. Decker no le veía la cara al austriaco, de modo que no sabía a quién estaba mirando él.

Sin embargo, ahora tenía la pistola apoyada en la sien.

—¿Has visto el bulto que tiene en el cuello, Belinda? Creo que se está muriendo y que le importa todo un comino. También es adicto a las drogas y para drogarse le hace falta dinero. Me parece que le gusta obligar a otros a hacer cosas. Creo que es un estafador que disfruta exprimiendo a personas que se encuentran en circunstancias desesperadas. Si de paso gana millones, como ha hecho contigo, mejor que mejor.

—¿Sebastian? —dijo Wyatt débilmente.

No era aquello lo que Decker esperaba oír. Eso no iba a acabar con aquella situación.

—Es un saco de mierda —dijo Leopold.

Tampoco aquello acabaría con la situación.

—Has matado a todas esas personas, Belinda —dijo Decker con la voz ronca—, pero ha habido intervalos. Raptaste a Giles Evers casi veinte años después. Luego mataste a mi familia. ¿A quién después? ¿A tus padres? ¿A Chris Sizemore? Luego otro intervalo. Después lo del Mansfield, y ahora Nora Lafferty.

—Y ahora a ti —gruñó Leopold.

—¿Por qué esos intervalos, Belinda? ¿Por qué me seguiste al cabo de veinte años? ¿Fue por él? ¿Fue por este tío? ¿Por «Justicia negada»? ¿Por eso tardaste tanto tiempo en empezar a matar? Desde el momento en que lo dije, hace veinte años, supe que te acordarías de que quería ser policía. Recordaba tu cara de estupefacción, el dolor que sentías. Sin embargo, no hiciste nada. Entonces no. Hasta que te topaste con este tipo y se lo contaste. Le contaste lo del dinero con el que habían sobornado a tus padres, y vio su oportunidad. Te indujo a tergiversar lo que dije y a convertirlo en tu obsesión, en tu absoluta venganza, en lo único que podías hacer para enmendar las cosas, en lo único que te importaba en la vida porque si no no tendrías vida.

—¿Por qué iba a hacer eso? —dijo Leopold—. Era su venganza, no la mía. Ella tenía que hacer lo correcto. ¡Ella acudió a mí!

—Así que fue idea de ella simular ser un hombre corpulento y armado disparando contra chiquillos indefensos. —Miró a Wyatt—. ¿Me estás diciendo que querías eso, Belinda? ¿Que querías seducir a una joven vulnerable como Debbie Watson y volarle luego la cabeza? ¿Fue idea tuya? Tenía casi la misma edad que tú cuando fuiste violada. No era más que una chiquilla asustada con una vida familiar de porquería. ¡Como la tuya! Quería una vida mejor y tú la sedujiste. Conseguiste que se enamorara de ti hasta el punto de llamarte Jesús, su salvador. Y luego, ¿simplemente la mataste? Como si no fuera nadie, como si no tuviera ninguna importancia..., al igual que no la tenías tú cuando quienes creías que te protegerían hicieron justamente lo contrario. ¿Es esa tu idea de la venganza, Belinda? Porque no me lo trago. No eres así. No me importa cuánto hayas cambiado, ¡no has cambiado tanto!

Wyatt no decía nada, pero Decker interpretó como una buena señal el hecho de que no lo mirara. Miraba a Leopold.

Se levantó del cajón.

—¿Has cogido el dinero de mis padres?

—¿Por qué iba a hacerlo? ¿Me ves nadando en dinero?

Decker no quería perder el control de la situación.

—Lo hace por diversión, Belinda —gritó—. Le gusta manipular. Seguro que le encantó lo que hiciste en el instituto. Era una coreografía, como una obra de teatro. Puede que tenga el dinero en algún banco. Sin embargo, mató a su familia. Así que, ¿por qué habría fundado «Justicia negada»? La única justicia que se le ha negado a Leopold ha sido porque se ha librado del asesinato de su familia.

—¿Es eso cierto? —dijo Wyatt.

Decker esperaba que Leopold lo negara, pero no lo hizo.

—Sí —afirmó rotundamente—. ¿Te sientes mejor? —Apartó la pistola de la cabeza de Decker.

Al mismo tiempo, este se tiró hacia un lado, impulsándose con la pierna buena y derribando consigo la silla.

La pistola se disparó.

## 64

Decker se catapultó hacia Leopold, efectuando por fin la entrada en el campo que le había sido negada durante dos décadas. Se sintió bien.

El brutal impacto derribó a Leopold. Decker estaba seguro de que no lo habían golpeado tan fuerte en toda su vida. Quienes solo veían los partidos de fútbol profesional desde la seguridad de sus localidades o en la enorme pantalla de su televisor, no imaginaban siquiera el poder de devastación de un hombre enorme que se abalanzaba sobre otro hombre enorme. Era como repetir una y otra vez un accidente de tráfico. No solo dolía, aturdía. Sacudía el cuerpo de tantas maneras que ya no volvías a ser el mismo. Empujaba huesos, músculos, ligamentos y cerebro hasta lugares donde no estaba previsto que llegaran. No era de extrañar que tantos futbolistas sufrieran a largo plazo los efectos debilitadores de entretener a millones de personas y ganar grandes sumas por hacerlo.

Decker aterrizó encima de Leopold, descargando todo el peso en el otro, mucho más bajo y que pesaba la mitad que él. Pocos segundos después olió la peste. Lo había golpeado tan fuerte que se le habían soltado las tripas.

Leopold le dio una patada y trató de apuntarlo con la pistola para dispararle, pero Decker, como había hecho con Bogart, lo comprimió contra el suelo hasta dejarlo sin aire. Con el hombro le sujetaba el brazo, obligándolo a mantenerlo recto.

Leopold trataba por todos los medios de volver la pistola hacia él para dispararle, pero le resultaba imposible, no tenía ángulo de tiro. Con el cañón apuntando de esa manera, el dedo no le llegaba al gatillo. El arma no le servía de nada. Por tanto, la lucha era hombre contra hombre. Dada la diferencia de estatura y peso, solo podía acabar de una manera.

Leopold lo entendió, por lo visto, porque le clavó la rodilla en la herida a Decker, que gritó de un modo agónico. Sin embargo, cerró los ojos, apretó la mandíbula y, poco a poco, consiguió estirar las piernas para no seguir sentado en la postura en que la cinta adhesiva lo había obligado a permanecer. Notó que la cinta se aflojaba, pero no se rompió. Centímetro a centímetro, empujó y estiró y empujó más hasta que estuvo plano encima del otro, mucho menos corpulento.

Leopold respiraba entrecortadamente. Se revolvía tratando de librarse de Decker, pero era como si tuviera un elefante encima del pecho.

Entonces Decker hizo algo que nunca le habría hecho a Bogart porque nunca había tenido la intención de matar al agente del FBI, pero sí que quería acabar con la vida de Leopold. Sin el impedimento de la cinta adhesiva ya lo habría matado, pero podría hacerlo: solo debía tener paciencia.

Fue empujando el hombro derecho en otra dirección, un poco cada vez, sin dejar de sujetar con el otro hombro el brazo con el que Leopold sujetaba la pistola, manteniendo a su oponente desarmado.

La Smith & Wesson no volvería a matar.

Leopold siguió pataleando y empujando y forcejeando, pero cada vez tenía menos espacio de maniobra. Decker mantenía los ojos cerrados, pero las lágrimas le resbalaban por las mejillas a causa del dolor. La bilis le subió a la garganta y vomitó encima de Leopold.

Al otro le dieron arcadas y escupió y maldijo y devolvió. Sabía que se le acababa el tiempo y no iba a irse sin luchar.

Decker tenía un dolor terrible. La herida volvía a sangrarle. Notaba que empezaba a perder las fuerzas a causa de la hemorragia, aunque de hecho no necesitaba fuerza, sino solo mantener su corpachón encima de un punto concreto. Por tanto, siguió intentándolo y al final metió el hombro donde tanto se había estado esforzando para meterlo: debajo de la barbilla de Leopold, contra el cuello. Concentró todo su peso corporal en ese punto. Apoyó los pies desnudos en el cemento del suelo y se impulsó, haciendo palanca. Empujó con la pelvis y con aquel hombro descomunal, comprimiéndole la tráquea y el pecho para que no pudiera llenarse de aire los pulmones. La tripa le asomaba por la abertura del mono debido al esfuerzo. Sudaba a mares a pesar de que en la habitación hacía frío. No iba a detenerse hasta haber terminado con Leopold. El corazón le latía aceleradamente. Estaba mareado y tenía náuseas. Le parecía que le estallaría la cabeza. Sin embargo, no pensaba en nada de todo aquello. Su único pensamiento era matar a aquel hombre.

Se derrumbó encima del otro, convirtiéndose en un peso muerto. Le habría gustado pesar una tonelada. Nunca había tenido tanto talento como otros en el campo de fútbol, pero nunca se detenía. Nadie, desde los jornaleros a las grandes estrellas, trabajaba tanto como él.

Aquel era su momento. Era el partido que acabaría con todos los partidos.

Lo oyó jadear. No bastaba.

Siguió oprimiendo. Él era un nudo de molinero. Él era el constrictor.

No pararía jamás hasta que aquello terminara. Jamás.

Lo oyó gorgotear. Todavía no bastaba.

Empujó más fuerte. Era una ballena encima de un pescadito. Nunca había estado tan satisfecho de ser gordo. Quería tragarse aquel pedazo de mierda. Quería hacerlo desaparecer de la Tierra.

Oyó una prolongada exhalación, que nunca sería suficiente.

Descargó el cuerpo con toda su fuerza. Su videocámara mental se puso en marcha. Cada víctima, cada cara pasó por su mente mientras mataba lentamente a su asesino.

Luego las imágenes pasaron más despacio y quedaron fijas dos caras, las de Cassie y Molly. Eso fue todo lo que pudo ver en la enorme caverna en la que se había convertido su mente. Allí dentro estaba todo el maldito universo; cabía todo y se iba expandiendo constantemente. Aun así, sin embargo, en aquel momento solo contenía sus caras. Eso era todo y resultaba más que apropiado, más que bien.

Se dejó caer una vez más.

—Te quiero, Cassie —murmuró—. Te quiero, Molly. Os quiero mucho a las dos.

Luego no oyó nada. Nada en absoluto.

Los pulmones no se hinchaban porque ya no podían.

Por fin Leopold quedó fláccido y la pistola cayó al suelo de cemento.

Era suficiente.

Apartó la cabeza para mirar al muerto.

Pocas cosas había en la vida que fueran ciertas.

Muchas cosas eran ciertas en la muerte.

Decker estaba viendo tres.

Los ojos desorbitados.

Las pupilas fijas.

La boca involuntariamente abierta.

Estaba muerto.

Las imágenes de su mujer y su hija desaparecieron lentamente de su mente, como en el fundido del final de una película.

«Y os echo mucho de menos. Os echaré de menos siempre.»

Giró sobre sí mismo para apartarse de Leopold y se quedó jadeando en el suelo unos minutos.

Nunca en la vida había estado tan cansado. Tenía el estómago contraído, las piernas y la cabeza le latían. Se notaba la cara hinchada donde Leopold lo había golpeado con la pistola. Con el corazón acelerado, la herida del muslo le sangraba abundantemente.

Sin embargo, se sentía bien. Se sentía estupendamente, de hecho.

Tardó casi cinco minutos, pero por fin consiguió levantarse, con la silla y la cinta adhesiva floja todavía alrededor de las piernas. Se lanzó contra la pared varias veces, hasta que la silla se hizo pedazos. Luego dio tirones y rasgó la cinta hasta librarse de ella, y salió de su prisión.

Se volvió para echar un vistazo a la habitación.

No lo había visto durante la pelea con Leopold, pero ya lo sabía.

Al fin y al cabo, ella no se había unido a la refriega ya fuera para ponerse de su parte o de la de Leopold.

Tenía que haber una razón.

Ahora estaba viendo esa razón.

Se había equivocado. La Smith & Wesson había vuelto a matar o estaba a punto de hacerlo.

Se acercó a trompicones a Wyatt. Estaba en el suelo y todavía le salía sangre de la herida de bala del pecho. Se arrodilló a su lado. Tenía más aspecto de hombre que de mujer, pero para él siempre sería una mujer. Una chica de dieciséis años, de hecho, que había sufrido tremendamente. Que había sufrido demasiado, más que cualquiera.

El doctor Marshall había dicho que en la actualidad alguien como Belinda, un intersexual, era quien decidía en última instancia a qué género pertenecer por entero definitivamente. Pero nadie debería sentirse obligado a escoger ser un hombre simplemente porque le aterroriza ser una mujer.

No estaba muerta, pero pronto lo estaría. El charco de sangre en el que estaba parecía contener más de la que le quedaba en el cuerpo. Decker no tenía manera de detener la hemorragia y, a decir verdad, tampoco deseaba hacerlo.

Le miró primero las manos. Las manos que habían estrangulado a su hija hasta matarla. Luego le miró el dedo que había apretado el gatillo del arma que había matado a su mujer. Las manos que habían rebanado gargantas y disparado escopetas y envuelto a su padre y su madre en plástico y apuñalado el corazón de una agente del FBI.

Luego le miró la cara. Empezaba a tener la mirada fija y estaba dejando de respirar. La transición del cuerpo hacia la muerte empezaba en serio. El cerebro le decía al resto del cuerpo que se había terminado y que lo apagara todo. Lo hacía tan ordenadamente como podía dado que la causa de la muerte era un traumático agujero en el pecho.

Decker ya había muerto antes. No recordaba luces blancas, ni un túnel hacia la luz, ni cantos angélicos. Para ser un hombre incapaz de olvidar nada, no recordaba nada del momento de la muerte. No tenía ni idea de si era o no un consuelo. Solo quería vivir. Se sentó al lado de ella. En parte quería coger la pistola de Leopold y volarle los sesos. En parte quería servirse de sus enormes manos para estrujarle lo que le quedaba de vida, para que llegara antes al lugar al que se estaba yendo de todos modos.

Pero no lo hizo. Ella parpadeó una sola vez y pareció fijarse en él. Fue una sola mirada, un destello, tal vez imaginario. Decker no lo sabía, pero le pareció que volvía a ver a la asustada chica de dieciséis años del instituto.

Suspiró y cerró los ojos un momento, pero ni siquiera trató de asimilar lo que se había convertido en una tragedia inimaginable. Simplemente siguió allí sentado, viéndola morir. Cuando lo hizo, le cerró los párpados, pero no pudo concluir nada de lo sucedido antes y sabía que nunca podría.

Quisiera o no, Amos Decker, Sebastian Leopold y Belinda Wyatt, en la vida y ahora en la muerde, estarían ligados para siempre.

Sin embargo, era un alivio inmenso ser el único que quedaba en pie.

## 65

Un banco.

Nochebuena.

Caía una ligera nevada que se sumaba al grueso que se había acumulado durante los últimos tres días. Los comercios estaban cerrados. Las compras habían terminado y, después del cataclismo del Mansfield, en Burlington todo el mundo se preparaba para dormir y despertarse para pasar un día de paz y tranquilidad con la familia.

Bueno, casi todo el mundo.

Amos Decker estaba sentado en el banco, mirando hacia el otro lado de la calle, hacia el instituto Mansfield. Aunque en realidad no miraba nada.

Debido al tiempo que hacía llevaba un abrigo nuevo y un gorro de lana con orejeras, guantes y unas botas impermeables nuevecitas del número cuarenta y ocho y medio.

Ya tenía el muslo prácticamente curado, aunque le quedaría para siempre una cicatriz donde Belinda Wyatt le había clavado el cuchillo y hurgado simbólica y literalmente en él.

Decker se había subido a la furgoneta para ir hasta un centro comercial, situado a unos quince kilómetros, guiándose con el GPS del teléfono de Leopold. Había llamado a Bogart para comunicarle su posición. El agente del FBI había ordenado una evacuación médica local, y la ayuda había llegado con sorprendente rapidez. Lo habían estabilizado allí mismo y se lo habían llevado al hospital más próximo.

Antes de coger la furgoneta, Decker se había hecho un torniquete en la pierna, pero ya había perdido más de dos litros de sangre cuando llegó la ayuda.

Dijo a Bogart dónde estaba el escondite de Leopold y Wyatt. Procesaron el escenario del crimen, pero las dos pruebas forenses más importantes con diferencia eran los dos cadáveres tendidos en el suelo, a apenas dos metros de distancia el uno del otro. Uno con un disparo de una pistola del calibre 45 y un largo historial de asesinatos; el otro literalmente asfixiado por un gordo.

Ambos se lo merecían y solo una de sus víctimas merecía haber muerto. No habían encontrado el cadáver de Giles Evers, pero, tal como había prometido Belinda Wyatt, llegó un paquete a casa de su padre.

Clyde Evers supuestamente había caído fulminado al abrirlo. Encontrar una cabeza en el correo tiene eso.

Decker rectificó. Posiblemente eran dos las personas que habían merecido la muerte. Quizá cuatro, incluidos los padres de Belinda, que por pura avaricia se habían puesto en contra de su frágil hija cuando más los necesitaba.

No quería pensar en la muerte en Nochebuena, pero estaba tan rodeado de ella que desplazaba todo lo demás.

Había visitado la tumba de su mujer y su hija. Lancaster lo había sorprendido apareciendo para depositar flores en las lápidas. Habían hablado unos minutos, aportando un poco de normalidad a lo innegablemente anormal.

Decker estaba allí sentado porque en el Residence Inn celebraban una fiesta de Navidad para los huéspedes que pasaban las vacaciones en el establecimiento. No tenía ningunas ganas de asistir, así que había optado por un banco bajo la nieve en lugar del ponche de huevo sin alcohol y la gente buscándolo para charlar alegremente de tonterías, algo que ya no entendía ni valoraba.

Se había tomado la decisión de reabrir el Mansfield el curso siguiente. Para entonces ya habrían fregado la sangre, pero el resto de las manchas seguirían allí para siempre. El gobernador tenía planeado ir a dar un discurso el día de la reapertura del instituto.

Decker no tenía intención de asistir a la ceremonia.

La ciudad había tapiado la entrada al pasadizo subterráneo que comunicaba la cafetería con el taller de carpintería y el Ejército estaba cegando oficialmente con cemento el túnel. Estaba previsto que las excavadoras llegaran el 2 de enero para demoler la base abandonada y transportar lejos los escombros, a donde fuera que llevaran los restos de las antiguas bases militares.

La prensa de ámbito nacional se había presentado cuando se había divulgado la identidad de los asesinos y su muerte. Bogart había conseguido mantener al margen de todo el nombre de Decker. El agente federal había resultado ser un buen hombre que se preocupaba realmente de las cosas de las que merecía la pena preocuparse.

Muchos hubieran querido el reconocimiento por haber detenido los ataques de los dos asesinos, arriesgando para ello la vida. Eso habría sido una buena fuente de ingresos: libro y proyecto de película, promoción, ofertas para incorporarse a empresas de investigación de prestigio, la oportunidad de comer con gente influyente. Decker podría haber tenido millones de seguidores cautivados por cada uno de sus *tweets* o sus *posts* en Instagram.

Como siempre, habría preferido un tiro en la cabeza que todo eso.

Sin embargo, le había permitido a Bogart que le comprara ropa y zapatos en sustitución de lo que Leopold y Wyatt le habían quitado. Para un hombre pobre, cualquier pérdida es grande.

El agente del FBI le había rogado que aceptara que el gobierno le pagara por su trabajo. El capitán Miller había hecho lo mismo en nombre del Departamento de Policía de Burlington.

—Eras un asesor contratado, Amos —le había dicho hasta la saciedad.

Decker lo había rechazado, no por una razón noble. Necesitaba dinero para vivir. No le daba vergüenza coger lo que se le debía.

Lo había rechazado por culpabilidad.

«Me levanté delante de Belinda Wyatt para decir que quería ser policía. Dije que quería serlo porque la Policía protege a la gente. Nunca lo olvidó y convirtió algo inocuo en siniestro. Cuando Leopold apareció para añadir leña al fuego, convirtiéndolo en un infierno, el resultado fue que yo, sin querer, provoqué la muerte de toda esa gente, también la de las dos personas sin las que realmente no puedo vivir.»

No importaba que hubiera sido sin querer. A los muertos evidentemente les daba igual que no hubiera sido su intención. Como sucede con todo, era una cuestión de causa y efecto.

La causa era él, y el efecto demasiado terrible para pensar en él, aunque por lo visto no era capaz de pensar en otra cosa.

Decker no podía permitirse regodearse en la autocompasión, quedarse mirándose el ombligo. Tenía que ganarse la vida, así que pronto tendría que levantarse de aquel banco para ir a buscar un empleo remunerado. Pero ahora, esa noche, antes de la llegada de Santa Claus, iba a quedarse sentado en aquel banco autocompadeciéndose y mirándose el ombligo, o tratando de hacerlo dado el volumen de su tripa.

Aunque tal vez no.

El hombre se sentó a su lado con las piernas cruzadas, temblando un poco de frío.

Decker no lo miró.

—Creía que a estas alturas ya habría vuelto a Washington.

Bogart se encogió de hombros.

—Había vuelto, pero me quedan algunas cosas por terminar aquí.

—Es Nochebuena. ¿No lo echa de menos su familia?

—¿Qué familia?

—Lleva alianza.

—Estoy separado desde hace poco, Decker.

—Lo siento.

—Ella no y, francamente, yo tampoco.

—¿Hijos?

—Trabaja para la Casa Blanca hasta horas intempestivas, así que ninguno de los dos tenía tiempo cuando lo tenía el otro. ¿Le dijo Wyatt que se acostó con Debbie Watson?

—Mentía —dijo Decker.

—¿Cómo lo sabe? Acierta en eso. La autopsia reveló que no había completado el cambio para ser completamente un hombre. No tenía todo lo necesario.

—Estuvo todo el tiempo sentada con las rodillas juntas. A un hombre eso le cuesta, pero, sobre todo, no creo que realmente quisiera ser un hombre. Lo que le pasó lo decidió por ella, pero no pudo llegar hasta el final.

Los dos se quedaron callados.

—Vale, al grano. Me gustaría que trabajara conmigo.

Decker se volvió a mirarlo.

—¿Qué significa eso exactamente?

—Significa exactamente en el FBI.

Decker negó con la cabeza.

—No pasaría las pruebas físicas. No pasaría ninguna prueba.

—No sería agente especial, por supuesto, pero me han encomendado reunir y dirigir una fuerza especial compuesta por profesionales de muy distintas profesiones y disciplinas, y eso incluye a los civiles. El objetivo es atrapar a los malos de verdad y no se me ocurre nadie más adecuado para eso que usted.

—Pero si no soy un profesional de nada.

—Fue policía y luego detective. Tiene experiencia y Dios sabe que no le falta cerebro.

—No tiene por qué hacer esto, Bogart. Me ha comprado las botas y la ropa.

—No lo hago por usted, sino por mí. Quiero ascender en el FBI. Mi carrera profesional es todo lo que me queda. Me acerco a los cincuenta. Tengo que pisar el acelerador o habré perdido el tiempo. He supuesto que teniéndolo a mi lado, mis probabilidades de resolver los casos más difíciles aumentarán y que a continuación vendrán los ascensos. No me importaría llegar a dirigir un día la agencia.

—¿Quiere decir marcharme de Burlington?

Bogart lo miró a los ojos.

—¿Eso sería un problema para usted?

—Yo no diría eso.

—Entonces, ¿no sería un problema?

—Tampoco he dicho eso.

Bogart se lo quedó mirando.

—¿Puedo ir al grano y subir la apuesta?

Decker no dijo nada, pero asintió levemente.

Bogart sacó el móvil y usó la luz para hacer una seña a alguien. Al cabo de un momento Decker oyó pasos que se acercaban.

Alex Jamison entró en el círculo de luz de la farola.

Llevaba un abrigo largo, botines y se cubría la cabeza con una bufanda. Se detuvo delante del banco.

Decker la miró primero a ella y luego a Bogart.

—¿Qué me he perdido? —dijo.

—Creía que sería algo obvio para un tipo inteligente como usted —dijo Bogart.

Decker volvió a mirar a Jamison.

—Me ha hecho la misma oferta, Decker, aunque creo que es mucho más apropiada para usted que para mí.

—Ella hizo unos cuantos buenos hallazgos durante la investigación —dijo Bogart—. Demostró instinto, intuición. Sé que es periodista de oficio, pero lo único que busco es talento, esté donde esté.

—¿Se marchará de Burlington? —le preguntó Decker a Jamison.

—A decir verdad ya lo he hecho.

—¿Y eso de ser periodista?

—Andy Jackson me enseñó a buscar la verdad. Supongo que eso es aplicable también a este trabajo. Además, a lo mejor puedo hacer más bien trabajando con Bogart que viendo mi firma debajo de un artículo.

Decker miró a Bogart.

—¿Sabe el capitán Miller que me está haciendo esta oferta?

—Sí. No le entusiasma, pero lo comprende. Lancaster va a ser ascendida. Será su segunda al mando. Por si no lo sabe, se medica por el temblor de la mano y le va bien. Ha engordado un poco ahora que ha dejado de fumar.

Decker asintió, pero se mantuvo callado.

—Entonces, ¿se lo pensará? —dijo Bogart.

—No.

—Decker... —protestó Jamison.

—No me lo pensaré porque... porque voy a hacerlo.

Bogart y Jamison se miraron sorprendidos.

Decker los miró a los dos.

—Pero esta noche, prefiero estar... aquí, solo.

Bogart se levantó a la vez que Jamison hablaba.

—Volveremos mañana —le dijo—, y no volverá a estar solo jamás. Me parece que ya lo ha estado bastante.

Se alejaron, pero Jamison volvió la cabeza mientras lo hacían.

—Feliz Navidad, Amos.

Él le respondió ladeando la cabeza.

Siguieron andando y se perdieron de vista.

Amos Decker cerró los ojos y con ellos la mente, aunque solo un ratito.

# Agradecimientos

Para Michelle, por estar siempre conmigo.

Para Mitch Hoffman, por el magnífico trabajo editorial que hace.

Para Arnaud Nourry y Michael Pietsch, por manejar una situación extremadamente difícil con elegancia y aplomo.

Para Jamie Raab, Lindsey Rose, Sonya Cheuse, Karen Torres, Anthony Goff, Bob Castillo, Michele McGonigle, Andrew Duncan, Rick Cobban, Brian McLendon, Lukas Fauset y todo el personal de Grand Central Publishing, por ocuparse tanto de mí.

Para Aaron y Arleen Priest, Lucy Childs Baker, Lisa Erbach Vance, Frances Jalet-Miller, John Richmond y Melissa Edwards, por seguir conmigo en mis más de treinta libros.

Para Anthony Forbes Watson, Jeremy Trevathan, Maria Rejt, Trisha Jackson, Katie James, Natasha Harding, Sara Lloyd, Lee Dibble, Stuart Dwyer, Geoff Duffield, Jonathan Atkins, Stacey Hamilton, James Long, Anna Bond, Sarah Willcox, Leanne Williams, Sarah McLean, Charlotte Williams y Neil Lang de Pan Macmillan, por vuestro espectacular trabajo en mi nombre.

Para Praveen Naidoo y su equipo de Pan Macmillan en Australia, que me han guiado hacia nuevas alturas allí.

Para Sandy Violette y Caspian Dennis, por apoyarme siempre.

Para Ron McLarty y Orlagh Cassidy, por su espectacular trabajo sonoro. Me encanta oíros a los dos, ¡aunque sé cómo acabará la historia!

Para Steven Maat y todo el equipo de Bruna, por seguir afianzando mi carrera en Holanda.

Para Bob Schule, por sobreponerse al dolor y usar de nuevo su vista de lince.

Para Roland Ottewell, por un estupendo (y rápido) trabajo de corrección editorial.

Para Kristen y Natasha, por hacer que Columbus Rose vaya como una seda.